リズに

傷が癒えていないうちは
語らなくていい。
語るなら、痕になってから。
――筆者不明

暗闇のサラ

おもな登場人物

ウィル・トレント――――ジョージア州捜査局特別捜査官
サラ・リントン――――ジョージア州捜査局の検死官。ウィルの恋人
フェイス・ミッチェル――――ジョージア州捜査局特別捜査官。ウィルのパートナー
ジェレミー・ミッチェル――――フェイスの息子。大学生
エイデン・ヴァン・ザント――――フェイスのボーイフレンド。FBI特別捜査官
アマンダ・ワグナー――――ジョージア州捜査局の副長官。ウィルとフェイスの上司
ダニ・クーパー――――19歳の医学生
トーマス（トミー）・マカリスター――――ダニの幼馴染み。医学生
ブリット・マカリスター――――トミーの母親。元産科医
マック・マカリスター――――トミーの父親。心臓外科医
メイソン・ジェイムズ――――サラの研修医時代の恋人。美容外科医
スローン・バウアー――――交歓会の参加者。小児血液専門医
リッチー・ドゥーガル――――交歓会の参加者。病院総合医
チャズ・ペンリー――――交歓会の参加者。病院総合医
ロイス・エリソン――――交歓会の参加者。耳鼻咽喉科医
ブライズ・クリーディ――――交歓会の参加者。ロイスの妻。耳鼻咽喉科医
ビング・フォースター――――交歓会の参加者。腎臓専門医
キャメロン（キャム）・カーマイケル――――交歓会の参加者。外傷外科医
リーアン・パーク――――失踪した大学生

おはようダニあの晩は楽しかったよ……聡明で美しい女性と過ごせることなんてめったにない……知性と美の組み合わせは貴重だからね。

？？？

スタンホープの選挙活動ボランティアにまだ興味があればつて、つてを紹介するけど

だれ？

またまた！　まだボランティア募集中なんだ興味ある？
よかったら本部へ行く途中で拾ってあげるけど？

人違いじゃないですか

ジュニパー・ストリートのボザール・ビルに住んでるだろ？

いいえ、ボーイフレンドの家に引っ越しました

きみのユーモアのセンスは大好きだよ、ダニ
もっと一緒にいたいな
きみは角の寝室から公園を眺めるのが好きだよな
パンタロン卿にぜひ紹介してくれないか

わたしの猫をどうして知ってるの？

きみのことならなんでも知ってる。

ジェンに頼まれてこんなことやってる？
まじキモい

きみの脚のほくろが忘れられなくてそこにキスをすることばかり考えてる
……もう一度……

あんただれ？

ほんとうに知りたい？

ふざけないで。あんた何者？

ペンと紙がある
きみのベッドの横の抽斗《ひきだし》に
きみが恐れているものを全部書き出してごらん
それがぼくだ

プロローグ

　サラ・リントンはスマートフォンを耳に押し当て、患者の右腕の長く深い切り傷を診察する一年目の研修医《インターン》を見守っていた。新人ドクター、エルディン・フランクリンの今日の調子は、絶好調とは言いがたかった。救急外来のシフトに入ってまだ二時間しかたっていないのに、すでにドラッグで興奮した総合格闘技の選手に殺されかけ、住所不定の女性患者の直腸検査でひと悶着《もんちゃく》起こした。

「こんなこと言うなんて信じられなくない？」テッサの憤慨した声が電話から聞こえてくるが、サラは妹が新婚の夫の愚痴をこぼしたいだけで、返事を求めていないのをわかっていた。

　サラはエルディンから目を離さず、彼がはじめてポリオワクチンを試すジョナス・ソークもかくやと思われる真剣な表情でリドカインをシリンジに吸いあげるのを見て、顔をしかめた。薬瓶《バイアル》に気を取られすぎて、患者の様子をまったく見ていない。

「ほんとにあいつ信じられない」テッサがしゃべりつづけている。

　サラはテッサに調子を合わせながら、電話を反対側の耳に当てた。タブレットを出してエルディンの患者のカルテを参照した。切り傷自体はさほど重傷ではなかった。トリアージした看護師によれば、患者は三十一歳男性、頻脈あり、体温は三十八度三分、極度の興奮と混乱が認められ、不眠症状がある。

タブレットから目をあげる。患者は肌に虫が這《は》いまわっているかのように、胸と首をしきりに掻《か》いている。左脚がひどく震えてベッドまで一緒に揺れている。アルコールの離脱症状であることは、太陽が東からのぼるのと同じくらい確実だ。

エルディンはその兆候にまったく気づいていない――気づかなくても、意外でもなんでもない。メディカルスクールとはそもそも現実に対して備えるように設計されていない。一年目は体の仕組みを学ぶ。二年目はその仕組みがどのように壊れるのかを理解するのに費やされる。三年目には患者を診ることを許されるが、無駄にサディスティックに見えることもままあるほど厳しい指導医《アテンディング》の監督下でなければならない。四年目には最悪の美人コンテストにも似たマッチングというシステムがはじまり、研修先が一流の大病院になるのか、それともどこともしれない田舎の動物病院にも等しいクリニックになるのかが、この一年で決まる。

エルディンは、アトランタ唯一の公立病院であり、患者数では合衆国屈指のレベルI外傷センターであるグレイディ病院に決まった。インターンと呼ばれているのは、研修一年目だからだ。残念ながらその呼び名すら、彼の自信満々な思いこみを修正することはできない。サラの見たところ、患者の腕に覆いかぶさるようにして麻酔をかけはじめたエルデインの頭は、すでに集中力を失っていた。おそらく今夜の食事か、電話をかける女の子のことを考えているのか、あるいは家一軒分にも相当する数種の学生ローンの利子を計算しているのかもしれない。

　サラは看護師長の視線をとらえた。ジョーナもエルディンを見ているが、看護師の例に漏れず、ひよっ子ドクターには失敗から学ばせるつもりのようだ。そしてそのときは近づいている。

　患者が不意に体を起こして口をあけた。

「エルディン！」サラは叫んだが、遅かった。

　彼のシャツの背中に、消防車の放水ホースが噴射したかのように吐物がぶちまけられた。

　一瞬、エルディンはたじろいだが、すぐに空嘔《からえずき》しはじめた。

　サラはナースステーションの椅子に座ったまま、患者がつかのまほっとした顔になってまたどさりと仰向けに倒れるのを見ていた。ジョーナはエルディンを脇へ引っ張っていき、幼児を相手にしているように叱《しか》った。サラには、エルディンの屈辱の表情に見覚えがあった。サラもここグレイディで研修を受けた。似たような小言を食らう側だった。メディカルスクールでは、こんなふうにして本物の医師になっていくのだとは教えてもらえない
――屈辱とゲロによって本物の医師になれるとは。

「サラ？」テッサに呼ばれた。「ちゃんと聞いてる？」

「聞いてる。ごめん」サラは妹の話に注意を戻そうとした。「なんの話だっけ？」

「だから、満杯のゴミ箱に気づくのがそんなに難しいことなのかって話」テッサはほとんど息継ぎもせずにつづけた。「わたしだって一日中働いてるのに、家に帰って掃除をしていい、しかも洗濯物をたたんでしかも食事を作ってしかもゴミを出すのはわたしじゃなきゃだめなわけ？」

サラは口をつぐんでいた。テッサの愚痴《ぐち》はいまにはじまったことではなく、意外でもなんでもなかった。サラはレミュエル・ウォードほど利己的な人間をほかに知らない。大人になってからずっと医療業界にいるサラがそう考えるのであれば、その事実は多くを物語っている。

「なんだか知らないうちに『侍女の物語』の世界に放りこまれたみたい」

「それって映画のほう、それとも本のほう？」サラは辛辣な口調にならないようにしたが、難しかった。「ゴミ出しのシーンがあった記憶がないんだけど」

「ゴミ出しから地獄がはじまるかもしれないでしょ」

「リントン先生？」看護助手のキキがカウンターをノックした。「三番の患者さんがもうすぐレントゲン室から戻ってきます」

サラは〝ありがとう〟と口を動かして伝え、タブレットでX線写真を確認した。三番の患者は三十九歳のディーコン・スレッジハンマーと自称する統合失調症患者で、首にゴルフボール大の腫れもの、三十九度近い熱と悪寒がある。長年ヘロインに依存しているとみずから認めた。両脚、両腕、両足、胸、腹の血管がつぶれてしまったので、いわゆる〝スキンポッピング〃、つまり皮下注射に切り替えた。その後、頸静脈《けいじょうみゃく》か頸動脈に直接注射するようになった。X線写真には、サラの予想どおりのものが写っていたが、当たっていたからといってうれしくもなんともなかった。

「わたしの時間もあいつの時間と同じくらい大事なのに」テッサが言った。「ほんとムカつく」

サラもそう思うが、返事はせずに救急外来のなかを歩いていった。普段、夜のこの時間帯は銃創や刺し傷や交通事故による怪我《けが》や薬物の過剰摂取《オーバードーズ》、そして相当数の心臓発作の患者でいっぱいになる。だが、この日は雨のせいか、ブレーブスがレイズと競り合っているせいか、ありがたいほど静かだった。ベッドはほとんど空《あ》いていて、機器のハム音や電子音のほかにはときおり話し声がする程度だ。サラは厳密には小児科の指導医だが、同僚の医師が娘の科学フェアに付き添えるように代わってやったのだった。十二時間勤務がはじまってそろそろ八時間たつが、いまのところ今夜の山場はゲロをぶちまけられたエルディンだ。

そして正直なところ、あれはちょっと笑えた。

「母さんは味方になってくれないしさ」テッサはつづけた。「〃最悪の結婚も結婚には変わりない〃としか言わないの。意味がわからなくない？」

サラは質問を聞き流し、ボタンを押してドアをあけた。「テッシー、やっぱり彼と一緒にいて幸せじゃないのなら――」

「幸せじゃないとは言ってないでしょ」テッサはむきになったが、彼女の口から出る言葉はことごとくその反対を示していた。「ただ不満があるってだけ」

「結婚生活ってそんなものよ」サラはエレベーターホールへ歩いた。「相手にもう一度さらっと言えばすむことが、前にも言ったでしょうとくどくど文句を言うようになる」

「それってアドバイス？」

「アドバイスにならないように細心の注意を払ってたんだけどね。ねえ、こんなこと言ってもしかたないけど、うまくいく方法を見つけるしかないよ、それができないなら終わり」

「姉さんはジェフリーとうまくいく方法を見つけたんだ」

サラは思わず胸に手を押し当てたが、自分が夫を失ったことを思い出すたびに感じていた鋭い痛みは、月日とともにやわらいでいた。「わたしがあの人と離婚したのを忘れてる？」

「そっちこそあのときわたしがそばにいたのを忘れてる？」テッサはすばやく息を継いだ。「姉さんはうまくいったじゃない。ジェフリーと再婚したんだもの。幸せそうだった」

「ええ」サラは否定しなかったが、テッサの問題の根幹は夫の浮気などではなく、ましてやあふれたゴミ箱でもない。彼女を尊重しない男と結婚したことだ。「あなたに隠しごとはしない。万能の解決法なんてないの。人間の関係はひとつとして同じじゃないんだから」

「わかってる、でも——」

テッサの声が途切れたと同時に、エレベーターの扉がひらいた。遠くの電子音や機器の音が消えた。サラは空気がびりびりと震えたような気がした。

エレベーターの奥に、ウィル・トレント特別捜査官が立っていた。スマートフォンを覗きこんでいるので、サラはひそかに彼の姿に見惚《みほ》れることができた。引き締まった長身。広い肩。チャコールグレーのスリーピースのスーツも長距離走者の体つきを隠すことはできない。砂色の髪は雨で濡《ぬ》れている。左眉からジグザグの傷痕。口の上にも傷痕がある。サラは、その傷痕に唇をつけたらどんな感じがするだろうかと、甘い想像をするのを自分に許した。

ウィルが目をあげた。サラにほほえみかける。

サラも笑みを返した。

「もしもし？」テッサが言った。「ちゃんと聞いてる——」

サラは電話を切ってポケットに突っこんだ。

ウィルがエレベーターから出てきたとき、サラはこんな偶然もあるのだからもっと見てくれをよくする努力をすべきだったと後悔し、おばあさんのように頭のてっぺんで雑にまとめた髪から、夕食のときに白衣にこぼして適当に拭き取ったケチャップの染みまで、努力が足りなかった部分を心のなかで列挙した。

ウィルの目が染みをとらえた。「今日の夕食は——」

「血よ」サラはさえぎった。「血がついたの」

「ケチャップじゃなくて？」

サラはかぶりを振った。「わたしは医師だから……」

「ぼくは捜査官だから……」

ふたりそろってにんまりと笑ったとき、サラはウィルのパートナーのフェイス・ミッチェルがエレベーターに乗っていたばかりか、ほんの五十センチほど離れた場所に立っていることにようやく気づいた。

フェイスは大きなため息をついてからウィルに言った。「ちょっと話を聞いてくる」

彼女は病室のほうへ向かい、ウィルは両手をポケットに突っこんだ。床をちらりと見おろし、サラに目を戻し、次に廊下の先を見た。沈黙を気まずくなるほど長引かせるのは、ウィル特有の才能だ。彼は信じられないくらい不器用なのだ。サラまで彼のそばにいるとめずらしく口ごもってしまうせいで、ますます沈黙がつづく。

サラは無理やり声を発した。「久しぶりね」

「二カ月ぶりだ」

いつ以来かウィルが知っていたので、サラはばかみたいに浮かれた気分になった。そのつづきを待ったが、もちろん彼は黙っている。

「どうしてここに来たの？　事件の捜査？」

「そうなんだ」ウィルはホームグラウンドに立ててほっとしたように見えた。「芝刈り機をめぐって喧嘩《けんか》になって、隣人の指をちょん切ったやつがいてね。警官が駆けつけたら、そいつは車に飛び乗ってそのまま電柱に激突した」

「本物の天才犯罪者ね」

ウィルが突然声をあげて笑ったとたん、サラの心臓はおかしな宙返りをした。サラは彼にもっと話させようとした。「でも、そういうのはアトランタ市警の管轄で、ジョージア州捜査局《GBI》が担当するものじゃないでしょう」

「指ちょん切り男は、うちがずっと追っているドラッグの売人の手下なんだ。いろいろしゃべらせたくてね」

「供述と引き換えに刑期をちょん切ってやるって持ちかけるのね」

今度は彼の笑い声は少しもおもしろそうではなかった。冗談は通じず、紙やすりのようにざらついた雰囲気が漂った。

ウィルは肩をすくめた。「そうだよ」

サラは首にじわじわと赤みがのぼってくるのを感じた。もっと安全な場所を必死に探した。「わたし、患者さんがレントゲン室から帰ってくるのを待ってたの。いつもエレベーターのそばをうろついてるわけじゃないのよ」

ウィルはうなずいただけで、また気まずい沈黙が轟音《ごうおん》をあげて戻ってきた。彼は鋭角的な顎の先に沿って走る薄い傷痕を指でこすった。結婚指輪が警告灯のようにきらりと光った。彼は指輪に気づいたサラに気づいたらしい。ポケットに手を戻した。

部進学課程の学生同士だった。ダニが亡くなった夜、トミーは学生の社交クラブのパーティで彼女と口論しているのを目撃されている。口論は激しかった。彼はダニの腕をつかんだ。ダニは彼の手を振り払った。そのあとどうなったのかはだれも知らなかったが、ダニが病院の外に駐車していた救急車に突っこんだときに乗っていた車は、トミーの十五万ドルのメルセデス・ロードスターだった。検死解剖で彼女の体内から採取された精液はトミーのものだった。ダニがパーティ会場を出てグレイディ病院に到着するまでの数時間、アリバイがなかったのはトミー・マカリスターだ。ダニが亡くなる数日前に受け取っていた脅迫メッセージの内容を含め、ほかの人が知らない情報を知っていたのもトミー・マカリスターである。

あいにく、フルトン郡検事局は確信ではなく証拠にもとづいて動かざるをえない。刑事裁判における有罪の認定には、合理的な疑いを差し挟む余地のない程度の立証が必要だ。サラも率直に認めるが、この事件には疑いの余地がある。パーティにはダニと親しい男子学生が大勢参加していた。口論のあと仲直りをしたというトミーの主張を否定することはできなかった。ダニにメルセデスを貸してくれと頼まれたというトミーの主張も否定することができなかった。ダニの体内に自分の精液が残っていたのは、彼女が亡くなる二日前に同意のうえで性交したからだというトミーの主張も否定することができなかった。そして、あの晩トミーがダニと一緒にパーティ会場を出たと証言する者もいなかった。パーティの参加者はダニをよく知っている者ばかりだった。なによりも、あの不穏なメッセージの送信元であるプリペイド式スマートフォンが見つからなかった。

幸いにも、民事訴訟は証拠の質より量が重視される。クーパー夫妻に有利な状況証拠は山ほどあった。ダニが死亡したのはトミー・マカリスターの不法行為が原因だったとして、彼は二千万ドルの損害賠償を求められている。たしかに大金だが、夫妻は金がほしいわけではない。マックとブリットと違い、クーパー夫妻は訴訟を起こすために蓄えをはたいた。示談に応じなかったのは、娘の悲惨な死を無意味なものにしないために、だれかに公の場で責任を取らせたかった、いや、取らせなければならなかったからだ。

サラは、勝算はないとあらかじめ夫妻に伝えた。マリッツァもそうした。ふたりとも司法の仕組みがどういうものかよく知っている。金のない者に有利に働くことはめったにない。しかも、この裁判の行方は、陪審がサラを信頼のおける証人だとみなすかどうかにかかっている。ダニ・クーパーが死亡した夜の外傷救急処置室《トラウマ・ベイ》は混乱を極めていた。薬を盛られてレイプされたというダニの証言を聞いたのは、サラただひとりだ。事件の性質上、サラの私生活がつぶさに調べられることになる。被告側がサラの証言を突き崩すには、サラの人格を突き崩す必要がある。サラのしてきたこと、体験したことがひとつ残らず精査され、分析され――サラにとってなによりつらいことに――批判されるのが目に見えている。

自分がなにを恐れているのか、サラにはわからなかった。自分の人生でもっとも暗い部分を公開の法廷で晒《さら》されることなのか、それともダニとの約束を破ってしまうことなのか。

陪審はダニのご両親に同情してる。でも、マカリスター側はきっと控訴する。そうしたら、またお金も時間もかかる」サラの口調に希望はなかった。「どうなるかしらね」

「ごめん」フェイスは謝らなければならない気がしたが、自分にできたかもしれないことはひとつもなかった。サラに頼まれてダニ・クーパーの資料を調べた。起訴に尻込みした検察とフェイスの意見が一致したのは、はじめてのことだった。証拠が乏しすぎる。トミーのメルセデスのGPSは作動していなかったので、走行履歴がわからない。バックヘッドのマカリスター邸に防犯カメラはあるが、あの夜はなぜか機器の不調で映像が保存されていなかった。同様に、街頭の防犯カメラも故障していたが、それは設計の不備というよりも資金不足によるものだ。ダニの両親が民事訴訟に一縷《いちる》の望みを託したのは、サラが非常に説得力のある証人だったからだ。サラだけがダニの最期の言葉を聞き届けた。すべてはサラの証言にかかっていた。フェイスは、勝ち目は充分にあると考えていた。

「あなたは？」サラは両腕をさすって暖を取った。「デスクワークはどう？」

「そりゃもう、わかるでしょ」フェイスはそう答えたが、サラにはわからないだろう。サラは職場で本来の仕事を取りあげられたことはないはずだ。「アマンダに書類攻めにされて、日差しを浴びるのがどんな感じだったのかも忘れたわ」

「アマンダを怒らせた甲斐はあった？」

「あったねえ」

サラは笑わず、沈黙を返してきた。腰のあたりで腕を組み、路面を見つめている。ふたりの足はひたすら前へ進んでいた。遠くで犬が吠えた。

フェイスは深々と冷たい空気を吸いこんだ。体のなかにたまったストレスをいくらか追い出そうとした。いま、フェイスがここにいることをだれも知らない。いまこの瞬間は、フェイスに自分たちの関係はなんなのかと問う者も、スマイルマークの絵文字だらけのメッセージを大量に送ってくる者も、トトロの安心毛布が洗濯中と知って泣きわめく者も、連邦刑法第一〇三〇条、つまり一九八六年制定のコンピューター犯罪取締法を違反したといきなり告白する者もいない。

ふたりはパピのママとパパの家の前でまた角を曲がった。前方に実家の玄関ポーチの電灯のやわらかな明かりが見えた。実家の酒の在庫は充実している。フェイスはいますぐ一杯やりたい気分だった。インスリンポンプをチェックしなければならない。幸い、一メートルと離れていないところに医師がいる。フェイスはサラにどうすればいいか尋ねようとしたが、その質問が口から出るより先に、サラが言った。

「わたし、レイプされたの」

フェイスはつんのめり、ぎりぎりで体勢を立てなおした。顔を殴られたような気分だった。「え?」

サラは言いなおさなかった。フェイスをじっと見つめ、反応を探っていた。「ごめん」「あの――」フェイスは自分の目が潤むのを感じた。サラはごく親しい友人だ。来月、フェイスはウィルの介添え役としてふたりの結婚式に出席することになっている。たったいま聞いたことには、ほんとうに殴られたような気がした。しかるべき反応を必死に探したが、ひとこと訊き返すのがやっとだった。「いつ？」

「十五年前。グレイディ病院で。黙っててごめんね」

「い、いいよ」フェイスは涙をこらえようとした。慰めてやらなければとサラに思わせるのは最悪だ。「ウィルは知ってるの？」

「知り合ったばかりのころに話した。まだデートもしていなかったころ。なぜか口走ってしまったの」サラはまた歩きだしたが、足取りは遅くなった。「最初の結婚はそれでだめになった。秘密にしていたせいで。ジェフリーのわたしを見る目が変わった。わたしのことを強い人間だと思ったみたい。わたしは被害者扱いされたくなかっただけ。お願いだから、被害者扱いしないでね」

「しない。いまもしてない」フェイスは袖で鼻を拭った。ほかに言葉を思いつかないので「つらいな」と言った。

「つらくならないで。わたしは自分の名前に脚注がつくのがいやなの。医師のサラ、検死官のサラ、娘のサラ、姉のサラ、友人のサラ、同僚のサラ以外になりたくない。レイプ被害者のサラなんか絶対にいや」

その声に怒りが聞き取れた。これは裁判の話、サラの証人尋問の話だ。今回の被告側弁護団は良識のなさで知られている。フェイスには想像するしかないが、ダグラス・ファニングは嬉々としてサラに襲いかかったことだろう。アルコールがほしくなるのも当然だ。

サラは言った。「人生で最悪のできごとだけでわたしを知ったつもりになられたらたまらないでしょう？」

フェイスはふたたびサラの視線を感じた。フェイスがどう反応するか、あるいはどう反応しないか、サラは身構えている。フェイスは正直に応じることにした。「あたしには、つらいと言うよりほかになんて言えばいいのかわからないし、つらいと言ったところでくその役にも立たないのがつらいよ」

サラは乾いた笑い声を漏らした。「みんな、犯人は捕まったのかって訊くのよ」

訊かないのが意外だったと言いたいのだろうと、フェイスは受け取った。「捕まったの？」

「捕まった。救急外来の清掃員だった。裁判にもなった。裁判所電子文書閲覧サービス《PACER》で記録を読めるわ。自分の口で血みどろの話をするより、読んでもらったほうが、わたしとしては気が楽」

「読まなくても――」

「でも、読んでもいいからね」サラは強調した。「あなたには読まれてもいい。判決は八年の実刑。出所して、さらにふたりの女性をレイプした。わたしはその裁判で証言するのを許可されなかったの。判事が言うには、わたしの証言が先入観を与えるかもしれないから。それでも五年の実刑判決が出た。もう出所したけど、ほかにも違反行為があって、いまは監視下にある」

その男が監視下にあってよかったとフェイスは思ったが、やはり行間を読まずにはいられなかった。そもそも前科があればグレイディ病院で雇用されなかったはずだ。実刑八年は、初犯にしては重すぎる。普通は罪の減軽を求めて、執行猶予がつく。つまり、サラに起きたことはとりわけひどかったに違いない。

「わたしに恥じるところはないわ」サラは言った。「わたしはなにも悪くない」

　そのとおりだと返すのがどんなに無意味か、フェイスにはわかっていた。

「ただ、すごく面倒くさいことではあるのよね。車が壊れたとか、強盗にあったとか、おじいちゃんが強盗に撃たれたとか、そんな人を責める人はいない。でもレイプされたとなると、されたほうの行動やしゃべり方がとやかく言われる――めちゃくちゃよ」サラは十五年前から解けない謎だと言うようにかぶりを振った。「冷静すぎるとか、もっと怒れとか、感情的すぎるとか、感情がなさすぎるとか、どうすればいいわけ？」

　フェイスには答えられなかった。

「レイプのサバイバーはかくあるべきとか、かくあるべきではないとか、みんな好き勝手に言う。自分の身に同じことが起きたら自分はどうするかとか、普通はこんなふうに行動するはずだとか、そういう思いこみをもとに批判する。だから、当事者は自問する――どうして、と。こんなトラウマを残すような、人生が一変するような暴力を受けるいわれはないと、どうして赤の他人を説得しなくちゃいけないの？　もっとひどい場合は、作り話なんかじゃないと説得しなくちゃいけない――なんのために作り話なんかするの？　注目がほしくて？　それとも、同情されて、ひどい目にあったおかげで徳を積んだと思われたくて？　そもそも、自分のことを被害者と呼ぶべきなのか、サバイバーと呼ぶべきなのか？　なぜなら十五年たってもいまだに被害者のような気がするときがあるから。もちろんそうじゃないときはサバイバーのような気がする。でも、わたしはわたしのまま、ここにいるのよ？　どっちの言葉を使っても政治化されすぎて、当事者の気持ちではなく、ほかのみんなの気持ちの問題になってしまう。だからしまいには口を閉ざすほうが楽なのよね、この話になりませんようにと、何度も何度も何度も同じ話をさせられずにすみますようにと願いながら――真剣に祈りながら、なんとか生きていこうとするほうが」

　サラはとりとめなく話しているが、フェイスには彼女の口から出る言葉の一言一句が理解できた。警官として見てきたことだ。そして、この世界に生きているひとりの女性としても見てきた。いまこの瞬間も心底感じていることがあるが、それはくその役にも立たない。なんとかしたい――なにかしたところで、これっぽっちもサラの助けにはならないだろうけれど。

　フェイスは尋ねた。「あなたはどんな気持ちだったの？」

「当時は完全に壊れてた。仕事に集中できなかった。自分をケアするのをやめた。一緒に暮らしていた男は逃げ出した。しかたないよね。不意打ちを食らったようなものだから」

　サラはまたウエストの前で腕を組んだが、今度は自分の身を守るためのように見えた。

「とうとう両親がアトランタまで迎えに来て、実家に連れ戻された。そのころが最悪だっ

3

　ウィル・トレントは、ＧＢＩの満員の研修室の後方で眠気を我慢していた。照明はついていなかった。エアコンの吹出口から熱風が吹きつけてくる。前方のスクリーンはちらついていた。フェイスのノートパソコンのモニターのほうが安定しているが、彼女はさっきから〈３Ｍ〉のウェブサイトを熟読している。

　ふたりはＧＢＩの新しいソフトウェアの使い方を学んでいるはずだったが、講師の男性は古いエアコンのコンプレッサーのうなりと区別できないような声の持ち主だった。おまけに両手をひらひらさせたり、酔っ払ったダース・ベイダーのようにレーザーポインターを振りまわした。ウィルはさっきから、レーザーポインターのせいで目がくらんだという口実で退席し、オフィスのソファで昼寝できたらどんなにいいだろうと夢想していた。

「さて」コンプレッサー男が言った。「セクションＧを見てください、お気づきのように先ほどのＤと非常によく似ていますね。でもだまされてはいけません」

　ウィルはそれ以上あらがえなかった。まぶたを閉じた。顎が胸にくっついた。一日二十四時間勤務が二週間ぶっ通しでつづく潜入捜査が終わったばかりだ。昨夜から今日の未明にかけて六時間近く真っ暗な田舎道を運転してきた。自宅に帰り着くと、待っていた元気な女性が眠らせてくれず、三匹の犬たちはベッドのウィルの側で眠るのが習慣になってしまっていた。

体のあちこちが痛んだ。頭は万力で締めつけられているようだった。疲労困憊《こんぱい》で頭は朦《もう》朧《ろう》としていた。

頭がデスクにごつんとぶつかる前に、フェイスが肘鉄で起こしてくれた。

ウィルがスクリーンに目を凝らしたと同時に、新しいスライドが表示された。目尻がひりひりと痛んでいた。拳をよけきれずに、肌表面を少しばかりえぐられてしまったのだ。もっと重い傷を負ったことはあるが、ここまでうっとうしくはなかった。紙による切り傷をもっとひどくしたような感じだが、切ったのは指ではなく顔だ。

「すると、この青い新しい部分が出てきますよね」コンプレッサー男が言った。「目ざとい方は、見覚えがあると思われるでしょう。でも、もう一度言います。だまされないでください」

フェイスが長々とため息をつくのが聞こえた。

ウィルはフェイスのノートパソコンに目をやった。彼女は講義の最初からキーボートをたたいていたが、ウィルの見たところ、母親にテキストメッセージを送ったり、三輪車の価格を比較したり、ガラスのウィンドチャイムに入札したり、〈３Ｍ〉の各国の研究機関のリンクをクリックしたり、その合間に作動中のＧＰＳ発信機とつながっているとおぼしき地図をひらいたりしていた。

　ウィルは前方を見た。スライドを読もうとしてみた。単語がぶつかりあい、文字が蚤《のみ》のように跳ねまわった。ふたたびまぶたが重くなってきた。

　突然、天井の照明が点灯した。

　ウィルは瞳孔を刺されたような痛みに顔をしかめた。そして、目尻の切り傷の痛みに顔をしかめた。

　コンプレッサー男は、どうやら笑い声らしき空咳のような音を発した。「では休憩に入ります」

「やれやれ」フェイスがつぶやいた。「まだつづくの？」

　ウィルは思わず尋ねた。「いまの一時間は五〇三番の書式が一六三二番に替わるって話だったよね？」

「うん」

「で、いつもぼくたちが緑色のボックスに入力してるやつをこれからはブルーのボックスに入れろと？」

「そう」

「それだけ？」

「それだけ。残りはここに来てからずっと同じことを繰り返してた話の要約」

　ウィルは腕時計を見た。休憩時間は十五分間だけだ。「今朝、サラと話した？」

「うん」

ウィルはフェイスの横顔をじっと見つめた。急にフェイスが目をそらし、なぜかイーベイのオークションをひたすらチェックしはじめたからだ。

ウィルは尋ねた。「彼女、どうだった？」

「サラ？」フェイスは三十分前にも見ていた画面をのろのろとスクロールしていた。「元気だったよ。今日はすごくきれいだった」

サラは毎日すごくきれいだが、そういう問題ではない。ウィルは五年前からフェイス・ミッチェルとパートナーを組んでいる。そのあいだずっと、ウィルの知っている彼女は恒常的かつ熟練した嘘つきだった。

だが、いまのフェイスは違う。

ウィルが追及しようとしたとき、だれかがやたらと爆《は》ぜるポップコーンを作っているような、カツカツという鋭い音が聞こえてきた。

「そこのふたり」アマンダ・ワグナー副長官がドア口から呼んだ。ダークレッドの大きな肩パッド入りスーツに黒いピンヒール。灰色の髪はひとすじの乱れもなくヘルメット形に固まっている。アマンダは腕時計を見やり、パチンと指を鳴らしてもふたりがびくりとしないことに苛立ったようだった。

「早く来なさい。わたしはひまじゃないんだから」

ウィルはうめきながら立ちあがった。デスクは身長百九十センチの男が居眠りしやすい

「その指輪の所有者は？」

「指輪のはまっていた手をしばらく使えなくなりました」

「うろうろしないで」アマンダは椅子を指し示した。「報告書を読むひまがないの。要約して」

　ウィルはたっぷり三秒間黙り、頭のギアを入れなおそうとした。この二週間、ＦＢＩの国内テロリズム対策班に協力し、ミシシッピの民兵組織の周辺をうろついて情報収集をしていた。厳しいと同時にうんざりするような任務だった。毎日シャワーを浴びられず、食事も睡眠も不規則な生活に魅力を感じない年齢に近づきつつあるのかもしれない。

「白人至上主義者の集団。武器は豊富ですが、素人同然です。政府を憎んでいる。テキーラを愛しているが、産地は愛していない。軍隊をまねているが、軍隊経験者はいない。だからピンキーリングなんです。そいつはべろべろに酔ってました。ぼくを殴り倒そうとしました。その報いは受けました。みんな酒とマリファナをやっては妻が憎たらしいとかガールフレンドを絞め殺したいとか、ぐだぐだこぼしています」

「なぜか白人至上主義者にはフェミニストがいないのよね」アマンダはデスクの上で両手の指を尖塔のように合わせた。「フェイスはどう？」

　ウィルはとぼけた。「いつもどおりに見えますが」

「ほんとに？」アマンダは疑っているが、ウィルにパートナーを裏切るつもりがないのは、彼女も知っているはずだ。フェイスは、デスクワークに縛りつけられていたのはアマンダに口答えをしすぎるからだと思いこんでいる。だがそうではなく、アマンダがフェイスを現場からはずしたのは、前回の捜査でフェイスが参っていたからだ。ウィル自身、正直に言えば参っていた。これから二週間ほどワゴン車からカメラを構える毎日でもいいような気がしていた。

アマンダは命じた。「イヴリンが帰ってきたほうがいいのなら、言いなさいよ」

イヴリンはフェイスの母親だ。そして、アマンダの元パートナーで親友でもあり、当然そのせいでフェイスの人生はややこしい。

ウィルはうなずいたが「フェイスは大丈夫ですよ」と答えた。

「あなた、ダンスはできるの?」

アマンダが急に話を変えることには慣れていたが、このときは彼女が新しい言語を生み出したかのようだった。

「あなたの結婚式だけど。来月の」

ウィルは顎をこすった。サラのアパートメントでささやかな集まりをひらく予定だった。招待するのはせいぜい三十人程度だ。

「ウィルバー」アマンダはデスクの前へまわり、ウィルの隣に座った。ウィルはよく、アマンダがほんとうは小柄なことを忘れてしまう。椅子に浅く腰掛けた彼女はポケットにしまえそうなほど小さく見えたが、ウィルには生きたサソリをポケットにしまう趣味はない。

「最初の結婚が茶番だったのは知ってるけど、ほんとうの結婚式では、新郎新婦がダンスをするのよ」

「厳密に言えば茶番とは違いますね。挑発ごっこでした」

アマンダは、ウィルだけがふざけているかのようにぎろりとねめつけた。「サラの家族は伝統を大事にするから、たぶんサラはまずお父さまとダンスをして、お父さまがあなたにサラを託すかたちになる」

ウィルはかぶりを振った。アマンダがなにを考えているのか、さっぱりわからなかった。すると、アマンダはウィルの腕に手をかけた。「いまから練習しなさい。音楽はなんでもいいの。ゆっくりとしたビートの変わらない曲ならなんでも。ユーチューブで動画を探せばいいわ」

「ぼくは――」ウィルはつっかえそうになったのをこらえた。アマンダはなんと本気だ。

「なんの話ですか？」

「練習しなくちゃね、ウィルバー」アマンダはウィルの腕を軽くたたき、立ちあがって席に戻った。「みんなに見られるのよ。サラの家族やおじさんおばさん、いとこたち、いとこの連れ合いたちまで」

ウィルはぼんやりと思い出した。この人は父方の大おじで、あの人は母方のはとこで、とサラが説明していたのに、自分はホークスが十二点差から反撃の猛攻をはじめたことに気を取られて真面目に聞いていなかったが、どうやらあれは重要な話だったらしい。

「もちろんレッスンを受けてもいいし」とアマンダ。

ウィルは、なんの話ですかとまた言いそうになった。「レッスン？」

「パラシュートをもらえば最終的には着地できる。いきなり身ひとつで飛行機から突き落とされれば死ぬでしょう」アマンダは固定電話の受話器を取った。電話番号を押しはじめた。「まだなにか話があるの？」

ウィルは立ちあがった。廊下に出た。ドアを閉めた。廊下の突き当たりへ歩いた。階段の前へたどり着いたが、アマンダの話はいったいなんだったのかじっくり考えることはできなかった。踊り場でフェイスが待ち構えていたからだ。

「アマンダになにを言われたの？」

「ええと――」頭を切り替えるのに、また時間がかかった。「潜入捜査の要約をしろと」

「それと？」

「それと、結婚式の前にダンスのレッスンを受けたほうがいいと」

「それは悪くない提案ね。ちなみにあなたの介添え役は八十歳以下の男全員とダンスするつもりよ、そのあいだ彼女の大きな息子は隅っこでむすっとしてるだろうけど」フェイスにとって、この話はそれで終わりらしかった。彼女は階段をおりはじめた。「詐欺捜査班に行ってこいだなんて、アマンダはまだあたしにクソを食わせたいのよ。たしかにアマンダにどなったのはまずかったよ、でもひどくない？　この前あなたがあの人を怒らせたときは、空港の張り込み一週間だったでしょ。今回は一カ月だよ」

ウィルはもっと大事な問題に話を戻した。「さっきはサラの話をしている途中だっただろう？」

「そうだっけ？」フェイスは次の踊り場を曲がったが、ウィルは彼女の動揺した顔つきを見逃さなかった。「あたしの心配ごとは、ボスがあたしにあたしの仕事をさせてくれないってことだから」

サラが心配だという話はまだしていなかったのに、これは心配すべきだということではないだろうか。

「詐欺の捜査って容赦ないって知ってる？」フェイスは言った。「たしかに泥棒だし、ちゃんと働けって話だけど、なかにはどうにかこうにか暮らしてる人たちもいる。たまたま調子のいい日に孫と庭いじりしてるのかもしれないでしょ？　そこへカメラを構えたあたしが植えこみから飛び出て、障害年金を取りあげるの？」

フェイスはなぜか連邦政府をだます連中に同情しがちだと、ウィルはずいぶん前から感じていた。そこは彼女とミシシッピの民兵たちの共通点だ。

「ゆっくり現場に戻るのも悪くないんじゃないかな。ぼくはありがたいって意味だけど」

「ありがたい？」フェイスはドアノブに手をのばしかけていたが、くるりと振り向き、ウィルをにらんだ。「それってどういう意味？」

ウィルはみずから罠にはまったことに気づいた。最近のフェイスの困ったところだ。フェイスは以前から気が短いほうではあったが、この前の捜査以来、やたらと怒りっぽくなった。そのせいでいままでデスクワークをさせられ、そのせいでいまから人が充分足りている詐欺捜査班でウィルとともにバーニスの代わりを務めなければならない。

フェイスはまだ返事を待っていた。「どうしてこんなことされてありがたいの、ウィル？」

「潜入捜査ってどういうものか知ってるだろ」フェイスは潜入捜査の経験がない。「ぼくは二週間も森のなかにいたから。捜査官の勘を取り戻すのに時間がほしいんだ」

「本気で言ってるの？」フェイスの声が険しくなった。「あたしはだれかに手を引いてもらわなくても結構。とくにあなたには。あたしはひとりでも大丈夫。自分の仕事はできる」

ほんとうに大丈夫ならここまで怒らないだろうと、ウィルは思った。「ゆっくりやろうよ」

「ゆっくりやろうってあなたが言うの？　そんなの結構よ。あたしはあたしのやり方で仕事をするから」フェイスは大声でどなっていた。「ウィル、あたしはあなたと違ってぽんとバッジをもらえたわけじゃない。パトロールからたたきあげてきたの。真夜中にスピード違反を止めてクスリの売人に顔を撃たれそうになったなんてざらで、家に帰れば子どもの面倒を見て、それでもあたしは大丈夫だった。聞いてる？　あたしはあのころも大丈夫だったんだから、いまもぜんぜん大丈夫」

「そうだね」フェイスは喧嘩をしたがっているが、ウィルは挑発に乗るつもりはなかった。

「わかってるよ」

笑顔が消えた。サラはかぶりを振った。家族にダニ・クーパーの話はしていないのだ。まったく彼女らしくない。いま思い返せば、それは大きな緊急信号だったのに、ウィルは見逃していた。

サラはつづけた。「韻というものがわかりやすくなるかもしれないから、あなたの脳が情報をどんなふうに処理するか説明するね」

テッサもほんとうの問題をはぐらかすのが得意だが、サラはその名人だ。

ウィルが見ていると、サラは一枚の紙をひっくり返し、彼の脳とおぼしきものを描きはじめた。婚約指輪は、サラの高価な服とひどくちぐはぐだった。母親のわずかな遺品のなかに、いくつかの安物のアクセサリーがあった。十代で亡くなった母親は、アトランタの街娼《がいしょう》だった。洗練されたセンスの持ち主ではなかったようだ。ウィルはなぜか、サラに求婚するのに母親の指輪を贈るのがいいと思った。そして、彼女の瞳の色に合わせてグリーンのガラス玉を選んだ。

サラはそれをダイヤモンドのように扱っている。

「この領域は」――サラはペンで脳の絵をたたいた――「典型的な脳の場合――」

ウィルは彼女の手に自分の手を重ねた。

足でドアをそっと閉めた。「ゆうべの話を聞かせてくれないか」

「なんのこと？」

「少しつらかったんだろ」

「わたしが荒っぽくしてって頼んだのよ？」

サラは眉をあげていた。これもまたはぐらかしだ。サラは頭がよすぎる。ウィルは彼女とはじめて会ったとき、みじめなほど気圧されてデートに誘えなかった。二回目に会ったときも。五回目も六回目も。いつもウィルは自分のなじんだ場所、サラに言わせれば気まずい沈黙のなかに引きこもってしまう。

いま、ウィルはその沈黙をここぞとばかりに利用した。

サラはほどなく屈した。

「楽しめなかったって言うの？」サラの笑顔は引きつっていた。「わたしが強烈なくしゃみをすれば、あなたも楽しんだという証明になるかしら」

ウィルもほほえんだが、しつこくたたみかけた。「昨日の裁判でなにがあったんだ？」

「話したでしょう」サラはするりと手を引っこめた。椅子に深く座りなおした。ふたりのあいだの距離がにわかに広がった。「証言はうまくいった。ダグラス・ファニングはあせってた。明日は休廷。判事は双方の弁護士に、和解について話し合うように要請したけれど、和解には至らない。クーパー夫妻はお金がほしいわけじゃないから。トミー・マカリスターのせいで娘が死んだと世間に知らせるのが夫妻の目的」

ウィルはサラの表情を観察した。彼女の鎧《よろい》に隙はない。完璧に冷静な仮面をつけている。

「この前きみと捜査した事件について考えていたんだ」

サラは唇を引き結んだ。この前の事件とは、フェイスが心的外傷後ストレス障害《PTSD》の症状ル・ハイウェイに近い更生施設にいるらしい。お金のためにやったのなら、いまでもマックかブリットを脅迫して、お金をせびってるはず。あのふたりなら、大金を払って彼を国外に追い出すことだってできる。あの男はサディスティックなレイプ犯だけど、ばかではない」

ウィルはそのとおりだと思った。彼も警官だ。前方に見える道は一本しかない——フェイスも昨夜見たはずの道だが、サラは明らかにその道を避けたがっている。「ふたつの事件がつながっていれば、両方を捜査する。ということは、トミーがなにをしているのか調べる一方で、きみの事件も調べなおさなければならない。捜査がうまくいってブリットの言うつながりがわかれば刑事裁判になる。刑事裁判になると——」

「わたしは公開の法廷で、十五年前にどんな目にあったのか証言しなければならない」

サラの涙はいまやとめどなくこぼれていた。怯えている彼女を見ていなければならないのが、ウィルにとってなによりつらかった。サラは十年以上、グレイディ病院で起きたことを乗り越えようと努力してきた。いまでもあの日の傷痕は消えていない。ウィルは昨夜もそれを目の当たりにしたばかりだ。世界はときに人の感覚を麻痺《まひ》させ、痛みしか感じられなくすることがある。

ウィルはサラの前にひざまずいた。両手で彼女の顔を挟み、目を合わせた。「なにが正しくてなにが正しくないかなんて、いまは考えなくていい。きみにできることだけ考えよう。とにかく、きみがなにを選んでも、ぼくは支持する」

「わかってる」サラはまた深海へもぐる前のような深呼吸をした。心はすでに決まっているのだ。「トミーを止めるためにできることをなんでもすると、ダニに約束したの。それが見知らぬ他人にわたしの過去を晒すことなら、そうするしかない。ダニを失望させたら自分を許せないから」

ウィルの胸は痛んだ。この半年間、まさにこの事態を恐れながら日々を過ごしているサラを見てきたからだ。ウィルはサラの髪を後ろへなでつけ、不安そうなひたいの皺を少しでも取り除こうとした。「この話はぼくたちのあいだだけにしておこう、いいね？　まだおおやけにしなくていい。今夜、フェイスも入れて、この先どう進めていくのがいちばんいいか相談しよう。いいかな？」

「わかった」

サラはウィルの腕のなかへすべりこんだ。ウィルはしがみついてくる体が震えているのを感じた。それでも、やることが決まったいま、サラの苦悩はいくらかやわらいだようだった。

「ほかに話しておきたいことは？」ウィルは尋ねた。

「金曜夜の交歓会というものがあったの」

十五年前

「交歓会？」長距離電話でつながっているキャシー・リントンの声は、面食らっているように聞こえた。「あなたがどういう意味でその言葉を使ってるのか、わたしはちゃんとわかってるかしら」

サラは頭に手を当てた。ドクター・ニガードのフェローシップに選ばれたことを伝えるために電話をかけたところ、大学特有の変な慣習について母親に説明するはめになるとは。

「男子学生クラブと女子学生クラブが共催する部外者お断りのパーティのことよ。普通は学生会館で催される」

「でも、あなたたちもう学生じゃないでしょう」キャシーはまだとまどっていた。「会場もバーだし、普通にパーティって言えばいいのに」

「みんな、自分たちの特別なクラブにだれを入れるか入れないかってことばかり考えて生きてるからね」

「そんなものかしら」キャシーはひとまず納得した。「あなたはフェローシップを取れたんだものね、サラ。あなたこそ、その交歓会で楽しむ権利があるわ」

「どうかな」サラは読まなければならない医学誌の山に目をやった。毛のふわふわした白い猫がその山の上で眠っている。アプガーは頭を二本目のしっぽのように垂らしていた。

「あと一週間、夜勤がつづくし」

「だったら、なぜ交歓会の話をしたの？」

サラももはや忘れていたが、たしかお祝いにアトランタまで車を飛ばすと言った両親を思いとどまらせるためではなかったか。

「あなたも修道士みたいな暮らしをしてちゃだめよ」キャシーは言った。「まともな人間らしく生活しなくちゃ、まともな医師にはなれないわ」

サラは不意をつかれたような気がした。「わたしがまともな人間じゃないって言いたいの？」

「わたしが言いたいのはね」キャシーはいかめしい口調で話しはじめた。「いまはわたしもあなたがフェローシップを取ったことに心からよろこんでるけれど、いまみたいにいつなんどきも気を抜かずに生きていても、そのうちがらがらっと状況は変わるわよってこと。予想もしていなかったことが起きるものよ。それがいいことか悪いことかわからないけど、あなたもそこから学ぶわ。大事な機会になる。変化が起きたときこそ、自分がほんとうはどんな人間なのかわかるの」

「トミーとマックに関するヒントは以上よ。あとはわたしのこと」

ウィルはフェイスに言った。「もうひとつ項目が必要だ。〝つながり〟という見出しにしよう」

「これ、戸棚に貼って」フェイスはピンク色の紙片を選び、見出しを書いた。それをウィルに渡した。ウィルはハローキティのテープで、冷蔵庫の隣の色を塗った金属の戸棚に貼りつけた。

そして、サラを見た。

サラは短く息を吸ってから読みあげた。「〝十五年間もなにも知らず苦しんできたなんて。目の前にあるものに気づかないせいでね〟」

「これは間違いなく〝つながり〟だね」フェイスはウィルに紙片を渡した。「ここから交歓会の話になるでしょう？」

「ええ」サラは答えた。

ウィルはテープを切りながら、サラが次の言葉を読むのを聞いた。

「〝あなたに起きたこと。ダニに起きたこと。全部つながってるのよ〟」

ウィルは、フェイスがいまの言葉を書きとめるのを待った。ブリットが言ったことのなかで、これがなにより重要だ。ウィルはピンク色のテープで紙片を囲って目立たせた。

サラはつづけた。「残りのヒントはあとひとつだけ。ブリットはトイレを出ていく前に、こう言ったの。〝交歓会のこと忘れたの？〟」

フェイスとウィルが作業をするあいだ、サラは後ろへさがり、ヒントを書きつけた紙片の数々をじっと眺めていた。ウィルは横目でサラの様子をうかがった。スーパーウーマンの仮面がはがれている。彼女の両手はやはりまだ震えている。

フェイスはクレイジー・ウォールのほうに注目していた。データを統合することに夢中になっている。「犯人が清掃員だというサラの証言が根拠薄弱だとすれば、無実の人間が有罪になったことになる」

「いいえ、確実よ」サラは言った。「わたしは犯人の顔を見た。犯人は知り合いだった。疑いの余地はない」

「交歓会」ウィルは言った。「すべてがはっきりと交歓会を指している。ブリットによれば、交歓会の夜になにかが起きて、そのなにかはきみの事件に直結し、きみの事件はダニ・クーパーの事件に直結しているわけだ」

フェイスは尋ねた。「ということはなに？　マックがトミーにサラの事件について話して、トミーはその話に刺激されてダニに同じことをした？」

サラはかぶりを振った。「あの人たちが家族のディナーの席でそういう話をするとは思えない。わたしがその場にいない限り、わたしのことなんか思い出しもしないわ」

「ブリットは違ったでしょ。トイレでこんなにぺらぺらしゃべったんだし。あなたがどんな目にあったか、ブリットは知ってる。あなたが子どもを――」

フェイスは賢明にもそこで口をつぐんだが、手遅れだった。サラはクレイジー・ウォールを眺めて考えているふりをしている。ウィルには、彼女の目にたまった涙が照明の下で光っているのが見えた。

「ふたつの事件は分けて考えよう。トミーが現在の脅威だ。彼は以前に一度、もしかすると二度、レイプ事件を起こしている。ブリットは、裁判のおかげで彼がレイプをやめると考えているが、それは間違いだ。彼は逃げおおせた。両親が小切手を切るだけですむ。トミーはすでに次の標的を探しているかもしれない。彼に焦点を当てるべきだ」

フェイスはウィルの意見に同調し、サラに言った。「トミーがハイスクール時代に訴えられた件について、あらためて聞かせて。あたしもクーパー夫妻が雇った調査員の報告書は読んだけど、なぜその件はうやむやになったままなの？」

「マックとブリットがお金で解決したの。警察の記録では、被害者の名前がジェイン・ドウ《身元不明女性》になっていた。ハイスクールの記録は非公開。被害者は、示談の条件として事件については一切語らないという契約に署名した。捜査を担当した刑事も、事件について覚えていることはほとんどない。被害者に聴取することもできなかったから。被害者家族が捜査に協力するのをやめてしまったの。示談になったのがわかるのは、裁判所の事件一覧表に載っていたから。なにもかも封印されてるの」

「なんてすばらしい」フェイスは不満そうだった。「司法制度とやらはちゃんと機能してるね」

サラは腕組みをした。ピンク色の紙片の列を見ている。「トイレでブリットをあっさり逃したなんて、自分にあきれるわ。もっと冷静だったら……」

「状況が状況だっただろ」ウィルは言った。「きみは精一杯やったよ」

「クレイジー・ウォールじゃなんにもわからないね」フェイスが言った。「ブリットと話ができればいいのに。すぐ思いつく解決法はそれだね」

「あの人は二度としゃべってくれない」サラは解決法を探すかのように並んだ紙片を見つめていた。冷蔵庫のマックの側を指差す。「この〝本人たち〟と〝あの人たち〟ってだれだろう?」

「〝本人たち〟は、ふたり? それとも何人かの集団なのかな?」

「わたしを襲ったのは単独犯だった。ダニ・クーパーの検死でも、彼女が複数にレイプされたことを示す証拠は見つからなかった」

ふたりは昨夜もこれと同じ煉瓦塀にぶつかったのだろうと、ウィルは思った。もっと情報が必要だ。ウィルはサラに尋ねた。「交歓会に関して教えてくれ。なにか覚えていることは?」

サラはそのときのことを思い浮かべようとしている様子で目を閉じた。「金曜日で、バーは満員だった。わたしたちのグループは、全部で十五人から二十人くらい。毎月欠かさず参加している中心のメンバーがいた。メンバーたちは――〝ギャング〟、と呼ばれていた。ほかの人たちは、〝取り巻き〟と呼ばれていた。それから、わたし。わたしはそれまで交歓会に参加したことがなかったけれど、みんなかなり羽目をはずすとはメイソンから聞いていた。彼は朝の四時まで居残ってることもあった。バーが閉まると、別のお店に移動するの。メイソンはわたしよりずっと社交的だった」

「ちょっと待って」フェイスが口を挟んだ。「マックとブリットが朝の四時まで飲み明かしてるあいだ、息子のトミーはどうしてたの？」

「朝の六時とか七時よ。トミーはベビーシッターが見てた」

「まあ人それぞれだけど。あたしはジェレミーが大学に入るまで夜用の風邪薬も飲まなかったな」

ウィルは尋ねた。「きみはギャングとはどういう関係だったんだ？　職場の同僚だったのか、それとも学校で知り合ったのか？」

「両方よ。メイソンと一緒にあの人たちのディナーパーティに参加してた。週末にはピードモントのテニスコートでプレーすることもあった。ソフトボールのリーグもあった。わたしはいつも壁の花ってわけじゃなかったけど、交歓会は金曜日の夜にひらかれていたし、金曜の夜がひまだったとしても、みんなが酔っ払っていろいろやらかしてるバーでひまつぶしするなんていやだった」

「だれがやらかしてた？」

サラは肩をすくめた。「よくある酔っ払いのやらかし程度よ。とくにたちが悪い人がいたわけじゃない。みんな飲むのが好きだった。酔っ払いのなかでひとりしらふでいるのって退屈でしょ」

その状況はウィルにも覚えがあった。「きみがバーに到着したのは何時？」

「六時半ごろ。一時間ほどでバーを出た。そうすると、病院には遅くても八時前後には着く。夜勤は十時からだった」

フェイスは螺旋綴じのノートに時刻を書きとめた。紫色の紙片を集め、またマジックペンのキャップをはずした。「関係者の名前を書いていこう。ギャングのメンバーは？　スローン、ブリット、マック、サラ、メイソン――ほかには？」

サラは短く息を吸ってから口をひらいた。「チャズ・ペンリー。ブライズ・クリーディ。ロイス・エリソン。ビング・フォースター。プルーデンス・スタンリー。ロザリン・ストーン。キャム・カーマイケル。それと、リッチー――ラストネームが思い出せない」

「リッチじゃない？」フェイスは書く手を止めずに言った。「なんだか半分は漫画のキャラクターみたいな名前だし、あとの半分はジョン・ヒューズの映画に出てくる嫌味な人気者みたい」

サラは口元をほころばせながらも言った。「そう思うのもわかるけど、みんながみんなそういうステレオタイプじゃないのよ。ロザリンは国際家族計画連盟でボランティアをしてた。チャズとわたしは、ときどき休日にホームレスのシェルターで働いた。ロイスは毎年のように夏は国境なき医師団に参加してた。ブライズはアトランタの公立校で〝女子のためのSTEM〟プログラムで教えてた」

ウィルは彼らの善行に興味はなかった。〝つながり〟の欄の横に名前を貼っていく。現時点ではどれもつながっていないように見えるが、ウィルは自分たちが正しい方向に進んでいると感じていた。

サラに尋ねた。「あの晩のバーの話に戻ろう。ブリットはどうしてた？」

サラはかぶりを振りつつ答えた。「わたしがバーにいるあいだずっと、マックにしなだれかかってた。いつもそうだったの。だれかがマックに話しかけたら――とくに女性が話しかけたら――かならず割りこんできた」

「嫉妬深かったのか？」

「それもあるけど、ブリットは夫の成功が自分の成功になるタイプの女性なの。アイデンティティが丸ごとマックと結びついてる。不思議だったな、だってブリット本人も一人前の医師だったんだから。メディカルスクールの学生時代に出産して、産科ではトップの指導医だった。マックはまだインターンだったころも、ブリットはいつも彼の意見を肯定してた。とくに、マックが間違っているときにね。マックに反論する者がいたら許さなかった」

「素敵なカップルね」フェイスはペンでカウンターを小刻みにたたいた。「その晩、あなたはどうしてたの？　テーブル席に座ってた？　バーカウンターの前に立ってた？」

「最初はバーカウンターのあたりに立って、いろいろな人と話してた。それから奥のブース席に座ったら、むかいにマックとブリットに座られてしまった。それもあって、早めにバーを出ることにしたの」サラは両手を握り合わせた。「ブリットだけのせいじゃなかったけどね。マックがフェローシップを取れなかったのを知ってるのに、涼しい顔はできなかった。ニガード先生は次の日、みんなに向けて発表する前に、マックを呼んで直接伝えるつもりだったの」

「マックのことだけど」フェイスは言った。「その夜、彼はどんな様子だった？」

「尊大で偉そうだった。普段どおりね。わたしに話しかけてきたけど、ばかにしてる感じだった。もともと、わたしを競争相手と認めてなかったのよね」

「でも、きみとフェローシップを争ったんだろ」

「ええ。だけど、マックはトミーと同じなの。ほしいものをすべて手に入れてきた。フェローシップも自分に決まってると思ってたんでしょうね」

フェイスは尋ねた。「その夜、なにを飲んだか覚えてる？」

「白ワインをグラス一杯」サラはまた両手を見おろした。「時刻を気にしてたの。夜勤までに酔いが覚めるように時間を逆算して、残した分はテーブルに置いて帰った」

「だれが飲みものを持ってきてくれたの？」

「メイソンよ。つまみも持ってきてくれた。ふたりで分けたの」

「あなたは飲んでいるあいだに、トイレに行ったり——」

「飲みものに薬は入っていなかった」サラは質問の途中で答えた。「ＧＨＢもロヒプノールもケタミンも——どれも効果が出るまでに十五分から三十分かかる。わたしは、そんなに早く症状を感じなかった。症状が出たのは四時間後、夜勤がはじまってからだった」

フェイスはペンでテーブルをたたきながらクレイジー・ウォールを見つめた。

ウィルはサラの様子をうかがった。彼女の目はまた婚約指輪を見おろしていた。親指でガラス玉の傷を引っ掻いている。それに似合う結婚指輪をウィルが彼女の指にはめるより先に、壊してしまいそうだ。

フェイスは尋ねた。「バーから病院まで、移動手段は？」

サラは目をあげた。「歩いていったわ。ほんの数ブロックだから。頭をすっきりさせたかったの」

「なにか気になってたの？」

「フェローシップを取ったとわかってから、少し気持ちが落ちてたの。目標のためにがむしゃらに努力して達成したあとって、気が滅入りそうになるでしょう。これからどうすればいいのか、次はなにを目指せばいいのかって考えちゃって」

「わかるわ」フェイスは言ったが、ウィルは彼女がわかっていないのを知っていた。「じゃあ、マック・マカリスターにはあなたがフェローに選ばれたことを話さなかったんだ？」

「ええ」

「ブリット・マカリスターにも？」

「話さなかった」

「メイソンには？」

「話してない」

「ほかの人たち、リッチー・リッチとギャングたち」――と、リストを指し示す――「この人たちにも話してない？」

「わたしからはね」

「あの晩、様子が変だった人はいた？」

「わたしはとくに気づかなかった」

「いまはどう？　いまみんなどこにいるの？　なにをしてる？」

「ええと――」

「ちょっと待って」ウィルは穏やかな口調で止めたが、もっとペースを落とせとフェイスに目顔で伝えた。これは尋問ではない。サラの人生を聞いているのだ。「ちょっと休憩しよう」

「わたしなら大丈夫よ」サラは戸棚に貼った紫色の紙片の列を指差し、ひとりひとり説明した。「メイソンは美容外科。バックヘッドで開業した。スローンは小児の血液専門医としてコネチカット小児病院に勤務してる。マックについてはもう知ってるでしょ。ブリットは医師を辞めた。チャズは病院総合医。アトランタ・ヘルスにいる。ビングがいまなにをしているのかはわからないけど、イラッとさせられる人だった」

「気持ち悪いってこと？」

「オタクっぽいってこと。悪気はないのよね」サラは肩をすくめてつづけた。「ブライズとロイスはピーチツリー・コーナーズで耳鼻咽喉科医をやってる。わたしがアトランタを

サラはウィルを見た。

その顔はほほえんでいた。

ウィルは笑みを返した。

「よし、たぶんここね」フェイスはパソコンの向きを変え、ふたりに地図を見せた。二本の通りの交差点を指差す。「アレンデルとラウダーミルクの角に高級スーパーがある。このへんで間違いないかな？」

サラはうなずいた。「デーリヴァーズの店はアレンデルの真ん中あたりにあったわ。隣はたしか靴屋だった。スニーカーとかスポーツウェアとか、そういうものを扱ってた」

フェイスはふたたびクレイジー・ウォールを見あげた。腕組みをする。これからどうするか考えているようだ。

しばらくして口をひらいた。「あたしなら捜査をこんなふうに進める。まずは、バーを起点に逆検索する。バーの名前を調べて、所有者を捜し出す。従業員名簿から当時の店員たちを捜し、あの晩、あるいはそれまでの交歓会で怪しい人物がいた覚えはないか話を聞く。それから、周辺地域一帯で起きた犯罪の記録を当たる――あの晩かその前後に、ほかに暴行事件は起きていないか？　なにか目撃した人はいないか？　暴行が目的だったけど失敗して強盗未遂とみなされたと思われる事件は起きていないか？　そして、リッチー・リッチとギャングたちの経歴をほじくり返して、暗い秘密が隠れていないか探る。それから彼らをひとりひとり訪ねて尋問する」

サラはうなずいていた。希望を抱いているように見えるのが、ウィルにとってはつらかった。

サラを落胆させる役目をフェイスに負わせるわけにいかない。

ウィルは言った。「でも、現実には無理だ。GBIは市警からの依頼がなければ捜査できない。アトランタ市警はぼくたちに妙な敵対心は持ってないけど、市警にアプローチできるだけの相当な理由がない。いまわかってることだけでは立件してくれないよ」

「立件なんてしないで」サラはウィルの顔を見あげた。「わたしは非公式に調べるのだと思ってた」

「非公式にできるのはこの話し合いまでだよ」

フェイスはサラに言った。「あなたがいつも検死報告書に記入する事件番号は、あたしたちが発行したものよ。証人の証言を取ったり、容疑者に尋問したり、報告書を提出したり、GBIのポータルにログインしたりするときに、その番号が必要なの。そうでなければ、あたしがいま言ったことはひとつ残らず違法行為とみなされる。権力の濫用とか、警察のハラスメントとか――ほかにもまだあったよね」

ウィルは補足した。「法執行機関の資源の不正使用」

三人は黙りこみ、違法行為とならない方法を考えた。

ウィルは言った。「既存の事件番号を使おうか。だれかに気づかれるまで一週間、もしかしたらそれ以上は時間を稼げるかもしれない」

「だめ」サラはきっぱりと言った。「絶対にだめ」

ウィルは、サラがどうやって自分を止めるつもりなのかわからなかった。

「待って」フェイスが言った。「あの晩起きたことを知ってるのはブリットのほかにもいる。監視下の性犯罪者を尋問するには相当な理由なんかいらない。ジャック・アレン・ライトを尋問すればいいのよ」

サラは自分をレイプした男の名前を聞いたとたん、目に見えて怯《ひる》んだ。

「ごめん」フェイスは自分の失敗に気づいた。「サラ――」

サラが立ちあがった勢いで、椅子が床をすべっていった。彼女はキッチンを出ていった。ウィルは玄関のドアが閉まる音を聞いた。

廊下に出たが、サラを追いかけはしなかった。少し時間を置いて気持ちを落ち着けなければ、五年間パートナーを組んだ女性を打ちのめしてしまいそうだった。

「ごめん」フェイスが背後に立っていた。後悔の念が伝わってきた。「謝ってくる」

「サラが戻ってくるまで待ったほうがいい」

「でも、様子を見てこないと。あなたが行ってくれてもいい。どっちかが行かないと」

「今朝、きみはぼくに様子を見てほしかったか?」

フェイスは答えなかった。

ウィルは振り返った。

フェイスはキッチンに戻っていた。椅子に座ってうなだれている。ノートパソコンをひらき、キーをたたきはじめた。

　ウィルはまだ腹立ちがおさまらなかったが、フェイスに不法な調査をさせてバッジと年金を失うリスクを負わせるわけにはいかなかった。

「ぼくのログインナンバーを使ってくれ」

「使わないよ。グーグルを使うから」フェイスは顔をあげてウィルを見た。「ギャングはみんな病院で働いている医師でしょう。少なくとも居場所はつかめる。リストからひとり名前をあげて」

　ウィルにとっては戸棚を振り向く必要はなかった。記憶を頼りに名前を告げた。「ドクター・スローン・バウアー。小児血液専門医。コネチカット小児病院勤務」

　フェイスは検索窓に入力した。

　すぐに病院のウェブサイトが読みこまれた。スローンはホイペットのように痩せていて、ブロンドのロングヘアにまっすぐな鼻、唇は不自然にふっくらとしていた。金縁の眼鏡は彼女の顔には大きすぎるが、それもファッションの一部なのだろう。

　フェイスは言った。「メイソンはサラに隠れてスローン・バウアーと寝てたんじゃない？」

「だろうね」いつもは遠くに住んでいるガールフレンドがバーにいたから、夜なのにガールフレンドを職場までひとりで歩いていかせたのだ。「チャズ・ペンリー。病院総合医。アトランタ・ヘルス」

ウィルはフェイスの肩越しにモニターを覗きこんだ。チャズ・ペンリーの写真はページの最上部に載っているので、中心人物なのだろう。ブロンド。ブルーの瞳。十五年前にはデートの相手に困ることはなかっただろうが、そんな時代は終わったようだ。

フェイスは言った。「トラップ一家を売ったロルフのその後って感じだね」

「写真を印刷してくれ」ウィルはフェイスが前のページに戻って印刷のアイコンをクリックするのを見ていた。「次はブライズ・クリーディだ。耳鼻咽喉科医。ピーチツリー・コーナーズ」

フェイスは別のタブをひらいた。さらにタブを増やす。ギャングの残りのメンバーの写真もそれぞれ印刷した。ロイス・エリソン。ビング・フォースター。プルーデンス・スタンリー。ロザリン・ストーン。マック・マカリスター。医師としての顔写真、勤務先のウェブサイトに掲載されている実績や専門に関する長いリスト、みずからが経営するクリニックの洗練されたウェブサイトの〝当院について〟のページ。どの医師も、ミドルスクールのカフェテリアで頭のいい子たちのテーブルについていた子どもを彷彿《ほうふつ》とさせた。

もっとも、ウィルがカフェテリアで過ごした時間はさほど長くない。たいてい校長室にいたからだ。

「ブリットを調べよう」フェイスが言った。「いかにもバックヘッドの奥さんって感じだと思うよ」

ほかのメンバーと同じくブリットも簡単に見つかった。いまは医師ではないので、病院やクリニックのページには載っていない。インスタグラム、ティックトック、フェイスブックも使っていないようだが、ツイッターにアカウントがあった。

アイコンは、大学の卒業式の学帽とガウン姿のトミーと、息子の肩を抱いたマックの写真だった。ヘッダーの写真は、湖のむこうの山に沈む夕日だ。

「この写真、バスタブをふたつ追加したら勃起不全の広告になるわ」フェイスは言った。

フェイスがスクロールするのが早すぎて、ウィルにはまったく内容がつかめなかったが、彼女が教えてくれた。「医療関係のリツートが多いね——記事とかアドバイスとか、医者とか母親のたわごとと。自分の言葉はあまり投稿してない」

「トミーの公判の前に、プロが手を入れて都合の悪いものは消したのかも」

「ありうるね」フェイスは自動再生のはじまった広告を飛ばした。「裁判初日のツイート。〝気丈なトミーを心から誇りに思ってる。早く日常が戻ってきますように。あの子もいつかDHのようなすばらしい医師になるわ〟だって」

「だれのような?」

「DH。ママブログ用語で〝うちの困った夫《my idiot husband》〟のこと」フェイスはつづきを読みあげた。「裁判二日目。〝トミーの冷静さには感嘆します。自称専門家たちは自分がなにをしゃべってるのかもわかってない。わたしたちの反撃を待ってなさい!〟」

「昨日のサラの証言については?」

「〝今日はでたらめな証言ばかりでした。この前調べたときは、偽証は違法でしたけど。

「あるに決まってるでしょ」フェイスもサラと同様に声を荒らげた。「ブリットを逃がすわけにはいかない。彼女はなにか知ってるんだよ。あなたのレイプ事件とダニの死はつながってると言ったんでしょう。あなたが個人的な理由で手を引きたいのはわかるけど、ダニのことはどうでもいいの？」

「ふざけないで」サラは爆発した。介入しようとしたウィルを、腕をあげて制した。「じゃあ、ダニのためになにができるのか言ってよ！　どうすればいいのか言ってごらんなさいよ！　なにもできないじゃない！」

「方法はある――」

「どんな方法が？　わたしはあなたとウィルを危険に晒したくないの。フェイス、あなたには小さな子どもがいるじゃないの！　仕事や手当や年金が必要でしょう。ただでさえ、わたしのせいでたくさんの人が傷ついた。これ以上、だれも苦しめたくないの」

「苦しむべき人間がいるでしょう？」フェイスはぴしゃりと返した。「ブリット・マカリスター。彼女から攻めるのよ」

「どうやって？」サラは本気で答えを知りたがっていた。「どうすれば、あなたたちの生活をぶち壊さずにブリットと話せるの？」

「トイレで彼女が語ったことについてあらためて尋ねたいというのは、正当な理由になる」

「とりあえずそういうことにしておきましょう。でも、だれであれ、警察に話したくなければ話す義務はない。ブリットはべらぼうにお金を持っていて、弁護士に守られてる。彼女の家の門を突破することだってできないでしょうよ。メイドにあなたたちを入れるなと命じておけばすむことだもの」

「ブリットを尾行するの。そして待ち伏せする。不意を突くの」

「裁判所で？　エステで？　ヨガスタジオで？　それがどんなにばかげて聞こえるかわかってる？　ブリットに鼻で笑われて逃げられるのがオチよ」

「カントリークラブで待ち伏せする。〈ピードモント・ヒルズ〉のメンバーだよね」

「フェイス――」

「やめて」フェイスはサラに指を突きつけた。「ブリットは階級意識が強いって言ったのはあなただよね。ブリットもお仲間の前でブチ切れるわけにはいかない。きっとあわてる。あたしたちはその隙を突くの」

「あのクラブはめちゃくちゃ排他的なのよ。メンバーには判事や政治家がわんさかいる。警官がわがもの顔で入ってきてメンバーにいやがらせするのを許すわけがない」

「見学を申し込むわ」

「だれでもかれでも見学させたりなんかしないの！」サラはどなった。「あそこは国内屈指のクラブなのよ。あなたの名前で身元を調査する。百万ドル以上の資産はあるか、人脈はあるか、入会資格はあるか。どれかひとつでもあなたは持ってる？」

フェイスは屈しなかった。「クラブに入る方法がほかにあるはずよ」

「メンバーか、メンバーの知り合いでなければ入れない。方法はそれ以外にないの。メンバーの知り合いはいるの、フェイス？　二十五万ドルの入会金を払って、二千ドルの月会費を払える知り合いがいるの？」

ウィルはこれ以上聞いていられなかった。

「ぼくにはいる」

5

サラは、エレベーターの扉の裏側にぼんやりと映っているウィルを見つめた。自宅のアパートメントまで乗ってきた車のなかで、彼は腹立たしいほど静かだった。フェイスの家からここまで三キロの道中ずっと、わめき散らしたくなるのを我慢していたせいで、サラの喉はひりついていた。わめき散らす女にはなるのはいやだ。フェイスが仕事を失う危険を冒し、ウィルが自身の心の安定を危険に晒しているのがいやだ。ブリット・マカリスターがトイレで口走ったたわごとのせいでこんなことになるなんて。この半年間、なによりもこうなるのを恐れていたのに。十五年前の事件の古傷を切りひらいて、周囲の人々に新たな傷をつけてしまうのを。

「ねえ」サラは努めて冷静に切り出した。「わたしが決めたことはなんでも支持すると言ってくれたよね。わたしは決めたの。あなたにこんなことはさせないって」

させないという言葉に、ウィルは一瞬サラを厳しい目でにらみ、また扉のほうを向いた。

サラはウィルの肩をつかんで揺さぶりたかった。こんなことはやめてくれと懇願したかった。ブリット・マカリスターに接近する方法なら、ほかにもあるはずだ。

ど特別なことを口先だけでぺらぺらしゃべっているような気がして、恥ずかしくなった。

「ニガード先生の手術の助手を務めたのがはじめての体験だった。先生は生後二カ月のVSD——心室中隔欠損症の赤ちゃんを手術したの。ふたつの心室を分ける壁に穴があいているというと、たいした疾患ではないように聞こえるかもしれないけれど、実際は複雑で、胸骨を切開すると本物の心臓がそこにあるの、胸のなかに心臓がおさまっているあの光景には目をみはるしかない。人工心肺装置を使ってるから、完全に静止してる。まるで彫刻のように美しいのよ。ニガード先生は縫合をさせてくれたのだけど、手っ取り早く表現すれば、化粧ボードを継ぎ合わせるのと靴下を繕うのが組み合わさった感じなの」

ウィルが考えこむような顔になったのは、どちらも自分でやるからだろう。

「穴をふさぐための当て布があって、それを縫いつけたら終わり。人工心肺装置をはずすときには、拍動を再開させるためにそっと圧迫してあげることもある。ちょっとだけつねって励ますような感じで。それでほんとうに終わり。その子にその先の命を渡せたのよ」

ウィルはハンカチを差し出した。

サラはこのときばかりは涙を流すのをためらわなかった。子どもの命よりすばらしい贈りものはない。「心臓が治ったら、走って遊んで、楽しいことをたくさんして、大人になって、結婚して、もしかすると子どもに恵まれるかもしれない。だけど、その子たちの心臓のなかには治療者がいる。治療者がその子を生かしたの。他人の人生に信じられないほど強くつながってる」

「つまり、きみはマックが慎重で細部に注意するタイプだと言いたいんだね――ほかには？」

「傲慢な仕切り屋」サラは笑いながら目を拭った。「どんな外科医も傲慢な外科医だけどね。職業柄、必要な資質だもの。でも、腕のいい外科医だけど人柄はよくないということはありうる。マックは決して自分の間違いを認めなかった。患者の具合が悪くなると人のせいにした。ひどく短気だったし。なによりも苦手としたのは、患者の両親ね。マックは親御さんとコミュニケーションが取れなかった。専門用語ばかり使えば、そのうち親は駆出率もT波もどうでもよくなるということがわかってない。親にしてみれば、わが子の心臓を文字どおり医師の手にゆだねてるのに」

「共感が求められるんだね」

「そう、それと同時に、親は現実的な見通しがほしいのよ。マックは親御さんに対して正直に話そうとしなかった。医師だってなんでも治せるわけじゃない。現状よりよくしようとするのが精一杯ということもある。マックはそういう説明ができなかった。予後がよくない場合に、とくにそうだった。病気の子どもの親はとても傷つきやすい。取り乱して、すがりついて、難癖をつけたり大声を出したり、ひたすら祈ったり」

「マックはそういうのが苦手だった？」

「いやがっていた。親の騒ぎすぎだって。ニガード先生がM&M――死亡症例検討会《モービディティ・アンド・モータリティ・カンファレンス》で、マックを厳しく叱ったことがあるの。レジデントは患者が亡くなるといった好ましく人がいた。スマートフォンに目を戻した。受信時刻は六分前だった。
スクリーンをスワイプしたリーアンの手は汗ばんでいた。

やあ、リーアン！　ダウンロウで羽を伸ばしてるんだ？

リーアンは群衆に目を走らせ、バルコニーを見あげ、汗びっしょりの学生たちが四列に並んでいるバーカウンターを見やった。だれとも目が合わない。だれもこちらを見ていない。リーアンはもう一度ジェイクを探した。彼はさらに遠ざかっていた。ビートに合わせて飛び跳ねている彼の巻き毛がちらりと見えるだけだった。
スマートフォンが振動した。新しいメッセージだ。

どうして踊らないの？

リーアンの腕が急にあがった。だれかがぶつかってきた。リーアンはスマートフォンを取り落としそうになった。別のだれかに押された。リーアンは人をかきわけて群衆の外に出た。壁に背中を向けて立った。なんだか息苦しくなってきた。またスマートフォンが振動した。次のメッセージが届いたのだ。

今夜のきみはきれいだ。

リーアンの目がスクリーンに釘《くぎ》付けになっているあいだに、四通目が到着した。

いつもきれいだけどね！

全身の汗がさっと冷たくなった。自分の心臓の鼓動を感じた。酔っているせいでこの現実にうまく対処できないが、それでも脳は記憶を引っ張り出してきた。バスルームの化粧台の抽斗から取り出した手鏡。あの最初の不気味なメッセージを受信したあと、アパートメントのすべての窓のブラインドをおろし、ベッドにあがって体をひねり、膝の裏を鏡に映して見た。

クソキモ男の言ったとおり、左の膝頭の裏側、膝が折れる部分のきっかり中央に、真円が描いてあった。

スマートフォンがまた震えた。

踊りたくないの？

リーアンは泣きだした。ジェイクを見つけなければならない。彼は膝裏の真円はだれか出した。「当クラブの見取図をお持ちしました。どうぞ、ご滞在のあいだはご家族のみなさまと当クラブの施設をお楽しみください。のちほどメンバーシップについてご説明いたしますね」

　ウィルはエリアによって色分けされた見取図を眺めるふりをしたが、玄関の近くに掲示されている見取図を記憶してきた。サラの言ったとおり、男女でエリアが分かれていた。女性用ロッカールームは、ずっと奥のテニスコートのそばにあるラケット・パヴィリオンと呼ばれる建物の地下にある。男性用ロッカールームは本館のなかで、三軒のレストランと二軒のバーに近い。さらに、本館二階には男性専用プライベートラウンジまであった。男性専用と書いてあるだけでは女性が入ってくると言わんばかりに、その下に小さな文字で女性は利用できないと補足してあった。

「では、参りましょうか？」エイヴァはウィルの返事を待たなかった。男性用ラウンジと書かれた案内板の前を通り過ぎ、やたらとかかとの高い靴に合わせ、ななめ前を向いて階段をのぼりはじめた。

　ウィルは少しあとからついていき、不意に二階の窓から差しこんできた日光に目を細くした。ラウンジからは美しいゴルフコースが見えた。明るい青空、ゆるやかに起伏する丘の連なり、そばを蛇行するチャタフーチー川、カートに乗ってスタート時間を待っているゴルファーたち。

　サラと交際しはじめたころ、彼女はウィルにゴルフを教えようとした。当時のウィルは、サラとふたりきりになれるならおはじき遊びだってつきあっただろう。いまでは、おもちゃの車を乗りまわして五時間小さな球を棒で打つのが好きな男だったら、そこそこ楽しめるゲームだと思っている。

ウィルは窓に背を向けた。まぶしい日差しが降り注いでいるのに、室内はどことなく暗く、陰気な感じがした。それだけではなく、つらい子ども時代を思い出させるにおいがした。葉巻の饐《す》えたにおい、煙草の焼け焦げたにおい、こぼれたアルコールのにおい。部屋の片側にある長いバーカウンターから革のソファや椅子まで、あらゆるものの表面に悪臭が染みついている。ヤニ汚れを隠すために焦茶に塗られた天井にも、煙がよどんでいるように見えた。

室内にいる人間はひとりだけだった。

部屋の奥の大きな半円形のブース席の中央に、エリザベスがいた。ウィルが最後に彼女の姿を見たときから様変わりしていた。以前から痩せていたが、いまや干からびていると言ってもよい。彼女が灰皿に煙草の灰をとんとんと落としたとき、骨ばった手首に濡れたリネンのように皮膚がへばりついているのが見えた。それでも、顔は体とは別人のもののようだった。美容整形には詳しくないウィルが見ても、エリザベスの顔を切ってととのえた医師はみごとな仕事をしていた。

エリザベスはウィルより若々しく見えた。

エイヴァはブース席へ向かった。彼女は歩きながらクラブについてとりとめなく説明したが、ウィルはその声を締め出し、潜入捜査用の仮面がはがれないように集中しなければならなかった。全身の筋肉がいますぐ踵《きびす》を返したがっているからだ。

「おはようございます」エイヴァは半円形のブース席の前で足を止めた。「甥御さまをご案内いたしました。書類もお持ちしました」

エリザベスはふたりが近づいてくるのを見ていたが、最後の瞬間に目を伏せ、すでに吸い殻でいっぱいの灰皿に煙草の灰を落としはじめた。金色のジッポーが前のテーブルに置いてあった。琥珀色の液体の入ったグラス。彫金細工の煙草ケース。

エイヴァは革のフォルダーをテーブルに置いた。クラブのエンブレムが金色で箔押しされている。「ご記入が終わり次第、おあずかりします」とエイヴァに言われても、エリザベスは目をあげもしなかった。

ウィルは、沈黙の意味を察してそそくさと階段へ向かうエイヴァを見送った。目を戻すと、エリザベスはあいかわらず灰皿を見おろしていた。いつまでもガラスの灰皿に煙草の灰を落としつづけているつもりらしい。

エリザベスはウィルに言った。「九〇年代に一般のエリアは禁煙になったのだけど、わたしは喫煙者だと断って入会したんだから吸わせてもらうと言ったの」

ウィルはエリザベスの頭頂部を見つめた。かつらをつけている。偽物の頭皮にあいた無数の穴が見えた。

「今日は無理を言ってここを借りたの。十時三十分までよ」エリザベスは手を動かして部屋を指し示した。「そうは言っても、わたしは昔から男のほうが馬が合った。女同士のくだらない駆け引きにはうんざり」

ウィルはいま彼女こそくだらない駆け引きを仕掛けようとしているのを知っていた。あえてよそよそしい態度でブース席に座った。ブース席の気温は何度かさがっていた。大きな窓を風が揺らす音がした。煙草の煙がふたりの周囲にたちこめていた。灰皿の吸い殻から察するに、エリザベスは十分以上前からここにいたらしい。

ウィルは尋ねた。「トレスウェイとは？」

「本名を隠したいんでしょう。ファーストネームはジョンよ。気に入った？」エリザベスはウィルの顔をただ見ているだけではなかった。すみずみまで観察している。「それはカシミア？」

エリザベスが手をのばして袖に触れようとしたので、ウィルはさっと腕を引いた。

「我慢しなさいよ。わたしに話を聞いてもらいたいのならね」煙草がエリザベスの口元へ戻った。彼女は煙越しにウィルをじっと見た。「ウィルと呼べばいい？　それともウィルバー？」

ウィルは答えなかった。名前を呼ばれる関係になるほど長居するつもりはない。

エリザベスは鼻孔から煙を吹き出した。「まあいいわ、甥っ子。あなたは警官だったわね。わたしのゲストリストにもうひとり警官を入れてほしいんでしょう。どの会員のことを調べてるの？」

よ」

ウィルは革のフォルダーに手をのばした。

「たとえば、トミー・マカリスター」エリザベスはふたたびウィルがフォルダーから手を引くのを待った。「ここではしょっちゅうだれかが訴えられたことがゴシップになるけれど、トミーの不法死亡訴訟はまさにホットな話題なの。別に、だれかが教えてくれるわけじゃないわ。わたしはすみっこでいじけてるばあさんですからね。でも、耳は聞こえる」

ウィルはそのつづきを待った。

「ブリットとマックは気の毒ね。トミーは気の毒ね。相手の親はどうせ賠償金目当てでしょ。むこうが勝つとすれば、それは陪審が上位一パーセントの富裕層を罰したいからよ。ほんとうの犠牲者はトミーよね。欲深な夫婦がトミーの人生をめちゃくちゃにしようとしてる、なんてね」

ウィルはフォルダーをエリザベスのほうへすべらせた。「約束です」

エリザベスはフォルダーを押し戻した。「マック・マカリスターやトミーのような男がほんとうに報いを受けると思う？　あなたの母親のような報いは受けない。わたしたちのような報いは受けない」

ウィルは舌で歯の裏側をなぞった。

「マックは医療業界の神でしょう。彼の評判は非の打ちどころがない。愛するパパからばかばかしいほど多額の遺産を相続してるしね。ちなみに父親は女の尻ばかり追いかけてた。

この部屋でほんとうにあった話をいくつか教えてあげてもいい。カリギュラも赤面するわ」火のついていない煙草がエリザベスの口元で揺れた。「でも、ブリットはたしかに気の毒だわね」

ウィルは思わず険しい表情になった。

「ねえ、いいことを教えてあげるわ」エリザベスは煙草を口から離した。「女は生まれつき心に穴があいてるの。愛と信頼で埋める必要がある。大事にされている、守られている、慈しまれていると感じることが必要なの」

そういうことはだれにとっても必要じゃないのかと、ウィルは思った。とくに子どもには必要だ。

「女衒《ぜげん》はそこにつけこむの」エリザベスは言った。「連中はそういう娘たちを特別な存在になった気分にさせる。足元をすくう。いろいろなものを買ってやる。食べるものと着るものと屋根のある住まいを確保してやる。するといつのまにか女の子たちはなにもかも失い、女衒の言いなりになるしかなくなる。そうなったら、連中は女の子にひざまずけと命じる。女の子はそうするしかない、むこうが圧倒的に力が上なんだから」

ウィルはエリザベスがジッポーの蓋をあけ、煙草に火をつけるのを見ていた。ウィルとは反対側の口角から煙を吐き出した。

「売春を〝トリック〟と呼ぶのも理由があるのよ。女衒は女の子をだまして《トリック》、なにもかもあきらめさせて完全に無力にさせる。女の子をひとにらみするだけで言うことを聞かせられる。女の子はあとで殴られるのをわかってる。すべて取りあげられるのを。路上に放り出されて、身ひとつになって、心を壊されるのがわかってる。つねにそんな不安に晒されて生きるのは恐ろしいことよ」

ウィルにはそこまで詳しい説明は不要だった。生まれてから十八年間、そんな不安に晒されて生きてきたのだから。

「バーを見て。あの悪趣味な服装にだまされちゃだめ。ほとんどは無害だけど、なかには本物の女衒がいる。ほかの男たちの態度でわかるわ。ひとにらみすれば、ほかの連中は飼い主に付き従う犬みたいになるから。ご主人さまの言いなりね」

ウィルは振り向いたが、そこにいる男たちは昼から酒を飲む体重過多の中年にしか見えない者ばかりだった。おそらくおじのようにゴルフコースで重い脳卒中を起こすのだろう。

「彼らは妻を支配して虐待して辱《はずかし》めて裏切って、クソみたいな扱いをしてる。妻は妻でそれに耐えている。自分は夫を愛している、離婚なんてしたら子どもが傷つくと自分に言い聞かせているけれど、ほんとうは怖がってるのよ。貧乏になりたくない。ひとりで生きていくすべなんか知らない。わたしはとりあえず、自分が買われて報酬をもらってるとわかってた。ブリットはいまでも自分の人生を選んだつもりでいるけれどね」

「その話の要点は？」ウィルは尋ねた。「ブリットの息子は十九歳の女性をレイプして怪我を負わせ、それがもとで彼女は亡くなったが、ブリットの息子は見逃されるべきだ、なぜならブリットが夫にひどい扱いを受けているから、という意味か？」

「勝ち目があるかどうかという話よ」エリザベスは灰皿をテーブルの上でまわしはじめた。「あなたの母親は善悪について強い信念を持っていた。売春婦としては変わった性質ね、でも、どんなことも道理にかなっているべきだと本気で思っていたようよ。あなたもそう？」

ウィルは腕時計をはめはじめた。

「彼女は音楽を愛していた。知ってた？」

ウィルは母親が壁に貼ったポスターを見たことがあった。エアロスミス、ザ・キュアー、デイヴィッド・ボウイ。

「本も好きだった。とくにパルプね。恋愛もの。ロマンス小説に夢中だった。いつも本に鼻を突っこんでたわ。男の股間に突っこんでないときはね」

ウィルはエリザベスをにらみつけた。

「助けてあげたかったと思うわ。あなたのことも、もっと助けてあげたかった」

ウィルは腕時計のバンドをきつく締めた。「贖罪《しょくざい》の方法を探してるのか？」

「わたしが？」エリザベスは気を悪くしたようだった。「贖罪なんか小心者のためにあるものよ」

ウィルはフォルダーのほうへ顎をしゃくった。「もう三十秒以上たった」

エリザベスは骨ばった指を蜘蛛の足のようにフォルダーへ這わせ、革の表紙をひらいた。内側に金色のペンが挟んであった。エリザベスはペン軸をひねった。「リストに入れてほ

「そりゃ同情するよ」ウィルは声をひそめた。「じつは、おれもそのせいでアトランタに帰ってきたんだ。細かい話は省略するが、妻がとにかく仕切りなおせとうるさくてね」

「おまえは運がいい。おれは女房に逃げられて財産も半分取られた」リッチーはバーテンダーにお代わりを注がせた。一気に半分あおり、話をつづけた。「なんとか立ちなおったがな」

「バーボン、ストレートで」ウィルはバーテンダーに言った。見ていると、バーテンダーは頼まれなくてもダブルで注いだ。「マック、息子さんの件は聞いたぞ。大変だったな。あんたもブリットも大丈夫か？」

マックはますます顔を引きつらせたが、それでも答えた。「やるべきことをやるまでだ」

「どいつもこいつも金目当てだ、そうだろう？」ウィルはグラスを取った。アルコールのにおいが鼻についた。「うちの息子がそんなことになったら、おれもあんたと同じように争うよ」

マックは餌に食いついた。ウィルが何者なのか確かめるため、手がかりを求めているのだ。「息子はいまいくつだ？」

「うちのエディは二十二だ」サラの父親の名前に、フェイスの息子の年齢を合わせた。「あと少しで工科大を卒業する。〈３Ｍ〉から声がかかってるんだ。トミーはメディカルスクールか？」

マックの肩からやや力が抜けたが、完全に緊張を解いたわけではなかった。「裁判を無傷で切り抜けられればな」

「父の息子だな」ウィルは言った。「これがきっかけで強くなるさ」

「サラ・リントンはクソだ」リッチーが憎々しげに口を挟んだ。「あの女はいいかげんに口をつぐむことを覚えたほうがいい」

「リントン？　彼女がどうしたんだ？」ウィルはバーボンのグラスを口につけて飲むふりをし、リッチーの歯を頭蓋骨の奥にめりこませてやりたい衝動をこらえた。

マックが言った。「たいしたことじゃない。ちょっといらいらさせられただけだ」

「あの女、あいかわらずだな」リッチーがマックに親指を突き出した。「昔から技術のあるマックを妬《ねた》んでた」

マックはグラスのなかの氷を振った。「たしかに執念深いな」

「キャムがどうなったか見てみろってな」リッチーが言った。「なんであの女じゃなくてキャムだったんだ？」

「リッチー」マックが制し、ちらりとウィルを見た。

ウィルは仲裁人のように片方の手をあげた。「大丈夫だ」

「大丈夫じゃない」リッチーが言った。「聖女サラは同情を買って、キャムは墓のなかで腐り果てるなんてことが許されるのか？　おれは許せないね」

マックはグラスをそっとカウンターに置いた。黙っているが、室内の酸素が残らず消滅するような威圧感があった。エリザベスが彼を女衒にたとえたのは正しかった。マックがサラは絶句した。

「エリザベスは計算ずくだった。クラブへ十時きっかりに来いと言ったのは、このためだったんだ。エリザベスは、ぼくがトミー・マカリスターを調べているのを知っていた」

どうしてエリザベスがそのように仕組むことができたのか、サラは不審に思った。「ゆうべからトミーを調べはじめたばかりでしょう。エリザベスが知っていたのはおかしくない？」

ウィルはついにサラのほうを向いた。いまの気持ちは口に出せなくても、疑問には答えてくれるようだ。「ぼくがきみと婚約しているのは秘密でもなんでもないからね。きみは一昨日、トミーの裁判で証言した。カントリークラブの会員はひとり残らずトミーが訴えられているのを知っている。そんなときに、エリザベスは突然ぼくからクラブに入るつてがほしいと連絡を受けた。ぼくが捜査官だということは彼女も知っている。興味を抱けば、トミーと関係があると推測するのは難しくないだろうね」

サラは明らかな疑問を口にしなかった――なぜエリザベスが興味を抱くのか？

「あの予約表はなんていうんだっけ？」ウィルは言った。「ゴルフ場の予約をするときに書きこむやつ」

「『ティー・シート』クラブの会員ならだれでも閲覧できるのを、サラは知っている。だれがいつプレーして、どの時間帯に空きがあるのか確認できる。「それがどうしたの？」

「たぶんエリザベスはそのティー・シートを見たんだ。そして、マックが何時にここへ来るか調べた。マックたちには決まったパターンがあるんだろう。バーで一杯やる。コースに出る。エリザベスはぼくをフィドルよろしく操った。マックたちがぐずぐずしているあいだに、ぼくは十分も待たされた」

サラは彼が顔をそむけるのを見ていた。またブリットを探している。彼の声にはなんの感情も聞き取れなかったが、サラは自分のなかでまた昨夜と同じ後ろめたさがこみあげるのを感じた。こんなことになったのは自分のせいだ。自分のせいで、ウィルはエリザベスの攻撃に晒されることになってしまった。

彼の手を握った手に力をこめた。「マックとリッチーとどんな話をしたの？」

「ほんの短いあいだだけどね。マックはきみが言ったとおりの感じだった。エリザベスも似たようなことを言った。たしかに彼は傲慢な仕切り屋だ。あの首のかしげ方なんかは、ほんとうにきみの言うとおりだった。ぼくが通った学校にいたら、毎日ぶん殴られてただろうな」

ウィル自身がいますぐにでも彼を殴りたいと思っているような口ぶりだった。「トミーの裁判でわたしが証言したことについて、なにか言っていた？」

「リッチーが。きみは昔からマックを妬んでいたと。きみがまだ生きているのに、どうしてキャムが自殺したのかと。きみのことを聖女サラと呼んでいた」

サラはその仇名が大嫌いだった。あのギャングたちにくらべれば、だれだって聖人だ。

「どうしてわたしの話からキャムの自殺の話になったの？　それって彼かわたしかって

をしてるの？　ずっと車のなかに座って待ってるわけ？」

「フェイスはたいていおやつを持ってくる」ウィルはサラの手を親指でなでた。「きみが一緒にいてくれるほうがいいな」

サラは頰をゆるめ、座席にもたれた。女性がひとり、ロッカールームの入口の前をうろうろしながらスマートフォンで話している。空いているほうの手を何度も広げている。どうやら相手と口論しているらしい。

「どうしてうっかりチワワを引き取るはめになったのか、夫がくどくど言い訳してるのかもな」

サラは笑った。ウィルがうっかりチワワを引き取るはめになってよかったと、つねづね思っていた。「夫が浮気をしているのを知ったのかもよ」

「メイソンに連絡してみたらどうかな」

唐突にそう提案され、サラは返答に詰まった。メイソンと浮気をするのではないかと心配されているのか、それともブリットが現れなかった場合にどうするかという話だろうか？

サラは当たり障りのない質問を返すことにした。「どうしてそう思うの？」

「メイソンは交歓会に参加していた。ギャングの全員と知り合いだ。あの晩、なにか見ていたかもしれない。なにか覚えているかもしれない。彼も医師だ。記憶力は悪くないだろう。それに当時、彼はきみと親しくしていたんだから、一見ささいなことが頭のどこかに引っかかっているかもしれない」

「彼と話しても気にならないの？」

「気にしたほうがいい？」

サラはウィルが振り向くのを待って答えた。「いいえ」

ウィルはうなずいた。「どう言えばいいのかわからないけど、たぶんスローン・バウアーは――」

「メイソンと寝ていた？　彼はわたしと同棲していたのに？」サラはとうとうウィルを驚かせる方法を見つけた。「なんとなく気づいていたけど、なんとなくべつにいいやって思ってた。あの人に腹を立てたことがないの。そばにいるのに触れられなくて爆発しそうって感じたためしがない」

ウィルはつないだふたりの手を見おろした。またパヴィリオンのほうを向いた彼は、かすかに笑みを浮かべていた。

サラはウィルをたじろがせそうな感傷的な言葉を口走りそうになったが、そのとき遠くにメタリックブルーの車が見えた。

SUVがパヴィリオンの駐車場に入ってきた。そのアルファロメオ・ステルヴィオのフロントサイドパネルには、小さな白い三角形のなかに緑色の四葉のクローバー、つまりクアドリフォリオのマークがついていた。ハンドルを握っているのはブリット・マカリスターだ。スピードを落とし、コートに近い空きスペースを探している。

サラは胃がむかつきはじめたのを感じた。準備はできていると自分に言い聞かせてきたのに、急になんの準備もできていないような気がしてきた。いまさら怖じ気づくわけにはいかない。ウィルにつらい思いをさせたのだから、なおさらあとには引けない。トミー・マカリスターが次の標的に忍び寄っているかもしれないのだから。手のひらにはいまもダニ・クーパーの心臓の感触が残っている。一生消えない、目には見えないタトゥーのように。自分のためにできないとしても、ダニのためならできるはずだ。

「大丈夫?」ウィルが尋ねた。

「ええ」ふたりは昨夜、数種類の筋書きを考えて練習した。なんとかしてブリットに逃げ場はないと思わせなければならない。車で逃げられる可能性のある駐車場や、彼女の味方になりそうな女性たちのいるテニスコート以外の場所で。いちばんいいのは、前回と同じ。女性用トイレだ。

ＳＵＶから降りてきたブリットは、片手にスマートフォン、もう片方の手に黄色いイエティの水筒を持っていた。黄色いテニスウェアはゆったりした長袖のツーピースタイプで、フレアになったスカートは膝より少し短い丈だった。ＳＵＶの後部ドアをあけ、テニスウェアと同じ明るい黄色の革のバックパックを取り出した。かぶった帽子もウェアやリュックとまったく同じ色だったので、特注で染めさせたものかもしれない。

ウィルが言った。「いいリュックだね。どこの製品だろう?」

サラは意外に思い、ウィルを見た。ウィルはブランドに興味がないはずだが。「エルメスよ。五千ドルは出してるはず」

「エアタグの安っぽいプラスチックのケースが気になるんだ」ウィルはまた顎をこすった。「高級ブランドだってエアタグのケースを作ってる。あの格好を見てくれ。一ドルショップで雑貨を買うタイプじゃない」

サラは気づいていなかったが、言われてみれば気になった。

ウィルはつづけた。「エリザベスの会員番号は一三二九だ。なんでもツケにしてくれ」

「彼女に十セントでもおごってもらうくらいなら脱水で死んだほうがまし」

ウィルは笑わなかった。いつものように、心配そうにサラを見つめていた。「まだ間に合うよ。いつでも引き返せる。いますぐここを出てもいい。コーヒーでも飲むか」

ウィルはコーヒーを飲まない。

サラは最後にもう一度ウィルの手を握り、車を降りた。

ドアを閉めた瞬間、スカートが風になびいた。パヴィリオンへ歩いていくと、ロッカールームへ向かうブリットが見えた。サラは車のバックミラーで自分の姿を確認した。髪は後ろでゆるく三つ編みにした。メイクは軽め。今朝は念入りに服装を選んだが、そんなことをしたのはウィルとのはじめてのデート以来だ。最後には、ルルレモンの深い紫色の長袖ウェアに決めた。ブリットが着ているものよりウエストを絞ったラインだ。ブリットの言うとおり、サラには子どもがいない。出産して二十二年がたっても、どんな美容医療でも隠せない産後の腹部のたるみを抱えている母親ではない。

サラは、うろうろしながらスマートフォンで話している女性のそばを通り過ぎた。彼女はちらりとサラを見て白目をむいてみせたので、やはり電話の相手は夫だろう。サラはいつのまにか婚約指輪をいじっていた。自分を鼓舞しようとしたが、その必要はなかったようだ。ロッカールームの入口が近づいてくるにつれ、なぜか気持ちが落ち着いてきた。

サラの知る限り、ブリットには親しい友人がいなかった。あの憎悪に満ちた態度を差し引いても、人を苛立たせ、ややうっとうしいところがあった。ポップカルチャーがわからなかった。ニュースを読んだり追いかけたりしなかった。医師としては優秀だったが、何年も前に辞めてしまった。テニスをしているときだけは、彼女のつきあいにくさもやわらぐようだ。コートの上ではプレーがうまければなんの問題もない。チームの一員になれば、そのチームの女性たちはみんな仲間だ。このクラブは、ここ以外では得られない時間をブリットに与えている。ここでは、ブリットは安心しているはずだ。

自分はその場所を壊そうとしているのだ。

建物に入ったとたん、温かい空気に取り巻かれた。こじんまりしたラウンジには数台のテーブルと軽食カウンター、会員番号を入力すればワインが出てくるマシンがあった。いちばん大きなテーブルで、四人の女性がブリッジをやっていた。四人ともかなりの年配で、長年日差しに晒されてきた肌は煙草色に焼けている。壁にかかった巨大なテレビを見ている者はひとりもいない。サラは、ローカルニュースの画面下部を流れるキャプションに目をとめた。

〝昨夜、大学生がダンスクラブで目撃されたのを最後に行方不明……警察は情報を求め……〟

まただ。また若い女性が姿を消した。

サラは両開きのドアからメインのロッカールームに入った。テニスウェア姿の女性の写真が、前世紀中盤から現在のものまでずらりと並んでいる。トロフィーとラケットを高く掲げた女性たちのモノクロ写真のなかに、ラウンジでブリッジをしていたなめし革のような肌の老女のだれかがいるかもしれないと、サラはふと思った。トイレのそばに、順位掲示板があった。

ブリット・マカリスターは、このクラブの女性テニスプレーヤーランキングで十九位につけていた。

年齢のわりに好成績だ。

サラは並んだシンクが見える角度で立った。ブリットの姿はなかった。トイレの個室のドアはすべて少しあいている。ブリットがシャワーを浴びていたり、ホットタブでくつろいでいたり、スチームルームかサウナにいたりするとは考えにくいので、サラはそのエリアのドアはあけなかった。残るはロッカールームだ。

馬蹄形のスペースが十二列並び、それぞれ中央に細長いベンチが置いてあった。ロッカーは大きく、天井まで高さがあるので、あいにくなことに上の隙間から隣のスペースを覗くことができない。どこもかしこも豪華だが、使い古された感じは否めなかった。濃い褐色の木のパネル、金色の金具類、クラブカラーのブルーで文字を浮き彫りにしたネームプレート。ミッフィー・ブキャナン、ピオニー・ライリー、ミセス・ゴードン・ガスリー。フェイスがいたら大はしゃぎだろう。

「ほっといてって言ったでしょう！」

ブリット・マカリスターの声だと、サラはすぐに気づいた。

ブルーのテニスウェアを着た若い女性が、いちばん奥の馬蹄形のスペースから足早に出てきた。うなだれている。叱られたあとのようだった。サラに一瞥もくれずにすれちがった。

ふたたびサラの胃はむかつきだした。不安が戻ってきた。サラはこわばった膝を無理やり動かして歩いた。車に逃げ帰って、失敗したとウィルに告げるわけにはいかない。

ブリットはベンチに座っていた。うつむいてスマートフォンをじっと見つめている。彼女の前のロッカーは扉がひらいているが、リュックと水筒は足元に置いてあった。

サラが近づいてきたことに気づいたようだが、顔をあげようとはしなかった。「エインズリー、大声を出したりして悪かったわ。でも、お願いだからひとりにして」

その声に切羽詰まったものが聞き取れた。あらかじめさまざまな筋書きを考えたけれど――喧嘩腰のブリット、激怒するブリット、暴力に訴えようとするブリットすら予測していたけれど、これは予想外だった。

見るからに打ちひしがれている。

今度こそ同情に呑まれてはならない。サラはすばやく息を吸ってから呼びかけた。「ブリット」

ブリットはさっと顔をあげた。サラを認めて息を呑んだ。不意を突かれて、辛辣な侮辱も思いつかないようだった。

サラは胸の前で腕を組んだ。「つながりってなんなの、ブリット？　十五年前にわたしが襲われた件と――」

はじかれたように立ちあがったブリットは、勢い余ってベンチの後ろに倒れそうになった。持ちものをロッカーに押しこみ、扉を蹴って閉めた。サラに向きなおる。口をひらいたが、なにも言わずにサラの脇を通り過ぎた。出口ではなく、バスルームへ向かっている。ブリットはガラスのドアまで歩きつづけた。そこでいったんサラのほうを振り向いてから、なかへ入った。

サラは一瞬ためらったが、あとを追った。ブリットの醸し出す気配に鬼気迫るものを感じた。そうかと言って、また薬をやっているわけではなさそうだ。怒ってもいないし、飛び出しナイフのように侮辱を繰り出してくることもない。ひとことで言えば、怯えているように見える。

恐怖はあらゆる間違いを引き起こしかねない。サラは閉まりかけたドアをつかんだ。ブリットについていくと、彼女は並んだシャワーの前を通過した。ひとつの個室が使用中だった。サラは水たまりをよけた。ホットタブの泡立つ音や、女性の低い話し声が聞こえた。

ブリットはガラスの内扉越しにサウナのなかを覗いた。先客がふたりいた。ブリットはスチームルームのドアをあけた。蒸気がもうもうとあふれ出てきた。ブリットはラックからタオルを一枚取った。サラのほうをちらりと振り向き、なかへ入った。

サラもタオルに手をのばしたが、ふたたびためらった。だれにも話し声が聞こえない場所でブリットとふたりきりになるのは愚行ではないか？　これもまた、ブリットが優位に立つための策略ではないのか？

確かめるには、なかに入るしかない。

温かく湿った空気で肺が重くなったような気がした。壁も天井も一面、鈍く光るタイル張りだった。照明は薄暗かった。ブリットがベンチの済にタオルを置くのがかろうじて見えた。サラはドアのそばにタオルを置いた。ブリットが座っても、立ったままでいた。

「メールを――わたし――」ブリットの声が詰まった。「メールを受け取ったの」

壁に反響した声が蒸気でくぐもって聞こえた。サラはブリットの顔がよく見えるように少し近づいた。ブリットは頭を抱えていた。また震えている。二日前の裁判所での様子とあまりにも似ていた。

「送ってきたのはうちの――」ブリットは明らかにうろたえていた。蒸気に取り巻かれながら、彼女はサラの顔を見あげた。「クーパー夫妻が和解に応じたの」

サラは壁に触れて衝撃をこらえた。「嘘でしょう」

嘘ではないようだった。冷水のグラスについた水滴のように、涙が顔を伝っていた。

ブリットの涙が目的ではない。答えがほしいのだ。「なぜクーパーさんは賠償金を受け取ることにしたの？」

ブリットはかぶりを振った。声に出して答えたくないのだ。

「教えて。あの人たちになにをしたの？」

「わたしはなにもしてない！」金切り声が天井に跳ね返った。声を押し戻すかのように、ブリットは口を手で押さえた。「ダニがハイスクールのときにつきあってた子よ。写真を保管した古いスマートフォンを探し出したの。それをわたしたちに売りつけに来た。どいつもこいつもお金がほしいのよ」

それがどんな写真か、サラには察しがついた。小児科医として働いていたころ、診察室へやってくる少女たちにはかならずヌード写真について警告するようにしていた。真剣に耳を傾けてくれる子は少なかった。

サラは尋ねた。「露骨な写真なの？」

ブリットはあきれたような顔をした。もちろん、露骨な写真だから金を取れるのだ。

「自分で胸をつかんでいる上半身のアップ。あそこをひらいて見せているところ。ほとんど全部に顔が写ってる。目を閉じているけど――」

つづきを聞く必要はなかった。ブリットは写真を見たのだ。マックも。弁護士たちも。トミーも。ほかには？

ブリットは言った。「判事はあの写真を証拠として認めないだろうけど、あの手のものは決まってインターネットに流出するわ」

サラはベンチにへたりこんだ。これ以上はないだろうと思うほど、ダニの両親のために胸を痛めていたが、いまの話で完全につぶれた。「お願いだからクーパーさんたちには見せていないと言って」

「むこうの弁護士に送ったわ」

「見せたの？」

ブリットは黙っていた。つまり、ダニの両親は娘の無防備な姿を二度も目の当たりにしたということだ――一度目は検死台に横たわった姿を。二度目はダグラス・ファニングが送りつけてきたヌード写真にとらえられた姿を。

サラは言った。「あなたたちは写真をばらまくと脅した。だから、クーパーさんは和解に応じたのね」

ブリットはたちこめる蒸気越しにサラを見つめた。「マックがなにかする前にわたしに相談すると本気で思ってる？」

「相談されたら止めてたって言うの？」

「わたしにマックを止められるわけがないわ。あの人はやりたいようにやる。わたしはなにも言えない」

「そういう言い訳をするんだ？　金メッキの檻《おり》に閉じこめられたかわいそうなブリットってわけ？」サラはここへ来た目的を忘れていなかった。こうなったら、ますますその目的を果たさなければならない。「つながりってなに？　十五年前にわたしに起きたことがダニとどう関係あるの？」

ブリットはつぶやいた。「救済の聖女サラね」

「無駄口はやめて」めそめそした自己憐憫《れんびん》にはうんざりだ。「トミーを止めたいんでしょう。どうやって止めるつもり？」

「わたしの息子に手出ししたら許さない」

サラは先ほどラウンジのテレビで見たニュースを思い出した。「また若い女性が行方不明になったのよ。大学生が」

「トミーは昨夜うちにいた。その事件とは関係ない」

「あなたもニュースを見たんでしょう。そして、トミーじゃないかと疑ってる。トミーはやめないわ、ブリット。とくにいまは」

ブリットは黙っていた。

「マックは？　昨夜はマックも家にいたの？」

ブリットの笑い声はとげとげしかった。「マックはもう何年も勃起不全よ。わたしのあそこより喘息の吸入器ばかり吸ってる。あそこが閉じないのが不思議なくらい」

「ブリット」どうすればブリットとまともな話ができるのか、サラは考えあぐねた。ブリットは脱線しすぎる。「十五年前のことは？　わたしはなにを見落としてたの？」

やはり返事はなかった。

「お願いだから話して」サラは懇願した。「全部じゃなくていい。ヒントだけでもいいの。名前とか。調べるべきこととか。理解の助けになることを教えて」

サラはブリットの壁を突破する方法を必死に探した。思いついたのは、ウィルがマックとリッチーと話した内容だけだった。キャムかサラか。リッチーは二度、似たようなことを言った。

キャムは墓のなかで腐り果てているのに、どうしてサラばかり同情されるのか？

サラは尋ねた。「キャムと関係がある？」

ブリットがサラのほうへ首をめぐらせた。つかのま口がひらいたが、前回と同じく逃げ腰になった。「放っておいたほうがいいわ、サラ。キャムは死んだの。お墓を踏み荒らすようなまねはしないで」

サラは、ダニ・クーパーの墓を踏み荒らすのはかまわないのかと訊き返したかった。

「キャムはどんなふうに死んだの？」

「銃口をくわえて引き金を引いた」ブリットはサラの反応を確かめようとしていた。「あなたは仕事でそういう死に方を見てるでしょう」

「わたしはなにを見落としてるの？」

ブリットは重苦しいため息をつき、立ちあがろうとした。「試合に遅れるから行くわ」

「ブリット、いいかげんにしてよ、トミーがまた女性を傷つけたらあなたはどんな気持ちになる？」

「あの子は二度と人を傷つけない」

「またやるわ、それはあなたもわかってるくせに」サラはどなりつけたいのをなんとか我慢した。「交歓会でなにがあったの？　キャムがいたのは知ってる。キャムはどうしてたの？」

ブリットはまた黙りこんだが、今度は少しだけ答えた。「一晩中、酒瓶を抱いてるか便器を抱いてるかどっちかだったわ」

サラは頭の隅で記憶が動きだしたのを感じた。「酔っ払ってた？」

「床にしゃがみこんでた。あなたがキャムに勝ってたのはそれよ。あの人には救急医療をやれるような度胸はなかった」

「どうしてキャムは――」

「患者を死なせたの」

サラは気づいたらうなずいていた。バーのなかをふらふらと歩きまわり、手当たり次第に他人をつかまえて話を聞いてもらおうとしているキャムの姿を思い出した。「自暴自棄になってた。いつまでも飲むのをやめようとしなくて。メイソンが車のキーを取りあげたんだった」

「メイソンはグロックを渡してやればよかったのよ。そうすれば、わたしたちもそのあと十年もキャムの泣きごとを聞かされずにすんだわ」ブリットはベンチからタオルを取り、出ていこうとした。

サラは立ちはだかった。

ブリットは怯まなかった。挑むような顔をしていた。「裁判所でやられた仕返し？」

女性としてのブリットではなく、医師としてのブリットならまともに話ができるのをサラは知っていた。「ダニはハイスクールのころにＭＣＡＴ《MCAT》で五百十五点を獲得したのよ」

ブリットの驚きは本物だった。メディカルスクール進学適正テストでそれだけの高得点を叩き出すのは大学生でも難しい。トミーもそこまで成績はよくなかったのだろうと、サラは思った。

「ダニはハイスクールの卒業生総代だった。スピーチのテーマは、マイノリティのコミュニティで健康を増進することによってもたらされる効果について。有機化学が好きだった。女性の健康センターでボランティアをしていた。産科医を目指していた」ブリットがその言葉に心を動かされたのがわかった。ダニが医師になることを志して進んでいた道のりは、ブリットもサラもよく知っている。「あの晩、ダニは自分が助けを必要としているのをわかっていたから、自力で車を運転してグレイディまで来たの。でも、命はゆっくりと消えていった。ダニは自分がどうなるのか知っていた。わたしはトミーを止めると、ダニに約束したの、ブリット。止めるために力を貸して。なにがどうつながっているのか教えて」

歯ぎしりの音が聞こえそうなほど、ブリットは強く歯を食いしばった。

事態は膠着《こうちゃく》し、ふたりが黙ったままにらみ合っているうちに、突然ドアがあいた。急に涼しい空気が入ってきたせいで蒸気が渦を巻いた。水着姿の女性が入口に立っていた。

テニスウェアを着たままのブリットとサラを見て驚いたのだろう、気まずそうな顔をした。「ダーシー！」ブリットはわざとらしくうれしそうな声をあげた。「あなた、すごいわ。産後とはとても思えない」

ダーシーはにこやかな笑顔になった。「娘もやっと二カ月になったの。いろいろ教えてくれてありがとう。ザンダーもわたしも心配でたまらなくて」

「お役に立ててよかったわ。あら、わたしとしたことが、マナーを忘れてたわね」ブリットはサラのほうを向いた。「ダーシー、こちらはメリット・バーロウ。グレイディで一緒に働いていたの」

「はじめまして、メリット」ダーシーはサラの手を握った。「素敵なお名前ね」

サラは訂正しなかった。あの金曜日の交歓会の記憶がはっきりとよみがえってきて、それどころではなかった。キャムは傍迷惑なほど酔っ払っていて、呂律《ろれつ》のまわらない舌で話を聞いてくれとみんなに頼んでまわっていた。サラはバーで彼につかまった。彼の息はウイスキーと煙草のにおいで臭かった。口から唾を飛ばしていた。彼は普段から酒に呑まれるたちだったが、あの夜は特別ひどかった。苦痛を忘れようと、自身で処方した薬を飲んでいた。彼はサラと、二週間前に救急外来であったことについて話したがった。その悲しいできごとが起きた夜、ふたりは夜勤についていていた。

その夜、キャムは患者を死なせた。

その女性患者は二十歳だった。脈拍は弱々しかった。意識も朦朧としていた。そして、患者用トイレで突然倒れた。深刻な発作を起こし、脚が便器を激しく蹴った。陶器が割れた音が、銃声のように救急外来に響いた。便器を蹴った衝撃で患者の足首は折れていた。

そのとき、サラはカーテンで仕切られた小部屋をひとつ挟んだ別の小部屋で診察していた。自分の患者にどんな治療をしていたのかは忘れてしまったが、死亡症例検討会で聞いたキャムの患者の症状を思い出した。

薬物の過剰摂取。縛られた痕跡。性的暴行を受けた可能性。

患者の名前は、メリット・バーロウだった。

8

マーティン・バーロウは、亡くなった姉について話をすることに応じ、アトランタのウエストサイドにある〈プライム・クラフト・コーヒー〉を待ち合わせの場所に指定した。ウィルにはなじみのある地域だ。十代のころ、工場や倉庫が密集するこの街で鉄骨の製造や展示会用の展示ブースを制作する仕事をしていた。そのような仕事はずいぶん前にすたれてなくなってしまった。工務店や機械類販売店は取り壊され、跡地には多目的ビルが次々と建った。上層階に高級アパートメントがあり、下層階にも高級なインテリアショップやレストランやアパレルショップが入っている。

服装のおかげで、ウィルは洒落たコーヒーショップで仕事をしている知的職業の人々たちのなかでも目立たなかった。ただ、白いイヤホンをとりあえず耳に装着しているものの、ノートパソコンの画面を覗きこんでいないのはウィルだけだった。ウィルはスマートフォンで、十五年前に死亡したメリット・アレキサンドリア・バーロウの捜査を担当した刑事の報告書の文字を目で追いながら、テキスト読みあげアプリの音声を聞いた。

……死亡した二十歳の女性の身元は、フルトン郡検死事務所で両親によって確認された。宣誓供述書を参照のこと。第一印象：薬物の過剰摂取の疑い。当該女性は性的暴行を受けたと主張するも、証拠不十分により確定できず。検死報告書を参照のこと。当該女性が最後に目撃されたのはジョージア州立大学のキャンパスで開催されたパーティ会場。目撃者の供述書を参照のこと。パーティ会場からグレイディ病院までの防犯カメラは故障中。当該女性はグレイディ病院の西側入口から到着し、警備員に呼び止められた。ヘクター・アルヴァレスの供述書を参照のこと。アルヴァレスが当該女性を救急外来へ案内した。当該女性には薬物を摂取した兆候：呂律がまわらず、自力では歩行が困難だった。性的暴行を受けたと訴えたが、詳細は語らず。救急外来で診察を受けたあと、トイレに行きたいと申し出。トイレで発作を起こし、その結果、右足首を骨折。病院の事故報告書を参照のこと。死因：低酸素症後のてんかんによるＳＵＤＥＰの疑い。毒物検査の結果待ち。

ウィルはアプリを停止した。

ＳＵＤＥＰとはてんかん患者に起きる突然の予期せぬ死のことだとサラから聞いていた。バーロウはてんかんの発作を起こして呼吸ができなくなった。窒息したも同然だった。

検死報告書によれば、メリット・バーロウにはてんかんの既往症がなかったので、薬物によって発作が起きた可能性がある。ウィルはコカイン、覚醒剤、ＭＤＭＡ、さらに一度は大麻の吸い過ぎで発作を起こしたケースを見たことがあった。それらの薬物は大学のパーティでも手に入っただろう。

ウィルはスマートフォンをスクロールし、アプリに検死報告書を読みあげさせた。内容に見るべきものはなかった。監察医は検案と呼ばれる方法を選択していた。つまり、解剖はしていない。遺体の外表を観察し、X線や表面の写真を撮り、人体図に外傷などを書きこむ検死方法だ。

ウィルはアプリを一時停止した。人体図を見た。足首の骨折と頭部のこぶは発作のあいだにぶつけたものと説明されていた。メリットには左脇腹に打撲傷も刺し傷もなく、その点はサラやダニ・クーパーとは異なる。監察医が左半身に書きこんだものは、脇の下から七・五センチ下、第四肋骨と第五肋骨のあいだのタトゥーだけだ。大きさは横に七・六二センチ。縦の長さは書いていない。タトゥーが文字だったのか、なにかのシンボルだったのか、あるいは漫画のキャラクターだったのかがわかる記述もない。人体図には、いくつかのXの文字が不気味なピエロの口を思わせる曲線に並んでいるだけだった。

スマートフォンをタップし、メリット・バーロウの公式な捜査資料がすべて保管されているメインフォルダーに戻った。死亡証明書のスキャンデータをひらいた。現在では、州の記録はデジタル化されているが、十五年前はまだタイプライターとペンが現役だった。読みあげアプリは、タイプライターの文字を読みあげるのは得意だが、手書きの文字は苦手だ。唯一幸いなことに、証明書の記入者はブロック体で書いてくれていた。

メリット・アレキサンドリア・バーロウ。髪の色は黒。瞳の色はグリーン。二十歳。死因は薬物の過剰摂取。選択肢が三種類ある。事故、他殺、自殺。どれにもチェックがついていない。〝死因に関する簡略な説明〟の欄も空白のままだった。

アプリには記入者の署名が読めないが、ありがたいことに医師の名前はタイプしてあった。ウィルの予想どおり、メリットの死亡証明書に署名したのはドクター・キャメロン・カーマイケルだった。キャムはメリットが死亡した直前に診察した医師なので、公式な書類を記入する責任があった。事故か他殺か自殺か補足する小さな四角にチェックが入っていないが、それはよくあることだ。〝死因に関する簡略な説明〟が空欄になっているのもめずらしくない。キャムはオーバードーズに関する状況の調査は担当していなかった。それは警察の仕事だ。監察医なら三択のどれかにチェックを入れ、簡略な説明も書き添えるはずだ。

担当の刑事が検死解剖を依頼しなかったことが、この事件の受け止められ方をはっきりと物語っている。キャムと警備員の二名が、メリットは性暴力を受けたと訴えていたと証言したにもかかわらず、刑事は犯罪の可能性を考えなかった。さらに、監察医も所見を返していない。興味深い事実だが、死亡証明書と同じく、意外でもなんでもない。

フルトン郡検死事務所は、昨年一年間に三千件の検死をおこなっている。昨今の医療施設の例に漏れず、人材不足で職員は燃え尽き、未処理の案件でつぶれそうになっている。メリット・バーロウが死亡した十五年前も、いまとくらべてましな状況だったわけではない。経済は崩壊寸前だった。政府は予算を大幅に削減した。アフガニスタンとイラクへの数度にわたる遠征から兵士たちが帰還しつつあった。人々は苛立ち、社会不安は高まり、暴力犯罪の件数が飛躍的に増えた、そんな状況だった。

ウィルは検死の写真を探したが、一枚しかなかった。カラーでスキャンされていたが、元の写真自体が褪色《たいしょく》しているようだった。メリット・バーロウはステンレスの解剖台に横たわっている。白いシーツが首元までかけてある。短い髪は梳かしつけられ、まぶたは閉じている。幼いといってもよいほど若く、冷たい金属の台の上で孤独そうだった。

しばらく彼女の顔を見つめた。死体を目にするのがめずらしくない仕事をしていると、ひとりの人間の死がもたらす衝撃をたやすく忘れてしまう。メリットの両親は彼女を愛していただろう。弟も愛していただろう。友人や、おそらくは恋人もいただろうに、たった二十年間しか生きられず、すべてを奪われたのだ。

ウィルは、検死報告書には読みあげ機能を使わなかった。書式が決まっているので、毒物検査の結果が書いてあるはずの場所はすぐに見つかった。〝検査中〟という文字もよく知っている。グレイディ病院かフルトン郡検死事務所から毒物検査の結果が戻ってきていたとしても、だれもバーロウのファイルに加えなかったようだ。担当した刑事は、追跡捜査もしていない。

こういう場合、ウィルはいつもなら担当した刑事を探すが、ユージーン・エドガートンが九年前に膵臓癌《すいぞうがん》で死亡しているのは、たまたま知っていた。

サラの性被害事件を捜査したのが、エドガートンだったからだ。

「そのいいかげんな報告書を読んだの？」フェイスが大きなマグカップ二個を持ち、大きな態度でウィルのむかいに腰をおろした。「〝当該女性は性的暴行を受けたと主張〟」

ウィルはホットチョコレートが自分のためのものだろうと考え、ホイップクリームをトッピングしたカップを取った。「ぼくはなにか見落としてる？」

「当該女性ってなに？　メリットって名前があるのに。〝当該女性〟なんて言葉を報告書で使うのは、よっぽどの傲慢野郎かインセルだからよ」

ウィルはホイップクリームをホットチョコレートに混ぜた。ユージーン・エドガートンが二件の捜査を担当したことは、すでにフェイスに話しておいた。「エドガートンは、サラの事件では犯人を逮捕してる」

「悪く取らないでほしいんだけど、サラは白人で中産階級の医師でしょ。エドガートンは報告書でサラを〝当該女性〟呼ばわりしてない。性的暴行を受けたと〝主張した〟とも書いてない」

「生きている人間の証言と、死んだ人の証言の扱いが違うってことだろう。監察医の報告書は完全じゃない。バーロウには打撲傷があったけれど、同意のある性行為によるものである可能性が高い。残留した精子はなかった」

「なにそれ、レイプ犯がコンドームを使ったって思ってるの？」フェイスは返事を求めていなかった。「あたしは百パーセント、エドガートンはメリット・バーロウがレイプされたとは信じていなかったと思ってる。だから犯人を探そうともしなかったし、検死解剖も依頼しなかったし、サラの事件と関連づけもしなかった。だから、ジャック・アレン・ライトはほんとうなら二十年食らってもいいところを、たった八年で出所したわけよ」

一理あるとウィルは思ったが、フェイスがそう結論づけた根拠には諸手《もろて》をあげて賛成というわけではなかった。メリット・バーロウがグレイディへ歩いてきた晩、ライトがどこでなにをしていたのかわかったか？」

「市警に何度も電話をかけてるんだけど、だれも折り返してくれない」フェイスは普段よりいらついているようだった。「レオ・ドネリーすら捕まらないの。昨夜〈ダウンズロウ〉でいなくなった大学生の件がどうなってるのか聞きたいのに。十年近くもあたしとパートナーを組んでおきながら、電話の一本もかけてこないなんてひどいよね」

なぜ市警が電話をかけてこないか、ウィルもフェイスも知っていた。ウィルはかつて、アトランタ市警の数名の幹部を捜査した。そのうち一名は退職した。数名は現在服役中だ。ウィルは彼らの職場をきれいに掃除してやったわけだが、たとえ市警本部の真ん中で八十回めった刺しにされようが、その場にいる警官はひとり残らずなにも目撃していないと言い張るだろう。

そしてフェイスはいま、ウィルのパートナーだ。ウィルのにおいをぷんぷんさせている。

ウィルは尋ねた。「行方不明の大学生の名前は？」

「リーアン・パーク。こんなこと言いたくないけど、目立ったニュースのない日に姿を消したのは運がよかったよ。テレビのニュースで見た限りでは、彼女は昨夜、男友達とクラブへ出かけた。その友達が今朝インタビューを受けてた。それによると、リーアンは最近、気味の悪いメッセージを送られていて、怯えていた」

「脅迫？」

「そうは言ってなかったけど――」フェイスは肩をすくめた。「女がネットで外と交流すると、決まってイチモツの写真とか気持ち悪いメッセージが送られてくるんだよね。どれが本物の脅迫で、どれが悪ふざけなのか、見分けるのは難しいよ」

ウィルは、リーアンが受信したのは悪ふざけであってほしいと思った。「メリット・バーロウの検死報告書の話に戻るよ。バーロウの左脇腹には打撲傷や刺し傷はなかった。あばらの上のほうにタトゥーを入れていたが、監察医は記録に残すほど重要なことではないと考えたようだ」

「なぜなら、エドガートンがこれはただのオーバードーズだから手早く片付けろと監察医に言ったからで、エドガートンがそう言ったのは、〝当該女性〟がレイプされたと異なるふたりの人物に話しているのに、彼女を信じなかったからよ」

ウィルはホットチョコレートを飲み、フェイスにひとくさりぶつ時間を与えた。「エドガートンがふたつの事件を担当したのは変じゃないか？」

「そうかな」フェイスは紅茶の蓋を取り、息を吹きかけて冷ました。「ひとつ目の事件の二週間後にふたつ目が起きた。エドガートンは、どちらの夜もオンコールの刑事だった」

ウィルもオンコールのシフトについては知っている。一カ月間、呼び出されたらすぐに対応できるよう待機することになっている。ウィルはスマートフォンのカレンダーを十五年前まで戻した。「メリット・バーロウは金曜日の夜に病院に着いた。そして日付が変わるころに死亡した」

フェイスは飲んでいた紅茶のカップを口から離した。「ダニ・クーパーと同じだ」

ふたりともそれ以上カレンダーを確認する必要はなかったが、それでもウィルは言った。

「サラも同じだけれど、生き延びた」

「ということは」フェイスはカップを置いた。「金曜日の交歓会、金曜日のレイプ?」

「交歓会は月に一度、第三金曜日だ」

「うん、でもこれは市警にサラの事件を再捜査するように依頼する相当な理由にならない?」

「こじつけと取られるかもな」ウィルはもっぱらアマンダの反応を考えていた。詐欺捜査班の仕事をサボっているのを知ったら激怒するだろう。罰としてウィルもフェイスも停職処分になるかもしれない。それどころか、これ以上の捜査を禁じられるかもしれない。

「キャムはメリット・バーロウの死亡証明書に死因は薬物の過剰摂取と書いた。監察医は検死報告書の死因の欄に、毒物検査については検査中と書いた。ところが、検査結果はその後も記載されていない。厳密に言えば、この事件は未解決ということになる。それでも市警から依頼がなければぼくたちは動けないし、市警は――」

「あたしの電話を無視してる」フェイスはバッグから螺旋綴じのノートを取り出した。「ブリットがサラに言ったことを考えてたの。というか、彼女が言わなかったことを。どうしてあのビッチは〝きみならどうする？〟みたいなしゃべり方をするの？　ほんとうのところをはっきり話せばいいだけじゃない？」

「悪者になりたいやつなんかいないよ、とくに自分の子どもの恨みは買いたくないだろ」ウィルは言った。「ジェレミーはいい子だけど、もし罪を犯したら？　きみは守ってやるか？」

「こんなときに訊かないでよ」フェイスは新しいページをめくった。「〈3M〉の食事会になにを着ていくのか、まだ返信してこないの。なにをしてるのか知らないけど、こっちだって世界一とんまな玉ねぎの皮をむいてるひまはないし」

ウィルはまたホットチョコレートを飲んだ。フェイスはそのあいだ空白のページをじっと見つめていた。ジェレミーのことを考えているのだ。

「で、ブリットは？」

「そうだった」フェイスはメモを取りはじめた。「ブリットがサラに話したこと。交歓会の夜、キャムは泥酔していた。彼はメリット・バーロウが死んで動揺していた。ブリットに言わせれば、キャムは救急医療をやれるような度胸はなかった。だれかれかまわずつかまえては泣きごとを言っていた」

ウィルは明らかな疑問を口にした。「キャムはメリットが病院へ来る前から彼女を知っていたんじゃないか？」

「インセル刑事がちゃんと尋問してくれていればよかったのよ。あたしの見たところ、捜査らしい捜査をしてないね」

ウィルも同意見だった。エドガートンが聴取したのは三人だけだった。ひとりはグレイディ病院の警備員、アルヴァレスだ。あとのふたりはジョージア州立大学の学生で、当日の授業でメリットに会っていた。エドガートンはパーティの参加者にはひとりも会っていない。彼のメモを読んだ限りでは、探してもいなかったようだ。

フェイスはスマートフォンを見た。「マーティンはここに着いたらメッセージを送ってくれることになってるんだけど。もう五分遅れてる。今日のあたしに舐めたまねをするのはやめといたほうがいいのに」

ウィルもスマートフォンを取った。カントリークラブで撮影した写真を呼び出した。

「ブリットがパヴィリオンにいるあいだに車の写真を撮ったんだ。運転席側の後部ホイールウェルにこんなものがくっついていた」

フェイスが写真を見つめている時間はやや長すぎた。「GPS発信機だよね？」

ウィルはフェイスの表情に自分が抱いているのと同じ困惑を見て取った。この磁石付きの小さな発信機がブリットの車に取りつけてあるのを見つけたとき、驚きのあまり自分が勘違いしているのではないかと疑い、写真をグーグルレンズで検索してみたくらいだ。

「車の盗難に備えるなら、ロージャックとかの盗難防止システムを使えばいいんじゃない？」

「それすら必要ないよ。アルファコネクトっていうサービスで、車の位置情報がリアルタイムでわかる」

「あなたってやたらと車に詳しいよね。どうして位置情報サービスがついてる車に発信機をつけるの？」

「着ている服の色に合わせて四十ドルの水筒を買う女性が、どうして車のキーにアップルのエアタグを安っぽいケースで取りつけるんだろう？」

「彼女を追跡している人物がいて、追跡してるぞと彼女に思い知らせたいからよ。車を追跡するって、どんな変質者よ？」

　ウィルはフェイスのノートパソコンにＧＰＳの地図が表示されているのを見たのを黙っていた。おそらくジェレミーもブリットと同様に行く先々を追跡されているのだろう。

　フェイスが言った。「たぶん夫よね？」

「サラはマックが仕切り屋だと言っていた。カントリークラブのバーでリッチーと飲んでいたとき、四角いグラスをカウンターときっちり平行に置いた。神経質な性格らしい」ウィルはスマートフォンをテーブルに置き、縁と平行にしたいのを我慢した。「おばが興味深い話をした――マックは女衒で、ブリットは金で買われてると言うんだ。ブリットの力はマックから得たもので、その力で他人を傷つけている。被害者が最悪の加害者になることはままあるからな」

フェイスは奇妙な顔つきになった。「疎遠だったからって、昨夜まであたしが聞いたこともなかったおばさんのこと？」

「前回の事件でＰＴＳＤを負ったせいで、昨日ぼくに失せろって言ったきみのことかもな？」

フェイスは急に自分のノートに興味が出てきたようだった。「そのことは謝るつもりだった」

ウィルはフェイスの頭頂部を見つめた。これで謝ったということだろう。ホットチョコレートを飲みながら、店内を見まわした。数人の客が見返してきたが、胡散臭そうな目ではなかった。フェイスはいつものように、ポケットにＧＢＩのエンブレムがついた紺色のポロシャツにチノパンツという格好で、太腿にストラップでグロックをとめている。とくに銃は険しい視線を集めがちだ。警官は、必要とされるとき以外は疎まれる。

「アマンダがあたしたちのしていることを知ったら、本物の煉瓦塀になるね」フェイスは視線に気づかず、ノートをめくった。「わからないことばかりよ。これもクレイジー・ストリング・ウォールに追加しなくちゃ」

「まだクレイジー・ウォールのままだよ。それぞれをつなげる紐《ストリング》がない。リッチーがなぜキャムの話をしたのか。ブリットがほんとうはサラになにを言いたかったのか。二件の暴行事件のつながりもまだわかっていない。いや、メリット・バーロウを加えるなら三件だな」

「キャムが関係しているのはわかってる。そこは昨夜より前進したよ」フェイスは言った。「サラはメイソンからなにか聞き出せると思う？」

　ウィルはメイソンの名前を聞くと虫唾《むしず》が走るが、なんともないふりをして肩をすくめた。カントリークラブで、元ボーイフレンドに電話をかけてほしいとサラに頼んだのは自分だ。メイソンはふたつ返事でオフィスで会おうと答えていた。どれだけ役に立つ話が聞けるかわからないが、とにかくサラに試してもらわなければならないのはわかっている。関係者はひとり残らずなにかを隠しているようなしゃべり方をする。メイソンの話がサラの記憶を呼び覚ますのを期待するしかない。

「心配？」フェイスが尋ねた。「サラがとびきりゴージャスでセクシーな元ボーイフレンドに会いに行くのが」

　ウィルはまた肩をすくめた。サラはメイソンのオフィスへ行ったが、帰ってくるのはウィルのベッドだ。

「マーティン・バーロウってどんな人物だ？」ウィルは尋ねた。

「弁護士。ピットブルの愛好家。ブレーブスのファン。ホークスのファン。無料法律相談所に勤務してる。自称社会正義の戦士。そしてスウィフティーズ。でもテイラー・スウィフトが好きじゃない人なんている？」フェイスはスマートフォンをタップし、ウィルに写真を見せた。「いい男でしょ」

　ウィルはすぐさまわかった。

マーティン・バーロウは、テーブル席でノートパソコンを覗きこんでいる知的職業人たちのなかにいた。

「十分前からここにいる。むこうの隅の席」

フェイスは賢明にも振り向かなかった。「あたしはここじゃ目立つはずだけど。ポロシャツの背中にはでかでかと蛍光イエローでGBIと書いてあるんだから」

「刑事弁護士は警官が嫌いだからな」

「刑事弁護士はレイプ犯と殺人犯が逃げるのに手を貸す下衆《げす》野郎だからね」フェイスは両手でスマートフォンを持った。インカメラで背後を見ているのだ。「なにを考えてるんだろうね？　あたしたちをからかってるのかな？」

マーティンはノートパソコンを閉じていた。両手を握り合わせてうつむいている。目は閉じていた。ウィルは、サラの母親がそうするのを何度も見たことがある。

「祈ってるんじゃないかな」

フェイスは大きなため息をつき、スマートフォンを置いた。「警官みたいに見えなくて、刑事弁護士を嫌ってない人が呼びに行くほうがいいんじゃない？」

ウィルもそれがいいと思った。立ちあがろうとしたとき、マーティン・バーロウがベースボールレザーのリュックに持ちものをしまいはじめた。出口のほうをちらりと見やったが、そのとき満席の店内でミーアキャットよろしく突っ立っているウィルに気づいた。立ち去るか残るか、バーロウはつかのま逡巡《しゅんじゅん》した。

残るほうが勝った。

バーロウはリュックを肩にかけ、カフェのおもて側へ歩いてきた。フェイスの言ったとおり、見た目のよい男だった。スーツにネクタイ。短く刈った髪。うっすらと髭を生やしているが、いやらしい口髭はない。ウィルの見たところ、三十歳くらいだろう。検死の写真に映っていたメリット・バーロウに驚くほど似ているが、十五年という年月は彼の容貌に近寄りがたさを加えていた。喪失の悲しみは表情にあらわれがちだ。

「ミスター・バーロウですね？」彼がとまどっているようなので、ウィルはバッジを見せた。「特別捜査官のウィル・トレントです。こちらはパートナーのフェイス・ミッチェル特別捜査官。今日はありがとうございます」

マーティンは肩からリュックをおろさなかった。椅子に腰掛けもしなかった。「いいか、両親はどちらも姉がどうしてあんなことになったのか、真実を知らないまま死んだんだ。あんたたちが十五年前にメリットの事件をちゃんと調べなかったあの怠け者と同じなら、ぼくの時間を無駄遣いしないでくれ」

フェイスはエドガートンをけなされ、毛を逆立てたヤマアラシよろしくいきり立った。ウィルは片手でフェイスを制した。ウィルは成人して以来、ブラザーフッドと忠誠が重視される職業に従事しているが、ちょっと変わった警官は青い絆《きずな》で結ばれた仲間に入れてもらえないことを、身をもって知っている。

ウィルはマーティンに言った。「おっしゃるとおりです。エドガートン刑事はお姉さんの事件をきちんと捜査しませんでした」

フェイスは傍目にもわかるほど怯んだ。五分前にはエドガートンをこきおろしていたのだが。フェイスの母親イヴリンも警官だった。イヴリンはアマンダとパートナーを組み、アマンダの助力でフェイスはＧＢＩに転職した。フェイスは完全に青い絆で結ばれた仲間のひとりで、青い輪郭線で囲まれているも同然だ。

マーティン・バーロウの反応は正反対だった。それまではピリついていたのが、いくらか態度をやわらげた。「きちんと捜査しなかったとは？」

ウィルは、昨夜サラが正直に話すことの重要性を語ったのを思い出した。「言っておきますが、ごまかすつもりはありません。あなたに偽りの希望を抱かせてしまうのはなによりも避けたい。でも、ぼくたちはお姉さんの事件を再捜査する理由を探しているんです。お姉さんの事件がほかの事件とつながっている可能性があると考えています。その可能性についてあなたの話をうかがえば、ほらやっぱりとなるかもしれない」

マーティンはリュックを反対側の肩に移した。一・五キロのＭａｃＢｏｏｋ　Ａｉｒのほかにもいろいろなものが入っているようだ。野球ボールの赤いステッチをほどこした革が張りつめている。「もしそうならなかったら？」

「その場合は、ぼくたちはいたずらに古傷をひらいたことになる。そうなる可能性は当然あります。なにかがわかったとしても、どうにもできない可能性もある。あなたは弁護士だ。ある人物が有罪であることと、それを証明することの違いはわかるでしょう」

「だから、あんたたち警官を信用するはずだと思ってるのか？」

ウィルでさえ、マーティンが吐き捨てるように警官という言葉を強調したことに気づいた。ウィルは肩をすくめた。「信用してもらいたいけれど、してもらえなくてもしかたない」

マーティンは、すぐには返事をしなかった。カフェの正面の大きな窓を見やり、行き交う車の流れを眺めた。

ウィルは椅子に座った。ホットチョコレートの残りを飲み干した。フェイスはテーブルの上にノートをひらいていたが、ペンは置いたままだった。

マーティンは決断した。重たそうな音をたててリュックを床に置いた。椅子を引き、テーブルと自分とのあいだに三十センチほど間隔をあけて座った。フェイスを見て、ウィルを見て、ようやく口をひらいた。「いまわかっていることを話してくれ」

フェイスが引き継いだ。「事件の夜、お姉さんはジョージア州立大学でパーティに参加したんですよね」

「もう間違ってる」マーティンは言った。「メリットは友達と勉強していた。マリファナをやってビールをちょっと飲むくらいで、パーティというほどじゃなかった。それから、ジョージア州立大じゃない。たしかにメリットは州立大の学生だったけど、グレイディ病院で研修を受けているモアハウス大のメディカルスクールの学生が住んでるダウンタウンのアパートメントで勉強していたんだ」

フェイスは情報を書きとめはじめていたが、そこで顔をあげた。「モアハウスは男子大でしょう。メリットはそこの学生とつきあってたの?」

「メリットのガールフレンドのお兄さんがモアハウスの学生だった。メリットの寮はノース・アヴェニューのユニヴァーシティ・ヴィレッジにあったから、お兄さんの家のほうが便利だったんだ」

「待って。お姉さんはレズビアンだったの?」

「ああ、そうだよ」

ウィルはフェイスがなにを考えているのかわかっていた。監察医によるメリット・バーロウの検死報告書には、傷や痣は同意のある性行為によるものである可能性が高いと結論づけていた。

フェイスは尋ねた。「そのことはエドガートン刑事に話した?」

「家族みんなで話したよ」マーティンは答えた。「偉大なるユージーン・エドガートン刑事がうちのリビングルームで両親と話しているあいだ、ぼくも一緒にいたんだ。刑事は、メリットがレイプされたという噂を聞くだろうが、信じないようにと言った。母はためらいもせず、メリットはレズビアンだったと話した。うちの両親は普通に受け止めていたからね。でもエドガートンは違った。若い娘とは自分のことをよくわかっていないものだとかご高説を垂れはじめて、あげくのはてに、真実を伝えるのは心苦しいがメリットはガールフレンドを裏切って男と浮気をしていた、だからレイプされたと嘘をついたんだとのたまった」

フェイスは〝だから言ったでしょう〟と大きな顔をしてもいいところだが、自身の推測が当たって怒っているようだった。「その浮気相手とやらの名前は教えてくれた？」

「いいや。そいつのプライバシーを守るためと言って教えてくれなかった。ひとりの若者の前途をつぶしたくないとね」マーティンは腕組みをした。「エドガートンの報告書は読んだんだろう。〝当該女性〟がどうのこうのってやつ。あの礼儀知らずのクソ野郎はメリットの名前すら書かなかった」

今度はウィルもそのとおりだと思った。

フェイスは尋ねた。「ガールフレンドのお兄さんだけど、なんて名前？」

「その人じゃないよ」マーティンは答えた。「その週はずっとハワード大にいた。そこで学部を終えたから、戻って学生指導係をやってたんだ」

「その人がエドガートンのでっちあげた浮気相手じゃないかと思ったわけじゃないの。メリットが最後に目撃されたのが彼のアパートメントだったから、名前を知りたいだけ」

「〝ぼくの友達〟とだけ言っておこう。供述書にも名前は出てこないし、メリットのガールフレンドの名前も出てこない。エドガートンがどっちにも会わなかったから」

ウィルは尋ねた。「その友達はグレイディで研修を受けてたんだろう？」

マーティンは譲歩した。「インターンだった」

十五年前にグレイディ病院がモアハウス大から受け入れたインターンの名簿を手に入れ

るのはさほど難しくないだろうとウィルは思ったが、それよりもマーティンがその男をかばう理由が知りたかった。

フェイスも同じことが気になったようだ。「警官たちにそのお友達の家のドアをノックしてほしくないのはわかるけど、こっちはどうしても彼から話を聞かなくちゃならないの」

「なにを訊きたいんだ？」

「同僚にはだれがいたか？　彼の妹さんがメリットと一緒にグレイディへお兄さんに会いに来たことはないか？　そのときだれかと会わなかったか？　会ったとすれば、相手の名前は？」

「だれの名前を期待してるんだ？」

フェイスはウィルと視線を交わした。ウィルは肩をすくめた。いまさら失うものはない。

「みんな医師よ」フェイスはノートをめくってサラに聞いた名前のリストを読みあげた。「チャズ・ペンリー。ブライズ・クリーディ。ロイス・エリソン。ビング・フォースター。プルーデンス・スタンリー。ロザリン・ストーン。キャム・カーマイケル。サラ・リントン。メイソン・ジェイムズ。リッチー・ドゥーガル」

ウィルはマーティンの顔を観察していたが、彼はまったく表情を変えなかった。

マーティンは尋ねた。「そいつらが容疑者なのか？」

「まだわからない。いまあげたのは十五年前にグレイディ病院に勤務していたレジデントたちの名前よ。これはほんとうに正直な話。いまのところ、あたしたちにわかってるのはこれだけなの」

マーティンは腕組みをしたまま、窓の外に目をやった。また考えている。ふたりを信用してもいいのかわからないのだ。

ウィルが驚いたことに、マーティンは信用することに決めたようだ。

マーティンは言った。「この女性、サラ・リントンという医師のことだが。メリットが亡くなった二週間後にレイプされたんだ。エドガートンは両方の捜査を担当した。だけど、片方しか解決しなかった」

「ドクター・リントンが犯人を知っていたからよ。犯人は病院の職員だった。ドクター・リントンは彼の名前も顔も知っていた」

それまで突っかかるような態度だったマーティンが、はじめて驚いたような顔をした。

「もうドクター・リントンの事件は調べなおしたのか？」

「なにもかも調べなおそうとしてるの。エドガートンには、そのふたつがつながっているかもしれないとは話した？」

マーティンは鼻で笑った。「ぼくは姉が死んで泣いてる十六歳の子どもに過ぎなかったんだぞ。エドガートンはぼくに目もくれなかった。それに、うちの親に対する態度もひどくて――失礼で、ばかにしてるのが見え見えのあの態度は一生許さない。あの男が死んだのは知ってる。でも墓の場所がわかったら小便をかけてやりたいくらいだ」

ウィルは彼の敵意をやわらげようとした。「エドガートン刑事の報告書を読んだように聞こえますね」

マーティンは答えなかった。かわりに身を屈めてリュックのなかを探りはじめた。そして、何冊ものフォルダーを取り出してテーブルに置きながら説明した。「告発状。エドガートンの報告書。証人の供述書。検死報告書。毒物検査結果通知書。死亡証明書のコピー」

フェイスは毒物検査結果通知書に飛びついた。プリントアウトしたものを取り、文字に指を走らせた。ページの最上部にグレイディ・ヘルスケアの十字の印があるので、病院のラボが発行したものだとわかる。メリットは死亡する直前に救急外来で採血されていた。

フェイスは読みあげた。「マリファナ、アルコール、ベンゾジアゼピンがいずれも陽性」

マーティンは言った。「メリットは処方薬を飲んでいなかった。もし飲んでいても、〝ぼくの友達〟は検査結果についてこう言った。メリットの血中のベンゾジアゼピンの濃度は非常に高くて、それだけ大量の錠剤を飲みこむひまもなく意識を失っていたはずだ、と」

フェイスは尋ねた。「自分で飲んだのでなければ、どうやったの?」

「そんなの知るか」

「検死では注射の痕跡は見つかっていない」

「検死官はよく探したのか?」

ウィルはふたりの言い合いを頭から締め出した。検死報告書をざっとめくると、警察に保管されている公式の記録よりページ数が多いように見えた。

増えているページには、遺体の外表面の写真が数枚含まれていた。やはり長い年月のうちに褪色している。ファックス用紙に印刷された書類を目にするのは久しぶりだ。感熱紙に印刷された文字は灰色になっている。ヘッダーに残っている送信者の電話番号はかすれて小さなドットにしか見えない。日付もほとんど消えているが、最後のふたつの数字はかろうじて読み取れた。十五年前に送信されている。

ウィルは最後のページまでめくった。遺体の外表面の写真も色褪《あ》せて線画のように見えた。左腕の下のタトゥーは肋骨の凹凸《おうとつ》で陰になっていた。

「お姉さんはタトゥーを入れていましたか？」ウィルはマーティンに尋ねた。

「検死報告書にはそう書いてあるが、ぼくは弟で、まだ子どもだった。姉もぼくにそんな話はしなかっただろう。もちろん、母にも内緒だっただろうね」マーティンは悲しげな笑みを浮かべた。「同性愛者であることは問題じゃなくても、神にもらった体を傷つけるのは？　そりゃ怒るだろうな」

フェイスは尋ねた。「エドガートン刑事は毒物検査の結果を見たの？」

「ぼくが見せた。だけど、メリットはパーティではしゃぎすぎて箍《たが》がはずれたんだと言われたよ。どんなに事実を突きつけてやっても、あの男は自分の考えに凝り固まっていた。警官あるあるだな、自分はほかのやつらより頭がいいと思ってたんだ」

フェイスは嫌味を聞き流し、ペンでテーブルをコツコツとたたきながらノートを見返した。「お姉さんは亡くなる前に妙なメッセージを受け取ってはいなかった？」

「なにも言ってなかった。でも、何度も言うけどぼくは弟だからな」マーティンは肩をすくめた。「仲はよかったけど、生きていたらもっと仲よくなれてたと思う。いまごろメリットは子どもを育てていたかもしれない。ぼくはおじさんになるってどういうことか、一生知ることはない。うちの親は孫をかわいがることなく死んだんだ」

フェイスは彼にしばらく時間を与えた。「メリットはスマートフォンを持ってた？」

「ｉＰｈｏｎｅを持ってたよ。当時はばか高かった。全科目でAを取ったご褒美で親が買ってやったんだ。姉があんなによろこんでるのを見たことはなかった。うらやましかったな」マーティンは黙ってつかのま思い出に浸った。「とにかく、古くなってしまったから、もう充電もできないだろうな」

「十五年前に中身を見なかったの？」

マーティンはかぶりを振った。「パスワードを知らなかったから。そんなに大事なものとも思っていなかったし。あのころは、生活のすべてが携帯頼みってわけじゃなかった。メリットは知り合いの連絡先を紙のアドレス帳に書いていたよ」

「そのアドレス帳は持ってる？」

マーティンは肩をすくめた。「探せば見つかるかも」

ウィルは、重たそうなリュックの中身が気になってしかたがなかった。先ほどマーティンは、メリットのすべての資料をやけにすばやく探し出した。おそらくｉＰｈｏｎｅとアドレス帳もリュックに入っているのではないだろうか。

それどころか、ほかにもいろいろなものを持っているのではないだろうか。

「ミスター・バーロウ、いまから仮説の話をしますが、答えたくなければ答えなくてもよいです」

マーティンは、警察のやり方は知り尽くしていると言わんばかりに鼻で笑った。

ウィルはそのやり方で攻めるつもりはなかった。使えるのは法律だ。「ジョージア州にも行政の記録を一般に公開することを義務付ける情報公開法があります。でも、警察の記録に関しては、捜査が継続しているものに関しては閲覧が制限される。お姉さんの事件もこれに当てはまります。厳密に言えば、捜査は終了していないんです。死因が特定されていませんので。でも、あなたはなぜかあらゆる記録のコピーを持っている」

マーティンはきつく口を引き結んでいたが、フォルダーに手をのばすフェイスのほうを不安そうに見やった。

ウィルはつづけた。「さらに、これらの記録のコピーのなかにはファックスされたものが含まれている。十五年前でもまだファックスを使っていたのは政府機関と医療機関だけです。残念ながらぼくたちはいまでもファックスを使ってますが、さすがに感熱紙は使わない。インクが消えてしまうとわかったからですね」

ウィルはマーティンに少し考える時間を与えた。

マーティンは尋ねた。「それで、あんたの仮説とは？」

「ぼくの仮説ですが、あなたは超法規的な手段でこれらの情報を手に入れた。だが、あなたは弁護士だから、あなた自身の時効が成立したのは知っている。ということは、あなたが恐れているのは、だれかほかの人に迷惑をかけることだ。その人は法律で裁かれることはなくても、医療者の資格を剥奪されるかもしれない。だから言っておきますが、ぼくにとってその人がだれかはどうでもいいんです」ウィルは椅子の上で身を乗り出し、マーティンとの距離を詰めた。「ぼくが知りたいのは、なぜその人がこの情報をあなたに渡したか、そしてほかにあなたがどんな情報を持っているのか、その二点です」

「検死結果をくれたのは〝ぼくの友達〟じゃない」マーティンは言った。「頼んでみたけれど、あんたの言うとおりだ。資格を剥奪される危険は冒せないと言われたよ」

「なるほど。では、十六歳の少年がどうやってこれだけの記録を集めたんですか？」

マーティンはまた腕組みをした。それまで口が重かったのが、得意げな口調に変わった。「キャメロン・カーマイケルだ」

フェイスの首が回転式砲塔よろしくすばやく彼のほうを向いた。「あたしをからかってる？」

ウィルは尋ねた。「どういうことですか？」

マーティンは息を吸って一瞬止め、ゆっくりと吐き出した。「ぼくの親族は州外や国外に散らばってる。みんながメリットの葬儀に来られたわけじゃない。だからメリットを埋葬して一カ月ほどたってから、お別れ会をしたんだ。教会に百人くらい集まった。親しい

フェイスが言った。「そのあと、キャムはやばいものを盗まれたと気づいたはずよね」

「四十八時間かかったけど、気づいたね。うちに来たよ。さんざん罵られた。親がいなくてよかったよ」マーティンは記録のほうへ顎をしゃくった。「そのときには、ブリーフケースの中身はすべて読んでいた。当然、キャムにいくつか訊きたいことがあった」

「答えてくれたの？」

「まるでバットマンの漫画の最後のヴィランみたいにな。なにもかも教えてくれた。やばいものを返せとも言わなかった。洗いざらい話したら、そのまま帰っていったよ。そのあとぼくは何度か電話をかけたんだが、しばらくして電話番号を変えられてしまった。いまはどこにいるのかも知らない」

つまり、キャメロン・カーマイケルが八年前に自殺したことも知らないのだろうと、ウィルは思った。また、マーティンがキャムを軽蔑しつつかばおうとしているのもわかった。犯罪の時効が成立していても関係ない。キャムがまだ生きていたなら、職業倫理に反する行為が露見すれば仕事を失っていたはずだ。

フェイスが尋ねた。「キャムのノートパソコンの中身は？」

「パスワードで保護されたファイルが大量にあった。ぼくはパソコンが得意じゃない。得意な知り合いもいない。だからと言って、警察に助けを求めるわけにもいかない。あのときもいまもそうだ。エドガートンは死んだのに、アトランタ市警はいまだにやつをかばってる。あんたら警察はいつもそうだ」

ウィルは顎をこすりながら、残りのいくつかの疑問点を考えた。タイミングに引っかかるところがある。「バットマンのヴィランの告白ですが。なぜ死亡証明書を改竄したのか、理由は聞きましたか？」

「飲酒運転で捕まりそうだったんだ。医師免許が一時取り消しになったら職を追われるだろう。エドガートンは、書類を書き直せば見逃してやると持ちかけた」

「エドガートンはなぜ改竄させたかったんでしょうか？」

「それはキャムも知らないようだったけれど、エドガートンにかなり脅されたようだ。あんな体の大きな男にすごまれたらな」マーティンは思い出してかぶりを振った。「キャムは怯えてアトランタを出ていったよ。北のほうで仕事が決まったと言ってた。エドガートンに死亡証明書を無理やり書き直させられた日から、新しい仕事を探しはじめたらしい。ほんとうにびくついてた。できるだけアトランタから遠くへ行きたかったみたいだ」

「時系列を整理しますね」ウィルは言った。「お姉さんのお別れ会は、亡くなってから一カ月後にひらかれた。その日、あなたはキャムのノートパソコンとこれらの書類を手に入れた。さらにその二日後、キャムがあなたの家に来て、新しい職場が決まったから引っ越すと言った。パソコンも書類もあなたに渡したまいなくなり、それ以来、あなたは彼と会っていない、連絡も来ていない。これで間違いないですか？」

マーティンは一度だけうなずいた。「間違いない」

フェイスはテーブルをペンでコツコツと叩いた。時系列のメモを見つめている。フェイスはクエスチョンマークを括弧でくくっていたが、ウィルは明らかな疑問に気づいていた。マーティン・バーロウも、ブリット・マカリスターのように悪質だ――手がかりをぶらさげて、相手が食いつくかどうか試している。

ウィルはマーティンに尋ねた。「キャムがバットマンのヴィランをやったとき、エドガートンに飲酒運転を帳消しにする条件で死亡証明書を改竄したのは、お姉さんの死後どれくらいたってからか話しましたか？」

「話したよ、はっきりしていた。エドガートンは姉が死んでちょうど二週間と一日後、キャムに会いに来たそうだ」

ウィルは喉を拳でひと突きされたような気がした。「二週間と一日後？」

「そう」マーティンは答えた。「ドクター・サラ・リントンがレイプされた日の翌日だ」

9

予想どおり、ジェイムズ美容外科クリニックの待合室は今風に洗練されていた。黒革の椅子、深い紫色のベルベットのソファ、ボーズのスピーカーからはダフト・パンクが低く流れ、生木のコーヒーカウンターにはステンレスのエスプレッソマシンが据えつけてある。ウォーマーに並んでいるカップはマットな黒。マドラーすら、ぽってりとした金属で小洒落ている。

サラは以前から、メイソンはいずれ美容外科を選ぶだろうと思っていた。彼一流の馴れ馴れしさと紙一重の愛嬌《あいきょう》は美容外科医向きだったし、収入は莫大だ。収入を選んだのが悪いわけではない。医師とは人を助ける職業ではあるが、人助けには金がかかる。最低でも二十四年間は学校で学び、薄給で数年働いたあと、どの診療科を専門にするか選択しなければならないが、五十万ドルを優に超える借金に溺れかけているという事実がその選択を左右しないわけがない。現状の仕組みでは、新人医師たちはより専門に特化した、より儲かる分野へ流れていき、ほんとうに助けが必要とされる分野は人気がない——たとえば、専門医の世話にならずにすむように、健康的な食事と運動といった生活習慣の助言ができる一般開業医だ。

サラは椅子から立ちあがった。どうにもじっとしていられず、処置室のドアのそばにかかっている大きなコラージュ画の前へ歩いていき、眺めるふりをした。いくつもの顔、体の部位、歯。サラは気もそぞろで作品そのものに対する感想などなかったが、メイソンはこの絵を売った富裕層相手の画商とアーティストの視点について何時間も語り合ったに違いないと思った。メイソンの好きなことをひとつあげるとすれば、それはおしゃべりだ。だからいまもサラを待たせているのだろう。

サラは腕時計を見た。

いまごろウィルとフェイスはメリット・バーロウの弟と会っている。そう思っただけで、腹部で凝り固まっていた緊張がほぐれはじめた。トミーはダニ・クーパーの民事訴訟を逃げ切った。推理の専門家ではないサラでも、彼がまたあの手この手でレイプを繰り返すのはわかっている。ブリットは彼女なりに息子を助けようとしているが、同時に事態を混乱させている。メリット・バーロウの死がサラの性的暴行事件につながり、サラの事件がダニ・クーパーの死につながっていて、さらに三件ともキャム・カーマイケルになんらかのつながりがある。

残念ながら、すべてを知っていたはずの人間はふたりとも死んでしまった。キャムは自殺で。ユージーン・エドガートンは膵臓癌で。

「やあ、あいかわらずきれいだな」

サラが振り向くと、院長室のドア口にメイソン・ジェイムズが立っていた。いかにもプレイボーイらしい笑みを浮かべている。あからさまにサラの全身に称賛の視線を送った。メイソン本人もクリニック同様に洗練された格好をしていて、さりげなく崩した髪といい、サイズのぴったり合った服といい、入念に刈りこんだ無精髭風の髭といい、抜かりがない。カントリークラブ用のウィルの廉価版といったところだ。

気まずくならないように拒む方法を思いつくひまもなく、サラは頰にキスをされた。ざらざらした髭に顔をこすられ、歯を食いしばって不快さに耐えた。

メイソンは気づかなかったようだ。「きみから電話をもらって、ぼくがどんなにうれしかったかわかるか?」

彼の視線が胸元におりた。サラはテニスウェアからベルトつきの黒いワンピースに着替えてきたが、深いスリットが誤ったメッセージを送ってしまったかもしれないといまさらながら気づいた。数年ぶりに連絡した理由は、まだ話していない。

もっとも、理由は訊かれてもいない。

サラは尋ねた。「ゆっくり話せる場所に行かない?」

「できればちゃんとした店で一杯やりたいんだけど、三十分後に予約が入ってるんだ。緊急事態でね。ご主人がシンガポールから帰国する前に、ボトックスとフィラーを頼まれた」メイソンは診察室のドアをあけて押さえた。「心配しないでくれ、ぼくのオフィスは防音だ。秘密は外に漏れないよ」

　サラは、どんな秘密かと訊き返さなかった。ひらいたドアからなかに入ろうとしたとき、彼の手が背中のくぼみを押すのを感じた。若いブロンドの美人が、会計カウンターの内側にいた。棚にディスプレイされた高価なローションだのなんだのに控えめな照明が当たっている。壁には数えきれないほどの女性と数人の男性の施術前と後を比較する写真が並んでいる。フェイスリフトや顎のインプラント術の写真のなかに子どもの写真があったが、サラは驚かなかった。メイソンは医療サービスの乏しい地域で、ボランティアとして口唇《こうしん》口蓋裂《こうがいれつ》の子どもの治療をしているらしい。テッサの言うとおり彼は軽薄だが、困っている子どもたちを助けようとするところは、そんな短所を補って余りある。

　メイソンはサラの背中をそっと押して奥のオフィスへ連れていった。床から天井まである窓から陽光が降り注いでいた。また革とベルベットと木とステンレス。また写真、ただしもっと個人的なものだ。メイソンとサッカーのユニフォーム姿のティーンエイジの少女。どこかの山で馬に乗っているメイソンともっと幼い少女。

　サラは尋ねた。「お子さんは何人いるの？」

「毎月、養育費を送ってるのが十三人」写真に目をやった彼の顔がほころんだ。「ポピーは九歳、ベスは十一歳だ」

　サラはふたりの美しい娘を見て、感じたくもない悲しみを感じた。

「さて」メイソンは隅の応接コーナーを指し示した。「どうぞ座って」

　サラはクラブチェアを選んだ。メイソンが腰をおろしたソファは座面が低く、ほとんど胸の前に膝があがった。彼はなんとも思っていないようだった。身を乗り出してサラに尋ねた。「ぼくに会うためにその素敵なドレスを選んでくれたんだろう」

サラはクローゼットに手を突っこんで、最初に触れた洗濯済みの服を引っ張り出しただけだった。「なぜ会いたかったのか、電話で正直に話すべきだったかもしれない」

「聖女サラはいつも正直じゃないか?」メイソンはふうっと息を吐いた。「最後に会ったのはいつだったっけ?」

「妹が入院したとき。あなたに口説かれた」

「うれしくなかった?」

あのときテッサが入院中だろうがなんでもないことのようにごまかされたのだが、驚いたのが間違っていたのかもしれない。「もう昔のことよ」

「そんなに昔でもないぞ。ぼくはいまでも、きみとうまくいっていたらいまごろどうなっていたか、しょっちゅう考えるよ」

サラは彼の結婚指輪に気づいていることをはっきりと伝えた。「わたしが知っているだけでも、あなたは少なくとも三度結婚してる」

「でもきみが最初のミセス・ジェイムズだったら、ふたり目を探さなくちゃという気持ちにならなかっただろうな」メイソンはにやりと笑った。「一緒に暮らしはじめたとき、プロポーズしようかと思ったんだ。ひざまずいて、ちゃんとしたダイヤモンドを買って」

サラは婚約指輪に向けられた彼の熱い視線を感じた。

ギャングのみんなでささやかな会をやったんだ。リッチーがキャムの思い出話をしてね。あいつは昔からぼくたちの記録係だったからな。いろんな話をしてくれた。感動的だったよ」

サラはだまされて胸がむかついた。メイソンはグレイディを離れてからギャングとは会っていないと、たった二分前に言ったばかりではないか。キャムが死んだのは八年前だ。メイソンはほかにどんな嘘をついているのだろう？

「キャムもかわいそうにな」彼は嘆息した。「くよくよ思い悩むたちだったからな。正直なところ、あいつがとうとう自殺したときもそんなに意外じゃなかった」

サラは震えながらまた大きく息を吸った。「追悼の会に行けなくて申し訳ないわ」

「来てもいやな気持ちになるだけだったと思うよ。みんなでさんざん飲んで思い出話をしただけだし」メイソンはまた両肘をついて身を乗り出した。「ねえ、どうして昔のことをあれこれ訊くんだ？　なにかあったのか？」

サラは体を引いてメイソンから離れたかったが、我慢した。一緒に暮らしているころ、メイソンはしょっちゅうささいな嘘をつき、話を大げさにし、自分の失敗を隠した。でも、これは違う。彼はいま、自身かほかのだれかを守るために嘘をついている。

「いまでもリッチーとは連絡を取ってるの？」

メイソンは答えるのが一瞬遅れた。「いや、それほどは。どうして？」

「リッチーの名前が出たから。ギャングの記録係だったって。リッチーならあの夜のことをきっと覚えてるよね」

メイソンは、自分の犯した間違いに気づいたようだった。「放っておいたほうがいい」

放っておけと警告されたのはこれで何度目だろうか。

サラは言った。「別にいいわ。ネットで電話番号を調べるから」

「だめだ」メイソンの声が急に大きくなった。彼は落ち着きを取り戻すのに苦労しているようだった。「いや、もちろんリッチーの番号は知ってるからさ。きみの携帯に送ろうか？」

サラはメイソンがポケットからスマートフォンを取り出すのを見ていた。日光がスクリーンに反射した。顔の側面を汗の玉が伝い落ちた。

メイソンはスマートフォンをしばらく見つめ、サラのほうへ目をあげた。「やっぱりメモしようか」

ペンと紙を取りにデスクへ向かったメイソンを、サラは目で追った。彼はサラの番号を知っている。自分のスマートフォンからリッチーの連絡先カードを送信すればすむ。そうしないのは、サラに見られたくないことが連絡先カードに書いてあるからではないか？

サラは尋ねた。「ついでに、あなたが覚えてる人たちの名前も書いてくれる？　あの晩だけじゃなくて、別の晩に交歓会に来てた人でもいいから」

「きみもギャングのみんなと知り合いだろう」彼の口調はぎこちなかった。「みんな交歓会に来てたし」

た。吐き気がおさまると、下腹部にずきずきする痛みを感じた。いままでいちばんひどい生理痛のようだったと、彼女は表現しました。体の感覚から、男性にレイプされたのだと気づいたそうです。ただ、彼女はそれまで男性との経験は一度もないと言いました。それから、途切れ途切れに記憶が戻りはじめて、以下のように語りました。手で口をふさがれた。四肢を広げられ、両手首と両足首を縛られていた。周囲はとても暗かった。相手の荒い息の音しか聞こえなかった。相手の手が煙草臭かった。相手の息から咳止めシロップのような甘ったるいにおいがした。男がのしかかってきた。非常に鋭い痛みを感じたそうですが、おそらく破瓜《はか》の痛みでしょう。彼女が暴行について思い出せたのはそれだけでした。救急外来では、彼女に内診を拒否されたので、外表面の診察しかできませんでした。太腿の内側に乾いた血と精液がこびりついているのをすぐに視認できました。痣もあり、その状態から暴行を受けて二時間以上たっていると思われました。両手首と両足首にも痣がありました。彼女の着衣は黒いブラジャー、デニムのカットオフショートパンツ（膝頭より少し上の丈で、極端に短いものではなかった）、ジョージア州立大学のTシャツでした。白い靴下も履いていましたが、スニーカーは片方だけでした。わたしは警察に通報してもよいか尋ねました。彼女は、ご両親に知られるのを非常に恐れて拒否しました。とくに、父親に知られたくないとのことでした。父親がなにをするかわからないからと言っていましたが、無理もないでしょう。わたしは二度、レイプキットの検査をすすめましたが、どちらも拒否されました。そのあと、彼女はトイレに行きたいと言いました。わたしは法医学的な証拠を洗い流さないようにお願いしましたが、彼女はどうでもいいのだと答えました。せめて服は保管させてもらいたいと頼み、了承を得ました。あとで彼女の気が変わった場合に証拠として使えますので、処分されたくなかったのです。彼女とわたしは服を保管するということで合意しました。わたしは着替え用に清潔なスクラブを渡し、女性用トイレへ連れていきました。それから、別の患者の診察に呼ばれました。しばらくして警報器が鳴りました。メリットがてんかんの大発作を起こしたのです。発作は五分以上つづきました。わたしは外傷チームに指示し、蘇生を試みました。メリットの死亡宣告をしたのは午前零時四十三分です。吐物に白いチョークのようなものが混じっていたというメリットの証言と、一時的に意識を失っていたこと、記憶喪失の症状もあったことから、彼女は薬物を摂取させられていたと思います。また、両手首と両足首の痣から判断すると、彼女は縛られていたと思います。さらに、彼女の証言と記憶、大腿上部の打撲傷、乾いた血液、精液から判断すると、彼女はレイプの被害にあったと思います。わたしの記憶する限りにおいて、この供述に間違いがないことを宣誓します。

医学博士　キャメロン・カーマイケル

10

フェイスは、キャムの供述書の署名の下の日時に目をとめた。彼はメリット・バーロウの死後一時間とたたないうちにこの供述書を書いていた。そして、ユージーン・エドガートンに知られないようにこっそり情報を集めはじめた。なにかがおかしいと感じていたからだ。それは称賛に値するが、しかしその後キャムは脅迫に屈し、嘆き悲しんでいる十六歳の少年の膝に湯気の立つクソを放り出してさっさと逃げ出したのは、非常によろしくない。

まさかこの自分が刑事弁護士に同情する日が来るとは。

フェイスはキッチンのテーブルに広げた書類を見おろした。告発状。エドガートンの報告書。供述書。検死報告書。毒物検査結果通知書。元の死亡証明書。

マーティンはそれらすべてのコピーを取ることはあっさり許可したが、メリットのアドレス帳とｉＰｈｏｎｅ、キャムのノートパソコンの貸出に応じさせるには、ウィルがなだめたりすかしたりしなければならなかった。

幸い、マーティンはノートパソコンの充電器を持ってきていた。だがあいにく、初代ｉ

Ｐｈｏｎｅのケーブルは持っていなかった。フェイスも持っていなかったが、自宅から十分の家電量販店〈ベスト・バイ〉で手に入ることがわかった。いまごろジェレミーが受け取りに行っているはずだ。さらにフェイスは、息子の違法ハッキングのスキルを利用してメリットのｉＰｈｏｎｅのパスワードを破り、キャムのノートパソコンの保護されたファイルをひらくことができるか試すつもりだった。

ジェレミー様がおいでになれば、の話だが。

フェイスはコンロの上の時計を見た。ジェレミーは約束の時刻にもう十五分遅れている。とりあえず、アドレス帳は役に立たないと判明していた。フェイスは記入されている連絡先の全部に目を通したが、怪しいものは見つからなかった。目につく略号などはなし。パスワードのメモもなし。メリットの死に関与したと疑われる男を指し示す手がかりもなし。

メリット・バーロウは死亡したとき二十歳だった。アドレス帳には子どもっぽい文字と、もっとしっかりした文字が混じっているので、おそらく十代のはじめのころから使っていたのだろう。表紙はスヌーピーとウッドストックが踊っているイラストだ。メリットは連絡先の名前の欄をすべてファーストネームで記入し、そのうちいくつかには寮の部屋番号を添えていたが、大半は地域番号なしで電話番号を書いていた。なによりも悲しいのは、家族の電話番号が書いてあったことだ――ママとパパ、と。

わが子を失う親の気持ちを想像し、恐怖に囚われてはいけない。フェイスはクレイジー・ストリング・ウォールを見あげ、冷蔵庫と二台の戸棚の表面を埋めている赤と紫とピンクの画用紙のカードに目を走らせた。〝マックとトミー〟の項目に並んだブリットの言葉。〝つながり〟の項目にもブリットの言葉が並んでいるが、どうつながるのかわからない。そして、ギャングたちの顔写真。

母親の編み物かごから取ってきた赤い毛糸のかせがカウンターの上で出番を待っていた。外側に巻いてある紙の帯が破かれていないのは、ウィルの言ったとおりだからだ。これではただのクレイジー・ウォールだ。それぞれのカードがどう結びつくのか、ひとつもわかっていない。フェイスにわかっているのは、四日後に娘が帰ってくるということだけだ。エマが自分の画用紙を切り刻まれ、ハローキティのテープを勝手に使われたのを知り、自分の描いた絵が冷蔵庫からはがされたのを知ったら、すさまじいメルトダウンを起こし、ホビットたちが現れて彼女に指輪をいくつも投げつけるだろう。

フェイスの視線は、裁判所のトイレでブリットが言ったことを書きとめた赤いカードの列をさまよった。

二十年前からずっと、いつかこうなるんじゃないかと思ってた……本人たちの話を聞いたから……マックはいつだってかかわってる……わたしにはみんなを止めることはできないけど、息子を救うことはできる……交歓会のこと忘れたの？

もう一度、時計を見た。ジェレミーはまだ現れない。ウィルとサラは約束の時刻に来るはずだ。それまであと五分。フェイスはスマートフォンを取り、エイデンの番号にかけた。

彼は挨拶をすっ飛ばした。「もう一度訊くが、なぜおれを監視下にある性犯罪者につきまとわせようとするんだ？」

フェイスはめずらしく恥ずかしさに顔が赤くなるのを感じた。サラには、ジャック・アレン・ライトには手を出さないと約束した。そのとおり、自分は手を出していない。サラ・リントンをレイプした清掃員がしかるべき生活を送っているかどうか監視しているのはエイデンだ。

「もっと頼れと言ったのはそっちでしょ。だから頼ったの」

「きみとの関係に入れこむなとときどき念を押してくれ」

「うん、そうする」

エイデンはうなったが、彼がノートをめくる音も聞こえた。「ジャック・アレン・ライトは、三年前の時点では、仮釈放の条件としてまだ足首に監視モニターをつけていた。記録によれば、彼は自宅と職場とグループセラピーのミーティングの三箇所だけを行き来していた。ほかの場所に出かけた形跡はない。去年、モニターをはずす許可が出た」

フェイスはさほど落胆しなかった。三年前のダニ・クーパーの暴行事件は徹底的に捜査された。もしジャック・アレン・ライトの関与が少しでも疑われていたら、マカリスターが雇った〝シャーク〟弁護士が彼に真っ赤なリボンをかけて引っ張ってきただろう。

そして、ブリット・マカリスターがアトランタの裁判所やカントリークラブの女性用トイレで謎めいた奇行に及ぶこともなかっただろう。

フェイスは尋ねた。「いま現在はどうなの？　なにか違反していない？」

「すっかりおとなしくなったようだ。今朝も保護観察官が彼と話している」

「面接したの、それともたまたま会っただけ？」

「面接だ。ライトは就職して、あなたのご自宅を売却しませんかと手当たり次第にメールを送りつけて電話攻勢をかける仕事をしている」

フェイスは連続レイプ犯の行く地獄にしては安楽すぎると思った。「保護観察官に、抜き打ちで薬物検査をしてと伝えてくれる？　それから、ライトの自宅を捜索して。なんでもいいからやばいものを見つけ出して。あの男を塀のなかに戻さなくちゃ」

「おいおい、落ち着けよ。保護観察官はとっくに疑ってる。あいつは次のユナボマーかもしれないって」

フェイスは眉根が寄るのを感じた。「どうして？」

「おれがＦＢＩの南東部国内テロ対策チームのメンバーだからか？」彼は質問のようにそう言った。「フェイス、おれたちはなにをしてるんだ？」

フェイスはギャングたちの写真を見据えた。「わたしの代わりに、いくつかの人名について調べてもらいたいの」

「おれの勘違いか？　おれは、きみがおれに違法すれすれの頼みごとをした理由を訊いたんだが、それに対してきみはこのうえまだ違法すれすれの領域を深掘りしろと言うのか？」

フェイスは、いったんはじめたら最後までやり通すしかないと、身をもって知っていた。

「ええ、そのとおりよ。まだ違法すれすれのことをお願いしたいの。やってくれるの、くれないの？」

長い沈黙がつづき、フェイスはエイデンとの関係を燃やしてしまったのを後悔しはじめた。さらに、本心では彼との関係を真剣なものと思っていたことを自覚して、つかのまうろたえた。

エイデンは尋ねた。「きみは以前、アトランタ市警にいたんだよな？」

「そうだけど」

「市警には、警官には限定的免責が適用されるからなにをやってもいいと思ってる刑事とかパトロール警官はいないのか？」

フェイスは頼みこむのに飽きた。「失敗したパンケーキを食べるの、食べないの？」

エイデンはまたしばらく黙りこんだ。「名前を送ってくれ」

フェイスが礼を言ういとまもなく、エイデンはぶつりと電話を切った。

くよくよ考えている場合ではない。フェイスは戸棚に並んだ顔写真の名前をひとつ残らず入力し、エイデンの仕事用のスマートフォンではなく、プライベート用の電話番号に送信した。彼の言うとおり、自分たちは違法すれすれの領域にどっぷり浸かろうとしているからだ。長年のあいだに間抜けな犯罪者たちを捜査した経験から得た教訓があるとすれば、それは仕事用の電話を悪事に使ってはいけないということだ。

エイデンにメッセージを送ったあと、スクリーンをスワイプしてジェレミーの車の位置情報をチェックした。彼はここへ向かう途中に〈ダンキン・ドーナツ〉に立ち寄っていた。フェイスの胃袋が鳴った。フェイスは息子に短いメッセージを送った。

いまどこ？　待ってるんだけど。

＠DD　食べる？

これだから、息子の居場所をわかっていなければならないのだ。位置情報なしではメッセージを解読できない。

フェイスがジェレミーに注文を送信したとき、ひと組のヘッドライトの光が窓から差しこんできた。フェイスは廊下を歩いていき、ドアをあけた。

サラとウィルが彼のポルシェから降りてきた。

フェイスは言った。「ジェレミーはまだ来てないの。ドーナツを買ってこいって言っといた」

ウィルが言った。「ついでに――」

「うん、ホットチョコレートも頼んでおいた」

ウィルはまずサラにポーチの階段をのぼらせた。サラはフェイスの腕をぎゅっとつかんでから、家のなかに入った。サラの疲れたような面持ちに、フェイスはまたしても彼女の苦しみに思いをめぐらせた。ウィルはと言えば、状況が違えば接近禁止命令を申し立てたほうがいいかもしれないと思ってしまいそうな目つきで、じっとサラを見張っている。

フェイスはふたりのあとからキッチンへ入り、夕食に食べたダイエット用冷凍食品の容器を片付けておけばよかったと、遅まきながら後悔した。プラスチック容器をゴミ箱に捨て、フォークを食器洗浄機に放りこんだ。

「アマンダからあなたたちに連絡はあった?」

「いいえ」サラはクレイジー・ウォールを見直していた。彼女もアマンダの部下だが、フェイスとウィルとは関係がまったく違う。「アマンダはわたしがなにをしていようが気にしないいんじゃないの?」

フェイスはウィルの視線に気づいた。サラは一日休暇を取り、ブリットとメイソンに会ってきた。一方、ウィルとフェイスは詐欺捜査班に口裏を合わせてもらい、仕事を抜けた。ここにいる人間のなかで正直なのはただひとり、逮捕権を持っていない者だけであることが多くを語っている。

ウィルはテーブルに散らかっている資料を指し示した。「進展は?」

「ない」フェイスはキッチンタオルで両手を拭いた。「大量の資料があるように見えるけど、キャムの書類から立件できるなら、マーティンがもう何年も前に告発してたはずよね」

ウィルはスヌーピーのアドレス帳をめくった。

彼になにが読めてなにが読めないのか、フェイスはわかろうとするのをとっくにやめていたので、頼まれていないが説明した。「ラストネームは書いてない。電話番号は古すぎて役に立たないだろうし、どっちにしても許可がなければ調べられない。メリットのガールフレンドの名前も書いてあるんだろうけど、どれなのかはわからない」

「また藁《わら》のなかの針だな」

「藁しかないって感じね」サラはまだクレイジー・ウォールを見つめていた。「ゆうべと同じ疑問がまだ残ってる。ブリットが止められない〝あの人たち〟とはだれか？　そして、それがわたしの事件といったいどうつながっているのか？」

「〝あの人たち〟のひとりはメイソンかも」フェイスは言った。

サラはかぶりを振った。「そうは思えないな」

フェイスは口を閉じていたが、思ったことが顔に出たらしい。

サラが言った。「あなたの思ってることはわかる。たしかに、だれがレイプ犯でだれがそうじゃないか、わたしには見分けられない」

「そんなこと思ってない」フェイスは嘘をついた。もちろん思っている。

「メイソンがマックとリッチーをかばうのは、男同士はそうするものだと思いこんでるからよ。あの人にとってはなにもかもくだらないゲームなの。他人にとっては違うということまで考えが至らない」

フェイスはうなずいた。同意したからではなく、こだわらないほうが楽だからだ。

「こういう状況ってほんとうにいらいらする」サラは両手に腰を当てて戸棚を見据えていた。「ブリットの言うつながりってどういう意味なのか、いいかげんわかりたいのに。あの清掃員がわたしたち三人――最初にメリット、二週間後にわたし、そして十五年後にダニをレイプしたって言いたいわけ？」

フェイスはウィルの視線で頭に穴があきそうな気がしていた。彼は明らかに、フェイスがジャック・アレン・ライトがいまどこでなにをしているのか調べているのではないかと疑っている。フェイスはウィルにきっぱりとかぶりを振ってみせるしかなく、そうしながらサラに言った。「メリット・バーロウは除外してもいいんじゃないかな。裁判所では、ブリットはあなたとダニがつながってるとしか言ってない。でも、清掃員はダニの事件の犯人には当てはまらないんだよね。関係ない」

「サラもだ」ウィルが指摘した。「メリットとダニは、死亡したとき大学生だった。メリットはオーバードーズによる発作で亡くなった。ダニは鈍器による負傷がもとで亡くなった」

「わたしはほかのふたりより何歳か年上だった」サラも言った。「わたしは刺された。犯人の顔を見てる。細部まで記憶している。ダニとメリットが薬を飲まされたのは、記憶を奪うためだった。ふたりとも犯人がだれか知らなかった。ふたりともなじみのない場所で意識を取り戻した。わたしはトイレの手すりに手錠でつながれていた。清掃員は、わたしに犯人が自分だとわかるようにした。わたしを支配する手段のひとつだった」

フェイスは言った。「ここらではっきり言うべきじゃないかって気がする。マックとリッチーと、たぶんキャム・カーマイケル、たぶん清掃員、もしかしたら違うかもしれないけどメイソン・ジェイムズ。たぶんロイスとチャズとビング。彼らは全員、なんらかの形でレイプのグループのようなものに関係がある、よね？」

サラは唇を引き結んだ。フェイスが言ったことにうなずきはしなかったが、そのとおりだと思っているのは明らかだった。サラはキッチンに入ってきてからずっとクレイジー・ウォールを見つめている。裁判所でブリットに絡まれて以来、目を覚ましているあいだはずっと考えているのだろうから。十五年前に同じ職場で働き、ときには食事をともにし、ソフトボールやテニスをプレーした者たちが、人生で最悪のできごとを共謀した可能性があることは、サラには最初からわかっていたのだ。

ウィルはすぐさまサラの不安を感じ取った。くるりと向きを変えて提案した。「クレイジー・ウォールをアップデートしよう」

フェイスはサラが少しだけ緊張をゆるめたのを見て取った。サラはバッグのなかからまたインデックスカードを取り出した。「ブリットのことだけど——重視すべきは、キャムについて彼女が話したことと、メリット・バーロウの名前を出したことよ」

「それから示談の件」フェイスは言った。「ダニのプライベートを晒す写真は、ほんとうに元ボーイフレンドのスマートフォンに保存されていたものなのかな？」

を免れた」

「それを調べる手段がない」ウィルが言った。「どのみち結果は変わらない。トミーは罪

サラはインデックスカードから目をあげた。「そういう写真があるのを知ったダニのご両親はどんな気持ちだったか。いまからだって外に漏れるかもしれない。その恐怖は、どんなに大金を積まれても消えるものじゃないわ」

フェイスは身震いしそうになったのをこらえた。自分がティーンエイジャーのころはスマートフォンが生活必需品ではなくて、ほんとうによかった。絶対になにか愚かなことをしていたに違いないからだ。息子は自分の命より大切だが、十五歳の少女がときに無軌道に走りかねないことを示す歩く証拠でもある。

「ほかには」ウィルはサラの持っているカードのほうへ顎をしゃくった。「メイソンはどうだった？」

「彼が話したことはここで取りあげるほどのものではなかったけど、ギャングのメンバーとはもう連絡を取っていないというのは嘘ね。わたしにリッチーの連絡先カードを送信しなかったのは、リッチーのいまの勤務先を見せたくなかったからだと思うの。メイソンにはジョン・トレスウェイのことも訊かれた。つまり、マックかリッチーが今朝カントリークラブでウィルと話したあとに、メイソンに電話をかけてきたのよ」

フェイスはその仮説に穴を見つけた。「逆だと思わない？　メイソンがマックとリッチーに電話をかけた。なぜなら、あなたから連絡があったから。マックかリッチーがその理

由を知ってるんじゃないかと探りを入れたのかも。そして、マックとリッチー、もしくはふたりとも、カントリークラブでジョン・トレスウェイに会ったと伝えたのかもしれない」

サラは肩をすくめた。「その可能性はあるね」

ウィルは尋ねた。「リッチーの勤務先はどこだろう?」

フェイスはノートパソコンをスリープモードから復帰させた。昨夜ひらいたタブがすべてそのままになっていた。「〈CMM&A〉って会社のコンサルタント」

ウィルはフェイスの背後に立った。〈CMM&A〉の文字を黒い円で囲んだロゴマークを指差す。「これはなんの略だろう?」

フェイスはページにざっと目を通して頭を振った。「書いてない。キャムとメイソンとマック? 簡単すぎない?」

サラが尋ねた。「リッチーは病院経営コンサルタント? それとも別の種類の?」

フェイスは企業理念を読みあげた。「わたしたちは二十一世紀の医師の皆様のニーズにお応えし、経営パートナーシップを確立する支援をいたします、だって」

「ああ」サラは言った。「M&Aは合併買収のことかもね。リッチーは病院が個人経営のクリニックを乗っ取る手伝いをしてるのよ」

フェイスは言った。「翻訳してくれる?」

「病院は病院同士で患者を奪い合ってる。既存のクリニックを買収すれば、臨床検査も画像診断も外科処置もまわしてもらえて、ネットワーク内の専門医への紹介もしてもらえる。そのかわり、医師は書類仕事や医療費の請求や電子カルテの管理に煩わされずにすむ」サラはまた肩をすくめた。「たしかに大金が手に入るけど、医師は結局、巨大な医療システムの歯車のひとつになってしまう。十五分刻みでスケジュールを管理されて、ノルマを課されて、患者は変動料金制で受診料を請求される。あとで自身の経営に戻ろうとしても、競合を禁止した契約に縛られて、自宅から百キロ以上離れた場所で開業するしかない」

フェイスは話の五割しか呑みこめなかったが、ウィルは理解したようだ。

「ヘッジファンドが割りこんできそうな話だな」

「病院よりひどいわ。すばやい利益を期待して、患者に法外な料金を吹っかけるから、保険料は値上がりして、結果として医療が煽りを受けて、結果としてみんなが困るはめになる」

その部分はフェイスにも理解できた。ジェレミーがスケートボードでむちゃをして鎖骨を折ったあと、フェイスは一年半も超過勤務を強いられた。ウィルがいままでしてくれたことでなによりもありがたかったのは、無料で診てくれる小児科医と引き合わせてくれたことだ。

ウィルは言った。「なるほど、リッチーはクリニックの乗っ取り屋だ。ほかには？」

サラはインデックスカードをめくった。ウィルの顔を見あげる。「メイソンにジョン・トレスウェイを覚えてるかと訊かれたとき、ジョンは整形外科医だと答えておいた」

「整形外科医？」

「またトレスウェイになりすましてギャングに会うことになったら役に立つかもしれない。医師は整形外科医と医学の話はしたがらないから」

フェイスは不思議に思った。「整形外科医だって医師でしょう？」

「ええ、でも——」サラは気まずそうな顔をした。「整形外科医は骨を接《つ》いだりねじを取り付けたりするのは得意だけど、深刻で複雑な問題に関しては内科医学をわかっている人に相談したほうがいい。適切な方針を心電図から決められる人に」

ウィルはうなずいた。「大工にパソコンを修理してくれと頼むようなものか」

サラはウィルを見あげ、彼にしか見せない笑顔になった。「そういうこと」

フェイスはしばらくふたりを放っておくことにした。ふたりが主演の品質保証印つきの映画で毒舌の親友役をやることには慣れている。

フェイスは黄色い厚紙を取り出し、メリット・バーロウの見出しを作りはじめた。「メリットについてわかってることは？」

ウィルが答えた。「グレイディ病院の職員名簿の召喚状が必要だということ」

フェイスはウィルに見出しを渡し、彼がギャングの写真の右に貼るのを見ていた。

「モアハウス大のインターン。マーティンが〝ぼくの友達〟と呼んでいた人物がだれかわかれば、メリットのガールフレンドがだれかもわかるだろう。そのガールフレンドが、暴行事件の前になにか不審なことがあったのを覚えているかもしれない。たとえば、メリットがクラスメートの男子学生につきまとわれていたとか。手紙やメールが送られたりしていなかったか?」

「現時点では召喚状は無理ね」フェイスはサラに向きなおった。「キャムはどう? メリットが亡くなって、ひどく興奮していたよね。それって、医師によくあること?」

「イエスでもあり、ノーでもある」サラは答えた。「キャムはそれ以前にも患者を死なせたことがある。わたしたちみんなそうよ。グレイディには重症患者のなかでもとくに重症者が集まる。ある患者さんに対しては、ほかの患者さんを失ったときより悲しみに沈んでしまうこともある。わたしにとってはダニがそうだった」

「でも、あなたはべろべろに酔っ払って記憶を失ったりしなかった」

「ええ、それでも監察医と警察に話を聞いたし、検察を質問攻めにして、しまいにはいいかげんにしろと礼儀正しく言われたわ」

「なるほど。ユージーン・エドガートンは? なぜちゃんと捜査しなかったんだろう?」

「賄賂だ」ウィルは汚職警官をこきおろすのに躊躇《ちゅうちょ》しない。「事件を揉み消したのは、よほど無能だったか、そうでなければ買収されたんだ」

フェイスは冷や汗が噴き出るのを感じた。内密にしたい話を堂々と持ち出されるのは好きではない。「だれに?」

「いい質問だ。書いてくれ」

フェイスは黄色い画用紙を選んだ。疑問を書きながら話した。「サラ、エドガートンに会ったことがあるのはあなただけよ。彼の印象は？」

「電話で一度話した。直接会ったのは二度だけ。一度目は病院で聴取を受けたとき。二度目は裁判所で評決を聞いたとき」明らかに、サラはそのときのことを思い出したくないようだった。「聴取をされたときは、犯人に対して怒ってるように見えた。でも、とりわけ情に厚い人だったとは思わない。とにかく、深刻に受け止めてくれたことにはほっとした」

「手錠を切断して、手術でナイフを取り除いたんだもの。汚職警官だって深刻に受け止めるよね」

サラは両手を見おろした。

「ごめん」フェイスは謝った。「言いすぎた――」

「いいの。そのとおりだもの」サラは引きつった笑みを浮かべて目をあげた。「事件のあとに、最初に話した相手がエドガートンだったの。手術を終えたあとすぐだった。わたしは、自分がなにか間違ったことをしたんじゃないかって、何度も何度も同じことを繰り返した。わたしはあの男に親切にしていたの。エドガートンじゃなくて、清掃員のほうにね。それが悪かったんだと思えてしかたがなかった。親切にしすぎたんじゃないのか？　勘違いさせてしまったんじゃないのか？　自分から誘ってしまったんじゃないのか？」

フェイスは、婚約指輪をまわすサラを見ていた。あの晩グレイディ病院で起きた事件について話すときのサラは別人になる。いつもの自信が消えてなくなる。

「それと」サラはつづけた。「キャムの書いたメリットに関する供述書だけど――メリットが親に知られるのを恐れていたと書いてあったでしょう。たぶん、わたしもそれが一番怖かった。両親を巻きこんでしまったことに、大きな罪悪感があった。やっぱり実家から通える大学に行けばよかった。エモリーじゃなくてマーサーにすればよかった。そんなふうに後悔した。でも、エドガートン刑事のことで覚えているのは、あの人の言葉で救われたということ。こういうことはいつでもどこでも起きうるんだから、自分を責めるのはやめて、レイプした犯人が悪いんだと考えようと言ったの」

そのとき不意に、フェイスはウィルが身動きひとつせず体をこわばらせたことに気づき、ぎくりとした。結婚指輪をまわしていたサラの手も止まっていた。ふたりともフェイスの背後を見ている。

サラが言った。「おかえりなさい、ジェレミー」

胸に恐怖が広がるのを感じながら、フェイスは振り向いた。

ジェレミーがドーナツの箱とドリンクホルダーを抱えて立っていた。ショックを受けているようだが、無理もない。フェイスの息子は、はじめて会ったときからサラが大好きだったのだ。ふたりとも科学オタクでフェイスにはよくわからない冗談を言い合い、サウスイースタン・カンファレンスのフットボールのファンで、数学の問題に目がない。そしてたったいま、ジェレミーはサラの話を聞いてしまい、芯まで揺さぶられている。

フェイスは立ちあがった。ドーナツとドリンクをウィルに渡し、ジェレミーをリビングルームへ連れていった。

「大丈夫よ」それは、思いがけず悪いことが起きたときにいつも言ってきた言葉だ。「なにも心配しないで」

「母さん――」ジェレミーの声がかすれた。ソファのそばのランプのやわらかな光を受けて、目が光っている。「サラおばさんは――」

「大丈夫よ」フェイスは繰り返した。息子と友人を思って胸が痛かった。サラが自分の受けた被害について語るときにもっとも恐れていたことが起きるのを、目の当たりにしてしまった。ジェレミーがサラを見る目は変わってしまった。もはや彼女はジェレミーにとってサラおばさんではなくなった。レイプされたサラおばさんになったのだ。

「いまの話は――」ジェレミーはまた言葉を切った。「サラおばさんは大丈夫なの？」

「大丈夫よ。大丈夫。あたしの言うことをよく聞いて」自分の強さを実際に注ぎこめるわけではないが、フェイスは息子の両腕をつかんだ。「サラおばさんもウィルおじさんも、ある事件を調べるためにうちに来たの。古いノートパソコンとスマートフォンをひらきたくて、あなたの助けが必要なの。やってくれる？」

「でも、サラおばさんは――」

「あなたが心配することじゃない、わかった？　聞かなかったことにしなさい」

「フェイス」サラがソファのそばに立っていた。笑顔が痛々しかった。「ジェレミー、わたしがレイプされたのは十五年前よ。犯人は逮捕されて罰を受けた。わたしはもう平気だけど、いまでもやっぱり話すのがつらいときがあるの。いまもそう。わたしたちは、ほかにふたりの女性が襲われた事件とわたしの事件のつながりを探してるの」

ジェレミーが取り乱すまいと必死に我慢しているのは、傍目にもよくわかった。「ひとりは〈ダウンロウ〉でいなくなった学生でしょう?」

フェイスはいつものように嘘でごまかすつもりだったが、なぜかこのときはそれができなかった。「いまのところなにもわかってない。だからあなたの助けが必要なの。十五年使ってないパソコンとスマートフォンに侵入できる?」

ジェレミーの視線がサラへ向かい、フェイスに戻った。まだいま聞いたことを処理できていないようだ。

「お兄さん」フェイスはジェレミーの髪を耳にかけてやった。「あたしたちを助けてくれる?」

ジェレミーが唾を呑みこみ、喉骨が動いた。「やってみる」

「よかった、お兄さん。ありがと」

ジェレミーはフェイスが腕を絡めても拒まず、サラのあとから一緒にキッチンへ戻った。ウィルはまだ硬い顔をしていた。大人が四人も集まると、キッチンは狭苦しく感じた。サラは座らずウィルに寄りかかり、ウィルは彼女の腰に腕をまわした。悄然《しょうぜん》としていたジエレミーは、クレイジー・ウォールを目にした瞬間、好奇心を覗かせた。フェイスは刑事ではなく母親の目でクレイジー・ウォールを見なおした。ジェレミーは大きなショックを受けた直後だ。このうえ不安にさせたり、怯えさせたり、あまりにも具体的だったりするものはないだろうか？

母親としてのフェイスも、刑事のフェイスと同じ意見だった。まったく、こんなことになるなんてめちゃくちゃだ。

ジェレミーはようやくクレイジー・ウォールから目をそらした。カウンターに並んでいるノートパソコンとｉＰｈｏｎｅを見やる。ウィルはドーナツの箱をどけた。一ダースのうち三個はすでに彼の腹のなかだった。彼はジェレミーに箱を差し出した。

ジェレミーはかぶりを振った。キッチンに入ってから一度も声を発していない。

フェイスは尋ねた。「ｉＰｈｏｎｅのケーブルは買ってきてくれた？」

ジェレミーはリュックをおろし、ポケットのファスナーをあけてケーブルを取り出した。やけに静かだ。まだショックがおさまらない息子に対して、大丈夫だと言い張るよりほかに、フェイスには打つ手がなかった。やっぱり助けは無用だ、映画かガールフレンドに会いに行ったらどうかと言いかけたとき、サラが深く息を吸った。

「ジェレミー」サラはメリット・バーロウの古いｉＰｈｏｎｅを取った。「あなたがこれに電源を入れたらどうなるのかな。通信ネットワークに接続しようとしない？」

「わかんない」ジェレミーはケーブルをパッケージから取り出した。サラのほうを見ようとしない。この状況にすっかりとまどっていた。「プロトコルを見てみる」

ウィルは空気が張りつめていることに気づいているが、その理由はわからないらしく、サラに尋ねた。「なにを心配してるんだ?」

「このiPhoneがネットワークに接続しようとしたら、SIMがロックされるかもしれない。情報にアクセスできなくなるわ。そうよね、ジェレミー?」

「うん」ジェレミーはUSBを充電器に差した。「こういう昔のiPhoneはSIMが組みこまれてる。ケースをこじあけることはできるけど、ちゃんとした道具がない。無理やりこじあけたら、部品を壊してしまうかも」

サラは尋ねた。「信号を発信するのはどこ? 前面? それとも背面?」

ジェレミーはケーブルをiPhoneに接続した。「アンテナは背面に内蔵されてる。金属のケース越しに発信するんだ」

サラはどうやら答えを知っているようだが、ジェレミーに解決方法を考えさせた。「信号をブロックする方法はある?」

「たぶん」ジェレミーはあいかわらずサラではなくiPhoneを見ていた。「電波が届かない場所を見つけるとかね。車で人里離れた場所に行くとか」

「それだとなにが起きるかわからないよね。電界の内外で発生する電磁波を遮断するのに、もっと手軽な方法があるでしょう?」

ジェレミーはついに目をあげた。満面の笑み。「ファラデー・ケージだ」

サラはほほえみ返した。「試す価値ありね」

ジェレミーはあちこちの抽斗を開け閉めしはじめた。なにを探しているのか、フェイス

フェイスはウィルとサラを見た。「さて、どうする？」

ウィルは口に詰めこんだドーナツを丸呑みして答えた。「時系列」

案の定だ。ウィルはとにかく時系列で整理したがる。

「金曜日の夜、メリットが救急外来へ来た。土曜日未明に死亡した」

視界の隅でジェレミーがＭａｃＢｏｏｋから顔をあげたことに、フェイスは気づいた。

サラも気づいていた。「メリットはその日、大学の講義に出席したのを目撃されていることがわかっている。そのあと、モアハウス大のインターンのアパートメントにいた。それからグレイディ病院へ来た。フェイス、彼女の足取りを追ってみない？」

フェイスは、自分が息子を励ますように、サラに励ましてもらうわけにはいかないと思った。ノートパソコンをスリープ状態から復帰させた。グレイディ病院周辺の地図のタブをクリックし、画面をサラとウィルのほうへ向けた。ジェレミーが肩越しにちらりと振り向いたが、フェイスは画面が彼には見えないようにしていた。

「ここ」サラはある建物を指差した。「モアハウス大のアパートメントはここにあったと思う」

フェイスはそこにピンを立てた。それから、三つの地点を結ぶ三角形を指でなぞった。「スパークス・ヒル、グレイディ病院、モアハウス大のアパートメント。すべて徒歩圏内にある。ほぼ直角三角形だね」

「斜辺の中央にあったのが」サラは直角頂と向き合う辺の真ん中を指差した。「デーリヴアーズ」

「ほんとうの店名は〈テンス〉だったとリッチーに聞いたよ」

「そうだ、思い出した」サラは言った。「ヘンリー・ライマン・モアハウスのエッセイから取ったんだった」

ウィルはドーナツの箱をジェレミーのほうへ押し、一個選ばせた。「フェイス、その三角形を管轄してる分署は？」

「五分署《ゾーン5》」フェイスは螺旋綴じのノートが必要になり、バッグのなかに手を入れた。「市警から折り返しの電話がかかってくれば、十五年前にパトロールを担当してたのがだれか聞き出せる。なにか覚えてるかもしれない」

「フィールドカードは保管してるかな？」

「人によるね」フェイスは保管している。フィールドカードとは、正式な報告書を作成するほどではない案件を書きとめておくものだ。たとえば、だれかが繰り返し怪しい行動をしているのを何度も見かける場合に、メモを取っておくと役に立つことがある。パトロール巡査の日常業務だ。「こういうとき、アマンダに相談できたらいいのにって心底思う。アマンダならひとことで市警をビビらせることができるから」

ウィルは言った。「時系列に戻ろうか」

フェイスは供述書のフォルダーを指でコツコツと叩いた。「クラスメート二名が、メリット・バーロウがスパークス・ホールを午後五時ごろに出るのを目撃してる。そこから歩いてモアハウス大のアパートメントへ向かったと推測できる。ガールフレンドと四時間ほど勉強した。キャムによれば、メリットがトリアージを受けたのは午後十一時三十分。キャムが診察したのが午前零時ごろ。計算どおりなら、二時間ほど暴行を受けていたことになる」

サラは計算が合っているかどうか深く考えたくない様子だった。ユージーン・エドガートンがおざなりに記した三名の証人の供述書を手に取り、要点を声に出してまとめた。

「警備員のヘクター・アルヴァレスによれば、メリット・バーロウは午後十一時ごろ、病院の西口からよろけながら入ってきた。立っているのも難しく、呂律がまわっていなかった。アルヴァレスは車椅子を取ってきて、彼女を乗せた。それから、アルヴァレスの言ったことをそのまま引用すれば、〝ミス・バーロウはレイプされたと言ったんです。泣いていました。男性とつきあったことがないのにとも言いましたが、わたしはそれを襲われるまでは処女だったという意味に取りました。彼女は体が痛い、体の奥が痛いと訴えました。両手首に痣ができていて、下半身に血がついているのがわかりました。ショートパンツをはいていたのでわかったんです。わたしが看護師から親御さんに連絡してもらおうと言ったところ、彼女は非常にあわてました。家族には知られたくないとのことでした。とくに父親には知られたくないと。わたしも父親なのでわかります。娘があんな目にあったら、相手の男を追いつめてやりますよ〟」

室内に沈黙が降りた。ジェレミーは明らかに聞いている。キーボードを叩く音が小さくなった。

フェイスは言った。「メリットは通報もレイプ検査も拒んだのよね。キャムは着替えを渡した。メリットはトイレに入った。そして、とうとう出てこなかった。生きた姿ではね」

サラはキャムの供述書に目を通した。「キャムがてんかんの大発作と書いているものは、現在では全般性強直間代《きょうちょくかんだい》発作と呼ばれてるの。ふたつの段階がある。強直発作で患者は意識を失う。筋肉が硬直して、患者が立っていれば倒れてしまう。体がすさまじいショック状態に陥るの。不随意的に叫んだり、失禁することもある。だいたいこの状態が十五秒から二十秒ほどつづく。つづく間代発作では、全身ががくがくと痙攣する。筋肉が収縮と弛緩を繰り返すのね。間代発作のほうが時間が長くて、だいたい二分程度つづく。メリットは五分以上も発作がつづいた。その間、脳への酸素の供給が絶たれていたのよ。厳密に言えばそれが死因だけど、もともとの死亡証明書を信用すれば、発作を起こす要因があったはず」

ウィルは尋ねた。「キャムはメリットの服装についてなんて書いていたっけ?」

サラは検死報告書を取り、供述書とくらべた。「着衣のリストにはショーツがない。それから、左の靴も。エアジョーダン・フライト23、ブラックゼスト/ホワイト」

「左の靴がなかったことは、キャムの記述と一致してる」フェイスはこの新しい情報を二枚の黄色いカードに書いた。

「待って」サラが言った。「ダニは搬送されてきたとき裸足だった。メルセデスのなかにあった物品リストには、ステラ・マッカートニーの黒いプラットフォームのミュールがあった。ただし右だけ、左はなし。わたしは当時、メルセデスから救急外来に運ばれてくるあいだに脱げてなくなったのだと思ってた」

「つながってるのかな？」ウィルが尋ねた。

サラは肩をすくめた。「救急外来で靴をなくす人は多いから。わたしとつながりがあるかどうかと言えば、わたしは左右どっちの靴も履いたままだった」

「うん」フェイスは黄色いカードをもう一枚取った。「それもウォールに貼ろう」

ウィルはカードを貼りながらサラに言った。「検死報告書に戻ろう。監察医は解剖をしなかった。きみはそれで問題なかったと思う？」

サラは迷っているようだった。医師も警官と同様に同業者の悪口を言いたがらない。

「死亡したのが病院内だったから、一応は看取《みと》られながら亡くなったと言えるし、適切な検査はおこなわれているから、監察医の裁量の範囲内だとは思う」

「でも？」

「ほかの医師の判断にあとからケチをつけるのは気が進まない。なんといっても、わたしは実際に遺体を見たわけじゃないし、エドガートン刑事が監察医にどんな話をしたのかも知らないから。でも、健康上の問題がなかった二十歳の女性が病院内であっても強直間代発作で突然死したら解剖するべきというのが、わたしの自身の監察医としての基準。そうは言っても、ＧＢＩの検死事務所の予算はフルトン郡検死事務所の予算より潤沢だからね。郡の予算は慢性的に不足だもの。それにわたしの場合はアマンダが後ろ盾になってくれる。だからこんなふうにあとからケチをつけられずにすむのよね」

フェイスはほかのだれかにアマンダが後ろ盾になってくれると言われたら大笑いするところだが、実際のところ、アマンダはつねに自分たちの後ろを守ってくれている。ときには背中にナイフを突きつけてくるけれど。「メリットの脇腹のタトゥーってなんだったんだろうね？」

「たしかに、体表に認められたものを正確に記録しなかった点は杜撰《ずさん》だと思う。普通はタトゥーの文言を書きとめるとか、略図を描くものよ。たいてい〝Ｘ〟であらわすのは刃物や銃で受けた創傷、裂傷、傷痕ね」サラはファックスされた検死報告書をめくり、消えかけた画像を見てかぶりを振った。「もっといい画像がほしい。なんとかして原本を手に入れられないかな？」

「きみに見せたスキャンデータが原本なんだ」ウィルが言った。「ほかのものはもう何年も前にシュレッダーにかけられてるよ。鮮明な写真は、検死台に横たわったメリットの写真だけだ」

サラは報告書の署名があるページをめくった。「わたしの知らない医師だけど、もし知っていたとしても、十五年前に警官から脅されるか買収されるかして報告書を改竄しましたかなんて訊けるわけがない。毒物検査の結果を記入しなかったのはなぜですかとも訊けない。そこがなにより意外なんだけど。州がGAVERSのソフトウェアを導入して死亡記録を電子化するより前から、標準的な処理手続きは決まっていたんだから。監察医は未解決事件の記録しか手元に残さないの。捜査が終了したものに関する記録の原本は検察か州の保管庫に送られる」

「ほかに気になる点はある？」

サラはかぶりを振りながら、キャムの供述書をまた手に取った。

「メリットの太腿の痣と、膣内外の傷はどう？」ウィルはどうやらフェイスの息子が一メートルと離れていないところに立っていることは気にしていないようだった。「監察医は同意のある性交でもそのような傷を負うことはあると結論づけているけど、メリットはレズビアンだった」

サラは肩をすくめた。「女性同士のセックスでも傷を負ったり痣ができることはあるわ」

ジェレミーは頭がねじ切れそうな勢いでさっと振り向いた。

フェイスは氷山も粉々になりそうな視線を息子に向けた。

サラはふたりのやり取りに気づき、話を変えた。「キャムの供述書に戻りましょう。彼はメリットの死亡を宣告してから一時間後にこれを書いてるから、内容は正確だと考えていいと思う。メリットによれば、彼女は〝手で口をふさがれた。四肢を広げられ、両手首と両足首を縛られていた。周囲はとても暗かった。相手の荒い息の音しか聞こえなかった。

相手の手が煙草臭かった。相手の息から咳止めシロップのような甘ったるいにおいがした。男がのしかかってきた。非常に鋭い痛みを感じた〟のを覚えていた」

フェイスは言った。「キャムは喫煙者だったよね」

「ギャングの大半はバーで煙草を吸ってた。とくにだれか覚えてはいないけれど、キャムは間違いなく吸ってた。一応言っておくと、メイソンは吸わなかった」

「息から咳止めシロップのにおいがしたっていうのは？　心当たりはある？」

サラはかぶりを振った。「メリットはアルコールと薬を取り違えたかもしれない。そういうにおいのリキュールがあるとか？」

「味のことはなにも言ってないから、口にキスはされなかったということね」

サラはまた顔をそむけた。フェイスは不注意にもまた彼女の傷口に触れてしまったことに気づいた。フェイスは自身の口を拭いたい衝動を抑えた。五感から消えない記憶を抱えて生きていかねばならないつらさは想像もつかない。

ウィルが尋ねた。「スローンについて話そうか？」

「スローンについて話そうか」サラは繰り返したが、その口調はそうしようという同意に近かった。「フェイス、あなたは一昨日の夜に言ったよね。レイプされた女性は数字上、めずらしくはない。一日に起きるレイプ事件の件数はあまりに多い。それなら、スローンがレイプされたのも偶然かもしれない、ということになる」

「彼女が襲われたのはメディカルスクール一年目だった」ウィルが言った。「メリット・

バーロウとダニ・クーパーの年齢に近い」

サラは腕組みをして椅子の背にもたれた。「メイソンの話がほんとうなら、スローンを襲ったのは知り合いだった。彼女はその男とデートした。そうしたらレイプされた。でも通報はしなかった。相手の男が退学したから、水に流して前に進むことにした」

フェイスはうなじの毛が逆立つのを感じた。「そんなこと言ったの――前に進むことにしたって？　なにごともなかったかのように？」

「対処のしかたは人それぞれだからね」サラは言った。「正しいやり方も間違ったやり方もない。たいしたことじゃないと感じる女性もいるかもしれない」

「いつか火星に降り立つ女性もいるかもしれない、みたいね」

ウィルはサラに尋ねた。「スローンの電話番号は知ってる？　きみに話してくれそうか？」

「電話番号は知らないけど、調べられる」サラはテーブルの上のペンダントライトを見あげた。彼女のいつもの沈黙とは違った。なにかを考えている。「スローンになったつもりで考えてるの。わたしだったら、二十年近く前のレイプについてどんなふうに切り出されたら話す気になるか？　電話じゃだめなような気がする」

「飛行機で日帰りできるよ。アトランタからコネチカットまで二時間くらいだろう」

「不意打ちはしたくないの。それもよくないと思う」サラは片方の手に顎をのせた。「留守電にメッセージを残すのも、週末を待つのも――あまり長引かせることはできない。すでにこのことでわたしたちの生活は混乱してるし。それに、裁判が和解で終わってしまって、トミーはまたやりかねない。母親ですら、彼がまただれかを襲うのを恐れてる。それから、ニュースになったあの大学生も——わたしたちが最悪のシナリオを恐れていることから、なにを重視すべきかはっきりしてるよね」

フェイスはジェレミーの様子をちらりとうかがった。いつものようにスマートフォンを覗きこんでいる。と思いきや、彼が見ているのは彼のスマートフォンではないことに気づき、フェイスは二度見した。アルミで包んであるのでだれのｉＰｈｏｎｅかわかった。

「お兄さん?」フェイスは尋ねた。「メリットの携帯をひらけたの?」

「パスコードは実家の電話番号の下四桁だった」

ジェレミーの声は不自然に大きく、どうやらフェイスが見せたくなかったものまで見てしまったらしい。

フェイスは彼の手からそっと電話を取りあげた。大丈夫かと尋ねようとしたが、ジェレミーはさっさとキャムのノートパソコンのファイルをひらく作業に戻った。彼の顎はこわばっていた。フェイスはパソコンのキーボードを手で覆いたかったが、そんなことをしても無駄だとわかっていた。メリットのｉＰｈｏｎｅを見ると、メッセージアプリの吹き出しが何十個も連なっていたが、どれもメッセージは一行だけだった。

フェイスはテーブルの前に戻って座った。最初のメッセージまでスクロールした。咳払いをする。「最初の接触は、メリットが亡くなる十日前。メッセージは、**こんにちは、メ**

リット。土曜日は何時に図書館が閉まるかわかった？　彼女はこう返してる。わかった、ありがとう。二通目、また会いたいな。できればあのタイトなブルーのTシャツを着てきて。メリットから、だれ？　男から、まだユニヴァーシティ・ヴィレッジの一六二九号室に住んでるの？　メリットから、だれ？　怖いんだけど。男から——」

次につづくメッセージを読み、フェイスの喉は詰まった。目が勝手に文面を飛ばし読みし、いつのまにか自身の大切な幼い娘も、いつかは、結局は、避けようもなく、この手のしつこく不穏なまなざしの的になってしまうのかと考えてしまった。

フェイスはなんとか先を読みあげた。「男から、きみの美しさを称えてきみの一日を明るくしてあげたいと思ってるやつは？　おこがましくもきみの夢ばかり見てるやつは？　みんなよりちょっとおかしなやつは？　きみにつきあってもらえるほどの価値がないやつは？　正体を知ったらきみががっかりしそうなやつは？」

フェイスはスクリーンから目をそらした。十五年前のものであっても、ひどく禍々しい。

「このあとメリットは返信してない。この二日後に亡くなった」

「気持ち悪い」サラはつぶやいた。「ダニが亡くなる前に送られてきていた不審なメッセージに似てるような気がする」

フェイスはダニ・クーパーの資料を読んだことがあったが、毎日ほかの事件の資料も山ほど読んでいるので、とくに内容を覚えているわけではなかった。「どんなメッセージか覚えてる？」

「文面を持ってきてもいいけど、もっと露骨で、メリットに送られたものの成人版という感じだった。たとえば、脚にほくろがあるだろうとか。彼女の住所も、アパートメントの部屋番号も、飼い猫の名前も知ってた」サラの手が喉元へあがった。「最後の二通がとくに気味が悪かった。**きみが恐れているものを全部書き出してごらん。それがぼくだ**」

「**それがぼくだ、か**」フェイスはメリットのｉＰｈｏｎｅをスクロールした。「**きみの一日を明るくしてあげたいと思ってるやつは？　きみの夢ばかり見てるやつは？　みんなよりおかしなやつは？　きみにつきあってもらえるほどの価値がないやつは？　きみががっかりしそうなやつは？**」

サラは答えた。「それがぼくだ」

短い言葉なのに、狭苦しいキッチンでは重苦しく感じた。フェイスはまた子どもたちのことを思った。最大の不安は、ジェレミーが恋をした女に悲しい思いをさせられることであり、最大の恐怖は、エマが恋をした男に骨を折られることだ。

それどころではすまないかもしれない。

「母さん」ジェレミーはキャムのデルのパソコンのスクリーンをフェイスのほうへ向けていた。古いヤフーのブラウザをひらいている。「履歴をチェックしてみたんだ」

ブラウザにはエラーメッセージが表示されていた。

１２１６３――インターネットに接続されていません。

ジェレミーは言った。「このデルには無線ＬＡＮカードが内蔵されてないから、このウェブサイトのアドレスをおれのＭａｃＢｏｏｋに手動で入力してみた。そしたら、こんなチャットグループが出てきた」

「はあ?」フェイスはあわてて立ちあがったせいでテーブルに体をぶつけた。「お願いだからＩＰアドレスがわからないようにプロキシサーバーを使ったからＳＷＡＴが乱入してくることはないと言って」

「Ｔｏｒブラウザを使ったけど、だれも気にしないよ」ジェレミーはメールソフトをクリックした。「オーナーのメールアドレスのドメインはＡＯＬだ。ダミーのＧメールアカウントからメールを送ってみたら不達で戻ってきた。つまりログイン情報をリセットできない。いまは使われてないサイトなんだ」

フェイスは拍手したい気持ちを押し殺した。「つづけて」

「チャットグループは十六年前にはじまってた。最後に管理人がログにアクセスしようとしたのは八年前」

ウィルが言った。「キャムが死んだのも八年前だ」

ジェレミーはつづけた。「十六年間といっても、チャットのやり取りはそれほど活発じゃなかった。たぶん年に四回くらい。管理人はチャットのトランスクリプトを全部削除したつもりだったみたいだけど、バックアップフォルダはそのままになってたから復活させることができた」

「見せて」

ジェレミーは右クリックでＨＴＭＬのソースコードを表示した。

フェイスはコードを書けないが、ひとつ質問する程度の知識はあった。「このファイルはなに？」

「動画ファイル。管理人はこれも消してる。でもバックアップフォルダには動画のような大きなデータを保存できなかったんだな。ファイルが壊れてる」

「動画の長さはわかる？　ソースは？　ロケーションは？」

「だれかわかる人がいるんじゃない？」ジェレミーは自信がなさそうだった。「おれはこれ以上さわりたくない、なにかやらかすかもしれないから」

「交代しよう」フェイスはチャットのログを読むため、そっとジェレミーを押しのけた。ウィルのために説明した。「ワードプレスのチャットグループ用テンプレートが使われてた。投稿すると、数分後でも数時間後でも数日後でも、だれかが返信を投稿できる仕組み」

「レディットみたいな感じだ」ウィルは言った。

「そう、でもこっちは非公開で、管理人が許可した人しか投稿できないし、ログインしなければ投稿を読むこともできない」フェイスはページをスクロールした。「全部で三十八ページ分の投稿がある。件名欄はない。ハンドルネームも使われてない。見たところ、番号を使ってたみたい――００１から００７まで」

ウィルはギャングのメンバーの顔写真を指し示した。「七つの番号。七人の男たち。チャットでなにを話していたんだろう?」

いつものフェイスなら最初のページから読みあげるが、キャムが自殺しているので、最後の投稿から読むことにした。日付は八年前、彼が自殺した翌日だ。彼の名前を見つけるのに時間はかからなかった。

「007の投稿、聞いたか、キャムが自分の頭を銃で吹っ飛ばした。警察から連絡があった。おれの電話番号があいつの電話に残っていたらしい。003の返信、腰抜けめ。おれの名前が残ってなけりゃいいけど。おれなら警察に迷惑だと言ってやるね。007から、ひとつ言っておくが、職場に警察から電話がかかってきたらやばいぞ。女たちが黙っちゃいない。ここで002が割りこんで、だれかニューヨークへ行って後始末しないと。003がふたたび、たしか姉がいたはずだけど、みんなと同じくあいつを嫌ってたからな。もっと早く死んでくれりゃよかったのに。七年前にでも。004登場、おいおい、落ち着け。どうしたんだ?　007が、最初から読めよばか野郎。キャムが頭を撃って自殺した。おれがなにか知ってるんじゃないかと、警察から電話がかかってきた。004が、かわいそうに、ろくな人生じゃなかったな。002が、この話はオフラインでしたほうがいい。007が、スローンが大丈夫かだれか確かめろ。004が、スローンはいつでも大丈夫だ。003が、スローンが警察に話したらまずい。004、離脱するからブランチで。003、どうすりゃいいんだ?　007が、よけいなことはしゃべらないようにしろ。だれもなにも知らないってことで。おれたちが口をつぐんでれば、絶対にバレない。003が、警察がSSに連絡したらどうする？　あの女いったいどこにいるんだ？　007が、南ジョージアで小便とゲロにまみれてる。003が、まさにぴったりだな。002が大文字で、そういう話はオフラインでやれ」

「SSはわたしのことね」フェイスの背後からサラもチャットを読んでいた。「南ジョージアの聖女《セイント》サラ。004はメイソンね。しゃべり方が彼らしい。ことなかれ主義なところもね」

ウィルが言った。「四人しか投稿していない。ほかの三人はだれだろう？」

「わからない」サラは答えた。「明日、スローンに会って訊いてみる」

11

サラはスローン・バウアーのことを考えながら、朝食で使った皿を食器洗浄機に入れた。メディカルスクール時代のスローンは、負けず嫌いの努力家が集まった学生たちのなかでも飛び抜けて負けず嫌いの努力家だった。スローンが州外の病院にマッチングしたとき、サラはその分のスペースが空いただけでもほっとしたものだ。スローンは頭の回転が早く、皮肉なユーモアの持ち主で、サラのボーイフレンドを寝ていたのを除けば、普通にいい人のように見えた。

その密通の件があったとしても、これから飛行機に乗り、仕事中のスローンに不意打ちをかけにいくのはやはり間違っているような気がした。それでも、そうするしかない。病院で勤務中のスローンを邪魔しないようにするのがせめてもの配慮だ。スローンのＳＮＳをチェックしてからハートフォード行きのフライトを予約するといいと、ウィルに言われた。スローンのインスタグラムによれば、彼女は今日ニューヨークで小児血液腫瘍学会のカンファレンスで発表する。重病の子どもたちから彼女を引き離すことにくらべれば、医師仲間から引き離すほうがほんの少しだけましな気がした。

残念だが、現時点ではそれよりほかに方法はない。ブリットがなにひとつ話してくれそうにないからだ。メリット・バーロウに関する警察と検死局の報告書からも、疑問がますます増えただけだ。フェイスは、十五年前にメリットのｉＰｈｏｎｅへ不気味なメッセージを送った電話を突き止めることができなかった。キャムのパスワードで保護されたファイルも、ジェレミーの手に負えなかった。使えそうな手がかりは唯一、サラとスローンのふたりの名前が出てきた、あのチャットのウェブサイトだけなのだ。

南ジョージアで小便とゲロにまみれてる。

フェイスがその言葉を読みあげたとき、サラは顔を殴られたような気がした。フェイスとジェレミーは、小児科医という職業を揶揄《やゆ》していると思っただろう。真実を知っているのは、ウィルだけだから。

十五年前、清掃員にこっそり飲まされた薬のせいで、サラはひどい吐き気をもよおしてぎりぎりでトイレにたどり着いた。暴行されているあいだも嘔吐はつづいた。そのあとも。襲いかかられたときには、膀胱《ぼうこう》はすでにいっぱいだった。サラはいまでも個室の左右の手すりにそれぞれの腕をつながれ、むき出しの膝頭を冷たいタイルに食いこませ、激しく痙攣《けいれん》する胃の中身を吐き、自身の吐物と尿が飛び散るなか、きつく目をつむっていたのを覚えている。

ナイフは脇腹に柄まで深く刺しこまれていた。サラは立つことができなかった。声もほとんど出なかった。大声で助けを呼ぶことなどできなかった。体は自分の吐き出したものでぐっしょり濡れていた。看護師が見つけてくれたときには、ほぼ十分が経過していた。別の看護師が駆けつけた。つづいて医師たちが。そして救急救命士が。警察官が。消防士が。

小便とゲロにまみれたサラを、大勢の人が見た。

サラは五秒かけて深く息を吸い、また五秒かけて息を吐き、胸のなかで心臓が爆発しそうな感じがなくなるまでそれをつづけた。このエクササイズは一種の共鳴呼吸だ。心拍数は息を吸いこむと同時に微増し、息を吐くと同時に減少するので、理論上では同じリズムで息を吐いて吸うのを繰り返すと、副交感神経系と中枢神経系と脳を落ち着かせることができる。

サラにこの呼吸法を教えたのは、よりによって母親の通う教会の牧師だった。子どものころ、はじめて日曜学校に参加した日からバート牧師とは衝突したのだが、彼はサラのことをよく知っていたから、呼吸法の科学的根拠を解説した。実家の寝室の鍵のかかったドア越しに、脳幹の前ベッツィンガー複合体について大声で説明してくれたバート師はたいした人だと認めるしかない。当時、サラは子宮外妊娠の手術後で、念入りに計画していた未来を奪われた絶望でまだ混乱していた。バート師は毎日、何時間も寝室の前の廊下に座り、サラがようやく顔を覗かせるまで待っていた。

おそらくなによりも怖かったのが、バート師が男性であることだった。サラは被害にあったあと、数カ月間は父親以外の男性とふたりきりになることに耐えられなかった。デートなど論外だった。レイプから得た教訓があるとすれば、それは信頼することと親密になることは同じコインの表と裏であるという事実だ。サラは、レイプのサバイバーたちが肉体的な接触ができるようになるまでの苦闘について語るネットの投稿を読むのに長い時間を費やした。ふたたび肉体的な接触ができるようになることは、〝回復〟と呼ばれていた。まるでレイプが疾病であるかのように。疾病だとしても、完全な治療法はない。セックスをしないことを選ぶ女性がいれば、動くものならなんでもファックする女性もいる。克服するべき障害であるかのように、セックスで荒療治しようとする女性もいた。回復をあきらめた女性もいた。サラはもう少しでそうするところだった。数年がたち、ようやく男性がそばにいても不安にならずにすむようになった。最初の夫に出会い、ついにはウィルに出会ったことは、奇跡のようだった。

バート牧師にそう認めるつもりはないけれど。

州の医事委員会にも申告しない。プロの心理カウンセラーの面談を受ければ医師免許を失う恐れがあるからだが、とはいえいかにもアメリカらしく、カウンセラーが信仰する宗教の師であれば問題ない。

サラは食器洗浄機に洗剤のタブレットを入れて稼働させた。立ちあがったとき、リビングルームのテレビに目がとまった。ウィルが出かけたあとに音を消していたが、クローズドキャプションでニュースの内容を読むことができた。

……失踪後、四十八時間が経過しました。警察は情報の提供を呼びかけています。パークさんはエモリー大学の学生で、最後に目撃されたのは……

サラは目をそむけた。

スマートフォンを見ると、ニューヨーク行きの飛行機は定刻に出発する。午前八時十五分発のシャトル便の最後に残った一座席をなんとか確保していた。カンファレンス会場には、スローンの発表が終わる直後に到着できるだろう。発表の前に押しかけるような意地の悪いことはしたくなかった。復路便は午後五時十五分発だが、アトランタ行きは一時間に一本飛んでいるので、それより早く帰ることができるならキャンセル待ちをしてもいい。

とりあえず、そんな心づもりだった。十五年ぶりに会うスローンがどんな反応をするか想像もつかなかった。でも、スローンの反応によっては、メイソンが彼女に口止めの電話がかけたかどうかはわかるだろう。

サラは時刻を確かめた。空港で駐車場の空きを探すのは大変だ。早く出発しなければならない。妹に短いメッセージを送った――〝今日は一日忙しいから。夜電話する〟

そして、テッサがハートマークを返信してくるのを待った。

サラは嘘をついたことに後ろめたさを覚えた。テッサにダニ・クーパーの話はしていなかった。ブリットとの一件もメリットのことも一切テッサに話さなかった。家族を守るためだと自分に言い聞かせていたが、ほんとうは自身を守るためだ。サラは妹を愛している。テッサは親友でもある。けれど、テッサにも決して理解できないことがあるのだ。

暴行後遺症のなかでも深刻なトラウマを残すのは、被害者がどんな体験をしたのか正しく知っているのは、この地上で加害者しかいないのを知っていることだ。暴行を受けている最中の被害者はたいていパニック状態で、闘争逃走反応がアドレナリンを分泌させ、魂は恐怖でいっぱいになり、体はショックで凍りついている。一方、加害者はパニック状態ではない。完全に冷静だ、なぜなら冷静さが肝心だから。被害者の動き、声、表情のすべてを記憶しているのが加害者だ、なぜなら被害者と違い、細かい部分まで覚えておきたいから。ふたりのうちひとりは、そのときの記憶を消すことに一生を費やす。もうひとりは、死ぬまでそのときの記憶から快楽を引き出して一生を過ごす。

サラはまたテレビに目をやった。天気予報をやっていたが、サラが見ていたのは画面下部に流れているキャプションだった。

リーアン・パークさんはアトランタのウェストサイドにある〈ダウンロウ〉というクラブイベント会場で目撃されたのを最後に行方不明。当夜なにかを目撃していたらアトランタ市警へ連絡を。

サラはカウンターからリモコンを取り、テレビを消した。仕事用のスマートフォンでアマンダに電話をかけた。

「ドクター・リントン」アマンダが応答した。彼女のサラに対する態度は、ウィルやフェイスに対するものにくらべてずっと堅苦しい。たぶんサラが彼女を恐れていないからだろう。「今朝はなんの用かしら?」

「もう一日、私用で休暇を取りたいんです。仕事は一段落しています。チャーリーにあと

て、なかなか寝つけなかったからだ。うまくいくかそれとも失敗に終わるか、頭のなかはピンポン状態だった。「スローンはブリットと反りが合わなかったの。おたがいを嫌ってたと思う。それに、ブリットと話したとき――裁判所でもカントリークラブでも、わたしはダニ・クーパーを直接知っていたから、個人的に強く揺さぶられた。十五年前のこともあるし。スローンもそんな切迫した気持ちになってくれるとは思えない」

「おかしいんじゃないかと思われるのを心配してるのか？」

「なにを心配してるのか、自分でもよくわからないのよね。ニューヨークに行くのは正しいと思うけど、ひどく残酷だと思ってる自分もいるの。スローンのインスタを見たら、結婚していて、子どももいた。もしかしたらメイソンは今度ばかりはほんとうのことを言ったのかもしれない。スローンはほんとうに過去を忘れて前に進んだのかもしれない。それなのに、わたしがいきなり現れて〝久しぶり、あなたもレイプされたんだって？〟なんて話しかけたら、ひどく動揺するでしょうね」

「ブリットもきみを動揺させただろ」

「だから次はスローンを動揺させてもいいわけ？」

「いいや。飛行機はキャンセルしよう。別の方法を考えればいいよ」

サラの視線はテレビをとらえた。黒いスクリーンが見返してきた。若い女性がまた失踪した。とても魅力的な女性で、ＳＮＳの投稿も活発だったため、行方不明になったことが大々的に報道されている。

「トミー・マカリスターのことをずっと考えてるの。わたしは彼がダニにしたことをこの目で見た。レイプしただけじゃない。薬を飲ませて、殴って重傷を負わせた。わたしは文字どおりダニの心臓をこの手に握ったの。折れた肋骨の鋭さを指先に感じたのよ」

ウィルもニュースを追っていた。「ブリットは、トミーがリーアン・パークがいなくなった時間帯は自宅にいたと言ってる」

「目の前に真実を突きつけられたって、あの人には見えやしないわ。ダニが襲われたときにマックがどこにいたのか尋ねても答えなかったし。彼は勃たないから関係ないって」

「完全に勃たないってこと？　それともブリットとはできないということ？」

「深くは訊かなかった。だってそんなこと知りたくもないでしょ？」

ウィルはうなずいた。「きみの問いに戻ろう。きみはスローンになにを訊きたい？」

サラはついにしぶしぶ答えた。「だれにレイプされたのか、相手の男の名前を知りたい」

「ギャングのメンバーだと思う？」

サラは肩をすくめて返した。「そんなのわからない」

「スローンはメイソンに、相手の男はメディカルスクールを退学したと言ったんだよね」

「メイソンは信頼できる語り手じゃないし」サラは昨夜、ウィルがメイソンの名前を聞くたびに顎をこわばらせるのに気づいていた。「スローンは嘘をついてごまかしたのかもしれない。メイソンは面倒が嫌いなのを知ってただろうから。言ったでしょう、あの人は信用できないって」

ウィルは明らかに納得していなかった。だが、話を変えたがっているのも明らかだった。

「ほかにはなにを訊きたい?」

昨日の朝、ブリットと話しながら疑問のリストは作っていた。「ブリットは交歓会でなにかが起きたと言っていた。スローンもそのことに気づいていたのか?」

「スローンも被害を受けた経験があるんだから、被害にあったほかの女性のためなら、知っている情報を教えてくれるんじゃないか?」

「シスターフッドってそういうものでもないのよね。レイプされたことのある女性でさえ、ほかのレイプされた女性に冷たいってこともあるのよ」

「なるほど」ウィルに説明は要らなかった。彼は児童保護施設で同じような経験をしている。「ほかには?」

サラはリストのつづきをあげていった。「交歓会の夜、同じ週でもいいけれど、なにか気になる噂を聞いたか?　あるいはキャムになにか聞いていないか?　そのときはなんでもないことに感じたとしても、いまでも引っかかってることがあるかもしれない。わたしにいろいろ質問されて、ピンとくることがあるかもしれない。わたしの顔を見て古い記憶がよみがえって、会議場の床で胎児みたいに丸まってしまうかもしれない」

ウィルの表情はやわらいでいた。「訊いてもいいかな――たとえばきみがSNSを使うとしたら、ぼくと一緒にいる写真をアップするだろ。犬たちとか、きみの家族とか。外からは、ぼくたちは幸せに見えるよね」

「だって幸せだもの」サラはウィルの頬に手を当てた。「わたしはあなたが大好き。あなたはわたしの大切な人」

ウィルはサラの手をひっくり返して手のひらにキスをし、強く握った。「ブリットと話すよりスローンと話すほうが難しいだろうね。もっとストレスがかかる。もっと複雑で。また違った感じで感情をかき乱されるかも」

彼がなにを言いたいのか、サラにもわかった。ブリットが相手ならひどいことを言われると覚悟して最初から身構えていた。スローンは違う。彼女は暴行の被害者だ。サラが暴行を受けたとき、直接は関係ないが近くにいた。ふたりには共通する過去があるが、別に共有したいわけではない。ブリットには想像もつかない方法でたがいを傷つけ合う恐れがある。

ウィルは言った。「録音したほうがいいと言ったのは、ぼくのためじゃないんだ。彼女と会っているあいだ、話を聞くことに集中できる。彼女から出てきた言葉を一言一句、記憶しようとせずにすむんだ。録音データはあとで消去することもできる。ぼくはただ、少しでもきみのストレスを軽くできればと思ってるだけなんだ。この何日かはつらかっただろうから」

「あなたもつらかったでしょう」サラはウィルの髪を後ろへなでつけた。「引っ張りこんでごめんね」

「ぼくはきみにメイソンと無駄に話をさせてすまなかったと思ってる」彼の顎がまたこわ

ばった。「メイソンは直接関与していなくても、なにかが起きていたのは知っている。でも見て見ぬふりをするほうを選んだんだ」

「あの人のことは心配しないで。わたしがあなたのものだということは思い知ったはずだから」

「そのことは心配してない」ウィルの顎は本心を語っていた。「指輪をからかわれたんだろう?」

「バッジ・バニーってからかわれた」サラはウィルの頬をなでおろした。「だから言ってやったの、わたしはあなたの巨大なイチモツに夢中だって」

ウィルの口元が引きつった笑みになった。「さすが聖女サラだ。嘘がつけないんだな」

サラは笑みを返した。ウィルにはわかっていない。唇にすばやくキスをした。「録音アプリをダウンロードして、使い方を教えて」

ウィルはキッチンのカウンターからサラのプライベート用のスマートフォンを取った。サラは彼の両手がパスコードを入力してアプリをインストールするのを見ていた。三年前はいつもウィルにキスをする空想をしていたものだが、実際に欲情を覚えたのは、はじめて彼に手を握られたときだ。親指で手をなでられたとたん、急に体が火照《ほて》り、トイレに駆けこんで冷水で顔を洗わなければならなかった。あの日は仕事に身が入らなくて大変だった。

「よかったら、ぼくも一緒に行こうか。街をぶらぶらしてるよ。ニューヨークにも公園はあるし」

「いいえ、ひとりで行ける」

「それはわかってる」ウィルはスマートフォンから目をあげた。「でも、ぼくはいつでもそばにいるから」

不意にサラはこみあげるものを感じた。サラにとってこれが回復の奇跡だ。ウィルはどんなときもそばにいてくれると、全身全霊で信じられることが。

いつものように、ウィルはサラの変化を敏感に察した。「大丈夫？」

サラはうなずいた。「アプリが変換したテキストデータはクラウドに保存されるの？」

「きみのグーグル・ドライブに保存するように設定したから、消去したいときはそこから消去してくれ」ウィルはスマートフォンを差し出した。「サイドのボタンで起動するようにしておいた。二度押すと録音がはじまる」

サラはボタンを二度押した。細い赤い線が壊れた心電図のようにうねりはじめた。「止めたいときはどうするの？」

ウィルはサラの手に自分の手を重ね、またボタンを二度押した。その手でサラの腕を軽くなであげた。サラは肌が反応するのを感じた。ウィルが身を屈め、ふたりの顔が近づいた。唇がそっと触れ合った瞬間、サラの心臓はいつものように小さく跳ねた。いまでも彼の口元の傷痕に触れると、以前空想していたとおりの刺激が走る。

彼の両手がサラの腰へおりた。「時間はあとどれくらいある？」

サラはウィルの腕時計を見た。あと十分ある。「さよならを言う時間はあるかな」

「どんなふうに言ってくれるんだ？」

「わたしの口で」

ウィルはサラにゆるゆると深くキスをした。サラは彼のパンツのボタンをはずしはじめた。彼のほうはサラの髪をほどきはじめた。そのとき、玄関ドアを強くノックする音がして、ふたりとも動きを止めた。

「きみの妹、殺してもいいかな」

「じっとしてて。始末してくるから」

サラはウィルに気まずい思いをさせずに手っ取り早くテッサを始末する方法を探しながらドアをあけた。

ノックしたのはテッサではなかった。

通路には、見るからにか弱そうな老女が立っていた。ブランドものの服も、がりがりに痩せた体を隠しきれていなかった。背中はハロウィーンの猫のように曲がっている。体はふらふらと揺れている。いまは煙草を吸っていないが、メンソールのにおいがあたりに漂っていた。白っぽいブロンドの長い髪は、頭蓋骨に張りついた皮膚と同様に人工的に見えた。

目の前に立っている老女がだれか、サラの頭より先に体が理解した。首筋に一粒の汗が伝った。「エリザベスさん」

老女のしょぼついた目がサラの指輪を見た。「それはあの子のお気に入りだった。いつもはめていたわ」

サラは右手で指輪を覆い隠した。

「傷がついたときはひどく悲しんでねえ。車のドアにぶつけたの」エリザベスは節くれだった指で指輪を指し示した。「アクセサリー屋に体と交換で直してもらうつもりだったのよ。調べてごらんなさい。傷を消す方法をね、体を売る方法じゃなくて。あなたの母親はこのガラス玉を直してもらいたがってるわよ」

最後の言葉はウィルに向けられたものだった。彼はサラの背後に立っていた。彼の発する熱が、煮えたぎる怒りが感じられた。サラは後ろへ手をのばしたが、ウィルはその手を握らなかった。

エリザベスは小さくうなずいた。「こんにちは」

「なにしに来た?」彼の低く険しい声に、サラのうなじの毛が逆立った。「どうしてぼくがここにいるのを知ってるんだ?」

エリザベスは答えようとしたが、突然苦しそうに咳きこんだ。濡れた音をたてて舌打ちし、口のなかのものを呑みくだした。「通りを四つ挟んだところに家を持ってるでしょう。あなたたちは、週末はあっちで過ごして、平日はここにいるのよね」

「どうせ調査員を雇って調べさせたんだろう」

「家族の様子はつねに把握しておくべきだもの」

「ぼくに家族はいない。なんの用だ？」

「あなたが訪ねてきてくれたから。お返しをしてあげなくちゃと思ったのよ」

ウィルはドアを閉めかけた。

エリザベスが言った。「カントリークラブの会員があなたと連絡を取りたがってる」

ウィルはドアが閉まる寸前で手を止めた。

エリザベスが魔女のように笑うと、骸骨のような顔のなかで不自然に白く揃った歯が目立った。

「だれが？」ウィルは尋ねた。

エリザベスは答えなかった。「入れてくれるの、くれないの？」

サラはウィルを見た。その顔は大理石から彫り出したかのように硬かった。サラは心のなかで、エリザベスを追い返してと彼に懇願した。

ウィルはサラの気持ちに気づいていないようだった。ドアをあけ、悪魔を招き入れた。

エリザベスが敷居をまたいだとたんに室内の空気は重くなった。彼女のヒールが猫の爪のように硬材の床を引っ掻いた。エリザベスは重たそうなバッグを肩にかけなおした。息を吐くたびに、肺からぜいぜいと濡れた音がした。日差しも彼女に容赦なかった。エリザベスの痩せ衰えた体つきから、サラは彼女が進行性の癌と闘っているのではないかと考えた。喘鳴《ぜんめい》音と染みついた煙草のにおいから推測すれば、おそらく肺癌だ。天に神がいるのなら、癌は彼女の骨にも食らいついているに違いない。

「それはなに？」エリザベスはベティを見て顔をしかめた。

サラはウィルより先にベティを抱きあげた。グレイハウンドたちに舌を慣らして合図し、三匹とも広いパントリーに入れた。振り向くと、ますます空気は張りつめていた。

エリザベスは観光客のように床から天井までの窓の外を眺めた。

ウィルはエリザベスをにらんでいた。拳を握ったりひらいたりし、いまにも全身を怒りで震わせそうだった。

サラはエリザベスに言った。「わざわざ来たんですから。だれがウィルと連絡を取りたがっているんですか？」

エリザベスはアトランタのスカイラインから目を離し、サラに向けた。「あなたの瞳はあの子とそっくりの緑色だわ」

ウィルが突然の悲しみに呑みこまれたのが、サラにはわかった。彼は母親の写真を見たことがない。母親の存在を証明するものは、出生証明書とインクが薄れかけた検死報告書だけだった。

「緑色はあの子の好きな色だった」エリザベスはまた苦しそうに咳きこんだ。「あなたみたいに背が高かったわ。不思議ね、男はほんとうに母親と似た女と結婚するのね」

「その人に話しかけるな」敵に襲いかかろうとする獣のうなり声のように不穏な声だった。

「ぼくと連絡を取りたいと言ってるのはだれだ？」

エリザベスはバッグに手を入れたが、取り出したのは名刺でもメモ用紙でもなく、分厚い書類の束だった。「あなたに遺す信託財産の書類のコピーよ。わたしが死ぬまで待ってもらわなくちゃならないけど、心配しないで、それほど待たせないから」

　ウィルはエリザベスが言い終える前からかぶりを振っていた。「前にも言いましたが、あなたからお金はもらいたくない」

「あなたにあげるんじゃないわ。里親の家を出る子どもたちのための信託よ。家なしの若い子たちが大学だの専門学校に行くために使ってくれてもいいし、あなたの好きなようにしなさい」

「ぼくはなにもしない。あなたの金とは一切かかわらない」

「あいにくそうはいかないのよ。あなたは受託者のひとりなんだから」エリザベスはコーヒーテーブルに書類をどさりと放り、サラに言った。「もうひとりはあなたよ。どうやらこの子よりお金の使い方をわかってるようね」

　サラはなんとか口をつぐんでいた。書類の表紙に印刷された大文字の言葉が読めた。ウィルバー&サラ・トレント基金。

　エリザベスは言った。「この子の姓に変えるんでしょう」

　サラは強く舌を嚙んでいたせいで、血の味がした。ウィルに名前があるのはアマンダのおかげだ。彼女が介入するまで、ウィルは名無しの赤ちゃんだったのだ。

「とにかく」エリザベスはバッグの口を閉じた。「書類は読んでおきなさい」

「そんなもの、さっさと持って帰れ」ウィルは言った。「ぼくは関係ない。ぼくたちふたりとも関係ない」

「だったら、お金は銀行に預けられたまま、どんどん増えていくだけね。わたしが行くところには持っていけないんだから。ありていに言えば、結局あなたがどうしようがわたしにはわかりようがないわけだし、わたしを無視するもよし、仲間の孤児を無視するもよし。わたしはほんとうにどうでもいいのよ」エリザベスはサラに目を戻した。「この子がだれかを見つけられてよかったわ」

サラはそれ以上我慢できなかった。「あなたの肺の癌が頭に転移するといいのに」

「その願いはすでに叶ってる」エリザベスはそれを笑顔で言った。「ねえ甥っ子、あなたもやるわね。このお嬢さんはしっかりしてるわ」

ウィルは威嚇するようにエリザベスに一歩迫った。「いますぐドアから出ていかなければ窓から放り出す」

「ガラスが割れるより先にわたしの体が砕けるでしょうね」

「そんな脅しは通用しない」

サラは思わず一歩さがった。ふたりがなにをするか予測できなかった。

膠着した状態を動かしたのはエリザベスの高笑いだった。彼女はまたバッグに手を入れ、ウィルにたたんだ紙を差し出した。「あなたとどうしても話をしたいと言ってるのはこの人物よ。ひどくあせってるみたいだった」

ウィルは紙をひらき、しばらく文字を読んでいるふりをしてからポケットに突っこんだ。

エリザベスはものの数分でその願いを粉々にした。

ウィルはサラに言った。「こんなことになるはずじゃなかった。すまない」

サラは胸を軽くたたき、心臓をなだめようとした。「いいのよ」

「よくないよ」ウィルは立ちあがり、ベティを赤子のように抱いた。ウィルが歩いていってベティをクッションにそっとおろすあいだ、グレイハウンドたちはそばについていた。

ウィルは、まずビリーが、それからボブがソファにのぼるのを待ち、二匹の耳の後ろを掻いてやりながら、サラに言った。「あの人につい腹を立ててしまった。ごめん」

サラは唇を引き結んだ。わたしのせいなのに、ウィルは謝るのをやめない。わたしがエリザベスをウィルの日常に引きこんだのに。ウィルはわたしを助けたい一心でカントリークラブへ行ってくれた。

サラは尋ねた。「怪我の手当てをしようか？」

「いや、いい」ウィルは手を握ったりひらいたりし、痛そうに顔をしかめた。「きみは大丈夫？」

「ええ」サラは涙を拭った。突然の怒りの爆発に、かなり動揺していた。苦しんでいるウィルを見ているのが耐えられなかった。「あなたは大丈夫？」

「あとで修理するよ」ウィルはコーヒーテーブルの話をしている。「壁は週末にふさぐ」

「そんなのどうでもいいの」

ウィルはハンカチを取り出して手の血を拭き取った。スーツのジャケットの袖も赤黒い染みができている。サラと同様にウィルもうろたえていた。

「手を見せて」サラはウィルが来るのを待った。彼の美しい手をそっと取り、怪我の具合を確かめた。第五中手骨が壁にぶつかった衝撃を受けていた。折れているかどうかはわからなかった。出血はなかなか止まりそうになかった。縫合と一週間の抗生剤の服用が必要だ。「もうやめましょう。飛行機はキャンセルする。わたしたちにはもっと大事なことがあるもの」

「いまぼくたちが調べてることとエリザベスとはなんの関係もないよ」

「あの人が勝手に割りこんできたのよ。調査員を雇って、あなたをつけまわして。あなたと連絡を取りたがっているカントリークラブの会員を知ってる。あの人はなにかやりかねないわ、ウィル。あの人は――」

「ぼくを見て」ウィルはサラの顔を両手で挟んだ。「きみと出会ったころ、ぼくはあきらめが悪いと言っただろう。ぼくたちはあの人の思いどおりになるわけにはいかないよ」

「でも、現にこんなことになってしまった」サラは声が詰まりそうになったのをこらえた。「あの人の思いどおりになるかどうかじゃない。わたしたちの関係が失われるかもしれない」

「ぼくはきみを失った？」

「そんなわけないでしょう。あなたがわたしを失うなんてありえない。そんなこと二度と訊かないで」

「だったら、ぼくの言うことを聞いてくれないか」ウィルは親指でサラの涙を拭った。「エリザベスはぼくたちの人生を引っ掻きまわしたいんだ。ぼくは生まれてから最初の十八年間をあの人にぶち壊された。これ以上、一日たりとも奪われるつもりはない。きみも気を取られないでくれ。いいね？」

「ウィル――」

「いいね？」

ウィルのまなざしが真剣なので、サラは文字どおり心臓が痛かった。彼がなにをしているのかわかるのは、自分も同じことをしたことがあるからだ。十五年前、鍵のかかった寝室のドア越しにバート牧師が教えてくれた苦しみへの対処法は深呼吸だけではなかった。ベッドから出る。シャワーを浴びる。服を着る。家を出る。仕事に行く。仕事をする。

苦痛を認めないことで記憶の鋭い刃を鈍らせる。時間の流れに身をまかせて距離を置く。やがて、苦痛と向き合う準備ができたときには、傷はそれほど深く感じないようになっている。

サラはうなずいた。「わかった」

ウィルは安堵したようにゆっくりと息を吐いた。ポケットに手を入れ、エリザベスに渡された紙を取り出した。白い紙に血がついた。彼が触れるものすべてに赤錆《あかさび》色の指紋が残った。

サラの両手の震えは、紙を広げたときには止まっていた。いかにも医師のものらしい筆記体で書かれた名前と一緒に書かれていた電話番号は、昨日メイソンから教わったものではなかった。

サラはウィルに言った。「リッチー・ドゥーガル——彼があなたを探してると書いてある」

「ぼくを探してるわけじゃないな」ウィルは言った。「ジョン・トレスウェイを探してるんだ」

アトランタのミッドタウン――ウィンドソング・アパートメントの外

その飼い猫の正式な名前はペッパーだったが、猫の例に漏れず彼はいくつかの別名を持っていた。ミスター・フリスク。バブリー・ボーイ。そして年を取ってからは、ポンセ・デ・レオンならぬ太鼓腹《ポーンチ》ド・レオン。

彼の日中の居場所は、家族のメンバーのそばから別のメンバーのそばへと気まぐれに変わったが、夜は決まってリーアンのベッドの足側に落ち着いた。年を取るにつれて大きないびきをかくようになった。ときには、そのうるさい音でリーアンは目を覚ました。ときには、彼はリスかウサギを追いかける夢を見ているのか眠ったまま走るような動きをするので、リーアンは小さな足にふくらはぎを蹴られた。

リーアンは手をのばし、毛むくじゃらの頭をなでようとしたが、ポーンチはそこにいなかった。彼女はベッドの上で寝返りを打とうとした。とたんに、顔に痛みが走った。まぶたがぱりぱりした膜でくっついてしまっている。顔に手をあげ、それを拭い取ろうとした。

指先がざらついていた。リーアンは何度かまばたきした。

視界でいくつもの緑色の小さな光の点が万華鏡のようにちかちかした。まぶたが完全にひらかなかった。リーアンはまだ寝足りなかった。ポーンチを抱いて眠りたい。寒い。肌がひりつく。トイレに行かなければ。冷たい風が神経を凍らせていく。

なにかがおかしい。

リーアンは仮死状態から息を吹き返そうとするかのように、大きくあえいだ。緑色の点は、さまざまな濃淡のエメラルド色の小さな木の葉だった。太枝や小枝が見え、上から差しこんでくる光が見えた。指で口元をさわると、唇がひび割れていた。血が出ている。

起きあがることはできそうになかった。尻と肘を支えに土の上を少しずつ移動し、葉の繁った生け垣の下から出た。ニオイヒバ。リーアンがその名前を知っているのは、はじめてひとり暮らしをするためにこのアパートメントへ引っ越してきたとき、母親が教えてくれたからだ。

〝見て、みごとな生け垣ね。ニオイヒバっていうのよ〟

突然、日光が目を斬りつけてきた。頭のなかがずきずきと痛み、心臓の鼓動と同期した。鳥の声が聞こえた。車のエンジン音も。リーアンは身をすくませ、容赦ない日差しを手でさえぎった。

目の前に自宅アパートメントがそびえ立っていた。道路には信号待ちの車が列を作っている。朝のラッシュアワーだ。運転している人たちの様子からわかった。コーヒーを飲んでいる人。青信号を待ちながらアイラインを引いている女性。

いっ、いったい、いっ、いったい、いっ、いっ、いなにがあったの？

リーアンは脚に目をやった。細い血の筋が何本も肌を伝っていた。生け垣の下から這い出たから？　地面に寝ていたから？　自分がどうしてここにいるのか、まったく覚えていなかった。ジェイクの家に泊まっていたはずなのに。隠れていたのだ。クソキモ男から。ソファを借りて寝た。そしてジェイクに、一緒にクラブイベントに行こうと誘われた。もともとリーアンも行くつもりだったが、とりあえずジェイクに頼まれた体《てい》にして。〈ダウンロウ〉という新しいクラブへ車で出かけた。それから――

リーアンは両手で頭を抱えた。痛みが止まらない。バッグを探すと、生け垣の下にあった。急いで中身を確かめたのは、なにかを思い出したからではなくそうするのが習慣だったからだ。出かけるときはできるだけ荷物を少なくするようにしていた。運転免許証、クレジットカード、五ドル札と二十ドル札一枚ずつ、リップ、ハンドクリーム、タンポン、スマートフォン。なくなっているのは、緊急用のコンドームだけだった。

心臓が止まりそうになった。脚のあいだにさっと手をやる。

下着をはいていなかった。

リーアンは目を閉じた。吐き気がこみあげてきた。

あたしはいっ、いったい、いっ、いっ、いなにをしたの？

不意に、騒々しいクラクションの音に頭を突き刺された。リーアンはふらつきながら立ちあがった。足はなにも履いていなかった。右の靴をつかんだが、左の靴は見つからず、けれどどうでもよかった。アパートメントの部屋に帰らなければならない。むき出しのかかとに松葉が食いこんだ。太腿の内側を生温かい液体が伝い落ちた。リーアンは短いスカートの裾を引っ張りおろした。クラブ用のミニ丈ワンピースは体の線に沿い、袖はギャザーでふくらませ、胸元は広くあいている。リーアンの頭のなかは非難の声であふれた――いったいなにを考えていたんだなぜそんな服を着ていたんだなぜその男に話しかけたんだなぜそいつと踊ったんだなぜそいつを信用したんだなぜなぜなぜ――

リーアンは指でまぶたを押した。

その男。

記憶は途切れ途切れだった。回転するミラーボール。スピーカーを通してビートを刻む低音。ダンスフロアにひしめく汗ばんだ体。その男の顔。なぜ顔を思い出せないのだろう？

車のドアがひらく音がした。男が青いキアに乗ろうとしていた。リーアンに気づいたようだが、明らかにわざと目をそらしている。

なにを期待してたの？

リーアンはバッグと靴をさげて草地を歩いていった。駐車場のアスファルトが足の裏に冷たかった。彼女のトヨタ・ＲＡＶ－４はいつもの場所にあった。リーアンは建物のロビーに入らず、脇へまわった。階段に通じるドアは、すでにあいてストッパーで止めてあった。リーアンはなかに入り、壁に背中をあずけた。寒くて体が震えた。いや、記憶のせいかもしれない。

両手を宙にあげているジェイク。音楽に合わせて跳ねている。彼を囲む女の子たち。押し合う体と体。点滅する光。リーアンの耳元をかすめる見知らぬ男の唇――なにか飲まない？

ごくりと唾を呑みこむと、喉が痛かった。顎も疼《うず》いた。また吐き気が襲ってきた。今度は我慢できなかった。屈んで激しく吐いたせいで目が潤んだ。打ちっぱなしのコンクリートに胃液が飛び散った。熱い液体の細かな粒が両脚にかかるのを感じた。体がいまにも折れそうだったので、手すりにつかまった。

なんとかまっすぐ体を起こした。一段目に片足を置く。黒っぽいコンクリートブロックの壁に頭上の照明がちらついた。いきなり体の感覚が生き返り、そこらじゅうが痛んだ。胸がひりつく。腰と脚はマラソンを走り終えたかのようだ。もっとひどいのは、体の内側の痛みだ。生理痛よりひどい。つらい夜よりつらい。

シャワーを浴びなければならない。皮膚が骨からずるずるとはがれそうだ。

リーアンは手すりにすがり、足を引きずりながら階段をのぼった。部屋は三階だ。三階までがエヴェレスト登山のように感じた。階段の表面はむき出しの足の裏を剃刀《かみそり》のように斬りつけた。脚のあいだから液体がしたたり落ちつづけている。リーアンは下を見ようとしなかった。見おろすことができなかった。

ドアはあまりにも重く、全体重をかけてようやくあけることができた。よろめきながら通路を歩いていった。まだ下を見ることはできなかったが、自分が歩いてきたあとに血が点々と残っているのはわかっていた。自分の部屋のドアにたどり着いたとたん、泣き声をあげそうになった。電子ロックの暗証番号を押した。

「リーアン！」母親がソファからさっと立ちあがった。「どこにいたの？」

リーアンは母親の大声に顔をしかめた。バッグと靴を床に落とした。「ママ――あたし――」

「死ぬほど心配したのよ！」母親は叫んだ。嗚咽しながらリーアンに駆け寄り、きつく抱きしめた。「どこにいたの？」

「ママ、あたし――」リーアンは口を手でふさいだ。また吐きそうだった。母親から離れてトイレへ急いだ。かろうじてドアに鍵をかけることができた。便器の前に急いでひざまずいた。吐き気はひどく、内臓をナイフで刺されているようだった。腸が収縮した。尿が脚を流れ落ちた。

「リーアン！」母親がドアを強くたたいていた。「お願い！　ドアをあけて！　ベイビー！　どこにいたの？　なにがあったの？」

「あたしは大丈夫！」リーアンはどなった。「ほっといて！」

「だめよ！」母親はどなり返した。「話して！　お願い！」

リーアンは両手で頭をつかんだ。頭蓋骨のなかがガンガンと鳴っていた。髪に小枝が絡まっていた。木の葉も。土くれも。肌も汚いもので覆われているような気がした。シャワーに手をのばし、わななく手で栓をひねった。水が勢いよくタイルにかかった。

「リー、なにをしてるの？」母親は泣きながらドアを何度もたたいた。「ねえ――お願いだからドアをあけて。ママを入れて」

リーアンは戸棚の鏡を見ないようにしながら立ちあがった。タイトなワンピースを腰から脚へ少しずつおろした。太腿に黒や青の痣がいくつもついていた。体から流れ出ていたのは血だった。それと尿。それだけではない。リーアンは尻のほうへ手をのばした。指を見ると、血と便で汚れていた。

また吐き気がしたが、もはや胃のなかにはなにも残っていなかった。

「リーアン？」母親の声は張りつめていた。必死に請い、訴えかけようとしていた。「どうしたの、ベイビー？　どうしたのか教えて」

ミラーボール。ダンス。ビート。耳にかかる熱い吐息――おれをじらしてるの？

「ベイビー、つらいのはわかるけど――」母親の声が詰まった。「シャワーは浴びないで、いい？　それを洗い流しちゃだめ」

それ。

証拠。

血。尿。便。唾。精液。

母親が知っているということは父親も知っていて、それはつまり――

リーアンはきつく目をつぶった。暗闇に包まれた。痛みが遠のきはじめた。体の感覚が麻痺していく。頭のなかは靄《もや》がかかって静かだ。消えてしまいたい、自分をやめたい、行方不明になりたいという思いに呑みこまれた。重力がなくなったような気がした。腕は宙に漂っているような感じがして、足もいまにも床から浮かびあがりそうだった。

男の唇が近づいてきて——ここを出よう。

無理やり目をあけると、自分の体のなかへ戻ってきていた。肺が空気を吸いこみ、両足は床の冷気を吸収し、肌はシャワーの蒸気で濡れている。リーアンはバスルームの中央に裸で立っていた。湯はあいかわらずざあざあと音をたて、母親は入れてくれと懇願している。ドアの内側に等身大の鏡がある。自分の姿を見たくないけれど、見なければならない。自分がまだここにいるのを確かめるために。

リーアンはゆっくりと振り向いた。

鏡に映る自分の裸身を見つめた。

そして、悲鳴をあげはじめた。

12

フェイスは賢明にもキッチンの鏡に目を向けないようにしながら朝食の後片付けをした。目の下にくまができている。昨夜は遅くまで、ジェレミーがキャムのノートパソコンでひらいたチャットルームのテキストを最初から最後まで読んだ。それからすべてプリントアウトし、もう一度読み返した。それからメモを取った。それからソファに座ったままいつのまにか眠ってしまった。今朝はあまりにも疲れていて、コンロに火をつけて十分ほど放置したところで、ポーチドエッグ用の鍋がカウンターに置きっぱなしになっていることに気づいた。

チャットのテキストも、事件にできないこの事件のほかの要素と同様に、クレイジー・ストリング・ウォールの〝クレイジー〟ばかりで〝ストリング〟がまったくなかった。正式な捜査なら当然のように使えるものが使えたらどんなに助かるだろう。召喚状の問題だけではない。GBIには、パソコンとにらめっこでデータファイルを解読してくれる技術者たちが何人もいるバックオフィスがある。キャムのノートパソコンには、パスワードで保護されたPDFファイルが六個保存されていた。チャットのウェブサイトに残っていた、壊れた動画ファイルもある。ハードディスクにはほかにもデータが保存されているかもしれない。メリット・バーロウのｉＰｈｏｎｅにも。

手詰まりなまま何時間も無駄に費やしていなければ絶対に認めたくないが、フェイスはこんなときに難題を薙《な》ぎ払ってくれるアマンダに頼りたくてたまらなかった。

そう、難題が多すぎる。

昨夜、小さな情報をこつこつと拾い集めたところ、さらに十個の疑問が生じたが、そのなかでも重要なものがこれだ。いまでもチャットのウェブサイトのサーバー料金を支払っているのはだれなのか？　ＡＯＬのメールアドレスは使えなくなっていたが、だれかのクレジットカードからレンタルサーバーサービス会社のゴーダディに料金が支払われているから、サイトが十六年間存在しているわけだ。手続きを忘れていただけだろうか？　ほかのたくさんのドメインの更新に紛れていたとか？　ドメインの所有者情報を検索できるＷＨＯＩＳで調べても非公開にリストされていて、打つ手がなかった。

これが正式な捜査なら、召喚状が使えるのに。

フェイスはキッチンのテーブルを見やった。マーティン・バーロウの盗んだ資料の隣に、チャットのスクリプトをはじめ、もしかしたらなにか見つかるかもしれないというわずかな可能性に賭けて、昨夜から今日の未明にかけてプリントアウトしたがらくたが積んである。

なにも見つからなかった。

クレイジー・ウォールに目をやる。ストリングは一本もない。

戸棚に並んだ項目の横に、フェイスは新しい項目をくわえていた。画用紙の色はブルーだ。見出しの〝レイプ・クラブ〟とは、フェイスがチャットのウェブサイトにつけた仮の名前だが、実際のドメイン名は〝CMMCRBR.com〟だった。

チャズ、マック、メイソン、キャム、ロイス、ビング、リッチーの頭文字だろうか？

七人の男。七つのハンドルネーム。001から007までの七つの番号。

フェイスはそのうち四つの番号がそれぞれだれのハンドルネームか考えてみた。キャムに関する最後のチャットに投稿していた四名だ。

002、003、004、007。

サラの読みが正しければ、004はメイソン・ジェイムズだ。たしかに、信用できないことなかれ主義者というメイソンの人物評に当てはまる。残酷なジョークにすかさず笑い、みずからも書きこむが、いよいよ笑いごとではなくなると、そそくさと退場する。

007と003は実生活でもつきあいがあるらしい。いつも皮肉を応酬している——**003：無駄なタマを打つのはゴルフコースだけにしとけよオマンコ野郎。007：オマンコ野郎と言えばおまえの性生活は順調か？**

007は、ジェイムズ・ボンドを連想させるクールなハンドルネームなので、フェイスはリッチー・ドゥーガルが003ではないかと考えた。蝶ネクタイではクールな男を気取れない。

マック・マカリスターの性格は002にぴったり当てはまる。002の投稿はだれよりも慎重で、場を制御している——**そういう話はオフラインでやれ。**

そうすると、007が謎の男だ。

フェイスはギャングたちの写真を眺めた。残りのメンバーはチャズ・ペンリー、ロイス・エリソン、ビング・フォースターだ。順に、病院総合医、耳鼻咽喉科医、腎臓専門医。投稿から推測すれば、三人ともろくでなしだが、そのうちひとりはとりわけたちが悪い。彼のイチモツの大きさ自慢や、セックスをした女性が**超エロ**かっただの**マグロ**だの**キツツ**だの**ゆるゆる**だの**ニシキヘビ並みに締めつける**だの**カウベルに突っこんでるみたいだっただの**、そんな話でチャットは盛りあがっていた。彼が好意的に見ている女性たちですら、ひどい言われようだった——**かまってちゃん**、**ヒス女**、**メンヘラ**、**オナホ**。

相手の女性たちの実名は決して出さないが、一度だけギャングのメンバーの女性についてこきおろしていた。

007：今夜プルーが言ったこと聞いたやついるか？　あいつの喉にちんぽ突っこんでやりたいのを我慢するのが大変だった。003：おまえの粗チンじゃ黙らせられないな。004：みんな落ち着けよプルーはちょっとふざけただけだろ。007：お堅い女にはいいファックが必要だ。002：まだ懲りないのか。004：ぼくは遠慮しとく。離脱。007：あいつのオマンコにぶちこみたい。紅海みたいにまっぷたつにしたい。003：血は潤滑剤ですからね、マスター。007：為念、尿は無菌とは限らない。003：あいたたた。

尿のコメントはビング・フォースターを指しているとも考えられるが、尿が無菌であることは専門医以外にもよく知られている事実とも言える。プルーとはヒューストンの乳癌専門医プルーデンス・スタンリーに違いない。興味深いことにブライズ・クリーディの名前は一度も出てこなかったが、彼女はロイス・エリソンの妻であり、浮気相手がメイソン・ジェイムズだ――そのこともチャットの話題にはあがらない。同じくアラバマの産婦人科医ロザリン・ストーンも無視されている。スローン・バウアーは一度だけ聖女サラと一緒に言及されている。ふたりの名前は、中心メンバーがキャムの自殺の余波について心配しているときに出てきた。

007：スローンが大丈夫かだれか確かめろ。003：スローンが警察に話したらまずい。003：警察がSSに連絡したらどうする？　あの女いったいどこにいるんだ？　007：南ジョージアで小便とゲロにまみれてる。003：まさにぴったりだな。

フェイスはまた壁を見やり、不完全な青いカードに視線をさまよわせた。001、005、006。この三人がだれなのか見当もつかないが、仮説は立ててみた。消去法で考えると、三人のうちひとりはキャム・カーマイケルであるはずだ。投稿数がもっとも少ない006ではないかと、フェイスは考えた。チャットグループができたのは十六年前だが、活発なやり取りがあったのは前半の八年間だけだ。006はごく初期に何度か投稿している。たいていは女性患者に関する愚痴だが、一年半後を境にまったく投稿しなくなった。メリット・バーロウとサラ・リントンが暴行を受けたあとだ。

そうすると、残りは001と005だ。

ふたりの投稿は〝女性に嫌われる方法〟のよい実例だった。最初のやり取りは、三十八ページのスクリプトのまさに一ページ目にある。

005：女はほんとうのところ男に金と安心を求めてる。おれはそのふたつを与えてるんだから、やりたいようにやれて当然だろ。001：まあおまえの金が目当てだってことには同意。005：おれと別れるとしたらなにひとつ残していかないだろうな。おれが買ってやった服すら持っていく。001：男は女を憎んでるとか言うけど、勘違いしたヤリマンを憎んでるだけだ。

フェイスは最初にその〝ヤリマン〟という言葉を読んだとき、直感が疼きだすのを感じていた。サラが襲われたときも、その不快な中傷の言葉が車の横腹の塗料を引っ掻く形で落書きされていた。フェイスは、その言葉が数えきれないほど出てくるチャットを読んでいるうちに、あまりにも頻繁に使われすぎてほとんど意味がなくなっていると思うようになった。

パトロール巡査だったころ何度もビッチ呼ばわりされ、しまいには腹も立たなくなったのを思い出す。

フェイスはチャットのスクリプトをまとめてテーブルに置いた。ＧＢＩのリソースを使えないのが、かえすがえすも残念だった。専門チームなら、すべての投稿を分析してどのハンドルネームがだれなのか鑑定できるだろうし、さらには特異な言葉遣いを抽出し、メリット・バーロウのｉＰｈｏｎｅに送信された不気味なメッセージと比較できるだろう。

スクリーンショットのプリントアウトを抜き出してみた。あらためて全文を読み返した。

きみの美しさを称えてきみの一日を明るくしてあげたいと思ってるやつは？　おこがましくもきみの夢ばかり見てるやつは？　みんなよりちょっとおかしなやつは？　きみにつきあってもらえるほどの価値がないやつは？　正体を知ったらきみががっかりしそうなやつは？

フェイスは思わず身震いした。このメッセージが巧妙なのは、どちらにも受け取れるからだ。好意的なもの――片思いのラブレターにも読めるし、その反対のもの――強迫観念に取り憑《つ》かれた危険な人物のメッセージにも読める。

それなりに経験を積んだ警官として、フェイスは十五年前の警官がこれをどう読んだかわかっていた。いま読めば危ないものだと気づくが、危険なメッセージは毎日のようにそこかしこで送られている。殺してやる、犯してやる、爆破してやる——そんなメッセージがなんでもないことのように投げつけられる。発信者の多くは、たんに鬱憤《うっぷん》を晴らしたい愚か者たちだ。ただ、なかには本気の人間もいる。区別するのは不可能に近い。とくに、日に十回も無線であちこちに呼び出される状況では。

フェイスはスクリーンショットのプリントアウトを書類の束に戻した。次の疑問に注目する。ユージーン・エドガートンはこれらの資料を見たのだろうか？　メリット・バーロウにストーカーがいたのを知っていたのだろうか？　エドガートンは明らかに結論ありきで捜査をはじめている。ウィルも昨夜そう指摘した。エドガートンはよほど無能だったか、汚職警官だったか、あるいはその両方だったに違いない。本人は数年前に死んでいるが、銀行口座の記録は残っている。事件を揉み消すためにだれかがエドガートンを買収していれば、記録からその人物までたどれるはずだ。

ここでもまた召喚状の威力がものを言うはずなのに。

そのとき、プライベート用のスマートフォンが鳴りだした。フェイスは、アトランタ市警からの電話でありますようにと願ったが、かけてきたのはエイデンだった。フェイスは、自分の小さな小さな一部が捜査とは関係なく彼の名前を見てほっとしている事実に気づかないふりをした。

「おはよう」エイデンは切り出した。「きみの代わりに違法すれすれの調べものをしてやったぞ」

フェイスはギャングたちの写真に目をやった。彼らの前科前歴についてこっそり調べてほしいとエイデンに頼んだことをすっかり忘れていた。

「濃い薄いに差はあるが、全員グレーだ。チャズ・ペンリーは十六年前、飲酒または麻薬の影響下の運転でアトランタ市警に捕まったが、バイクの無謀運転に減軽された。条件としてアンガーマネージメントの講習を受けている。ロイス・エリソンは四年前に破産したが、いまは金に困っているようすはない。ビング・フォースターは前科前歴なし。リッチー・ドゥーガルは去年セクハラ訴訟で示談しているが、表沙汰にはなっていない。メイソン・ジェイムズもきれいだが、とんでもない金持ちだ。マック・マカリスターも同じ」

「ペンリーか」フェイスは、彼が逮捕された時期と罪名をタイプした。十五年前、エドガートンはキャムの飲酒運転を揉み消した。その一年前に、ペンリーも似たような取引をしたのかもしれない。「資料のコピーを送ってくれる？」

「自分で手に入れられないのか？」

フェイスは口をつぐんだ。

「わかったよ」エイデンは言った。「ドゥーガルは興味深い。セクハラ訴訟で仕事を失ったが、信用までは失っていない。それどころか、かえって得をしたくらいだ」

話はそれで終わりではないらしい。「得とは？」

「彼はいま〈CMM&A〉という会社にいる。病院と個人クリニックを買収したいヘッジファンドの仲介みたいな業務をやってるんだ。かなり儲けてるらしい。この会社について調べてみたが、よくわからない。ウェブサイトは役に立たない。通りいっぺんの企業理念と電話番号が書いてあるだけだ。事務所の住所は載っていなかった。会社所在地は私書箱にな《*》ってる」

フェイスが知っていることばかりだ。「調べてくれてありがとう。恩に着るわ」

エイデンは黙っていた。彼らしくない。エイデンは沈黙が長引くのを好まないタイプだ。

フェイスはテーブルの前に腰をおろした。片手で頭を押さえる。彼は別れるつもりだ。別れるというほどの関係ではなかったけれど。全力で彼を押しとどめていたのはこっちだ。

彼はなぜ押しとどめられるがままになっていたのだろう？

エイデンが口をひらいた。「おれのことをまだわかってないのか？　おれみたいなしつこいビーグル犬には会ったことがないんだな」

フェイスは顔をあげた。「は？」

「おれはビーグル犬だ」彼は繰り返した。「隠れているものはかならず探し出す。見つけるまで首がもげるほど吠えまくる」

エイデンは違法すれすれの行為を独自にやってくれたのだ。フェイスはいまほど彼に惹きつけられたことはなかった。「なにを探し出したの？」

「〈CMM&A〉について。いくつかの有限会社で隠しているが、三人の取締役はきみからもらったリストに載っている」エイデンはここで気を持たせるように時間をおいた。

「チャールズ・〝チャズ〟・ペンリー、トーマス・〝マック〟・マカリスター、メイソン・ジエイムズ」

「ふーん」

「ふーんって、それだけか?」エイデンが不満そうな声をあげるのも当然だ。「ここはおれのしつこさに感心するところだろ」

「してるよ。ただ、金持ち白人男の助け合いによってそいつらがますます金持ちになったってわかってても、だからなにって感じ」

「じゃあ、こいつらの事務所を偵察してみたと言ったら?」

　俄然、ふたたび彼はセクシーになった。「どうだった?」

「トリプル・ニッケルというビルのなかにあった——ウォーレン・ドライヴ五五五番地。ビュフォード・ハイウェイから少し行った、空港に近い場所だ。ロビーにはデスクと椅子、建物の裏は路地。窓は全部、侵入者よけの鉄柵つきだ。出入口、駐車場と裏の路地には防犯カメラ。ドアには鍵がかかっていた。隣のネイルサロンの店員としゃべってみたところ、人間が出入りするのを見たことはないと言われた。あと、爪のささくれをむしるのはやめろともね」

　フェイスはつい肩をすくめたが、彼のおかげで手間がはぶけたのだから、礼を言わなければならない。「それはありがとう。でもやっぱり、だからなにって感じ」

「ふーん」エイデンはフェイスのまねをした。「きみの目的がなんなのか教えてくれれば、もっと助けてやれるんだが、そうは思わなかったのか?」

文字どおり、そんなことはちらりとも思わなかった。

エイデンは言った。「わかった、じゃあ最後の違法ぎりぎりの情報を伝えれば、きみも少しは満足するかな。ジャック・アレン・ライトの保護観察官に、抜き打ち検査をしてもらった。マットレスの下にポルノ雑誌を隠していたそうだ」

これはめでたいと言ってもいい情報だ。ジョージア州では、保護観察中の性犯罪者がポルノやそれに類する性的な素材を購入したり所有したりするのを禁じている。違反が露見すれば、刑務所に逆戻り。

ただひとつ、疑問があった。「雑誌だったの？」

「ハードディスクを掃除するよりも雑誌を捨てるほうが簡単だからな」

フェイスは考えた。「ライトはパソコンを持ってた？」

「持っていた。ポルノは見ていなかったが、案の定、インセルのサイトのファンだった」

フェイスはインセル・サイトと言ってもいいチャットのスクリプトをひと晩かけて読んだばかりだ。「インセルってそもそもなんなの？」

「不本意な禁欲主義者《インヴォランタリー・セリバッツ》。一九九〇年代にカナダの大学生が、孤独で人つきあいが苦手で、性体験のない若者たちのためにウェブサイトを立ちあげた。〝アラーナの不本意な禁欲主義者のためのプロジェクト〟」

「アラーナ？　女性なの？」

「そう、皮肉だろ？　人助けのためにはじめたことが、男たちにめちゃくちゃにされたわけだ」

「そんなのはじめて聞いたわ」フェイスは嫌味をこめた。「ナンセンスだよ」

「ああ、ナンセンスそのものだ。最近はインセルがインターネットの男性至上主義を動かす歯車の主軸になってる。多くは白人の若者だが、全員が男性で、全員が憎悪と女性憎悪《ミソジニー》と自己憐憫と自己嫌悪を垂れ流し、セックスをする権利を奪われていると訴え、女性に攻撃的で、決まって人種差別主義者だ」

「どうしてそんなに詳しいの？」

「インセルが人を殺すことがあるから。たいていの場合、ひとり目の被害者は女性なんだ」エイデンは少し黙った。「なあ、おれがＦＢＩの南東部国内テロリズム対策班の一員だって知ってたか？」

　フェイスは思わずほほえんだ。「そうだっけ？」

「ああ、女性に大人気だ。すごくセクシーだと思うらしい」

　フェイスは不本意ながら笑ってしまった。

「今夜、そっちに行っておれのバッジを見せてやる」

　フェイスの仕事用のスマートフォンが鳴りはじめた。

「うちに帰る前にメッセージを送るね」

　仕事用のスマートフォンは、大きな鞄のどこかに埋もれていた。フェイスは鞄のなかをさんざん探った。スクリーンが見えたとき、フェイスは眉間に皺が寄るのを感じた。タップして応答する。

「レオ、どういうこと？　あたし九十回は電話したけど」

「おれにも生活があると思わないのか？」

「へえ知らなかった」フェイスはぴしゃりと返した。「あたしは十年間パートナーだったのに。あなた、あのころから人が変わっちゃったみたいね」

「変えようとしてるところだ。まだ途中」

フェイスはコンロの上の時計を見た。そろそろ詐欺捜査班の手伝いに出かけなければならない。「あたしのメッセージ、聞いた？」

「だから電話してるんだろうが。リーアン・パークについて調べてたんだろう？」

フェイスはカウンターに片手をついた。リーアンが行方不明になったというニュースを聞いたときからずっと不安だったのを自覚した。また大学生が殺されたのだ。また親が子どもを失ったのだ。また別の女性が行方不明になったとたんに名前を忘れ去られる女性がいるのだ。

「どこで発見されたの？」

「ここだ」レオは言った。「本人が署に現れた」

留置された者たちの叫び声は聞き慣れていたので、フェイスはうるさいとも思わなかった。レオは、留置場の担当者のデスクを挟んだ金属のベンチにウィルとフェイスを座らせた。ベンチは座り心地が悪いように作られている。座面は狭く、結腸までその冷たさが伝わってくる。九十センチおきに手錠をつなぐフックが設置されているのは、普段はここで逮捕者が手続きを待つことになっているからだ。フェイスは、もっと快適な警官の集合室に案内されなかったのはなぜかわかっていた。隣でしかめっつらをしている男が、ふたりとも歓迎されない理由だ。

ウィルの横顔をちらりと見やる。彼は背中を丸めて壁に押しつけていた。背すじをのばしていれば、フェイスの目の高さは彼の肩あたりになるはずだ。彼の様子はどことなくおかしいが、なにを考えているのか読み取れなかった。ウィルはもともとおしゃべりではないが、今朝はいつにも増して無口だ。両手を膝に置いてまっすぐ前を見据えている。左の手首から小指にかけて包帯を巻いている。フェイスがどうして怪我をしたのか尋ねても、教えてくれなかった。自分の手を見おろし、フェイスの顔を見て、チャットのスクリプトからなにかわかったかと尋ねただけだ。

これ以上、このベンチに座っているのは耐えられない。睡眠不足と不安と苛立ちと――そのすべてのせいで、スピード狂のように落ち着かない気分だ。フェイスは立ちあがった。ドアのそばに、奥へ通じるドアのキーパッドがある。五年前まで使っていたパスコードは、いまでも覚えている。フェイスは番号を打ちこんだ。待つ。赤いランプが三度点灯した。ドアはブザー音とともにひらいてくれなかった。

フェイスはウィルに言った。「こんなの時間の無駄中の無駄だよ。トミー・マカリスターが関与しているのかどうかもわからない。マックが関与しているのかもわからない。ていうか、レイプ・クラブのほかの連中がかかわってるのかも」

ウィルは黙っていたが、レイプ・クラブの呼称に片方の眉をあげた。

「やらなきゃいけないほんとうの仕事もあるし」フェイスは腕時計を見た。「詐欺捜査班だっていつまでもあたしたちをかばってくれないよ。そのうちアマンダにバレる。レオにあと五分待ってもだめなら帰るって言ってくる」

ウィルはまた一キロ先を見つめる目に戻った。

フェイスはそのへんを行ったり来たりしながら、解けるかもしれないひとつのパズルに考えを集中させた。ウィルを不機嫌にするもののリストは短く、最後は菓子パンの自動販売機が売り切れになっていることで、最初にあがるのはサラを不機嫌にするものすべてだ。フェイスの知る限り、いまごろサラは飛行機に乗っている。スローン・バウアーとの会見がどうなるか、予測は不可能だ。スローンが交歓会についてなにか覚えているかもしれないと期待するしかない。

ウィルが尋ねた。「ダニ・クーパーが死ぬ前に受信していた強迫的なメッセージは、サラからもらってる？」

「弁護士経由で送ってもらった。第一印象としては、ダニよりずいぶん年上の男のような気がした。句読点を使ってたから。年上に見せかけようとしたのかもしれないけど」フェイスはやるべきことができてほっとした。バッグからプライベート用のスマートフォンを取り出した。「最初はごく普通の文面だけど、だんだん彼女がなにをしてるとかどこに住んでるとか、飼い猫の名前とか、個人的なことを持ち出すようになる。ダニは、男がだれなのか何度も尋ねてる。でも、男はどんどんエスカレートしてる。女性を怖がらせて興奮するタイプと言ってもいいね」

ウィルは待った。

フェイスはスマートフォンを見おろして読みあげた。「**きみの脚のほくろが忘れられなくてそこにキスをすることばかり考えてる……もう一度……**」

ウィルは尋ねた。「ダニの脚にはほんとうにほくろがあったのか?」

「検死報告書にははっきりとそう書いてあった。右の太腿の内側、上のほう、ビキニラインのそば。数センチ離れたところに、おそらく子ども時代に怪我をした小さな傷痕があった。ショートパンツをはいていたら見えないと思う。水着だったら見えるかも」

ウィルはうなずき、フェイスにつづきを読ませた。

「ダニの返信は、**ふざけないで。あんた何者?**」フェイスはスクロールした。「男はこう答えてる。**ペンと紙がある。きみのベッドの横の抽斗に。きみが恐れているものを全部書き出してごらん。それがぼくだ**」

「**それがぼくだ**」ウィルは顎をこすった。紅茶を飲むイギリス人のように小指が立っている。「ほんとうに、抽斗にペンと紙が入っていたのか?」

「わからないけど、入ってそうだよね」

「彼はダニの部屋に侵入することができた。彼女が留守のあいだに、部屋のなかを探ったんだ」

フェイスにはこの話の先が読めた。ジャック・アレン・ライトは清掃員だった。アパートメントの管理人として働いていたかもしれないと考えるのは自然だ。

「ライトはダニが亡くなったときは刑務所のなかにいたのよ。出所してからはコールセンターに就職して、毎日規則正しく勤務している。ところがなんとめでたいことに、昨日、特別保護観察の条件を違反したのが発覚したの。審問までディカーブ郡刑務所に勾留される。たぶん、保護観察官はあいつを本物の刑務所に戻すべきだと言ってくれるよ」

「彼に手出しはしないって、サラに約束したじゃないか」

「あたしがひどい嘘つきだってことはあなたも知ってたはずだけど」

ウィルはフェイスをにらんだ。

「はいはい、驚くべき嘘つきのひどい人間ですよ」フェイスは少し黙った。「でも、あいつが閉じこめられてよかったでしょ」

ウィルはうなずいた。「ほかになにを調べたんだ?」

「リッチーの雇い主。例の吸収合併の会社。いくつかの会社を隠れ蓑《みの》にしてるけど、経営者はチャズ・ペンリーとマック・マカリスターとメイソン・ジェイムズなの」

ウィルは意外そうな顔をしたが、情報そのものに驚いたのではなかった。フェイスにはそこまで深掘りする手段がないのを知っているからだ。「リッチーはおばを通してぼくと連絡を取りたいと言ってきた。昼にカントリークラブで食事をすることになってる」

フェイスは顎が床を直撃したがっているのを感じた。「十分も気まずい沈黙がつづいてるあいだに、あたしに話そうとは思わなかったの？」

「気まずかったか？」

フェイスは肩をすくめた。もう慣れっこだ。スマートフォンをバッグに戻した。「リッチーの目的はなんだと思う？」

「わからない」ウィルはベンチに手を置こうとしてやめた。怪我をした小指を見やり、動かそうとした。

フェイスは尋ねた。「なにがあったか話す気はある？」

「きみのPTSDについて話す気はある？」

「おばさんについて話す気はある？」

「きみの影の捜査員がだれか話す気はある？」

フェイスのネタはつきた。「厳密に言えば、あたしたちの影の捜査員なんだけど」

「ぼくにはなにか反応すべきなのか、それともきみがおしゃべりをつづけたいか？」

「後者がいい」フェイスはまたうろうろしはじめた。「こんなこと言いたくないけど、アマンダの頭を乗っ取りたい。あたしたち、接近しすぎてるんだよ。大きな絵の全体が見えてない」

「たとえば？」

なによりも気になっていることがある。「エドガートン。彼はメリット・バーロウの事件を揉み消した。その理由は、二週間後に起きたサラの事件と結びつけられては困るから？」

「マーティン・バーロウによれば、エドガートンはサラが襲われた日の翌日にキャムを訪ねた。そしてキャムにメリットの死亡証明書を書き換えさせたから、事件にならなかった。偶然とは思えないな」

「そうすると、やっぱりブリットに戻る。ブリットはサラに、交歓会で起きたこととサラに起きたことはつながってると言った。その真ん中にキャムがいる。キャムは交歓会でなにかをしゃべったんじゃないかな」

「そして、スローン・バウアーがその始末を手伝ったかもしれない」ウィルはあまり期待していないような口ぶりだった。「きみの影の捜査員はキャムのノートパソコンのファイルをハッキングしてくれたりしないか？」

フェイスはかぶりを振った。違法ぎりぎりと犯罪のあいだにははっきりとした線があり、エイデンにそれを踏み越えさせるつもりはなかった。いまのところは。「ほんとうに知りたいのは、ウェブサイトの壊れた動画ファイルの内容なんだよね」

「チャットからはわからないのか？」

「ぜんぜん。どうせポルノだろうけど、内容はチャットに出てこないの」

「ポルノはインターネットじゅうにあふれてるからな。チャットのトランスクリプトにはどんなことが書いてあった？　手がかりになりそうなものは？」

「ない。だいたいは００７が自分のイチモツをばか女の口に突っこんでやったって自慢話をしてるだけ」フェイスはウィルがぎょっとしたことに気づいた。「本人の言葉を引用してるの。あたしの言葉じゃないから」

「ほかのメンバーの反応は？」

「同調してはしゃいでる。ご想像のとおり、くだらない話ばかり」

「００４は？」

メイソン・ジェイムズのことだ。「言うまでもなくほかの連中と同レベルにひどい。もしかするともっとひどいかも。メンバーのクソみたいなやり取りを読んで、ときには笑ってるくせに、話がやばくなるとさっさと逃げる」

「止める度胸もないんだな」

「そういうこと」フェイスは腕組みをして壁に寄りかかった。「二、三年前に、ジェレミーの友達がある女の子を中傷してるのを立ち聞きしちゃったんだけど、あたしがうれしかったのは、ジェレミーがその子にやめろって言ったことなの。なぜそんなふうにできないんだろう？　ジェレミーは十九歳かそこらだったんだよ。あの連中は一人前の大人でしょう」

「グループの一員だと、グループ全体がやっていることにひとりで反対するのは難しいよ。波風立てないように合わせるほうが楽だ。そうしなければ、完全に孤立してしまうから」

ウィルは肩をすくめた。「そのうえ、全員から敵視されかねないし。悪いことをしている人間は、それは悪いことだと指摘されるのを嫌う。そういうやつらにくだらないことはやめろと言えば、自分が攻撃されることになる」

　もはやこれはメイソン・ジェイムズに限った話ではないとフェイスは感じた。はじめてウィルと出会ったころ、彼の車は片側に〝裏切り者〟、反対側に〝クソ野郎〟とスプレー塗料で落書きされていた。だれも犯人を捜そうとはしなかった。仲間の捜査官の仕業《しわざ》だったからだ。いまふたりが警官のたまり場の硬いプラスチックの椅子ではなく、留置場の硬い金属のベンチに座らされている理由は、ウィルなのだ。

　フェイスはもう一度腕時計を見た。「サラの飛行機は何時に到着するの？」

「十時半」ウィルも腕時計を見た。「電車でスローンが登壇するカンファレンス会場に行く。タイムズ・スクエアだから、すぐわかるだろう。空港へ戻るときに、電話をくれることになってる」

「そのころあなたはジョン・トレスウェイの新しい親友リッチー・ドゥーガルに縛りつけられてるかもよ」

「かもね」

　ドアのブザーが鳴り、ふたりは振り向いた。

「ミッチェル」レオ・ドネリーは、フェイスとパートナーではなくなってからますます腹が出て、ますます狡そうな目になっていた。「まだいたのか」

「見りゃわかるでしょ。どうしてこんなに待たせるの？」

「〝厚意〟という言葉の意味をわかってるか？　市警は厚意でGBIのおまえをうちの捜査に混ぜてやってるんだが」レオはたったいまおまえのタマに膿《うみ》を見つけたぞと言わんばかりにちらりとウィルを見た。「そこの猫背野郎も一緒にな」

ウィルは金属のベンチで背を丸めたまま首をめぐらせた。「五分署《ゾーン5》の刑事だったユージーン・エドガートンを知ってるか？」

レオはむっとした。「なんだ、死人を墓から掘り出して調べるつもりか？」

「火葬されたはずだが」

「うるせえ。エドガートンはいい警官だった。問題はあったかもしれんが、仕事はちゃんとやってた」

「彼を直接知ってたのか？」

レオは口をあけたが、すぐに閉じた。

「メリット・バーロウは？」ウィルは尋ねた。「二十歳、ジョージア州立大学の学生だった。十五年前に死亡した」

「なんだこいつ」レオはフェイスに言った。

ウィルはたたみかけた。「当時、ゾーン5のパトロール警官だったのは？　知り合いはいないか？」

レオはフェイスに尋ねた。「おまえのとこのネズミがキーキー鳴くのをやめさせろ。うちの連中にはサンドイッチのチーズを盗まれないように隠せと言ってある」

ウィルは立ちあがった。レオを見おろす。ウィルのほうが若くたくましく、屁と一緒に中身も漏らすようにべらべら無駄口を叩いたりしない。

「リーアン・パークの件だが。なにがあった？」

レオがウィルの顔を見あげると、たたんだ羽布団のようにうなじの肉が重なった。「たいしたことじゃないのに騒いでるだけだ。母親はWSBラジオのプロデューサーでな。かわいい娘が夜遊びから帰ってこないっていうんで、コネを使った」

だから、失踪したことがこれほど早くニュースになったのだ。フェイスは尋ねた。「リーアンはなんて言ってるの？」

「今朝、自宅アパートメントの外の生け垣の下で目を覚ました。どうしてそこにいたのか覚えていない。シャワーを浴びてめかしこんで、ママの車でここへ来た。おれの見たところ、はめをはずしすぎたんだ。ママが警察に通報したのを知ってビビりあがった。小遣いがもらえなくなると困る。問題解決のために、話をでっちあげた」

レオの横っ面を張り飛ばしてやりたい気持ちがむらむらと湧いてきて、フェイスは数秒間、舌の先を噛んで我慢した。「リーアンは二日間、行方がわからなかったのよ。それに今朝、みずから警察署に来た。ちょっと挨拶に来たわけ？　実際に犯罪の被害にあったことを届け出に来たんじゃないの？　誘拐とかレイプとか？」

「口が減らねえな。ああいう若い娘がほんとのことを言ってるかどうかすぐにわかる。部屋に入ってきたおれを見てほっとした顔をすれば、なにか恐ろしい目にあったって証拠だ。パークはほっとしたように見えなかった」

フェイスはあきれた。「それってどういうこと？」

「おれは腰に銃を差したでかい男だ。怖い目にあった若い娘は、おれがいれば安全だと思ってほっとする」

こんなばかげた話を聞くのは数週間ぶりだ。「女性が怯えたように見えるのは、レイプ犯が銃を持ったでかい男だったからだと思ったことはない？」

「あの娘が怖がってるのは、ママが小遣いをくれなくなることだけだ」レオは言い張った。

「あの格好を見りゃわかる。またいますぐ夜遊びに繰り出しそうな格好をしてる」

ウィルが言った。「ドネリー、思い出せないんだが。あんたはレイプされたあとどんな格好をしてたっけ？」

レオは険悪な顔でウィルを見た。

フェイスは言いたいことを我慢するほうではないが、いまは自重することにした。ウィルも黙っているが、別に我慢しているわけではない。ふたりともレオの言うとおり、これが市警の厚意であることはわかっていた。揉めごとになればレオのボスへ伝わり、アマンダへ伝わり、ウィルもフェイスもスーパーマーケットでカートを集める時給十ドルの仕事にありつければ幸運ということになる。

レオが先に口をひらき、濡れた唇のあいだからプッと息を吐いた。「おれたち、パークと話すんじゃないのか？」

「おれたちってだれ？」フェイスは訊き返した。「あなた以外にだれがいるの？　ポケットにネズミを忍ばせてる？」

またレオはプッと息を吐いたが、ドアに暗証番号を入力した。

警察署の奥へ進むにつれて、留置場の叫び声は少しずつ遠ざかっていった。フェイスは途中、警察官の集合室の前を通ったとき、ちらりとなかを覗いた。十年間、エレベーターのそばのデスクが自分の席だった。そこにいる顔がひとつ残らず同じように表情を変えるのが見えた。まずフェイスを見てにっこりし、ウィルを見たとたんに嫌悪をあらわにする。まるで儀式のいけにえを求めているマジックショーの観客のようだ。

レオは取調室のドアの前で足を止めた。空室かどうか示す札は〝使用中〟になっている。

「おれに失せろと言う前に、ありがとうのひとことはないのか？」

「ありがとう」フェイスは言った。「失せろ」

レオはフェイスに敬礼し、警官の集合室へ戻っていった。

ウィルが言った。「言葉遣いに気をつけよう」

フェイスも同じことを考えていた。リーアン・パークはたんなる参考人候補ではない。ここ二日間で人生を変えられた若い女性だ。統計上、レオの言ったことが正しい確率は約五パーセントしかない。つまり、リーアンがほんとうに誘拐されて暴行を受けている可能性は九十五パーセントだ。彼女の受けた被害がマカリスター親子とレイプ・クラブに関係があるのか、さらにはメリット・バーロウとダニ・クーパーの死に関係があるのかどうかは、本人にとっては関係ない。リーアンは被害者であり、彼女のために正義がなされなければならない。せめて最低限の正義が。

ウィルがドアをノックしてからあけ、フェイスを先に入れた。

リーアン・パークはテーブルの前にひとりで座っていた。両手を体の前で握っている。ドアがあいた瞬間、ぎくりとした。マスカラをたっぷり塗ったまつげが充血した目を縁取っている。唇は明るいピンク色のグロスでつややかに光り、コントアリングをほどこした頬はそげて見えた。まぶたにはブルーのアイシャドウを塗り、髪はわざと乱れさせている。タイトな白いシャツの胸元を大きくあけ、黒いレースのブラジャーを覗かせている。ストッキングをはいていない脚が、体に貼りつく膝上丈の黒いスカートからすんなりとのびているのが、フェイスには見えた。十センチのヒールは左右とも床をまっすぐ踏んでいた。リーアンは脚を組まず、数センチだけあいだをあけて両脚を揃えている。テーブルの陰になっていても、インクに突っこんだ指でつかまれたような痣が太腿に点々と残っているのがわかった。

フェイスは身分証を見せた。「GBIの特別捜査官、フェイス・ミッチェルです。こちらはパートナーのウィル・トレント。座ってもいい?」

リーアンは返事をしなかった。フェイスの身分証が入ったケースをひったくり、顔写真をじっと見つめた。フェイスの名前を指でなぞった。

フェイスはリーアンの入念にほぐした髪を眺めた。レオの言うとおり、リーアンはいますぐにでもクラブへ戻りそうな格好をしている。だが、いまは午前十時だ。どこのクラブも営業時間外だ。女性がめかしこむのは男を誘うためだと勘違いしている男性が多いが、実際のところ女性は自分のためにセクシーな格好をしたいときがある。服もメイクも、世界に対する鎧なのだ。

リーアンの引き結んだ唇も、こわばらせた体も、彼女が鎧を必要としているしるしだ。

彼女はフェイスに身分証を返した。不安そうにウィルのほうを見た。「あのウンコ唇はどこ?」

フェイスはひそかにいいネーミングだと感心した。「ドネリー刑事は担当を離れたの。ここからはあたしが話を聞いてもいいかな」

「そうなんだ」リーアンは腕組みをして椅子の背にもたれた。彼女の敵意は、室内にもうひとり人間がいるかのようだった。「ウンコ唇に全部話したんだけど。あたしはクラブにいた。そのあとの記憶はない。文字どおり、ないの。生け垣の下で目を覚ました。ほんとにもう一度話さなきゃだめなの?」

フェイスは椅子を指し示した。「あたしも座ってもいい? それとも立ったままのほうがいい?」

「さっきから〝してもいいか〟〝してもいいか〟ってなんなの?」リーアンはまたウィルを見た。「あの人、なぜしゃべらないの?」

　ウィルは答えた。「トラウマインフォームド・ケアといって、心の傷に配慮したケアの方法で話を聞かせてもらってるんだ。ぼくたち三人のあいだに信頼関係を築いて、きみに安心して話をしてもらうためのやり方だ」

「へえ、クソの役にも立たないね。ねえおばさん、さっさと座りなよ。あんた身長いくつ？」

　最後の質問はウィルに向けられたものだった。ウィルは答えた。「百九十センチ」

「『ゲーム・オブ・スローンズ』のホーダーみたい。不細工だって意味じゃなくて、なんかでかくて――ばかみたい。別にあんたとしゃべりたいわけじゃないから、いい？　ただちょっと時間がほしいだけ」

　フェイスは、しきりに涙を拭っているリーアンのむかいに座った。性的暴行の被害者と対面するのはこれがはじめてではない。彼女たちの話に呑まれないすべは身につけていたが、今回はいつもと違った。フェイスはリーアンの敵意と怒りに満ちた様子について考え、もしも自身に同じような恐ろしいことが起きたら、彼女と同じようになるのではないかと思った。

　リーアンは言った。「ウンコ唇から聞いたけど、ママは同席できないんでしょ」

　フェイスは尋ねた。「お母さんがいたほうが安心する？」

「まさか。ママはただでさえ――」リーアンは口をつぐんだ。歯を食いしばって涙をこらえた。「なにを聞きたいの？」

「どこから話したい？」

「あたしは人生の二日間をなくしたって話はどう？」リーアンの口調は棘々しかった。「最悪でしょ。なにがどうなったのか、さっぱり覚えてないんだから――記憶が途切れ途切れなの。言っとくけど、相手の顔は覚えてない。白人だったけど、だからなに？　みんな白人じゃん。あいつも白人だし」

リーアンは怒りをこめてウィルに顎をしゃくった。彼に出ていってほしいのか、それともそこにいてうなずいてもらいたがっているのか、フェイスには判じかねた。

リーアンはつづけた。「髪の色も目の色もわからない。背が低かったか高かったかも覚えてない――まあ、あいつほど背は高くなかったと思う」

ウィルは言った。「ぼくがいないほうがよければ出ていくよ」

「いないほうがよければ？　なんなのこれ、警察にも意識高い系ってあるの？」リーアンは拳で目を拭った。マスカラが頬を汚した。「あたしは少し酔ってた。ドラッグはやってなかったけど、やるつもりだった。MDMA《モリー》をやろうと思って。モリーがほしかった。それに、エロい格好をしてた。こんなふうに――この服を見て。あの晩もこんな格好をしてたの、だけどあのワンピースはとっくに洗濯しちゃった。ママには止められたけど、洗濯したの」

「ワンピース？」フェイスは訊き返した。「ほかにはなにを身に着けてた？」

「下着を着けてたかって意味なら着けてなかった」リーアンはまた目を拭いた。「ううん、ブラは着けてたけど、下ははいてなかった。クラブへ出かけるときははいてたのに――ああもう、わからない。それに、靴もなくなって。片方の靴が」

　フェイスは声をあげたいのを必死にこらえた。メリット・バーロウもダニ・クーパーも左の靴をなくしていた。「なくなったのは右か左かわかる？」

「左。六百ドルのマーク・ジェイコブズ、青いベルベットで、ヒールが太めのレースアップシューズ。ワンピースと同じ色」リーアンは手の甲で洟を拭いた。「ワンピースをお湯で洗ったのはほんとにばかだよね」

「大丈夫よ。洗濯した衣類から証拠を採取できることもあるから。あなたの都合のいいときに取りに行くよ」

「あたしの都合？」

「あなたが決めていいの」

「あたしに決めろって言うの？」またリーアンの怒りに火がついた。両手で強くテーブルを叩いた。「あたしが間違ったことばかりしてるのはわかってる？　シャワーを浴びちゃった。すりむけるほど全身ごしごしこすって。体中の穴にシャワーソープをぶっかけて。我慢できなかった――自分が汚れてる気がして。洗わずにはいられなかったの。胃のなかのものを全部吐いちゃったし。おしっこも漏らして。お尻は血が出てたし。ナイフを突っこまれたみたいな感じだった。おまけに、這いつくばってバスルームを掃除したの。漂白剤を使ったのも、とんでもない間違いだよね。証拠を全部洗い流しちゃった。そんなばかがどこにいる？」

フェイスはなだめようとした。「正しいも間違ってるもない――」

「おばさん、あたしが『デイトライン』を観《み》たことないって思ってんの？」リーアンは拳でテーブルを叩いた。激怒している。「あたしは自分で犯人の証拠を全部消しちゃったの。いったいなにを考えてたんだろう？」

フェイスは、サラがユージーン・エドガートンの事情聴取を受けたときの話を思い出した。エドガートンは少なくともひとつは正しいことを言った。「リーアン、いまの気持ちは？　怒ってる？　復讐したい？　その怒りは自分じゃなくて、しかるべき対象に向けようよ。あなたをレイプした男に」

リーアンは目をみはった。そして、愕然とした。片手で顔を覆い、泣きだした。

〝レイプ〟という言葉のせいだ。そんな言葉を聞きたい女性はいない。

フェイスは言った。「リーアン、大丈夫よ。あなたはもう安全だから」

リーアンは落ち着こうとした。洟をすすり、また目を拭った。「それもトラウマなんとかってやつ？　あたしのせいじゃないって言うのは？」

「もしもいまこの部屋でむかいに座ってるのがあたしの娘でも、そう言うと思う。あなたのせいじゃない。あなたはなにも間違ったことをしていない。あなたには、クラブで踊ってお酒を飲んで楽しむ権利がある。あなたを傷つけたクソ野郎は――怪物はそいつ。あなたじゃない」

リーアンはまた涙を拭いた。黒い筋が何本も頬に伝っていた。「あたしはもっと賢いと思ってた。ううん、現に賢いの。ばかなことはしない。それなのに、とんでもなくばかなことをしちゃった」

フェイスはバッグのなかに手を入れ、ポケットティッシュを取り出し、テーブルに置いた。

リーアンは何枚かティッシュを出したが、使わなかった。「記憶が途切れ途切れなの、昔の映画がちらちらするみたいに。クラブのなかを思い出したと思ったら、あれを――ブランケットを思い出したり。白い毛皮の、シープスキンかな？　よくわからないけど」

フェイスはウィルがポケットに手を入れ、録音アプリを起動させたことに気づいた。

「そのシープスキンのブランケットについてもう少し詳しく話してくれる？」

「ラグだったかも？　毛皮に顔が埋まってた。覚えてるの――鼻に入ってきたのが。羊の毛だかなんだか知らないけど」リーアンは洟を拭った。「あと、においがした」

「どんなにおいだったか説明してくれる？」

「甘いにおい？　チェリー味のマウンテンデューみたいな？」

フェイスは歯を食いしばり、補足したいのをこらえた。メリット・バーロウも、犯人の息は咳止めシロップのようなにおいがしたと、キャムに語っている。「においについて、ほかに思い出せることはある？」

リーアンはかぶりを振った。「別の質問をして」

い？　ずっと薬を打たれてたせい？」

フェイスは結論を出す立場にはなかったが、答えずにはいられなかった。「どうやらそのようね」

「そうとしか考えられない。だって――だって、思い出せない。でも、薬が切れかけたころにまた注射されてたのなら、思い出せないのも当然だよね。怖くなかったのも。ザナックスとかバリウムとか、そういうのを打たれたんじゃない？」

フェイスは、リーアンが遠のいていくのを感じた。記憶を失った理由さえわかれば、あとはどうでもいいと思っているかのようだ。フェイスは尋ねた。「リーアン、クラブへ出かける前のことを話してくれるかな。出かける前に、なにか変わったことはなかった？」

リーアンは唇を引き結んだ。明らかに口をつぐもうとしている。

また心を閉ざされるわけにはいかないと、フェイスは思った。「よかったら、日を変えて話しましょうか。あなたが決めていいのよ」

リーアンはうなずいたが、帰ってもいいかとは言わなかった。「あたし、ジェイクの部屋のソファで寝起きしてたの。怖くて自分の部屋にいられなかったから」

「なにが怖かったの？」

「メッセージ。ウンコ唇に聞いてないの？」

あとでレオ・ドネリーをぶち殺してやらなくてはならない。「見せてくれる？」

「無理、消しちゃったから。どうして消しちゃったのかわからないけど」リーアンは指で髪を梳いた。「それもよけいなことだったね。ウンコ唇にこの話をしたとき、あのばかみたいな目を見てたらわかったの、あいつ〝よけいなことしやがってくそ女〟って思ってた。でもそのとおりだよ。なんであのメッセージを消したのか、自分でもわからない。でも、こっちのほうが強いような気分になれたんだよね。〝ばーか、おまえのメッセージなんか消してやるわ〟って」

「メッセージの内容は覚えてる？」

「いろんなことを知られてた。図書館で宗教改革の本を探してたこととか。あたしの住所もアパートメントの部屋番号まで知ってた。あたしが着てるものとか下着の色とかごちゃごちゃ書いてきたけど、気持ち悪いのはパンティって書いてたこと。あと、パパの職場も知ってたし――」

リーアンは口を手で押さえた。きつく目をつぶる。涙がにじんだ。

フェイスはウィルに目をやった。彼はリーアンを見ている。ふたりともリーアンが脆くなっているのをわかっていた。少しでも押せば耐えられないだろう。待つしかない。

リーアンは一分間ほど休んで、ようやく声を取り戻した。またティッシュを何枚かパックから取り出し、目元を押さえた。短く息を吸いこむ。「ドレッサーの抽斗から手鏡を出せと言われた。まるでそこに手鏡が入ってるのを知ってるみたいに。現に、そこに手鏡が入ってるの。それから、左の膝頭の裏を鏡に映してみろって。そこに黒い円があるって。だから見たの。言われたとおりに。鏡を取り出して。ベッドの上で体をひねって。膝頭の裏、真ん中に、完璧な丸が描いてあった」

フェイスはノートをバッグから取り出した。新しいページをひらき、ペンをカチリと鳴らして、両方をリーアンの前に置いた。「描いてみて」

リーアンは左手でペンを取った。十セント硬貨ほどの大きさの円を描いた。そして、輪郭からはみ出ないように丁寧に塗りつぶした。

「実物もこれと同じくらいの大きさだった？」フェイスは尋ねた。

「もう少し小さかったかも。でも、完璧な真ん丸だったの。丸いもののまわりをペンでなぞったみたいな。膝の裏のちょうど真ん中だった」リーアンはかぶりを振った。「どうしてだろう。写真を撮っておけばよかったのに、必死にごしごしこすって消しちゃった。すごく怖くて、でもジェイクは――だれかがからってるんだろうって。あれに気づく二日くらい前の晩に、みんなで飲んだの。ばかだよね、だけど友達のだれかが描いたのかもしれない」

「ジェイクは？　ジェイクが描いた可能性はないの？」

「ウンコ唇みたいなこと言わないでよ。あいつ、あたしがジェイクと寝てて、バージンじゃないのがママにバレたら困るんじゃないのかって言ったんだよ」リーアンはさっと両手をあげた。「いいこと教えてあげる、ママはあたしがバージンじゃないのを知ってる。あたしは十五になったときに、避妊リングを入れに婦人科へ連れていかれたんだから。あそこにリングを突っこまれてるあいだ、ママが手を握っててくれた」

フェイスは慎重に話を進めた。「ジェイクとはいつから友達？」

「二年前から。それがなに？」

「ジェイクは友達なんだよね、だけど――」

「これに関してはだけどはありえないよ、おばさん。ジェイクはやってない。あたしと一緒にクラブにいたの。あの子はあたしの目の前でほかの子と踊ってたの、クソキモ男があたしにメッセージを送ってきたときに」

「クソキモ男？」

「あたしたち、そう呼んでたの」

「ジェイクもメッセージを見てたの？」

「うん、だけどあんた大事なことを聞いてないね。クソキモ男からメッセージを受信したとき、あたしはジェイクがダンスフロアにいるのを見てたの。だから、ジェイクじゃないってわかる」

「なるほど」

「なるほどじゃないんだってば、あたしはおかしくなんかない。あたしにメッセージを送ってきたのはクソキモ男。こんなことをしたのもあの男。同じ男なんだよ」

「うん、聞いてる」

「もっとちゃんと聞きなよ。ジェイクにつきまとったりしないで。警官はいつも丸腰の人を背中から撃つよね」

フェイスは話を戻そうとした。「メッセージについてもう少し訊いてもいい？　ほかにクソキモ男が書いたことのなかで、とくに気になるものはない？」

「ある、あたしはあんたがだれって何度も訊いたの。そうしたら、あのキモい丸を見ろって言われて。それがぼくの正体だって」

「〝それがぼくの正体だ〟？」フェイスの脳裏には、ダニ・クーパーが受信したメッセージのトランスクリプトが閃いた。「そのとおりの言葉？　〝それがぼくの正体だ〟？」

「ううん、ええと――」リーアンの声がまた詰まった。まぶたを指で押した。怒りは絶望に変わり、彼女は嗚咽しはじめた。テーブルにひたいを押し当て、両手で顔を覆っている。

フェイスは心臓を締めつけられているような気がした。エマもときどきキッチンのテーブルでこんなふうに泣く。

「あの――」リーアンはささやいた。「あの人を外に出してくれる？　お願い、あの人に出ていってもらって。どうしても。お願い」

ウィルは部屋を出ていく途中でフェイスのバッグにスマートフォンをそっと落とした。ドアが静かに閉まった。カチャッという音すらほとんどしなかった。

「リーアン。彼は出ていった。あなたは大丈夫。あなたは安全よ」

リーアンはあいかわらずひたいをテーブルにつけて両手で顔を覆っていた。金属のテーブルに涙がたまった。彼女は黙って片方の手をのばした。

フェイスはその手を握った。リーアンが震えているのが伝わってきた。

「ごめんなさい」リーアンはささやいた。「怖くなったの」

「大丈夫よ、スイートハート」フェイスはリーアンの手を握りしめた。「もうやめたい？　お母さんを呼んでこようか。家まで送ってあげる。もうやめてもいいのよ」

「ううん」リーアンは言った。「話さなくちゃだめだってわかってるの」

「あなたがやるべきなのは、自分のケアをしてあげることよ。それがなによりも大事」

リーアンの手に力が入った。「消えないの。何度も何度も消そうとしたけど、消えないの」

「なにが消えないの？」フェイスは待ったが、返事はなかった。無理強いしてはいけない、リーアンにまかせろと自分に言い聞かせた。頭のなかで数を数えてひたすら待ち、リーアンが先を話してくれるように祈った。

リーアンがのろのろと体を起こした。フェイスの手から指を抜く。

若い彼女の顔には決意がにじんでいた。声は出さなかった。こうべを垂れる。震える手で、タイトなシャツの小さな貝ボタンをはずしていく。前をはだけた瞬間、フェイスには痣や嚙みつかれた痕や、内出血の赤い痕が点々と散っているのが見えた。

リーアンはシャツを脱いだ。黒いプッシュアップブラは薄いレースだった。濃い色の乳輪がシースルー生地に透けて見えた。ホックは前にあった。まだ震えている手で、リーアンはホックをはずした。親指と人差し指でブラジャーの前を合わせた。

「あいつが送信してきた言葉はこれ」

フェイスは、リーアンが左の乳房の前からブラジャーをどけるのを見ていた。
乳首の上には短い言葉が弧を描いていた――
い、い、い、
それがぼくだ。

13

「それがぼくだ」サラは電話口で繰り返した。ウィルから電話がかかってきたので、スローンが発表している会場から出てきていた。タイムズ・スクエアのマリオット・マーキスのアトリウムのガラスの壁を見あげる。頭のなかに文字が浮かんだ――それが／ぼくだ。主語と述語。〝ぼく〟という代名詞は、十五年前にメリット・バーロウが発した質問への答えだった――きみの美しさを称えてきみの一日を明るくしてあげたいと思ってるやつは？　おこがましくもきみの夢ばかり見てるやつは？　みんなよりちょっとおかしなやつは？　きみにつきあってもらえるほどの価値がないやつは？　正体を知ったらきみががっかりしそうなやつは？

　それがぼくだ。

　サラはウィルに尋ねた。「リーアンの胸の写真は見た？」

「三枚ある。正面から撮ったものと、クローズアップと、側面から撮ったもの」ウィルは答えた。「フェイスが説明してくれた。リーアンがぼくに見せたがらなかったから。無理もない。それに、ぼくが見てもなにか気づくとは思えないし」

ディスレクシアという特性があるからこそ、ウィルがほかのだれもが見逃していることに気づくのをサラは知っている。けれど、彼自身はディスレクシアのせいでうまくいかないと思いこんでいることも知っている。

「リーアンはシャワーでごしごし洗ったけど消えなかったと言ったのよね。なにで書いてあったのかわかる？」

「黒インクの油性マーカー、細字タイプ。〈シャーピー〉かもしれない。血が出るほど強くこすったらしい」

サラはリーアンのパニックを想像し、目を閉じた。自分の体が自分だけのものではなくなるのがどういうことかはよく知っている。「消毒用アルコールで拭くといいわ」

「フェイスからそう伝えてもらうよ。フェイスは、リーアンの件をドネリーから性犯罪捜査課に引き継がせた。ようやく市警も本気で捜査しはじめた。リーアンの友人のジェイク・キャリーに聴取してる。リーアンが受信したメッセージを見たと証言した。市警はサイバー班にリーアンのスマートフォンを分析させてる」

「靴とワンピースはラボに送った？」

「そう聞いてる。フェイスに訊けば、特徴を教えてくれる」

「注射針の痕跡はあった？」

「いま検査結果を待ってるところだ」

「リーアンが聞いた機械的な低い音ってなんだろう？　重要な手がかりかな？」

「聴取の録音データを送るから、飛行機のなかで聞いてくれ。ぼくには見当がつかない。よくある機械音という感じなんだ。コンプレッサーとかヒーターとか、ラジオの雑音とか、ホワイトノイズマシンなんてのもある」

「メリット・バーロウの検死報告書に書いてあったタトゥーが気になってるの。もしかしたら、タトゥーではなくて油性マーカーで書いたものかもしれない。〝それがぼくだ〟と書いてあったんじゃないかしら」

「ありうるね。でも、きみが見た限りでは、ダニの体には落書きがなかった」

「ええ、なかった」

「白いシープスキンのラグってなんだろう？　リーアンは顔をラグに押しつけられていたのを覚えているそうだ」

「ダニは長時間気を失っていて、ほとんどなにも覚えていなかった」

サラはまばたきした。グレイディ病院でダニの心臓を握り、命を取り戻させようとしたときのことがよみがえった。

「シープスキンのことは抜きにしても、リーアンの件はダニ・クーパーとメリット・バーロウの件と共通点が多いわ。不気味なメッセージ。薬を盛って誘拐する。被害者は記憶を失う。犯人の息の甘ったるいにおい。リーアンの胸に書かれていた言葉は、ダニに送られていたメッセージにも使われていた。それから、下着と左の靴がなくなったこと。もはやつながってるんじゃないかという推測の段階じゃない。明らかにつながってる」

「そう、明らかだ。市警にも関連を説明したんだけど、どうしてもメリット・バーロウの件は別ものにしたがるんだ。ユージーン・エドガートンの汚職を疑うと、彼が担当した事件の多くが捜査をやりなおすことになるかもしれないから。そのうえ監察医も怪しいとなると、何百件もの有罪判決がひっくり返るかもしれない」ウィルは怒っているというよりうんざりしているようだった。政治的な駆け引きが捜査を邪魔する例を何度も見ているからだ。「ダニの事件も聖域になってしまってる。市警はマカリスター夫妻と彼らの弁護士と金が怖いんだ。まあしかたない。だれだって訴えられたくないよ」

「ということは、リーアンにトミー・マカリスターの写真を見せて面通しはしないの？」

「フェイスがこっそりそれをやらなかったわけがないだろう？　リーアンの記憶はきれいに消されていた。トミーの顔に見覚えはなかったらしい」

「リーアンの症状はロヒプノールの特徴に一致する——一過性の健忘、失見当、呼吸抑制。でも、四十八時間は長い。ケタミンと併用したのかもしれない。ケタミンのほうが幻覚誘発作用が強いけど、心拍数と血圧をあげる作用があるの。人を昏睡《こんすい》させつつ生かしておくのは、微妙なバランス調整が必要よ」

「つまり、犯人には医学の知識がある？」

「わたしの見立てではね」サラはコーヒーカウンターに集まってきた医師たちを見やった。

小児血液腫瘍学会のカンファレンスは盛りあがっていた。スローンはメイン会場で論文『小児血液疾患における疼痛管理の性差の起源を探る』を発表していた。興味深い研究だったので、サラも気が紛れ、ノートを取りはじめていた。

ウィルが言った。「フェイスはぼくたちにアマンダを巻きこむことを了承してもらいたがってる」

サラは唇を引き結んだ。アマンダを巻きこめば、最初から説明しなければならず、そうすれば十五年前の事件について知っている者がまたひとり増える。自分がなによりも恐れていることをいまからスローン・バウアーにしようとしているのは、あまりにも矛盾している。

ウィルは言った。「メディアはどんどん騒ぎだす。リーアンの母親は警察にプレッシャーをかけるために手をまわす。大々的に注目されるはずだ。クラブでなにかを目撃したと申し出る人もいるだろうな」

「防犯カメラはないの？」

「取り壊されることになってる倉庫を借りた一夜限りのイベントだった。警備員は二名。防犯カメラはなかった。スタッフの数も少なかった。支払いはクレジットカードのみ。だから、とりあえず目撃者を探す手段はある」

「そう」

いつものように、ウィルはサラの様子がおかしいことに気づいた。「大丈夫か？」

「大丈夫かと訊くのをやめてくれってとんがったメッセージを二時間前に送ってきたのはそっちじゃない？」

「それとこれとは別だよ。ぼくは自分が大丈夫だとわかってる」

サラは頬がゆるむのを感じた。

ウィルは言った。「ホームセンターで壁の補修材を買ってきた。きみの乗った飛行機が着陸するころには、リペアシートを貼り終わってると思う」

「ちゃんとやってよね」サラは冗談めかしたが、すぐにまじめな口調で言った。「わたしのせいでエリザベスとかかわり合うことになって、ごめんなさい」

「あの人はずっと関係なかったし、いまも関係ないよ。ぼくがあの人を窓から放り投げるんじゃないかと本気で思った？」

「少しね、でもそれは、あの人が言ったとおり、たぶんガラスにぶつかるより先に骨が折れそうだったから。フルトン郡の監察医にどうしてそんな打撲傷ができたのか説明するのは難しいもの」

ウィルは笑った。

「信託の書類、わたしが読もうか？」

ウィルは断る代わりに尋ねた。「スローンと話をすることにまだためらいはある？」

サラは指輪をいじろうとして自制した。「母にいつも言われるの、幽霊を追うのはやめなさい、鬼に会うかもしれないわよって」

「早い便に振り替えてもいいんだよ」

サラは、ウィルがいつでも退却していいと言ってくれるのをありがたく思った。「どちらにしても、そうなるかも。スローンにはわたしに話す義務はないし。わたしも自信がない」

「人助けになる可能性があるなら、きみはやるだろうね。そして、スローンがきみの話したとおりの人なら、人助けを厭わないんじゃないか」

「たぶんね」サラは数人の医師がメイン会場から出てくるのを見た。スローンの発表が終わったのだ。「今朝はいってきますの挨拶ができなくて残念だった」

「今夜、おかえりを言わせてくれれば帳消しだ」

「わたしはいってきますを言って、あなたはおかえりを言うのはどう？」

「決まりだ」

サラは電話を切った。深呼吸をして緊張をほぐそうとした。スローンに話しかけることだけが不安なのではない。エリザベスの思いがけない訪問と、それに輪をかけて思いがけないウィルの爆発につづき、大急ぎで彼の手の甲を三針縫い、あせりつつタクシーを待って空港へ行き、死にものぐるいでターミナルを走り、ゲートが閉まる直前にすべりこんだせいで、いまだに胸がざわついていた。

離陸の前にダブルのジントニックを飲んだのも、賢明な選択ではなかった。よほどお代わりを頼もうかと思ったのだが、医師の例に漏れず、乗客のなかに医師はいないかと尋ねる機長の声がスピーカーから聞こえる事態に備えて我慢した。

結局、機上では考えをまとめたりアルコールに逃げたりする代わりに、ウィルがこの旅のために作ってくれたプレイリストを聴いていた。アラバマ・シェイクス。ルシャス・ジャクソン。ピンク。自分の好きな音楽を押しつけるのではなく、相手の好きな音楽でプレイリストを作ってくれる男は貴重だ。ブルース・スプリングスティーンのシングルB面だけで構成された二時間は、サラには耐えられなかっただろう。

不意にあたりが騒々しくなり、サラはわれに返った。メイン会場から聴衆がいっせいに退出しはじめていた。サラは立ちあがり、首からさげたバッジをひっくり返して表側が見えないようにした。女性トイレの床に落ちていた〝血液腫瘍NYC〟の黄色いストラップにGBIの身分証をつけておいたのだ。長年のうちに学んだ事実のひとつが、ストラップをつけた人間は怪しまれないことだ。

コーヒーカウンターに並ぶ人々に目を走らせ、そこにスローンがいないのを確認した。女性医師は服装でおおまかな年齢がわかる。年配の女性たちは黒か紺か赤のシンプルなパンツスーツに、ハイヒールを履いている。サラと同年代の女性たちは、色とりどりのブラウスに紺か黒のスカート、靴はローヒールだ。医師になりたての若い世代は、それぞれもっとも心地よいと感じる格好をしている――Aラインの美しいワンピースやタイトなシャツ、ジーンズにスニーカー。二〇一七年には、メディカルスクールの入学者の男女比率がはじめて逆転し、女性のほうが多くなった。新しい世代の女性医師たちは、患者に信用されたければ保守的な格好をすべきだという昔ながらの助言を聞かされずにすんだのだろうと、サラは思った。

スローン・バウアーはその助言を受けた側だったが、古臭い処世術がすすめるよりはるかに大量のアクセサリーをつけていた。フープのピアス、バングル数個、首には金のロケットペンダント。ただ、結婚指輪は意外にも地味な金色の細いバンドで、ブリット・マカリスターの指輪のように、いかにも注目してくれと叫んでいるような大きな石はついていなかった。

サラは、スローンがシューシューと音をたてているエスプレッソマシンのほうへ歩いていくのを見ていた。何人もの参加者が彼女に近づき、質問をしたり発表の感想を伝えたりした。スローンは何度か賞を受賞している。経歴はマックを含めたギャングのなかでもずば抜けていた。ボストン大学で学士過程を修め、エモリー大学のメディカルスクールを卒業し、ニューヨーク大学ランゴン・メディカルセンターで研修医となり、ジョンズ・ホプキンス大学で血液内科のフェローシップを終えた。現在はコネチカット小児病院で小児血液内科の長を務めている。カンファレンスでの発表は、彼女の華々しいキャリアのなかでも重要な節目になったはずだ。

サラがみぞおちに痛みを覚えるのはそのせいだ。こんなことをするのは間違っていると感じが戻ってきただけではない。決意が侵食されはじめている。サラはスローンから顔をそむけ、エレベーターをみやった。このアトリウムは八階だ。飛行機の便を変更すれば、ラッシュアワーの前にアトランタに帰ることができる。ウィルも別の方法を考えようと言ってくれたし。

「サラ・リントン?」

サラはみぞおちの痛みが強まるのを感じた。しかたなく振り返った。

「やっぱりそうだ」スローンが満面の笑みを浮かべて近づいてきた。「まあ、少しも変わってないのね」

「すばらしい発表だった」サラはカンファレンス会場のほうへ首をかたむけた。「鎌状赤血球症の疼痛発作が適切に治療されなかった場合の後遺症の話、目をひらかされたわ」

「そんな――」スローンはよしてよと言うように手を振ったが、サラには彼女がよろこんでいるのがわかった。「どうしてニューヨークにいるの? まさか、こっちへ引っ越してくる計画があるんじゃないでしょ? 競争相手が増えたら困るわ」

「いいえ、あいかわらずアトランタにいる」サラは両手を握り合わせた。いまならまだ間に合う。スローンがメディカルスクールを卒業してから長い年月がたった。彼女もサラと似た経験をしているのなら、エモリー時代の体験は、性暴力を受けた痛みは、いままで必死に忘れようとしてきたはずだ。

「サラ?」スローンは不思議そうな顔をした。「ただの観光旅行だなんて言わないでよ。わたしだって休暇中に学会のカンファレンスを覗いたりしないわ」

「いいえ、じつは――」サラはなんとか声を出そうとした。たくさんの人の気持ちを傷つけてようやくここまで来たのだ。それに、ダニ・クーパーにあきらめないと約束した。

「じつは、グレイディでわたしが体験したことについて話を聞きたいの。あなたがエモリーで体験したことについても」

　スローンのうれしそうな表情は、ドアが急に閉まったように変わった。「どういう意味？」

　サラは人目を気にして、声をひそめた。「メイソンから聞いたの――」

「あのクソ野郎」スローンはかまわず声をあげた。コーヒーの列から好奇心に満ちた視線を投げかけられ、スローンはついてこいというように、サラにうなずいた。

　スローンは大きな窓の前で足を止めた。冷気がガラスの隙間から吹きこんできた。サラに説明する隙も与えなかった。「こんなところでやめてよ」

「わかってる。ごめんなさい」

　スローンはかぶりを振りはじめた。明らかに怒っている。「そんな話はしたくない。帰って。わたしも帰る」

　サラは胸が重くなるのを感じながら、立ち去るスローンを見送った。スローンが怒るのももっともだ。信じられないくらいいやなことをしようとしていたのは、最初からわかっていた。スローンはエレベーターのほうへ歩いていた。いまあとを追うのはさらなるいやがらせのように思えたので、サラは階段を探してアトリウムのあちこちに目をさまよわせた。

「あいつ、なんて言ったの？」スローンが戻ってきたが、やはり怒りを隠そうともしていなかった。「またカクテルパーティかなにかでジョークのネタにしたの？　〝聞いて驚くな、ぼくの女友達はふたり――〟」
サラは自身の悲しみをこらえた。スローンはあの言葉を口にできないのだ。
レ、イ、プ、された。
サラは言った。「メイソンがパーティでどんな話をするのか知らないけど、たしかにやりかねないとは思う。でも、メイソンに会ったのは、ブリットに言われて――」

「ブリット？　あんな有害な連中とどうしてまだつきあってるの？」スローンは強い口調で問いただした。「サラ、あいつらは友達じゃなかったのよ。裏でこそこそあなたのことをあざ笑ってた。あなたのことを――」

「聖女サラでしょ。知ってる」

スローンは腕組みをした。冷静になろうとしているのが傍目にもわかった。「いったいどうしたの？　そもそもなにが目的？　わたしを困らせたいわけ？　メイソンを寝取った仕返しとか？」

「もちろん違う。寝取られたなんて思ってない」サラはついに決意が崩れはじめたのを感じた。一刻も早くここを出たほうがいい。「スローン、ごめんなさい。あなたの言うとおり、来るんじゃなかった。もう帰るね。あなたの研究はすばらしかった。助かる患者さんがたくさんいるわ。自分を褒めてあげて。せっかくのときを邪魔してごめんね」

今度はサラのほうが立ち去る番だ。婚約指輪をまわしながら、出口の掲示を探した。ホテルの建物は巨大で、ふたつの翼がそれぞれ別の通りに面している。サラは自分がどこにいるのかわからず、途方に暮れた。自分を責める気持ちがあふれてきて、階段を探すのはあきらめ、尖塔の形をしたエレベーターへ向かった。

こんなところまでのこのこやってくるなんてばかだった。なにを期待していたんだろう？

震える両手でエレベーターの呼び方を探った。〝上〟と〝下〟のボタンがなかった。行きたい階数をパネルに入力しなければならないのだ。ロビー階を探していると、背後からだれかの手がのびてきて、３と１をタップした。スローンがその手を引いたとき、手首の金色のバングルがコンソールに当たった。

「わかった」スローンは中身がほとんど残ったままのコーヒーカップをゴミ箱に捨てた。「わたしの部屋で話しましょう」

サラは耐えられなかった。スローンの目に涙がにじんでいるのが見えた。丁寧にほどこしたアイメイクが流れかけていた。メイン会場で説得力のある研究を発表して聴衆を釘付けにしたのに――いまごろ大成功を祝っているはずなのに、サラを自分の部屋へ招き入れ、二十年近く忘れようと努めてきたことを話さなければならない。

「スローン」サラは言った。「わたしは帰る。あなたにこんなことをさせられない――」

エレベーターが到着し、大きなチャイム音が鳴った。スローンはほかの人々と一緒にエレベーターに乗りこんだ。サラは気が進まなかったが、ついていった。エレベーターのなかは、着ぶくれして汗をかき、最上階のレストランへ向かう客でぎゅうぎゅう詰めだった。

サラはスローンと目を合わせようとしたが、彼女はずっと顔をそむけていた。

エレベーターが動きだし、だれかが不安そうな忍び笑いを漏らした。コンクリートのエレベーターシャフトは建物の中心に位置し、ロビー階から最上階のレストランまでが吹き抜けになっている。各階で白いコンクリートのバルコニーが吹き抜けを囲んでいて、並んでいる客室のドアが、ガラスのエレベーターのなかから見えた。サラは警備レベルが超厳重な刑務所を連想した。もう一度スローンのほうを見たが、彼女は顕微鏡で血液を観察しているかのようにスマートフォンを凝視していた。

エレベーターがようやく三十一階に到着した。サラはスローンが奥から出てくるのを待った。彼女の表情は硬かった。顎がこわばっている。エレベーターホールをつかつかと歩いていき、左に曲がって長いバルコニーを進む。サラは少し距離をおいてついていった。スローンがある部屋の前で立ち止まるのが見えた。バッグに手を入れたものの、いまだに迷っているようだった。しばらくしてやっとカードキーを取り出し、ドアをあけた。

寝室の隣に応接間があることが、入ってすぐにわかった。窓のむこうはハドソン川で、海上航空宇宙博物館となった空母イントレピッドが見えた。コーヒーテーブルのワインクーラーのなかでシャンパンが冷えている。花束。チョコレートでコーティングしたイチゴ。

スローンはサラを手招きした。「今日は記念日なの。夜、夫が来る。ニューヨークでロマンティックな夜を過ごそうってことで」

サラは彼女の言いたいことを察した。もはや全部台無し。「わたしのことを最低だと思ってるだろうけど――わたしもそう思う」

「それは慰め？」

「いいえ、事実よ」

スローンは床にバッグを落とした。寝室へ入りながらサラに言った。「ミニバーからなにか注いでおいて。お手洗いに行ってくるから」

サラは腕時計も見ずに小さな冷蔵庫へ行き、ボンベイ・サファイアのミニボトルとトニックウォーターを取り出した。今日一日だけでここ数カ月分以上のアルコールを摂取してしまった。サラが十五年前から男の髭に顔を引っ掻かれるのを想像しただけでぞっとするように、ウィルはアルコールのにおいから子ども時代の言葉にできない暴力を連想する。ふたりともたがいの境界を尊重するようにしている。けれどいま、ふたりのあいだには千キロ以上の距離があるから、彼の境界を侵す心配はなさそうだ。

飲みものを作っていると、スローンがバスルームから戻ってきた。

スローンは震えているように見えた。トイレで嘔吐してきたのだ。それでも、グラスをつかんだ。ジントニックを口いっぱいに含んでから飲みこんだ。「あなたも、いまでも思い出すと吐く？」

サラはうなずいた。「ええ」

「座って」スローンは椅子にへたりこんだ。

サラはソファに座った。スマートフォンがポケットに入っている。録音アプリを起動させなければと思ったが、どうしてもできなかった。いま口から出るのはひとことだけだった。「ごめんなさい」

「そりゃ謝りたくもなるでしょ。でもそれで最後にして」スローンは冷蔵庫へ行き、ジンのミニボトルをもう一本取り出した。「下で言ったことは――あなたがただの思いつきでここへ来たんじゃないことはわかってる。メイソンのためじゃないこともね」

「たしかに、あの人はパーティでレイプを話のネタにしそうね」

「あの男は軽薄なクソ野郎よ」スローンはボトルからじかにジンを飲んだ。ボトルはふた口で空になった。スローンはクーラーのなかで冷えているシャンパンに目をやった。「夫がなにかで読んだらしいんだけど、シャンパンを飲むのは悲しいときに元気を出すためなんだって」

サラは肩をすくめた。「試す価値はあるかもね」

スローンはシャンパンのボトルを取り、ホイルをはがしはじめた。「あのとき、あなたにもっと優しくすべきだった」

「わたしがレイプされたときのこと?」サラはその質問がさらりと出てきたことにぎょっとした。「いまの言葉はいつも全力で避けてるんだけど」

「ふたりとも史上最悪のクラブのメンバーだもの」スローンはコルクを抜き、片方の手で受け止めた。「経験者と話すほうが楽ね。いろいろ説明しなくていいし、相手の気持ちとか反応を心配する必要もない――受け流す必要もない」

サラはグラスを空け、スローンにシャンパンをついでもらった。「お連れ合いは何時頃に来るの？」

「娘をサッカーの練習から連れて帰ったら電車に乗ることになってる」スローンはふたつのグラスになみなみとシャンパンをそそいだ。「夫は知ってるけど、娘は知らないの。いつかしかるべきときが来たら、とは思ってるけど、娘に話したいのかどうか自分でもわからない。もし話したいのだとしても、それはそれでまったく別の意味で気が重いわ」

サラにも答えがわからなかった。「お嬢さんはいくつ？」

「わたしが地球史上もっとも愚かなクソったれだと気づく年頃」

「十三歳？」

スローンはうなずき、シャンパンをちびりと飲んだ。「行きずりの関係で得たもののなかで、よかったのは娘のモリーだけよ。わたしね、女が自分の子どものことを奇跡の存在みたいに話すのが嫌いなんだけど、モリーのおかげでほんとうに癒された」

サラはシャンパンに口をつけたが、甘すぎた。

「しまった、ごめんなさい。あなたは――」

「いいの。十五年かけて慣れたから」サラは肩をすくめた。「それに、そもそもこの年になると気にもならない」

「わたしに嘘はつかないで、サラ。あなたはそこまで年を取っていないし、慣れてもいない。あなたのことをよく知ってるわけじゃないけど、それくらいはわかる」

この話をつづけるならば、少しでも楽な姿勢を取ったほうがよさそうだ。サラはグラスを持ってソファにゆったりともたれた。「わたしの婚約者は、保護施設行きの小さな犬を引き取ったの。わたしはその子を愛してる——犬だけど、たしかに愛してる。だけど、彼がその子にとても優しく、辛抱強く接しているのを見てると、どうしても思ってしまうの。わたしはなんの権利があってこの人から父親になる機会を奪ってるんだろうって」

「彼は父親になりたがってる？」

「子どもはほしくないと言ってるけど——」サラはウィルの個人的な心情を明かすつもりはなかった。彼は、子どもにとって不幸な事態を知りすぎているから、この世界に連れてくることに抵抗があると、一度ならず話していた。

でも、だけど。

「わたしが大嫌いなものを教えてあげる」スローンが言った。「正直言って、嫌いなものだらけだけど、〝ものごとにはすべて理由がある〟って言葉が大っ嫌い。いつも思うの
——それ本気？　理由ってなに？」

サラもまったくわからないのでかぶりを振った。「わたしは〝時間が傷を癒やしてくれる〟ってやつ」

「残念ながら、いくら時間がたとうがマリオットのトイレで死ぬほど吐いちゃうのよね」

サラは乾杯のしるしにグラスを掲げた。

スローンもグラスを掲げた。「〝でも、おかげで強くなれた〟っていうのは？」

「ああ、わたしのお気に入りのひとつ。レイプが人格を形成するエクササイズみたいな言い草よね」

ふたりはまた乾杯した。

スローンは言った。「わたしの好きな質問は〝いやと言ったのか?〟ってやつ」

「ばかみたい、粘着テープで口をふさがれてたらしゃべれるわけないでしょ」

「悪いけど、きっぱりいやだと言ってやめてくれたらレイプじゃないって」

サラは笑った。「〝抵抗したか?〟っていうのはどう?」

「まさにわたしの大好きな質問」スローンは答えた。「みんな、男のタマを蹴るのは簡単だと思ってるけど、想像以上に難しいのよね」

「〝大声はあげましたか?　助けを呼ぼうとしましたか?〟」

「もちろん、簡単なことだもの。ただし、声帯が凍りついていなければね」

「〝なぜそんな場所にいたんですか?〟」

「〝そのときどんな格好をしていましたか?〟」

「〝思わせぶりな言動をしたんじゃありませんか?〟」

スローンは笑い声をあげた。「〝わたしだったら相手の目を引っ掻いてやる〟」

「いいね、でもわたしは手錠をかけられてた」

「わたしは手首をベッドに縛られてた」

サラはいつのまにかふたりともゲームをやめていることに気づいた。

スローンはグラスを口へ運んだが、中身を飲まなかった。「マイク・タイソンみたいに耳に嚙みついてやればよかった。鼻とか。顔とか。どこでもいい。だけど、わたしは嚙みつかなかった。ただじっと横たわって、早く終われと思ってた」

サラはスローンが両手でグラスを揺するのを見ていた。

「わたしは自分からあの男についていったの。一応、デートということになってた。飲みすぎたの。ふたりとも酔っ払ってた」スローンは空のグラスをテーブルに置いた。「酔っ払って車を運転して、だれかを殺してしまったら、だれもかばってくれないでしょ。ああ素面《しらふ》だったらこんなことしないのに、とか、あなたに人を殺せるはずがない、がんばれ、とか」

「ええ。そうね」

スローンは椅子にもたれて仰向いた。天井をじっと見あげる。「レイプされていなかったら、夫に出会えなかったかもしれない。あのままアトランタにいただろうから。たぶん、ひとり目かふたり目のミセス・メイソン・ジェイムズになってたかもね」

サラは待った。

「夫はポールっていうの。夫を愛する妻なんて柄じゃないけど、現に愛してる。彼はわたしの支えなの。話をちゃんと聞いてくれる。驚くようなことをするの。ときどき話してると、〝きみが正しい〟って言うのよね」

「わたしの婚約者もそう」サラはウィルを思って顔がほころびそうになるのを感じた。

「愛されていないのに、無理に夫と一緒にいる人たちがわからない」

「それって、ひとり目の夫と結婚していたときのわたしだ」スローンは体を起こした。グラスにシャンパンをそそいだ。「ふたり目のときも。三人目のときもほとんどそんな感じ。どうしてあの人たちとさっさと別れなかったのか、いまとなっては不思議よ。さんざんつまらない男たちとファックしてから、ようやくポールに出会った」

「わたしはあのことがあってから、二度とつまらない男とファックしないと思ってた」

スローンは苦々しげに笑った。「メイソンはひとり目の女の子が生まれたときに、わたしに電話をかけてきたの。謝りたいって。父親になってようやくわかったそうよ」

サラは思いきり白目をむいてしまった。インターネットで見かけるジョークそのものだ――男は娘が生まれたとたんにレイプや性的暴行や性的いやがらせが犯罪だったと気づく、というものだ。「わたしに謝ったことはないのに」

「厳密に言えば、あんなの謝罪じゃないわ。謝りたいって言っただけ。実際に謝ってはいない」スローンは咳払いをしてメイソンの口まねをした。「ねえスローニー、娘の目をじっと見つめてると、ほんとうに感激するんだ。なにがあっても守ってやらなくちゃという思いがこみあげて胸がいっぱいになるんだよ。いまならわかるよ、きみはほんとうにひどい目にあったんだって」

サラは怒りをこらえて笑った。「医師を辞めてもメイソンの声まねで食べていけるね」

「ええ」スローンは真顔になった。この話をつづけてもいいものか、まだ迷っているのだ。

しばらくして、彼女はやっとサラを見た。「わたしは完全に噂を遮断してるわけじゃないの。マックとブリットの息子がレイプで訴えられた話は聞いてる」

「驚いた？」

「だれかがレイプされたと聞いても、またかという感じ」

サラも同じ気持ちだった。「昨日の朝、和解が成立したの。あのふたりの息子は逃げおおせた」

「いつもそう」スローンはまた仰向き、天井を見あげた。「下であなたが口をひらく前から、ブリットが関係してるんじゃないかとは思った」

「どうして？」

「ブリットはほんとうにやばい人だし。あなたはそのブリットの息子を追いつめた。仕返しせずにはいられなかったでしょうよ」スローンはまたサラと目を合わせた。「わたしはわざとあなたに隠してたんじゃないの。それはわかって」

サラはまた録音アプリを起動させるべきか考えた。スマートフォンはポケットに入ったままだ。でも、やはり起動させずに答えた。「ええ」

「あれのせいで、わたしの人生は完全におかしくなった。あなたもわかるでしょう」

「わかる」

「わたしはあの男から離れたくて、ほかの州の病院にマッチングを希望したの」

「その男はメディカルスクールを退学したと、メイソンは言ってたけど」

「いいえ」スローンはかぶりを振った。「ずっとエモリーにいた。わたしは卒業まで毎日のように顔を合わせなければならなかった。一緒のラウンドだったの。まるで、じわじわと責められる拷問だった。あの男のジョークに笑うふりをしたり、金切り声をあげたくなるのを我慢したり」

サラは相手の名前を訊きたくてたまらなかったが、唇を噛んでこらえた。スローンのペースに合わせなければならない。

「レイプを境に、わたしは本格的にアルコールにはまった」スローンはほとんど空のシャンパンボトルを指し示した。「これが朝食代わりだったの」

「スローン――」

「まさか同情してないよね」スローンはぴしゃりと言った。「ほんとにやめて」

サラはうなずいたが、罪悪感は避けようがなかった。スローンが目の前で倒れるのをなにより心配していたのに、それが現実になろうとしている。

スローンは言った。「あなたが暴行されたときに、わたしにできることがないかと思ったの。でも、メイソンに放っておけと止められた。それは正しかったのかもしれない。わたしはあなたに隠れて彼と寝ていたんだから。それでも、突飛なことを思ってしまったのよね、わたしなら――なんだろう、レイプ被害者としてあなたのメンターになれるんじゃないか、みたいなことを」

ふたりはほほえんだ。だれでも役に立ちたいと思うものだ。でも、どうすればいいのかほんとうにわかっている者はひとりもいない。

　スローンは尋ねた。「ブリットになにを言われたの？」

「わたしのレイプ事件は、交歓会で起きたこととつながってると」

　スローンはほんとうに驚いたようだった。「どうつながってるの？」

　サラは口をひらいたが、スローンのほうが先にみずから疑問に答えた。

「それは言わなかったんでしょう。あの人はそうやって人を操るから。フェミニストみたいな顔をしてるけど、弱者が相手でなければ強く出ることができない。あの人がマックに虐待されてたのは知ってる？」

　サラはなにかがカチリとはまるのを感じた。ブリットがつねにマックのそばを離れない様子が、以前からなんとなく気になっていたのだ。ほんとうはマックがそうさせていたのだと、いまようやくわかった。「精神的な虐待？」

「肉体的にもね。ブリットの体の痣に気づいたことはない？」

　サラが気づいていなかったことは山ほどある。「あまりつきあいが深くなかったから」

「ブリットはC6の椎間板ヘルニアを患って医師を辞めたの。詳しいことは知らないけど、マックに階段から突き落とされたんだと思う。タイミングが完璧だった。マックは薄給の研修期間中はブリットに生活を支えてもらっていたけど、フェローシップを終えたとたんに、ブリットを専業主婦にしたのよ。だからといって、だれも彼女に同情はしなかったけど」スローンは乾いた笑い声を漏らした。「彼女は間違った被害者ってわけ、わかるでしよ？」

サラにはわかる。正しい被害者の女性に、人々は大いに同情する――わきまえていて冷静で、痛々しさをほんの少ししか見せない被害者には。ブリットは短気で陰険で、人々は彼女がひどい目にあうのは自業自得だと思いがちだ。

だが、サラがここへ来たのは、ブリット・マカリスターが同情するに値するかどうかを話し合うためではない。サラは深呼吸して尋ねた。「交歓会のことでなにか覚えてない？当日だけじゃなくて、あの当時のことだったらなんでもいい」

スローンは当然、気乗りがしない様子だったが、それでも思い出そうとした。「キャムが酔っ払ってた。呂律がまわってなくて。何度もトイレで吐いてきて、また飲んでた。週末はいつもそんな感じだったけど、あの晩はいつにも増してひどかった。吐くために飲んでたと言ってもいい」

サラはうなずいた。「それはわたしも覚えてる」

「わたしはメイソンになんとかしてと何度も頼んだの。キャムを帰らせてって」

「それで、メイソンがキャムの車のキーを取りあげた」

「素敵。キャムは患者を死なせて、感情的になってたのよね」

「メリット・バーロウ」サラは補足した。「交歓会の二週間前に、救急外来に来たの。薬を盛られてレイプされていた。そして、トイレで強直間代発作を起こして、亡くなった」

「その名前は忘れられない。キャムは彼女が死亡したことに怒っていたの。警察はちゃんと捜査していないって息巻いてた。担当の刑事は最低だ、患者は薬を盛られてレイプされたと言ってるのに、刑事はまともに取り合わなかった、どうでもいいんだって」

サラはその先を待った。

「キャムは書類やなんかを全部集めて、メリットがレイプされて殺されたことを証明しようとしていたの。それはもうすごい執念で。わたしは彼に証拠を見せたいと言われたの。どうしても一緒にアパートメントへ来てほしいと懇願された。わたしは絶対にいやだと断った」スローンはサラをまっすぐ見据えた。「一度だまされたんだもの」

サラはグラスを取り落としそうになった。「あなたをレイプしたのはキャムだったの？」

スローンはサラをまじまじと見た。「メイソンに聞いてるでしょう？」

サラはかぶりを振ることしかできなかった。

「それは意外だわ。あの人はうちの十三歳児より口が軽いのに。まあでも、そんなに意外じゃないのかもね。あいつはギャングのメンバーをかばうもの。それが連中の決まりだから」スローンは身を乗り出し、シャンパンのボトルを取ろうとしたが、思いなおしてまた椅子に背中をあずけた。「メディカルスクールに入学した最初の週だった。キャムに誘われたの。わたしのタイプじゃなかった。生っ白くて暗くて、酔っ払いのチェーンスモーカー。でも、わたしは楽しみにしてた。わかるでしょう。たまたまスケジュールが合う生身の人間ならだれでもいいってときがあるのよ」

　サラはまだ衝撃から立ちなおっていなかった。なんとかうなずき、スローンにつづけさせた。

「わたしは新しい服を買った。言うまでもなく胸のあいたやつをね。それから、レザーのニーハイブーツ。彼が選んだお店は、ピザレストランの〈エヴリバディ〉。まだある？」

　サラはかぶりを振った。「何年か前に閉店した」

「ふたりでしこたまビールを飲んだ」スローンはシャンパンボトルの底を見つめていた。「彼に、家に来ないかと誘われた。わたしは結構楽しんでた。それがいまでも悔やまれるの。キャムって、話がつまらないところに目をつぶれば、まあまあ笑わせてくれたし、熱心なところがかわいいと思えなくもない。彼のアパートメントへついていって、手を握られたときに、ちょっとぞくぞくしたのは覚えてる」

　サラはスローンが結婚指輪をまわしはじめるのを見ていた。

「ソファでいちゃついた。そのときは、いやな気分じゃなかった。また彼に会ってもいいなと思ったし、最初のデートで寝たら連絡が来なくなるから――」スローンは深呼吸した。「彼にそろそろ帰ると言ったの。そうしたら、またキスをされて泊まっていってほしい、真剣につきあいたいと言われた。わたしはその言葉を信じた。だから、一緒に寝室に行ったの」

　サラはスローンが立ちあがるのを見た。スローンは腰に両手を当て、あたりを歩きまわりはじめた。

「彼のアパートメントはきちんと片付いていた。いちばん驚いたのはそこね。わたしは男兄弟と育ったの。なんでもかんでも放りっぱなし、服は床に脱ぎ捨てたまま。でもキャムは違った。ホテルみたいにベッドメイクして、シーツを折り返してあった。わたしは冗談で言ったの、わたしがあなたの魅力に屈すると思って用意してたんでしょって」スローンは窓の前で足を止めていた。窓のむこうの川を眺めている彼女の表情が変わった。話すことであの暗い場所へ引きずり戻されないように踏ん張っている。「またキスがはじまった。だんだん雰囲気が盛りあがってきた。そうしたら突然、頭の上に両手を押さえつけられた。ほんとうに押さえつけられて、動けなくなった。そういうのは好きじゃない、前もいやだったし、いまだって絶対にいや。だから、放してと言ったの。そうしたら、ますます強く押さえつけられた。わたしは身をよじって逃げようとしたけど――」

サラはスローンの右手が左手首を握るのを見ていた。広い部屋のなかで、彼女の声はとても小さかった。

「彼の顔が完全に変わったの。仮面がはがれるのを見てるようだった。内気でかわいい男の子だったのが、次の瞬間には怪物のように顔がゆがんだ。わたしの両脚を蹴ってひらかせた。体重をかけて押さえつけられて、わたしは息をするのもやっとだった。少なくとも二十五キロの力がかかってたはず」

スローンはサラに向きなおり、背中を窓にあずけた。

「どういうわけか、わたしは最初、妙に冷静だった。というのも、寝室に入って彼が電気をつけた瞬間にあれを見てたの。ヘッドボードから黒いシルクのロープが垂れているのを見てた。先端は投げ縄みたいに結んであって。両手を縛られたときに考えてた——ばか、どうしてこのロープに気づかなかったのって」

サラは唇を引き結んだ。あなたのせいではないとスローンに言ったところで、なんの意味もないことはわかっていた。

「あの男はまたキスを——いいえ、あれはキスとは言えない。喉の奥に舌を突っこんできた。なんだか——顔をファックされてるみたいな感じ。顎が痛くなった。歯ががちがちぶつかって。あなたを襲った男も？」

サラはうなずいた。

「死ぬまで忘れられない、最悪の記憶よね」スローンは首に触れた。「ポールとは、はじめてキャムのアモキシシリンの味を思い出さずにキスができたの。あの男が水筒よろしくあの薬を持ち歩いてたの覚えてる？　ニキビの治療に飲んでたのよね」

サラは理由こそ忘れていたが、キャムがボトルからじかに抗生剤を飲んでいた姿は覚えていた。あの薬は咳止めシロップに似た甘ったるい味がする。

「とにかく、わたしはやめてと言ったの。でも、大声をあげようとするたびに舌を突っこまれる。嚙みつかれて、引っ搔かれた。髪も引っこ抜かれたのよ」スローンの手が後頭部に触れた。「あれはレイプだった。コンドームも使わなかった、最低でしょ。挿入されたのは膣だけだったけど、とにかく痛かった。あいつは目も閉じなかった。ほとんどまばたきもしなかった。豚みたいにうめいて、ガンガン腰をぶつけてくるから、わたしの頭はヘッドボードにぶつかった。あいつが長くもたなかったことはせめてもの救いだったかもね。わたしの顔にかけたわ。それから手首のロープをほどいた。そして、ありがとうって言ったの。信じられる？〝ありがとう。どうしてもしたかった〟って。そのあと、外に煙草を吸いにいった」

サラはスローンがそわそわと両手を握り合わせるのを見ていた。

「どうしていいかわからなくて、とりあえず体を拭いて服を着た」スローンは片方の肩をすくめた。「ショックを受けてたの。感覚がなくなってた。あいつが戻ってきてまたやられる前に帰らなくちゃと思った。わたしが出ていったとき、あいつは建物の前の階段にいた。口にキスをされて、わたしは抵抗しなかった。なにも言わなかった。あいつを押し戻しもしなかった。とにかく血液検査を受けることしか考えてなかった。なにかうつされたかもしれないと思うのも当然でしょう。妊娠を心配するのも。その両方でも。だけど、わたしはあいつにまたねと言ったの。あいつは〝今夜は楽しかった。明日また電話する〟って言った」

サラには、スローンが心のなかで自分を責めている声が聞こえるような気がした。自身の声の残響かもしれない。何年たっても〝ああしていれば〟〝こうしていれば〟と同じことをぐるぐる考えてしまうことがある。あの男を止められる魔法の言葉、魔法の行動などあるわけがないのに。

スローンは目を拭った。「わたしはずっと、自分は強い人間だと思っていたの。キャムはその自信を粉々にした。あれは事実上の殺人よ、だってわたしはレイプされたあと、元の自分に戻らなかったもの。つねになにかしら不安がある。人を心から信用することができない。世界でだれよりも信用している夫ですら——九十九パーセントしか信じていない。足りない一パーセントは永遠に足りないままなの」

それがどういうことか、サラだからこそ理解できる。

「わたしはレイプされたのを認めることができなかった」スローンは言った。「一週間たって、ようやく受け入れたけれど、そのときには時間がたちすぎていた。みんなそこを責めるよね。どうしてもっと早く警察に行かなかったのかって。だけど、警察になにを話せばいいの？　わたしは一緒に飲んで酔っ払った。セックスするつもりで彼の家についていった。だけど、気が変わった。それなのに無理やりやられた。でも、二十年くらい前のことだから。わたしの話を信じてくれる人なんかいなかった」

二十年たっても状況はさほど変わっていないのを、サラは知っている。だれもが〝彼はこう言った、彼女はこう言った〟の水掛け論は意味がないと言うが、そのじつ、女性の言葉は男性の言葉ほど重視されない。

「あの男はほんとうに次の日に電話をかけてきたの。また会いたいと言われた。そんなの恐怖でしかない。とりあえず、予定があると断った。そうしたら、数日後にまた電話をかけてきて、会いたいと言うの。わたしはとにかくいろいろな口実をでっちあげた——図書館に行く用事があるとか、勉強があるとか、誕生日パーティとか家族の集まりがあるとか。ほんとにしつこかった。つきまとうのをやめてほしい一心で、イエスと言いそうになったくらいよ」

大げさに言っているのではないことはわかる。

「一カ月は我慢した。そうしたら、クラスでもあからさまにべたべたしてくるようになった。クラスメートには、愛されてるね、なんてからかわれたわ。そしてある日、アパートメントまでついてこられて、とうとうわたしも爆発したの。〝レイプした男とデートするわけないでしょう〟って」

サラはスローンが涙を拭うのを見ていた。

「キャムはぎょっとしていた。本心はどうあれ、驚いたような顔をしたの。それから泣きだした。それがほんとうに腹立たしくてね。わたしはあの地獄みたいな時期に、一度も泣かなかったのよ。ところがレイプ野郎は路上で赤ん坊みたいに泣いていて、わたしに慰めろって？」

サラはスローンの声に自身の怒りが共鳴するのを感じた。

「キャムは誤解だ誤解だと繰り返すばかり。わたしに好かれてると思ってたんだって。わたしのことを本気で好きだと。あれはわたしが望んだことだと思ってたと言うの。たしかにわたしは家についていった。わたしのほうからキスをした。寝室についていったのもわたし。だけど、やめてと何度も言ったことも、大声を出そうとしたことも、紙やすりでこすられてるみたいに痛くて逃げようとしたことも――そういうことは、あの男はまったく覚えていないと言った。酔っ払ってたからって」

　サラは、スローンが椅子に座るのを見ていた。シャンパンの残りを飲みたそうにボトルを見つめていた。

「いま思えば、縛られてよかったかもね。あれがなかったら、感情的になってるだけと思われただろうから」

　スローンが言いたいことはわかるような気がしたが、それでも尋ねた。「感情的？」

「ほかのことは全部もっともらしい言い訳で正当化できるけど、意に反して縛られた人間の言い分を認めないわけにはいかないでしょう。あなたがされたことほどあからさまではないけれど、縛られたことは同意はなかったと示す証拠になる」

　サラは思わずうなずいていた。レイプの被害者たちはある奇妙なヒエラルキーのなかに置かれる。サラは幸運なほうだとみなされる。明らかな犯罪被害者だからだ。サラは白人で中産階級で、評判のいい医師であり、家族の強固な支えがあった。担当の刑事は同情し、検察は義憤に駆られ、陪審の評決によって完璧ではないにせよ正義がなされた。

　だが、レイプ事件に重罪の評決がくだるのは、全体の一パーセント未満だ。

「わたしはキャムにそう言ってやったの」スローンは言った。「わたしが爆発すると、キャムが言い訳ばかりするから訊いてやった。〝わたしが望んでいたと思ったのなら、手首を縛る必要はなかったでしょう？〟って」

「彼は答えられた？」

「黙ってた。心底驚いていた。顔を見ればわかる。ほんとうにセックスとレイプの区別ができてなかったのよ」スローンはまた手首をさすりはじめた。「わたしはキャムを置いて立ち去ろうとしたの、でもあの人はついてきて〝ぼくはレイプしたの？　ほんとうにレイプしたの？〟としつこく訊いた。だからしまいには、ほっといてくれないなら警察を呼ぶと言ったの。あいつを安心させてあげようなんてまったく思わなかった。あいつはわたしになんとかしてほしかったのよ。正直に言って、わたしがアトランタを離れた理由はそれ。レイプそのものにはなんとか対処できた。だけど、キャムの被害者ヅラには耐えられなかった」

サラはスローンがこれで終わりというように肩をすくめるのを見ていたが、彼女は明らかに怒りを抱えていた。

「以上。これが実際にあったこと」スローンは両手を握り合わせた。「エモリーを卒業してから、キャムには何度か会ったけれど、絶対にふたりきりにならなかった。メイソンに会いにこっそりアトランタへ行ったときに、食事に連れていかれた先にキャムがたまたまいたりね。自分の脚で立てるようになるのになぜあんなに時間がかかったのかしら。わたしはほんとうにばかだった」

「最終的にあの人たちとつきあいを絶った理由は？」

「あなたよ。あんな目にあったあなたに対する中傷がひどかった。わたしは黙っていただけで、あなたをかばわなかった。だからますますいたたまれなかった」

　サラは、それもしかたがないと思った。「どんな中傷をしていたか覚えてる？　とくに気にかかったことはない？」

「よくわからない。あのころは飲んだくれてたから。思い出せないの」

「交歓会についてはどう？」

「キャムがほっといてくれなかった。わたしはメイソンになんとかしてくれと何度も頼んだけれど、メイソンは例によって〝誤解を解けばいい〟と思いこんでた」

　まったくメイソンらしい。「さっきの話では、キャムはあなたにメリット・バーロウの件を調べていることを相談したがってたのよね？」

「ええ。それで赦《ゆる》されると思ってたのよ。で、またそめそめ泣きだして、ずっときみに恋をしていたと繰り返す」

　サラは胃のなかのアルコールがうねるのを感じた。「ほんとうにそう言ったの――きみに恋をしていたと？」

「そう」スローンは記憶のなかにさまよいこんだかのように、ゆっくりとうなずいた。「あの気持ち悪さは言葉にできない。メリットのための正義を求める聖戦みたいに言ってた。ひとついいことをすればひとつ悪いことが帳消しになると思ってたのかしらね。そんなわけないのに。人生のある時点でいい人間になったとしても、それまではクソ野郎のレイプ犯だったという事実は消えない。その事実を認められないなら、なおさらクソ野郎の

「ＵＳＢメモリー」

　サラは驚きで唇がわかれるのを感じた。キャムのノートパソコン。パスワードで保護されたファイル。チャットのウェブサイト上の壊れたリンク。キャムはそれらのデータを残していたのだ。

「中身は見ずに処分した。ごめんね、でも――」スローンの首筋がこわばり、感情と戦っているのが見て取れた。「キャムは死んだ。ＵＳＢの中身を見て、もし恐ろしいものが入っていたら、またわたしはあの人に傷つけられることになると思ったの」

　サラには、無理もないとしか思えなかった。「なにが入っているのか、ヒントもくれなかったの？」

「くれなかった。残念だけど」

　サラは、スローンがほかの質問に答えていないのを思い出した。「キャムはなにか書き残した？」

「ええ」

「どんなこと？」

「個人的なこと。あの夜のこととか」スローンはすぐには答えられず、また天井を見あげた。「ずっと好きだった。あんなことにならなければよかった。きみはすばらしい人だから、正しいことをしてくれると思ってる、と」

「正しいこととは？」

スローンはつかのま目を閉じた。「あなたは自分がしていることをわかってる？」

そのときはじめて、サラはスローンがなにかを隠しているのではないかと感じた。頭のなかでこの数分間の話を再生してみた。スローンは、キャムが小包を送ってきたと言った。八年前のUSBメモリーの大きさは、名刺の半分くらいの幅で、スマートフォンよりやや厚みがある程度だった。

サラはスローンに言った。「質問の意図がいまいちつかめないんだけど。わたしにわかってないことがあるの？」

「ショックを受けるのは避けられないということ」スローンは言った。「だから、わたしはUSBの中身を見ないことにしたのよ。あらためて傷つく危険を冒すのか、それとも、もう忘れて前に進むのか、よく考えて」

サラには選択の問題とは思えなかった。「なんだかメイソンみたいなことを言うのね」

「前に進むのも大事よ」

「そう言うのは簡単ね。でもキャムは死んだ」

スローンは椅子にもたれた。「簡単なことなんてないわ」

「あなたの言ったとおりよ。わたしは思いつきでわざわざ飛行機に乗ってここまで来たわけじゃない。このことでわたしが傷つく可能性を少しも考えてないと思う？　友達を傷つける可能性を。結婚する男を」サラには懇願するよりほかに選択肢はなかった。「スローン、お願いだから教えて。キャムはほかになにを送ってきたの？」

スローンは深く息を吸い、しばらく止めた。答える代わりに、床からバッグを取った。スマートフォンを取り出し、どこかに電話をかけた。電話を耳に押し当て、相手が応答するのを待つ。

「ポール、地下室にわたしの黒い書類整理棚があるでしょう、抽斗の奥にジップロックの袋が入ってるの。こっちへ来るときに、それを持ってきてくれるかしら」しばらく黙った。「そう、それ」

サラはスローンが電話を切るのを待った。

「その袋になにが入ってるの?」

「メリット・バーロウの下着」

14

ウィルはカントリークラブに到着し、宣伝されているとおりにチャタフーチー川を一望する〈リヴァーサイド・ダイニングルーム〉の入口で待っていた。円形のテーブルを囲んでいる客のほとんどは男性で、大半はビジネスカジュアルかゴルフウェア、スーツにネクタイも数人いた。弁護士や医師や銀行員、信託財産で食べている者たち。ウィルは、ふたたびジョン・トレスウェイに化けなければならないのが憂鬱だった。殺し屋や泥棒のふりをするほうがかえって気楽だ。殺し屋や泥棒の役も傲慢に振る舞わなければならないが、その傲慢さはどんな相手も腕力でねじ伏せられるという自信から来るものであり、どんな相手でも金で買収できるという自信とは違う。

その違いは大きい。

なにはともあれ、殺し屋や泥棒は服装に気を使わなくてもいい。ウィルは、リーアン・パークの事情聴取のあとにショッピングモールへ行き、前回着たチャラい男風の服を買い、新しいものも数点選んだ。今回もイタリアのブランドのタイトなジーンズをはいたものの、まるで股袋じゃないかという思いを努めて頭から追い出さなければならなかった。ディーゼルのブーツはもはやワードローブの一部になった。シャツはサラが買ってくれたカシミアのポロシャツに似たものを選んだ。合計金額はとんでもない数字になった。ウィルはカードリーダーにデビットカードを差しこみ、リーダーに冷や汗をつけてしまった。

背後でドアがあいた。ウィルは振り返った。派手なゴルフパンツの男たちがいた。リッチーの姿はない。約束の時刻から五分が過ぎているのだが。人を待たせるのが金持ちの癖なのだろうと、ウィルは思った。もう一度ダイニングルームに視線を走らせ、案内係を探した。目に入るのは、忙しそうなウェイトレスだけだった。待っているウィルに気づいている者がいたとしても、案内係に伝えていないらしい。ひたすら黙って派手な柄のカーペットの上を行き来している。毛足の長いカーペットのクリーム色と茶色の渦巻き模様は、染みを目立たなくするためのものだろうが、隅に散った血痕のような赤ワインの汚れは隠しようがなかった。会員権のばか高いカントリークラブより平均的なホリデイ・インのほうが、よほど手入れが行き届いているらしいと、ウィルにもわかりはじめた。

ウィルは顎のラインの傷痕をこすった。無精髭がざらついた。サラが帰ってくるまでに剃らなければならない。それから、髪につけたねとねとするやつも高圧洗浄しなければ。腕時計を見る。スローンはサラと話すことに同意したのだろう。ウィルは最後にサラと電話で話したとき、十分後には失敗したという電話がかかってくるものと思っていた。それでも、サラが相手を説得するのが上手だということはわかっていた。

スマートフォンが振動した。フェイスからメッセージが届いていた。サムズアップの絵文字だ。今日の午後は、フェイスは詐欺捜査班と仕事をしている。三人がしていることがいずれアマンダに知られるときが来るのは間違いない。多くの場合、許可より許しを請うほうが簡単だ。だが、そのような場合にアマンダが許しを請われて怒らなかったためしはない。

「ミスター・トレスウェイ?」案内係がついに現れた。ずいぶん若いスリムな女性で、服装はホリデイ・インのスタッフと同様に黒いスカートに白いシャツだ。

彼女は言った。「こちらへどうぞ」

ウィルは彼女についていきながら、なぜここへ来たのか頭のなかで再確認した。縫合した手と民兵組織の男のピンキーリングに切られたまぶたと、服の裏にくっついているセール品のタグのせいで、一歩一歩がじわじわ責め立てる拷問のようだった。なんとかすべて頭から締め出した。ジョン・トレスウェイを位置につかせた。MeTooで訴えられて避難してきた男。エディという不機嫌な息子がいる父親。息子の経歴はフェイスの息子ジェレミーとよく似ている。妻を失望させた夫。人生を仕切りなおそうとしているろくでなし。

案内係がウィルを通したのは、丸テーブルの席ではなかった。彼女は奥のドアをあけた。ドア枠の脇に金色の札が掲示してあったが、ウィルは解読すらしなかった。ダイニングルームのプライベートエリアにいる男たちのほうが気になった。

リッチー・ドゥーガルは数人の仲間を連れてきていた。

四角いテーブルの前に、マック・マカリスターが座っていた。その隣はチャズ・ペンリーだ。

「ジョン」リッチーは立ちあがってウィルと握手をした。「覚えてるか――」

「チャズだな」ウィルは彼の顔写真をフェイスの家のクレイジー・ウォールで見ていた。ブロンド。ブルーの瞳。薹《とう》が立ったハンサム。フェイスがトラップ一家をナチスに売った男に似ているとふざけて言った男だ。「あんまり変わったからすぐにはわからなかった。運動が足りないんじゃないか」

「おまえはあいかわらずいやなやつだな、トレスウェイ」チャズはにんまりと笑い、ウィルの手をがっちりと握った。「いままでどこにいたんだ？」

「いろいろだ」ウィルはマックのむかいに座った。スマートフォンを伏せて置き、抜かりなく録音アプリを起動させた。いつのまにか現れたウェイトレスが、ウィルの前に飲みものを置いた。彼女は別のグラスに水をそそぎはじめた。ほかの男たちが彼女を無視しているので、ウィルもそうした。

「テキサスにいた。ひどいところでね。突然、停電が起きたと思ったら、翌日には水道水は沸騰させろとお達しが出る。うちの国はどこも壊れかけてるんじゃないか」

「たしかに」リッチーが言った。「うちの前の道路なんか穴だらけだ」

チャズが尋ねた。「その手はどうした？」

ウィルは包帯を見おろした。サラにどう言えばいいのか教わっていた。「ボクサー骨折を間一髪でまぬかれた。幸い、シリンジを押すことはできる」

答えをはぐらかしたなと言わんばかりに、チャズがマックと一瞬目を合わせた。

ウェイトレスが尋ねた。「ほかにご注文はございますか？」

リッチーはウェイトレスを無視してウィルに言った。「勝手にステーキを注文しておいた。それでいいか？」

ウィルはチャズに尋ねた。「おまえはサラダにしておいたほうがいいんじゃないのか？」

みんな笑ったが、チャズの引きつった顔は急所を突かれたことを示していた。

マックはそっけなくうなずき、ウェイトレスをさがらせた。彼女はあとずさって外に出ると、ドアを閉めた。

「いいおっぱいだったな」チャズが言った。

「ああ」リッチーはスコッチを飲み干した。二杯目がテーブルの上で待っていた。「ジョン、急な誘いだったが、来てくれてありがとう。ただ、コースに出られなくて残念だ。ここでプレーしたことはあるか？」

「いや。テニスとバスケットボールのほうが好きなんだ。心拍があがるやつがいい」

「脳筋整形外科の典型だな」チャズが言ったが、そのジョークは受けなかった。

ウィルはわざと黙り、ジョークが失敗したのを強調した。ゆっくりと布のナプキンを広げて膝にかけた。三人の男たちの関係はわかりやすかった。マックがリーダーだ。ウィルが部屋に入ってきてからひとことも口をきいていない。リッチーはラブラドール犬よろしくみんなに愛想がよく、おしゃべりだ。チャズはもっと慎重で、情報を引き出そうとしている。明らかに彼のほうがリッチーより立場が上だ。そして明らかに、マックはチャズがからかわれるのを楽しんでいた。

「さて」ウィルは言った。「タダでステーキを食わせてもらうほかに、なんでおれはここに呼ばれたんだ？」

マックはやはり黙っていたが、リッチーとチャズはワニのように頰をゆるめた。

リッチーが言った。「おまえがアトランタへ帰ってきたのを歓迎したくてな」

チャズがつけくわえた。「エリザベスの親族はみんな死んだものと思ってたぞ」

ウィルは肩をすくめた。「金持ちのおばとうまくつきあうのは大事だ」

「死にかけてるしな」チャズが言った。

ウィルは椅子に背中をあずけ、つづきを待った。

リッチーが二杯目のスコッチに口をつけた。

そこでようやくマックが口をひらいた。「その手はどうしたんだ？」

ウィルはまた包帯を見おろした。「まずい状況を避けるのに失敗した」

チャズが唾を飛ばして大笑いした。十六年前、チャズが飲酒及び麻薬の影響下の運転で逮捕されたとき、司法取引の条件としてアンガーマネージメントを受講しなければならなかったことはウィルも知っている。いまの台詞《せりふ》は『怒りをコントロールする１０１の方法』からの引用だ。

マックが尋ねた。「嫁か？　息子か？」

ウィルは水を飲み、苛立ちを鎮めようとしているふりをした。「エディはトミーより少し年下だ。おまえもわかるだろ。親父と対等になったと勘違いしはじめる年頃だ。本能的ななんとやらだ。身のほどをわきまえさせてやらないとな」

三人の男たちはまた視線を交わした。非難しているのではない。計算しているのだ。

ウィルはグラスを置いた。「息子と言えば、トミーは裁判で致命傷を負わずにすんだそうじゃないか」

マックは一瞬ウィルを凝視してから答えた。「二百万ドルの小切手を切るはめになったがね」

「ブリットが大事な息子のことでめそめそ泣くのをやめてくれるなら安いものだろう」

マックはほほえんだ。「たしかに」

ウィルはスコッチをリッチーのほうへ押しやった。「手がこれだからパーコセットを飲んでる。おまえにやるよ」

リッチーは蜂蜜に前肢を突っこむ熊よろしくグラスをつかんだ。

チャズが言った。「おまえの名前を検索してみたんだが、トレスウェイ。まるで亡霊だ」

「ああ」ウィルは言った。「そのために大金を払ったんだからな」

マックは尋ねた。「テキサスでなにがあった？」

ウィルはマックを冷たい目で見つめた。「なぜ訊くんだ？」

「ただの雑談だ。みんな友達だろう」

「そうか？」ウィルは布ナプキンをテーブルに戻した。「おまえらはまわりくどいやり方でおれを呼び出した。たしかにおれも興味を抱いたが、なんだか尋問されてるような気分になってきたぞ」

「落ち着け」マックは両手で宙をぽんぽんと叩くまねをしてウィルを引き止めた。「あれこれ詮索してすまん。久しぶりに会ったものだから」

「おれが知らなかったと思うなよ」ウィルは言った。「キャムのことはカンファレンスで知った。追悼の会におれも呼んでくれればよかったじゃないか。そもそもあいつがおれをギャングに引っ張りこんでくれたんだし」

　リッチーが舌で頬の内側を押した。

「キャムが？」マックが訊き返した。「そうだったかな、おれは覚えてない」

「いろんなことを忘れてるようだからな。たしかにおれは中心にはいなかったが、あいつにベルヴューの仕事を紹介してやったのはだれだと思ってるんだ？　あいつをこの街から連れ出してやったのに、おまえらときたら、おれに感謝のひとことすらない。あいつがまだここにいたらどうなってたかわかってるだろう？」

「すまん」リッチーがぶつぶつと言った。「あのときは大変だったんだ」

　ウィルはテーブルを小刻みに叩き、苛立っているふりをした。「おれはおしゃべり野郎のキャムを家族から二千五百キロ引き離さなければならなかったんだぞ。まったくばかばかしい」

三人は黙りこんだ。

ウィルはつづけた。「で、なんなんだ？　おれがおまえらの秘密を守ってるか確かめたいのか？　守ってなけりゃアトランタにのこのこ帰ってくるわけがないと思わないか？」

三人は完全に沈黙した。踏みこみすぎたのかどうか、ウィルにはわからなかった。聞こえるのは、メインダイニングでナイフとフォークが磁器に当たるカチャカチャという音だけだった。ウィルは怯まず、ひとりひとりの目を見つめた。全員がウィルの顔から本心を読み取ろうとするかのように見つめ返してきた。

こいつはなにを知ってるんだ？　なにが目的だ？　キャムはどこまでしゃべったんだ？

「いや」リッチーがようやく答えた。「おまえのことは心配していない」

ウィルは、三人ともひどく心配しているのを感じた。

マックが尋ねた。「どうしてキャムに再会したんだ？」

ウィルは聞こえよがしにうめいた。「おいおい、キャムが言ったことはキャムと一緒に死んだとおれは思ってるよ。ただでさえおれはいろいろ手一杯なのに、ちょっと調子に乗りすぎたみじめな酔っ払いのことなんか考えてるひまはない」

マックの目はウィルをじっと見据えていた。それまではなかった冷たさが、その目に見て取れた。ウィルは、はじめて生きている心臓を見たときの感動を語るサラを思い出した。

マック・マカリスターは人生で一度も感動したことがなさそうだ。

「まあいい」ウィルはまたテーブルを叩いた。「おれにどうしてほしいんだ？　なにが目的だ？」

だれかが返事をするより先にドアがひらいた。ふたりのウェイトレスが料理を運んできた。ステーキと大量のベイクトポテト。スコッチのお代わり。アイスティー。ぎこちない沈黙のなか、料理と飲みものが並べられた。空のグラスがさげられた。ふたりのウェイトレスは玉座のある部屋から退出するように、あとずさって出ていった。

チャズとリッチーはフォークとナイフを取って食べはじめた。マックとウィルだけが動かなかった。

マックが尋ねた。「ジョン、アトランタでなにをするか決めたのか？」

ウィルは肩をすくめた。「仕事を探す。家族を食わせる。ほかにやることがあるか？」

チャズは音をたてて食べながら尋ねた。「エリザベスは協力してくれないのか？」

「あのばあさんに首根っこを踏みつけられて暮らすのはごめんだね」ウィルは、フェイスから聞いたチャットルームのトランスクリプトの一部を思い出した。「言わせてもらえば、だれかばあさんの喉にイチモツを突っこんでくれないかな」

リッチーがばか笑いしたが、それは意外でもなんでもない。ところが、チャズもつづいて笑った。さらにマックも。それどころか、椅子から転げ落ちないように、身を乗り出してテーブルの端をつかんでいる。三人がいつまでも笑っているので、ウィルも笑いの輪に加わらなければならないような気がした。

「いや笑った」チャズがテーブルをバンと叩いた。「おもしろかった」

マックが言った。「キャムがおまえを引っ張りこんだっていうのはほんとうだったんだな」

ウィルはにやにやと笑いつづけた。状況がつかめなかったが、この裕福な特権持ちの男たちのあいだを川のように流れている暗闇に接近したのは間違いない。

リッチーがグラスを掲げた。「キャムに」

チャズが言った。「キャムに」

マックがグラスをあげた。「偉大なマスターのひとりに」

「あのばかも、怖じ気づく前は偉大だった」リッチーはグラスを空けた。

ウィルも加わりながら、頭のなかでどうすればふたたび〝マスター〟という言葉を持ち出すことができるだろうかと考えた。キャムはなにに怖じ気づいたのだろう？　メリット・バーロウに関係があるのだろうか？　疑問を解く方法が見えない。それでも、なんとかして解き明かさなければならない。三人ともすっかりくつろいでいる。ジョン・トレスウェイの取り調べは終わった。ウィルにはなぜ彼らが急にトレスウェイを信用しはじめたのかわからなかったが、いまは深く追及しないことにした。ナイフとフォークを取り、怪我をした手で肉を切り取ろうとした。

マックも食べはじめた。「おまえの息子はもうすぐ工科大を卒業するんだったな？」

「自分の立場をちゃんとわかってればな」ウィルは肉を口に入れたものの、吐きそうになった。変な味つけだ。それに、やけに筋っぽい。施設の食事のほうがましだった。「エディはポリマーの研究をしているんだ。正直なところ、気になるのは人材スカウトがいくら出す気なのか、それだけだ」

「〈3M〉だったな？」リッチーは昨日の朝も興味深そうに聞いていた。「悪くないじゃないか」

「世界中を飛びまわりたいそうだ」フェイスが〈3M〉について語るのを聞いていたおかげで、もっともらしく話すことができる。「本社はシドニーだ。あいつと一定の距離を置くには悪くない話だ。自立してもらうにはちょうどいい」

「給料はいいのか？」チャズはトカゲのように舌を覗かせてフォークを舐めた。

「やつをシドニーに誘き寄せる程度には」ウィルは無理やり肉を飲みくだした。ポテトを試してみた。チーズとベーコンをのせて焼いたポテトなら失敗しようがないはずだ。ところが、それは思い違いだった。「エディの母親も乗り気だ。嫁がやつの様子を見に行けば、一カ月は自由にやれる」

「完璧な計画じゃないか」マックが言った。

「あの間抜けが面接でうまくやるのをせいぜい祈るだけさ」

リッチーが言った。「ところで――」

突然、犬の鳴き声に似た声が聞こえた。ウィルはジョン・トレスウェイの仮面がはがれそうになるのを感じた。今朝エリザベスのせいで癇癪《かんしゃく》を起こしたとき、犬たちが不安そうに鳴いていたのを思い出してしまった。テーブルを囲む三人の様子をうかがったが、気づかれてはいないようだった。だれもウィルのほうを見ていない。ポルノをはじめて見つけたティーンエイジャーの少年グループのように、三人は顔を見合わせていた。

また鳴き声がした。マックのほうから聞こえてくる。

リッチーが言った。「ジョンに見せるのか？」

チャズが歯に挟まった肉をせせり出した。「見せてやれよ」

ウィルは言った。「なにを見せてくれるんだ？」

マックはジャケットのポケットからｉＰｈｏｎｅを取り出した。彼がロック画面を操作するまで鳴き声はつづいた。なにかをタップし、ｉＰｈｏｎｅをリッチーに渡した。

ウィルは口を閉じて待っていた。リッチーは椅子を寄せてきて、ｉＰｈｏｎｅの画面をウィルに見せた。四分割された画面には、どこかの家のなかが映っていた。防犯カメラの映像らしいが、カメラが設置されているのは私的なスペースだった。寝室、バスルーム、リビングルーム、キッチン。

これはマカリスター邸に違いない。ゲートがあり、使用人がいる豪邸だ。宮殿のような室内は建築雑誌のグラビアのように落ち着いた白いインテリアでまとめられている。映像が丸く切り取られているので、隠しカメラで撮影しているらしい。つまり、マックは一線を超えている。ジョージア州では、人目に触れないプライベートな空間にいる人物を同意なく撮影することは違法だ。

　ウィルはブリットの車に設置されていたGPS発信機とキーに取りつけてあったエアタグを思い浮かべた。彼女はマックに監視されているのを承知している。おそらくカメラのことも知っているのだろう。

「見ろ」リッチーが下部のパネルのひとつをタップすると、キッチンの映像が拡大された。同時に音も大きくなった。水の流れる音がした。カメラはシンクの上に設置され、ブリット・マカリスターを上からとらえていた。

　ブリットは不自然なほど無表情だった。ウィルは、サラから裁判所のトイレの床にかなりの量のバリウムが散らばっていたと聞いたのを思い出した。ブリットは間違いなく薬をやっている。まぶたは重たそうで口元も締まりがなく、片手で皿を洗っている。アダルト映画に出てくる退屈した主婦のような、体に沿った黒いスリップドレスを着ている。サテンの生地が体にまとわりついている。髪はべったりしている。ブリットはキッチンタオルで顔を拭いた。

「マックが一時間前にエアコンの温度をあげた」チャズは口からこぼれた食べものを払った。いやに楽しそうだ。「彼女がカメラに映ったら、さっきのアラートが鳴るんだ」

　ウィルは尋ねた。「窓はあかないのか？」

「マックが警備システムのパニックボタンを押さないとあかない」リッチーは笑っていた。

「照明も窓のブラインドも鍵も、マックがコントロールしてる」

「家政婦たちは？」

くらでもある」

　マックが答えた。「週に二度しか来ない。ブリットは専業主婦だ。家事をする時間はい
　ウィルはマックの鏡像のように下品な笑みを自分の顔に貼りつけた。エリザベスが言ったとおりだ。マックは女衒だから、地球上の女衒が例外なく女を支配したがるようにブリットを完全に支配したいのだ。

　チャズが言った。「どうやるのか見せてやれ、リッチー」

　リッチーは許可を求めてマックの顔を見た。

　マックがかすかにうなずいた。

「ほら」リッチーは画面下部の音符のアイコンを指差した。「タップしてみろ」

　ウィルはまたマックを見た。マックの顎はわずかにあがっていた。おもしろがっているような表情は、ウィルがリッチーを揶揄したときに見せたものや、チャズの体重をネタに冗談を言ったときに見せたものを同じだった。ギャングがなにをしているにせよ、マックが中心人物だ。彼は他人の苦しみを見て興奮する。

　マックは言った。「遠慮するな。下の音符をタップしろ」

　ウィルはそうした。

　不意に耳をつんざくような音楽が流れ、ウィルは顔をしかめた。同時に、屋敷のなかではもっとはっきりした動きがあった。急に大音量で流れだしたデスメタルに、ブリットは大きく口をあけた。キッチンで流れている音と、スマートフォンの小さなスピーカーから

流れる割れた音が重なった。ブリットは両手で耳をふさいだ。悲鳴をあげながら床にしゃがみこむ。背中を丸めて戸棚に寄りかかり、恐怖に口をあけていた。

ウィルはマックの視線を感じ、反応を探られていることに気づいた。無理やり笑みの形に唇をゆがめた。傲慢でひとりよがりで、妻を虐待して楽しむおぞましい男の模倣だ。

画面では、ブリットは両膝のあいだに頭を突っこんでいた。肩が大きく上下している。過呼吸を起こさないように耐えているのだろう。

リッチーがスマートフォンをマックへ返そうとした。ウィルは彼の手首をがっちりとつかんだ。音符をタップすると、デスメタルがやんだ。画面を目の焦点をはずして画面を見つめるふりをし、まだ恐怖に捕らわれているブリットが見えないようにした。音は遮断しようがなかった。ブリットはひどく泣きすぎて、息を継ごうとするたびにヒューッと音がした。

ウィルは唇を舐めた。マックの顔を一瞥し、また画面に目を戻した。「いつまで泣いているんだ？」

「そんなに長くはない」マックが答えた。「十分か、せいぜい十五分だ」

十分か、せいぜい十五分だ。

ウィルもこんなふうにパニックを起こしたことがあるが、子どものときだ。十分間。十五分間。一分間でも死にそうな気がするのに。マックは何度ブリットにこんなことをしたのだろう？　苦しむブリットを見て笑った男が何人いるのだろう？

「おまえが鍵をコントロールしてるのか？」

「鍵だけじゃない、なにもかもだ。こいつの車も」

「こいつ、ブリットがインターステートを走ってるときにいきなりエンジンを止めたんだ。百三十キロは出てた」リッチーが言った。「ブリットは文字どおりクソを漏らしてた」

「においがひどくて、あの車には二度と乗ろうとしなかった」チャズはくすくす笑いながら、ベイクドポテトの皮をたたんで口に入れた。「次の日にディーラーに行って、キャッシュで新車を買ったんだ」

「マックのキャッシュでな」リッチーが言った。

ウィルは無理やり笑ったままマックに尋ねた。「ブリットはおまえに干渉されずにすむ方法を知らないんだろう？」

「女だからな」マックは言った。「テクノロジーがわからない」

「ブリットはやめてほしくないんだよ」リッチーが言った。「よろこんでる」

ウィルはもう一度、画面のブリットを見た。彼女はカウンターにすがりつき、気持ちを落ち着けようとしていた。よろこんでいるのなら、よろこびを隠すのがうますぎる。

「仕返しにこいつのアメックスを使いまくるんだ」チャズが言った。「このあいだのバッグはいくらだっけ、マック？　十万ドル？」

「一万一千」マックが答えた。

「高くついたな」

ウィルは電話をリッチーのほうへすべらせた。いますぐテーブルをひっくり返し、室内にいる人でなしをひとりずつぶん殴りたかったが、そんなそぶりはみじんも見せないようにした。「おまえの苦労はわかる。うちの嫁もテキサスを出てから自分のカードを限度額まで使いやがった」

「嫁のカードなのか？」リッチーが尋ねた。

ウィルは、もうすぐ結婚する女性の半分も稼いでいない男に見えないように笑った。

「いい指摘だ」

「どうしておまえの嫁はいまでも――」リッチーは片手を振った。

ウィルは彼が最後まで話すのを待った。

リッチーは気まずそうな顔をした。「いや、おまえもＭｅＴｏｏ関係でやらかしたと言ってただろ」

チャズが尋ねた。「なにをやらかしたんだ？」

ウィルはまたいきり立ってみせた。「おれの下半身の話だ。見せてやろうか？」

「いやいやいや」チャズは両手をあげた。「もう解決したのかと思っただけだ。口外しないと約束させて一件落着したのか？」

「おれが刑務所にいるみたいに見えるか、ばか野郎」

リッチーはおどおどと笑いながらも尋ねた。「そんなにやばかったのか？」

ウィルは答えず、アイスティーを飲んだ。

マックが尋ねた。「嫁は?」

ウィルは肩をすくめた。「配偶者特権。あいつは証言できない」

「テキサスは夫婦共有財産制だろう。離婚すれば財産を半分持っていけたのに」

「婚前契約をしていれば、その限りではない」ウィルは言った。「エリザベスの教えで役に立ったことのひとつだ。女に自分の金をコントロールさせるなってやつだ」

「遺産はおまえが相続するのか?」マックが尋ねた。「だから帰ってきたのか?」

「そりゃおれに相続させないとな」マックの質問の意図を測りかねたが、そろそろ押してみようと考えた。「エリザベスだって掃き溜めみたいな老人ホームに入れられて、死にたくないだろう」

「おれは嫁の母親をそういうホームに入れた」チャズが言った。「小便のにおいがぷんぷんしてな。一度行ったとき、吐きそうになった」

マックはにんまりと笑った。「自分の小便にまみれるのが合ってる女もいる」

また突然の笑い声が空気を揺るがした。

彼らがあざ笑ったことのなかで、これがなによりウィルにはきつかった。彼らが笑っているのはサラだ。ウィルの肌は急に熱くなった。体に力が入った。思わず握りしめた拳に鋭い痛みが走った。この男たちをぶちのめすことはできない――正体がバレる。それでも、彼らをしゃべらせつづけることはできる。口から出た言葉をひとつ残らず記録して、刑務所に送りこむために。

「小便と言えば」ウィルは言った。「トミーの和解を聞いたときのリントンがどんな顔をしたか、金を払ってでも見物したかったな」

「まったくだ」マックが言った。「そのためならあと百万出してもよかった」

「おれも入れてくれよ」とチャズ。「これで引っこんでくれるといいが」

「引っこんだほうがいい」リッチーが言った。「聖女サラだってまたトイレの個室につながれたくないだろ」

またばか笑いがあがった。ウィルはまたしても彼らに合わせて笑ったが、拳を強く握りすぎて縫合した傷から血がにじむのを感じた。

チャズがウィルに尋ねた。「どうしてアトランタに戻ってきたんだ？　ほかにも選択肢はあっただろう？」

ウィルの口のなかは血の味がした。頬の内側を強く嚙んでいたせいだ。「エディが工科大にいたからな。嫁があいつのそばにいたがった。おれは譲るしかなかったんだ」

「躾《しつけ》はちゃんとしろ」マックが言った。「別れたがらないのはわかってるんだろう。だったら少し楽しめばいいじゃないか」

ウィルはなんとかうなずいた。「おまえが使ってる調査会社を紹介してくれてもいいぞ」

マックは片方の眉をあげた。「こういうことは外に漏らさないようにしてるんでね。父と息子のお遊びだったんだ」

ウィルはつい驚いてしまった。ダニ・クーパーの検死報告書を読んでいるのだから、驚くべきではなかった。カエルの子はカエルというではないか。

ウィルはチャズに尋ねた。「おまえ、子どもは？」

「チャックはトミーより少し年下だが、馬は合うらしい」チャズはリッチーに尋ねた。「メガンはどうだ、まだ口をきいてくれるのか？」

「小遣いがほしいときだけはな」リッチーが言った。「息子がいるのがどんなに幸運か、おまえらにはわからんだろう。女の権利も大事だが、権利をやりすぎるのはよくない」

「ところで」チャズはウィルから目を離さなかった。「まだシリンジは押せるって話だが。手術はしないのか？」

ウィルはアイスティーで血の味を洗い流した。ふたたびジョン・トレスウェイになりきり、サラから教わった台詞を繰り出した。「ＰＲＰ、幹細胞、コルチゾン、トラマドールなんかをやってる。保険はなし。現金前払い。麻酔医を呼ぶなら別料金だが、たいていの患者は希望する。悪くない商売だ」

「アトランタ都市圏によくあるタイプだ。ほとんどは個人経営のクリニックだが、病院も進出してる。たしかに儲かるからな」

ウィルはグラスを掲げた。「整形外科に興味があるのか？」

「おれたちは投資会社をやってるんだ」マックが言った。「手っ取り早く経営を再建したい開業医を見つけて、新たな資金源とつないで、さらに既存のクリニックを顧客に紹介するサービスで収益をあげる」

「整形外科を紹介する?」これこそ、三人がジョン・トレスウェイを食事会に招待した真の理由だ。だから、あれこれ詮索しなければならなかった。トレスウェイに儲ける機会を見出《みいだ》した三人は、彼がテキサスでやったセクハラに決着がついているかどうか確認したかったのだ。

「ギプスだの装具だのはたいして儲からないぞ」

「だから年会費を取るんだ」リッチーが言った。「チャズ?」

チャズが話を引き継ぎ、顧客は富裕層だの、魔法のような若返り医療を求めているベビーブーマー世代をいくらでも紹介できるだのとまくしたてた。ウィルは興味のあるふりをしつつ、耳のなかで鳴っている鼓動の音を忘れようとした。覆面捜査は数えきれないほど経験している。死ぬほど殴られたり、銃口を口に突っこまれたり、盗聴器のチェックで裸にされたりした。手首から先を切断されそうになったことすらあるが、いまほど覆面を脱ぎ捨てたいと思ったことはなかった。できるならば、目の前にいる人でなしたちの顔に銃弾を撃ちこんでやりたかった。

チャズが言った。「まあ、簡単な話じゃないのはわかる。じっくり考えてくれ」

マックが言った。「だが、あまり待たせないでくれよ」

リッチーがつけくわえた。「おまえにとっては悪い話じゃないだろう」

「なにが悪い話じゃないって?」ウィルは尋ねた。「思わせぶりなことばかり言って、ぜんぜんいい話じゃないな」

「ここからがいい話だ」マックが言った。「おまえにうちの取引先のクリニックに入ってもらいたい。内側に入りこむんだ。そして内情を探る。どこから無駄を削減できるか知らせてもらいたい」

ウィルは無理やり両手をひらいた。縫合した傷の一部がひらいた。イタリア製のジーンズに血の染みがついていた。「スパイのように？」

「スパイのようにじゃなくて、本物のスパイをやるんだ」リッチーが答えた。「収益を最大化したいからな。おまえは内側からどこを削るか、どこをふくらませればいいのか教えてくれればいい。長期的に考える必要はない、当面の状況を考えるんだ――書類上、経営がうまくいってるように見せるには、いまなにができるか？」

「売却したあとにどうなろうが、おれたちの知ったことじゃない」とチャズ。「それはおれたちの問題じゃないからな」

「報酬は？」ウィルは尋ねた。「おまえらは事実上、おれにダブルワークしろと言ってるんだぞ」

「もちろん悪いようにはしない」マックが言った。「売却益の二パーセントでどうだ？」

ウィルはせせら笑った。「冗談だろ。それに、売却後おれはどうするんだ？」

「次のクリニックに行ってもらう」チャズが答えた。「そしてまた二パーセントだ。おまえがはじめてじゃないぞ。だれもが満足するモデルだということはわかってる」

ウィルはかぶりを振った。「二パーセントなんか話にならん。ちゃんと数字を提示しろ。それから、おれのおばがだれか忘れるな。おれを怒らせたら、おばの弁護士にずたずたにされるぞ」

マックが感心したような顔をした。「おれたちはみんな儲けるために集まってるんだ。仲間は大事にする」

「おれは仲間じゃない。参加するならそれなりの意義がないと。おれにはその資格があると思うぞ。キャムのことだけじゃない。十六年前は傍観者で満足していた。いまは違う」

ふたたび長い沈黙が降りた。ウィルは彼らの痛いところを突いたようだ。

マックが口をひらいた。「テキサスの試練のあと、苦労したようだな」

ウィルは椅子にもたれた。「ああ。おかげで強くなった。賢くなった」

「ほう？」

「インターネットでおれがなにをやったのかわかったか？　おれが亡霊になれたのは、やるべきことをわかってるからだ」

チャズが言った。「たしかにそうだ。調べさせたが、なにも見つからなかったな」

その言葉に、ウィルはもう少し強く出ることにした。「おれは長いあいだお行儀よくしていた。少しくらい楽しんでもいいだろ」

マックはハッと笑った。「それは難しい注文だな」

「注文じゃない。当然の権利だ」

チャズとリッチーは、座面の端まで腰をずらして身構えた。

ウィルはマックから目をそらさなかった。すべてを決めるのはマック・マカリスターだ。

「この件は留保しよう」マックは言った。「金曜の交歓会に来ないか？　エディも連れてくるといい。トミーに紹介しよう。チャズもチャックを連れてくる」

ウィルはリッチーに尋ねた。「おまえの娘はなんて名前だったか？　マギー？」

「メガンは連れてこない」リッチーがはじめてきっぱりと言い切った。最低の父親だが、娘を守る気はあるらしい。「あいつは関係ない」

「そのとおりだ」チャズはこれが同意事項であるかのように言った。

「よし」マックが締めくくった。「金曜日の交歓会にエディと来てくれるな？」

ウィルはひとりひとりの顔を見た。傲慢に顎をあげたマック、酔って涙目になったリッチー、爬虫類《はちゅうるい》のように唇をぬめらせたチャズ。三人ともある程度は正体を見せたが、まだ不充分だ。もっと信用させる必要がある。まだ彼らの暗闇の全容は見えていない。立件するなら、暗闇の内側を見なければならない。

「わかった」ウィルは答えた。

足りないものは息子だけだ。

15

「ねえ息子くん」フェイスはジェレミーの肩をつかみ、クレイジー・ウォールから顔をそむけさせた。「これはあなたには関係ないと言ったでしょ」

ジェレミーはそれでも目を離すまいとした。「おれに助けを求めた時点で関係あるよ」

「いいえありません」フェイスは食料品棚からクッキーの箱を取り出して息子の気を引いた。「助けが必要だったのはパソコンとスマートフォンのことで、あなたはすばらしい仕事をしました」

「中途半端な仕事だよ」ジェレミーは箱をあけた。「もっと時間があれば、パスワードで保護されたファイルもひらけたのに」

「あなたが時間をかけるべきなのは、明日の夜の〈3M〉の食事会になにを着ていくか考えること」フェイスは息子のくしゃくしゃの髪をなでつけた。「ちょっと切ってあげようか？」

ジェレミーはフェイスの手を払いのけた。「やめてよ」

「手助けしたいだけよ。大企業の人たちって身なりにうるさいんだから。あなたのかわいいくしゃくしゃの髪とパーカーとジーンズも通用しないよ」

「大企業の人のことなんか知らないだろ」

「山ほど逮捕してきたからよく知ってる」フェイスはジェレミーの肩をぽんと叩いた。「ほら、お兄さん。あたしここで仕事をしたいの。さっさと動いて」

ジェレミーは踏ん張った。「トレヴァーとフェニックスと約束した時間まであと三十分ある。それまでソファでごろごろしてようと思ってたんだ」

いつもは息子から同じ屋根の下にいたいと言われれば大歓迎だが、今日はキッチンに近づけたくなかった。「わかった、でもウィルとサラが来るまでよ。あなたを巻きこみたくないの。いいね？」

「了解」ジェレミーはクッキーを持ってキッチンを出ていった。

フェイスは二十まで数え、首をのばして様子をうかがった。ジェレミーは、フェイスが〝例の体勢〟と読んでいる格好でソファに座っていた。背を丸めてソファにもたれ、ビーツのヘッドフォンを装着し、靴下履きの足をコーヒーテーブルの端に引っかけ、Xボックスのコントローラーを握っている。厳密にはビーツのヘッドフォンもXボックスのコントローラーもフェイスのものだが、母親をやるとはそういうことだ——なにひとつ、完全に自分のものにはならない。

フェイスはリビングルームに背を向けた。エイデンに、今晩の約束は延期しなければならないと短いメッセージを送った。それから、本気でがっかりしていることに気づかないふりをした。自分はベッドでひとりいびきをかくのを寂しいと思うタイプではない。ストリングがないままのクレイジー・ウォールを眺めた。最初のストリングを貼る栄誉はウィルに譲るつもりだった。すでにふたつのつながりが見つかっている。

ひとつ目。ダニ・クーパーは〝それがぼくだ〟というメッセージを受信していた。同じ言葉が、リーアン・パークの左胸に書かれていた。

ふたつ目。メリット・バーロウもダニ・クーパーもリーアン・パークも左の靴をなくした。

メリットが履いていた白と黒のエアジョーダン・フライト23、ダニが履いていたステラ・マッカートニーの黒いプラットフォームのミュール、リーアンが履いていたマーク・ジェイコブズのミッドナイトブルーのベルベットのレースアップ・ブロックヒールの写真はプリントアウトしてあった。

現時点では、三人の若い女性がフェイスの一カ月の食費より高い靴を買える金を持っていたことだけはたしかだ。

フェイスはもうすぐストリングのつくクレイジー・ウォールから無理やり目をそらした。頭のなかで、この二時間にやった仕事を確認していった。プリントアウトした資料がテーブルにきちんと並んでいる。レイプ・クラブのチャットルームのトランスクリプト、キャム・カーマイケルからマーティン・バーロウが盗んだ資料、リーアン・パークの供述書のコピー、ダニ・クーパーの捜査資料、テキストメッセージと検死報告書、ウィルがリーアンの聴取を録音した音声ファイルが入ったUSBメモリー、フェイスがリーアンの胸に書かれた言葉を異なるアングルで撮った三枚の写真のコピー。

ジェレミーがキッチンに戻ってきたらまずいと身震いし、写真は書類の下に隠した。

キャムのノートパソコンはカウンターに置いたままになっていた。パスワードで保護されたファイルはまだひらけていない。GBIの分析担当者なら、チャットルームの壊れた動画ファイルを復元できるかもしれない。メリット・バーロウの古いiPhoneから隠れた情報を引き出せるかもしれない。

たぶん。

フェイスの長いウィッシュリストのなかでもっとも切実なものは、召喚状だった。レイプ・クラブのウェブサイトの管理人に関するゴーダディの記録、十五年前にグレイディ病院に勤務していた者の名簿、当時のモアハウス大学のインターンの名簿、ユージーン・エドガートンの銀行口座の記録、メリットをろくに検死しなかった監察医の銀行口座の記録、メリットのiPhoneの通話記録。

なにもかもアマンダに見せる準備はととのっている。ただ、狂犬のようなアマンダにはらわたを食いちぎられずにプレゼンする方法がわからない。

フェイスはもう一度ジェレミーの様子を確かめた。あいかわらずヘッドフォンを着けて『グランド・セフト・オート』をやっている。鼓膜が傷つくほど音量をあげているのはわかっていたが、聞かせたくないものを聞かれる危険は冒したくなかった。テーブルに戻り、ノートパソコンの音量をさげた。

螺旋綴じのノートとペンはすでに出してある。メールをひらいた。ウィルがカントリークラブでマックとリッチーとチャズと食事をしたときに録音した音声ファイルを送ってきていた。彼は最悪の部分について警告してくれていたが、それでも聞けばつらくなりそうだとフェイスは思った。

再生のアイコンをクリックした。

カトラリーが皿に触れる小さな音や、低い話し声が聞こえた。しばらくして、ウィルがテーブルにスマートフォンを置く音がした。ノートパソコンのスピーカーから、彼の声がささやくように聞こえてきた――

テキサスにいた。ひどいところでね。突然、停電が起きたと思ったら、翌日には水道水は沸騰させろとお達しが出る。うちの国はどこも壊れかけてるんじゃないか。

フェイスは彼の声音に驚いた。いかにもカントリークラブに属している男らしい話し方だ。目を閉じて想像してみたが、思い浮かんだのは映画『タイタニック』でジャックが一等船室の豪華なディナーに臨む場面がせいぜいだった。

かぶりを振ってそのイメージを追い払い、男たちの会話に注意を傾けた。雑談がつづいた。ウィルの手の怪我、チャズにダイエットが必要なこと、ウェイトレスの胸。フェイスは頭を抱え、どの声がだれのものか考えた。リッチー・ドゥーガル、チャズ・ペンリー、マック・マカリスター。三人の顔写真は戸棚に貼ってあるが、どの声も想像とはかけ離れていた。リッチーはやや鼻にかかった声で話す。チャズの声は甲高い。マックの声は穏やかだが、彼は自分の言うことにだれもが耳を傾ける状況に慣れているたぐいの男だ。めったに発言しないが、口をひらけば、外科医らしく端的だ——

その手はどうした？　テキサスでなにがあった？　キャムが？　そうだったかな、おれは覚えてない。

フェイスが真っ先に気づいたのは、ウィルが仲間をからかったときにマックがおもしろがったことだった。いじめっ子にどう対処すればよいのか、フェイスがわが子にアドバイスするなら、取り合うなと言うだろう。だが、ウィルがやり返すのを聞いていると、気分がよかった。ウィルは最初のほうでキャムの名前を持ち出し、メリット・バーロウに関する秘密を知っているそぶりをしていた。それどころか、キャムをアトランタから追い出したのは自分だと言っている。そのあと、フェイスがレイプ・クラブのチャットのトランスクリプトから教えた台詞をさりげなく使っていた。彼のおばの話をしているときだ。いや、ジョン・トレスウェイのおばの話を——

言わせてもらえば、だれかばあさんの喉にイチモツを突っこんでくれないかな。

突然のばか笑いに、フェイスの胸はむかついた。いつまでもつづく笑い声を聞きながら、男たちの顔写真をあらためて眺めた。病院総合医、心臓外科医、腎臓専門医。三人とも一見まともで、信用できそうだ。

フェイスはあえて目をそらした。

ランチの会話はつづいた。フェイスは、雰囲気が変わったのを感じ取った。三人はジョン・トレスウェイに心を許したようだ。少しずつ正体をあらわしはじめた。おばをネタに下品なジョークを言ったことで、ウィルはクラブの一員と認められたのだ。フェイスは、男たちがヴァルハラへ向かったバイキングを称えるかのように、キャム・カーマイケルに乾杯するのを聞いた。

リッチー：キャムに。

チャズ：キャムに。

マック：偉大なマスターのひとりに。

リッチー：あのばかも、怖じ気づく前は偉大だった。

「ひどい」フェイスは音声を一時停止させた。

レイプ・クラブのチャットのトランスクリプトをめくり、目的の部分を見つけた。007、004、003、002が、ディナーパーティでプルーデンス・スタンリーが発言した内容について話している。

007：お堅い女にはいいファックが必要だ。002：まだ懲りないのか？ 004：ぼくは遠慮しとく。離脱。007：あいつのオマンコにぶちこみたい。紅海みたいにまっぷたつにしたい。003：血は潤滑剤ですからね、マスター。

フェイスは吸血鬼ものの映画を観すぎたのかもしれない。〝マスター〟という言葉が〝血〟という言葉につづいていたせいで気にもとめず、特別な意味があるかもしれないとは考えもしなかった。Masterと大文字からはじまっているからには、この言葉は称号として使われているのだ。この言葉が二度、キャムに関する話をしているときに使われたことは要注意だ。

肩越しにジェレミーの様子を確認してから、ふたたび再生のアイコンをクリックした。それまで和気藹々《あいあい》だった四人の会話が、ややぎくしゃくしはじめた。フェイスは不安を掻き立てられながら、ウィルが妻子に関する質問に答えるのを聞いていた。胸がざわつくのは、ウィルがいかにもクソ野郎らしく話しているせいか、それとも彼がエディという幻の息子にジェレミーの履歴をそっくり流用しているせいか、よくわからなかった。

不意に犬の悲しげな鳴き声がして、フェイスの胃は縮こまった。

マックが電子機器を駆使してブリットを虐待していることは、ウィルがあらかじめ警告していたが、実際に聞くとぞっとした。以前、このようなドメスティック・バイオレンスの例を読んだことがあった。虐待者との生活はつらいものだが、マックのようにさまざまなツールをインターネットに接続してブリットを監視し、遠隔コントロールするのは、加虐性が一段上だ。使われているデスメタルはナチズムの色が濃かった。フェイスはブリットの悲鳴を聞いていられず、できるだけ音量をさげた。床で体を丸めているブリットなど想像したくなかった。ほかの女性に加害する癖《へき》のあるブリット・マカリスターが被害者になっているとは思いたくなかった。

音声ファイルが終わりに近づくころには、フェイスはいやな汗をかいていた。ダニ・クーパーの民事訴訟を思い出す。マカリスター邸の防犯カメラの映像を保存しているサーバーは、ダニが死亡した夜はなぜか機能していなかった。彼女が屋敷へやってきたところと、トミーのメルセデスで去るところをとらえた映像は存在しない。もしかしたら、屋敷内部のカメラには映っていたのではないか。

この〝事件ではない事件〟が事件になったら取りかかりたいことの長いリストに、またひとつ項目がくわわった。音声のボリュームをあげ、盛りあがっている会話のつづきを聞いた。彼らはとんでもない額の金をミントタブレットよろしく振り出していた。フェイスはつねづね、金持ちとは金の話をしないものだと思っていたが、どうやら金持ち同士ではそうでもないらしい。やがて、ほとんど最後まで聞き終えたとき、奇妙なクリック音が聞こえた。フェイスは音量を少しあげ、十秒間早戻しして聞きなおした――

チャズ：おれは嫁の母親をそういうホームに入れた。

ウィル：トミーの示談を聞いたときのリントンがどんな顔をしたか、金を払ってでも見物したかったたな。

フェイスはもう一度早戻しした。やはり間違いなくクリック音がし、それを境にチャズとウィルがしゃべっている背後の音がわずかに変化した。フェイスは眉根が寄るのを感じた。ウィルはなぜ音声データを編集したのだろう？　こんなことをしたことはないのに。

サラだ。

チャズがサラについて、ウィルがフェイスに聞かせたくないと思うようなことを言ったに違いない。

フェイスは持ち前の好奇心にあらがった。手がかりを探して首がもげるほど吠えまくるしつこいビーグル犬はエイデンだけではない。並外れて強い好奇心のおかげで、フェイスは有能な警官になれたし、お節介な母親をやれるのだ。だが、いまは詮索しないほうを選ばなければならない。ウィルがサラの個人的な事情を隠しているのなら、正当な理由があるに違いない。それに、フェイスはすでにサラとの約束を破り、ジャック・アレン・ライトを追跡してしまった。

それでも、この選択は苦い味を残した。

フェイスは最後まで音声を聞いたが、以降はサラの名前もキャムの名前も出てくることはなく、ジョン・トレスウェイをランチに誘った目的が語られただけだった。フェイスは、彼らがウィルに取引先のクリニックをスパイする仕事を強引に勧める部分を辛抱強く聞いた。ウィルが巧妙に答えをはぐらかすさまには感心した。彼は意外にも別人になりきるのがうまい。どうしてこんなことができるのだろうか。フェイスは嘘の達人だが、嘘をつく瞬間を乗り切るのが精一杯で、長時間にわたって嘘をつきつづけることなどできない。

最後に金曜日の交歓会の詳細について説明があった。ビジネスカジュアルでいい。飲みものはおれたちの奢りだ。取り巻きも何人か来る。デイヴィ、マーク、ジャクソン、ベンジャミン、レイラ、ケヴィン、メンヘラ・ブライズも顔を見せるかもな。エディをかならず連れてこいよ。息子たちにぜひ紹介したい。

フェイスはノートを見た。

いいい、マスター。

ノートをめくり、チャットグループのハンドル名がだれのものか、仮説を記したページを探した。001＝ロイス？　002＝マック？　003＝リッチー？　004＝メイソン。005＝チャズ？　006＝キャム。007＝ビング？

フェイスはクエスチョンマークのついている番号に注目した。今朝はこれで合っているような気がしたが、ウィルの録音を聞くと考えなおさずにいられなかった。いままでは間違いなくマックが007に当てはまると思える。もっとも、彼はみずからの手を汚したがらないタイプに見えた。ブリットを監視していやがらせをするにも、息子を引きこんでいる。それを父と息子のお遊びと呼んでいるのがおぞましい。

なによりも、犬の鳴き声を使っているのが胸糞悪い。

ブリットがなぜマックと別れないのか、それほど単純な問題ではないとわかっているフェイスでさえ、理解しがたかった。ドメスティック・バイオレンスは複雑な犯罪のひとつだ――相手を攻撃し、強制的に支配し、洗脳し、拘束する。被害者が豪邸に暮らしていようが、トレイラーハウスの住人だろうが、加害者のもとに残る理由はさまざまだ。味方がいない、羞恥心やきまり悪さに囚われている、被害を認めていない、子どもや住む場所を失うことを恐れている。そして、暴力を心底恐れているから逃げられない。被害者にとってもっとも危険な瞬間は、加害者のもとを去ろうとするときだからだ。さっさと出ていけばいいじゃないかと助言するのはたやすいが、頭をつかまれて何度もドアに打ちつけられ、しまいに頭蓋骨を骨折した経験がある者にとって、出ていくのは簡単なことではない。

フェイスが絶対に、なにがなんでも経済的に男を頼らない理由はたくさんあるが、これもそのひとつだ。

「母さん！」ジェレミーが大声をあげた。「ウィルが来たよ！」

フェイスが振り向くと、ちょうどウィルがキッチンに入ってきたところだった。彼はひとりだった。

「サラは？」フェイスは尋ねた。

「まだ飛行機に乗ってる。スローンの夫がニューヨークへ来るのを待っていたから」ウィルはいつになくぴりついていた。「キャムはメディカルスクール時代にスローンをレイプしていた」

「なんてこと」フェイスはつぶやいた。立ちあがってまたジェレミーの様子を確かめた。彼は〝例の体勢〟でヘッドフォンを装着していた。フェイスはウィルに尋ねた。「どうして？　ていうか、どういうこと？」

「デートレイプだ。キャムはスローンに誤解だと言い張って、悪いのは彼女だと思わせようとしていた。スローンの人生は一変した。彼はなにも変わらなかった」ウィルはめずらしくテーブルの前に腰をおろした。いつもはそのへんに突っ立っていたり、なにかに寄りかかっているのだが。彼が椅子に座るのは、アマンダがいるときだけだ。「キャムは拳銃自殺する前に、スローンにUSBメモリーと手紙と、メリット・バーロウが死亡した夜にはいていた下着を送ってきた」

フェイスは椅子にへたりこんだ。「なんてこと」

「USBメモリーと手紙はもうない。スローンが捨ててしまったんだ」ウィルは肩をすくめたが、そのふたつが残っていればどんなに役に立ったか承知のうえだ。「下着はサラが持って帰る。保存状態は最悪だ。ジップロックに入れて、スローンの地下室の書類整理棚に八年間しまいこまれてた」

フェイスはいきなり流れこんできた情報を理解しようとした。「下着からDNAが検出されれば、メリットとレイプ・クラブのメンバーのものと照合できる」

「レイプ・クラブ」

フェイスはウィルがその言葉を抜き出して発音するのを聞いてたじろいだ。他人の口から聞くと、ひどく軽薄な言葉だと感じた。フェイスは立ちあがり、クレイジー・ウォールの前へ言って見出しを剝ぎ取った。サラに大文字で書かれた〝レイプ・クラブ〟という言葉を見られずにすんで、ほんとうにほんとうによかったと思った。「下着についているDNAはすべて分析する必要がある。それから、連中のDNAサンプルを手に入れる方法を考えないと。うちのシステムにはデータがないから。だから何年も気づかれなかったのよ」

「明日の交換会でサンプルを手に入れよう」ウィルが言った。「捜査官がウェイターに扮して、彼らが使ったグラスを集めるんだ」

「めちゃくちゃコストがかかるね。アマンダが怒るよ」

ウィルは肩をすくめた。なにをどうしたってアマンダは怒るのだ。

「スローンはチャットのウェブサイトの存在は知らなかった。十五年前から一度もアトランタには戻っていない。サラの事件の何カ月かあとに、メイソンとも縁を切ったそうだ」

「何カ月かあとに？」

「トラウマが襲ってくるタイミングは人それぞれだ」

「ということは、またブリットに戻ってくるわけね。ちょうどいま、虐待から逃げるのは簡単じゃないのを思い出していたところよ」

「見通しが立たないことに対する不安は、現状維持の強力な動機になるからね。つねに暴力を振るわれていたら、暴力を振るう人間なしで生きていく方法がわからなくなる」

フェイスは彼が実体験から話しているのを知っていた。彼の元妻は何度も暴力の被害にあっていたため、善良な男と一緒にいる方法がわからなくなっていた。

「ストリングを追加しなかったのか？」ウィルは、テーブルに並んだ三人の女性の靴の写真を見ていた。「つながりがふたつ見つかったじゃないか、〝靴〟と〝それがぼくだ〟と」

「あなたにつなげてもらおうと思って」

ウィルは負傷した手を掲げて、無理だと示した。「ランチの録音から、なにか気づいたことはある？」

「マックがキャムのことを偉大なマスターのひとりと言ったよね」

「〝あのばかも、怖じ気づく前は偉大だった〟」ウィルはリッチーの言葉を繰り返した。

「ほかには？」

フェイスはウィルが編集した部分を思い浮かべたが、あえて触れなかった。「みんなモンスターみたい。三人とも」

「実際、モンスターだからな」ウィルは、書類だらけのテーブルにわずかに残った隙間に負傷した手をのせた。包帯に血がにじんでいた。指先は腫れている。フェイスはあえて鎮痛剤を差し出さなかった。ウィルが薬を嫌ってひたすら痛みに耐えるのを知っているからだ。

「アマンダに相談する準備はできてる？」ウィルが尋ねた。

「うん」フェイスはアマンダの反応を想像するたびに落ち着かない気分になった。「なにもかもスキャンした。明日の朝も生きてたらサーバーにアップする」

「もう一度確認しよう。全体像の確認だ。いまわかっていることは？」

「メリット・バーロウ、ダニ・クーパー、リーアン・パーク」フェイスは腕組みをして椅子に背中をあずけた。「市警はメリットとダニの件にはさわりたがらないけど、リーアンの事件は捜査してる。情報はくれる。メディアが騒いでる。市警上層部が注視している。

性犯罪課の刑事と話したの。アダム・ハンフリーって人。ちょっと頼りない感じだけど、捜査はまじめにやってる。ドネリーみたいに適当に片付けたりしない。暴行事件の捜査をちゃんとやれることを見せつけてやりたいと思ってるみたいよ」

「リーアンには信用されてるのか？」

「いまがんばってるところだけど、たぶんうまくいく。少なくとも身長は問題ない。あたしより背が低いもの」フェイスはもはやじっと座っていられなかった。靴の写真を集め、戸棚に貼りはじめた。「サラはどう？」

「あまり大丈夫じゃないな」そう言ったウィル自身も、あまり大丈夫そうではなかった。フェイスは、ウィルがランチの席でエリザベスおばについて話したのを覚えていた。ふたりの関係はわからないが、おばが死にかけているという事実はウィルも気にせずにはいられないだろう。

フェイスがいまから言おうとしていることも、ウィルの気持ちを楽にはしないはずだ。それでも、フェイスは言った。「四つの事件について、あらためて共通点を探してみたの。メリット、ダニ、リーアン、サラ」

ウィルはうなずきかけた。「サラの事件はほかの三つとは重ならないんじゃないか。手口が違う。犯人は逮捕された。彼は正体を隠さなかった。それに単独犯だった」

フェイスは母親の赤い毛糸玉から糸を三本切り取った。もちろんウィルの言うとおりだが、仮説を検証しなければならない。「ブリットはつながってると言ったでしょ」

「つながりはエドガートンだ」

フェイスは振り向いた。ウィルがあまりにもきっぱりと言い切ったからだ。

「時間軸で考えよう」ウィルはいつも時間軸で考える。「十五年前に戻るぞ。メリット・バーロウが誘拐され、薬を盛られてレイプされた。なんとかグレイディ病院にたどり着いたものの、死亡する。盛られた薬のせいで発作を起こしたのが原因だ。事件を疑ったのは家族だけだ。エドガートンは捜査しない。キャムがあちこちつつきまわり、独自に調査をしていたが、エドガートンが調査を中止させた。その結果、メリットの事件はうやむやのまま忘れられた」

フェイスはうなずき、先を促した。

「二週間後、サラがレイプされた。彼女の事件は注目された。メリットの事件とは大違いだ。新聞沙汰になった。噂が飛び交った。グレイディ病院が事件を問題視するのはサラの職場だからだ。エモリー大もそう、サラはエモリーからグレイディにマッチングされたから。市警の上層部も注視していた。サラの事件を揉み消すなど絶対に無理だった」

フェイスはウィルの言いたいことを理解した。「エドガートンがキャムに会いに行ったのはサラが暴行された翌日だった。買収して、メリットの事件を調査するのをやめさせたのよね」

「そう、ここでユージーン・エドガートンを完全に取り出してみよう」ウィルは言った。

「これが台本だ。きみはゾーン5の当直刑事だ。メリットの事件の通報を受ける。二週間後、サラの事件の通報を受ける。きみはまともな警官だ。ちゃんと仕事をしたい。さあどうする？」

「両方の事件を捜査する」フェイスは言った。「二週間のうちに二件のレイプ事件がグレイディ病院の近辺と内部で発生した。一件の被害者は学生。もう一件は医師。これは捜査本部を立ちあげるべきだ。あたしはパトロール巡査に聞きこみを指示する。ほかの刑事たちは防犯カメラの映像を分析したり、類似の事件を調べたり、フィールドカードをチェックしたりする。あたしはメリットのガールフレンド、教員たち、モアハウス大のインターンを聴取する。サラの事件との関連を調べる――目撃者、通行人、同僚、位置関係、重要なできごと、関係者の足取り。両方の事件に同一人物の名前が浮かびあがってこないか調べる」

「だよね」ウィルは言った。「じゃあ今度は、きみはユージーン・エドガートンだ。メリット・バーロウの暴行死事件を揉み消せと買収される。きみは指示のとおりにする。ところが、サラがレイプされる」

「あたしはパニックになる。サラが注目されれば、メリットも注目される恐れがある。だから、メリットの事件はオーバードーズとして処理し、近隣の類似事件としてあがってこないようにしなければならない。あたしはキャムに死亡証明書を改竄させる。監察医に疑問を抱かせないようにする。上層部には、二件に関連性はないと報告する――メリットはオーバードーズで死亡した、悲劇ではあるが、学生にはよくあることだ。一方で、サラの事件は真剣に捜査する。四時間後には清掃員をしょっぴく。検察には確実に有罪にするために必要な証拠を提出する。ライトは刑務所行き。サラは実家に帰る。あたしは一見、功労者」

「そして？」

フェイスは押し黙り、その先を考えた。まだ見えない。

「つながりがないことがつながりなんだ」ウィルは言った。「ユージーン・エドガートンは、二件がつながらないようにしたんだ。メリットの事件をだれの目にも触れない場所に押しこんだ。メリットが死亡したときの状況をでっちあげ、大規模な捜査がはじまらないようにした。エドガートンは、メリットをレイプし、死亡した原因を作った人間をかばったんだ」

「なんてこと」どうやら今夜はこれ以外に言葉が出てこないようだった。「サラがレイプされていなかったら、あたしたちはメリット・バーロウの名前すら知ることがなかったのね」

「そして、もしブリット・マカリスターが口をつぐんでいたら、やっぱりぼくらはメリット・バーロウの名前を知ることはなかった。エドガートンを買収した人物にしてみれば、金を払った甲斐があったというものだ」ウィルは吐き捨てるように言った。腕時計を見る。サラのことを考えているのだろう。「ちなみに、スローンは自分がキャムの最初の被害者だとは考えていない。キャムは以前にもやってると確信してるらしい」

「普通はそうだね」フェイスは赤い毛糸を置いた。ふたたび椅子に座った。「メリットを襲ったのはレイプ・クラブのメンバーだと見ていいよね？」

　ウィルはうなずいた。「メリットが十五年前に受信したメッセージは、ダニとリーアンが受信したものと似ている。ダニとリーアンがつながっているのは〝それはぼくだ〟という言葉から明らかだ」

「じゃあ、十五年前、キャムはメリットがレイプ・クラブの被害者だと知ってたのかな？」

フェイスは両手で顔をこすった。「ごめん、ただのクラブって呼ぶわ」

　ウィルはまたうなずいた。「サラは、キャムはクラブのだれかがメリットの死に責任があるのを知っていたと考えてる。グレイディの救急外来には、レイプや暴行事件の被害者がしょっちゅう駆けこむ。キャムはメリット以前にもレイプの被害者を診察しているのに、彼女を亡くしたときだけひどく動揺した。彼はようやく気づいたんだ。クラブがしていること、自分がしていることは、紛れもなく犯罪だと思い知ったんだろう」

　だからといって、フェイスはキャムを見なおすことなどできなかった。「キャムは、エドガートンにクラブのことを密告すれば、自分も逮捕されるのを承知していたはずよ。クラブの連中はキャムを道連れにしたに決まってるもの」

「酒呑みは優れた判断力で知られているわけじゃないだろ。それに考えてみてくれ。キャムは当時まだ二十代だったのに、すでに飲酒運転で逮捕されてる。完全なアルコール依存症だったんだ。彼はなにかに苦しんでいた。自分のしていることは犯罪だと知った。逃れる方法を酒に求めていた。そして、メリットに贖《あがな》いの機会を見出したものの、エドガートンが食いつかなかった。ぼくは〝犯罪者は捕まえられたがっている〟って説には与《くみ》しないけど、キャム・カーマイケルは捕まえられたかったんだと思う」

「うん、まあ同情はするよ」フェイスは、ウィルの元妻がアルコールとドラッグの依存に苦しんでいたのは知っているが、やはりキャムは自分勝手だとしか思えなかった。「だったら、もっと早く頭に銃弾を撃ちこんでたらよかったのに」

「ブリットもサラにほとんど同じことを言ってる」

「うわ」フェイスはブリットと並べられて顔をしかめた。「リーアン・パークの事件について話してもいいかな」

ウィルは待った。

「リーアンの左の膝小僧の裏に、だれかが円を描いた。彼女は左利き。あたしは右利きだから、右手で右の膝小僧の裏に円を描こうとしてみたの。たしかに二十歳の子にくらべれば体が硬いけど、まあ円にはならなかったね。しかも塗りつぶすなんて無理。リーアンは、関節の真ん中に、ほぼ完璧な円が描いてあったと言った。彼女が自分でやるのは不可能よ」

「友達はその円を見たのか？　ジェイク・キャリーは？」

「見た。写真を撮ろうとしたけど、リーアンがいやがったの。怖がるのも無理ない」

ウィルは顎をこすりはじめた。「だれかが円を描いた。そのだれかは、リーアンが図書館で本を探しているのを知っていた。メッセージを送信した。アパートメントのなかを探った。抽斗に手鏡が入っているのを知っていた」

「〝それがぼくだ〟」フェイスは引用した。

「ダニ・クーパーは？」

フェイスはリストを参照した。「彼女が選挙のキャンペーンでボランティアをしたがっているのを知っていた。太腿の上部にほくろがあるのを知っていた。ナイトテーブルの抽斗にペンと紙が入っているのを知っていた」

「見知らぬ人間からそんなメッセージが送られてきたら、きみはどうする？」

「逆探知して――」フェイスは、ウィルが一般市民としてどうするかと尋ねたことに気づいた。「わからない。間違いなく怖がるだろうけど。ごく私的な、ほかの人は知らないようなことだから。どうしてそんなこと訊くの？」

「きみだったら返信するか？　そこが気になるんだ。彼女たちは返信してる。ブロックすればいいのに、そうしなかった。彼女たちをレイプした男はスパムみたいに大量のメッセージをばらまいて、だれかが食いつくのを待っていたのか？　それとも、彼なりに精査をして、標的を絞っているのか？　彼は時間をかけて返信をくれそうな女性を選んでるんじゃないか」

フェイスはかぶりを振った。「犯人が被害者を知ってるなら、被害者も犯人を知ってるはず。でも、リーアンはクラブではじめて犯人と出会った。あたしたちの知る限り、メリットは自分を誘拐した男を名指ししていない。ダニもサラに名前を言わなかった」

「リッチーとマックとチャズの録音を聞いただろう。三人はチームのようじゃなかったか？　それぞれに役割があった。ぼくに企業スパイをやれとけしかける役、ぼくがキャムについてどの程度知っているのか探る役。三人はたがいにボールをまわしてた」

フェイスはうなずきはじめた。ありがたいことにようやく状況が見えてきた。「連中はチームとして動いていたわけね。ひとりがメッセージを送信する。ひとりがアパートメントを探る。ひとりが会話を盗み聞きする。ひとりが調べものをする」

「ひとりがレイプする」

フェイスはチャットグループのスクリプトの束を取った。「００７がセックスをした相手の話をしてる。ほかの連中は囃《はや》し立ててる。もしかしたら、００７はナンパ自慢をしてたんじゃないのかも。レイプの報告かもしれない」

ウィルはその先を待った。

フェイスは読みあげた。「００７：諸君、ゆうべの女は超キツキツだった。サーディンの缶詰みたいにこじあけた。００３：自慢のポケットナイフを使ったのか？　００２：女は眠った？」

フェイスが別の投稿を探すあいだ、ウィルは待っていた。

「四カ月後の投稿。００７：ブロンドはどうしてあんなにうるさいのかね。００４：おれは悲鳴が好きだ。００３：おまえのイチモツがポンティアック並みにでかいからだろ。０

０２：せいぜいミニカー並み。００７：彼女はハイでハードなやつが好きらしい。００４：諸君この話はぼく向きじゃないみたいだ」

「メイソンだ」ウィルの顎がこわばった。「レイプとレイプのあいだに一定の期間を空けてる。昨夜はだいたい四カ月おきに投稿があると言ってたよね？　ということは、十六年前から一年間で三人の女性が被害にあってるわけだ」

「四十八人。ひどい」フェイスは黙って投稿に目を走らせた。クラブの仕組みの仮説を立てたいまとなっては、すべてがそれまでとはまったく違って見えた。

「００７：あのきいきいうるさい女からなかなか離れられない。００２：まだ懲りないのか？　００３：ああいう巨乳がいいね。００７：あれは偽物だ。００３：風船を揉むみたいな感じか？　それともビーンバッグチェア？　００７：むしろ自転車のホーンだ握るとでかい声をあげる」

ウィルは尋ねた。「００７がレイプの実行役だとすれば、どうして００３は女性の胸の大きさを知ってたんだろう？」

フェイスはキャムのノートパソコンを見た。「サイトの壊れたファイルは動画だったでしょ」

「盗撮動画か？」

「連中がチームを組んでやってるのなら、当然ありうるよね。しかも賢いよ、だれかが捕まっても、ほかのメンバーを巻きこまずにすむ。容疑は軽犯罪。いい弁護士をつければ、

「それなら、被害者を選ぶのも彼だと考えるのは筋が通ってる」

「ダニがマックと直接のつながりがあったのなら、トミーの裁判で明らかになってたはずだけど」

「ダニはマックの息子と友人同士だった。だから、マックは疑われなかった」

フェイスはほかのことを考えていた。「連中の会社。〈CMM&A〉。Cはチャズの略よね。Mはマック。後半のM&Aは吸収合併をあらわすんじゃないかと思ってたけど、Mはメイソンで、Aがあたしたちの知らないだれかという可能性はない?」

ウィルはフェイスをじっと見た。フェイスはウィルのディスレクシアに真っ向から突っこんでしまったようだが、彼は絶対にそれを指摘しない。

フェイスは言いなおした。「連中はなんでもかんでもイニシャルを使ってる——チャットのURLにも会社の名前にも。ところが、マッチする名前がないイニシャルがひとつある。Aではじまる名前の人物がいるはずなの」

「ミドルネームじゃないか?」

「かもね」フェイスは正式な捜査で調べることのリストに項目を加えた。家族のペット、疎遠だった親戚、ハイスクール時代のガールフレンド。GBIの分析チームの手腕は驚異的で、そんなものまでと言いたくなるような個人情報まで集めることができる。「サラが帰ってきたら訊いてみよう」

「今夜はゆっくり休ませてやりたいんだ」ウィルは言った。「明日の朝、自分からアマンダに相談したいと言ってる。責めを負うつもりなんだ」

「アマンダを知らないの？　ラクダだって背負い過ぎたら背骨を折るよ。サラにも限界があるでしょ」

「罰を受けるのはきみだよ。ぼくの番はあとで来る。ぼくは交歓会に行かなければならない。きみは使い捨て要員だ」

フェイスはまた胃がきりきりしてきたのを感じた。アマンダはボスというだけではない。母親の親友だ。ジェレミーとエマのゴッドマザーでもある。ふたりとも子どものころのフェイスと兄と同じようにアマンダをマンディおばさんと呼んでいる。彼女は家族同然だからだ。

だからといって、アマンダはフェイスを不幸な警官生活の終わりまで酒類と宝くじ販売業者の身元調査に張りつかせないとは限らない。

ウィルは言った。「交歓会には大勢の監視要員が必要だ。まずはＤＮＡを集めるウェイター役。それから、客席にも何人か紛れこませなければならない。ミシシッピの民兵組織の潜入捜査でぼくを借り出したＦＢＩの捜査官も呼べるかもしれない。彼はうちに借りがある」

フェイスは不意に顔が熱くなるのを感じた。「なんて人？」

「ヴァン」ウィルは言った。「以前、きみも一緒に仕事をしただろ」

エイデン・ヴァン・ザント。

「あの眼鏡のやなやつ？」

ウィルは不思議そうにフェイスを見た。

「あたしが眼鏡をかけてる男を信用しないのは知ってるよね。裸眼でも見えるでしょ？」

フェイスはノートパソコンを復帰させた。エイデンからウィルを引き離さなければならない。「交歓会の会場の名前は？」

「〈アンダルシア〉。ファー・ロード沿いのレストランだ。片側がバーになってる。仕事帰りに一杯やるような店らしい」

フェイスは店名を入力して検索をはじめた。手が汗ばんでいた。まだウィルの視線を感じる。

彼は言った。「流行に敏感な銀行員や弁護士。バックヘッドによくいるタイプだ。それと、市警にぼくの息子役ができそうな若手を借りたいと頼む必要があるかもしれない」

フェイスは唇を舐めた。まばたきのしすぎだ。肌がむず痒《がゆ》い。これではまるで怪しいやつの見本だ。「警官に見えない警官がいればいいんだけど」

「おれがやるよ」

フェイスはさっと振り向いた。ジェレミーがキッチンの入口に立っていた。フェイスのヘッドフォンが首からぶらさがっているのは、いままでずっとウィルとフェイスの話を聞いていたからだ。

ジェレミーは言った。「おれがエディのふりをする」

フェイスは、盗み聞きはいけないと、あとで説教してやろうと思った。「あなたは二十分前に友達と待ち合わせてるはずだったよね」

「今日は行けないって連絡した」ジェレミーはヘッドフォンをカウンターに置いた。「おれがやる。ウィルの息子のふりをする」

フェイスは目を天に向けたいのを我慢した。「だめに決まってるでしょ」

「母さん、考えてみてよ。警官には工科大の学生みたいなしゃべり方はできないだろ。外見からして違うし。トミーとチャックは一キロ先からでも気づくよ」

ウィルは立ちあがった。「ぼくはサラが帰ってくる前に犬を散歩に連れていかないと」

ジェレミーが言った。「母さん、おれが――」

フェイスは息子をにらみつけて黙らせた。ウィルが玄関のドアを閉めるのを待った。

そして、ジェレミーに言った。「よし、まずは関係者みたいにトミーとチャックの名前を口にしないで、なぜならあなたは関係者じゃないから。次に、あなたは明日の夜、その痩せっぽちのケツを〈３Ｍ〉のディナーの席に座らせるの。だからこの件は終了よ、ガジェット警部」

ジェレミーは厄介な表情をしていた。笑いもせず、軽口をたたき返しもしない。真剣そのものだ。「〈３Ｍ〉はキャンセルした」

ショックのあまり、フェイスは一瞬言葉が出てこなかった。「いまなんて言った？」

「キャンセルした。〈３Ｍ〉で働きたくない」

フェイスはあえて黙り、なんとか息を継いだ。

母親は恐ろしい連続レイプ事件の捜査で手一杯だというのに、この子はいまこそ完璧な人生設計に手榴弾《しゅりゅうだん》を投げこむチャンスだと考えたらしい。室内の空気が薄くなったのか、フェイスの肺には十分な酸素が入ってこなかった。椅子から立ちあがり、ジェレミーと正面から目を合わせた。

「わかった。ほかにもチャンスはあるしね。〈デュポン〉はいい会社よ。〈ダウ・ケミカル〉でもいいよ」

「ほかにもチャンスがあるのはわかってる」

「そう」フェイスは声に不安をにじませまいとした。ジェレミーを腕に抱いたときから彼が無職になるのを恐れていたのだ。「あなたはもうすぐジョージア工科大を卒業するのよ。自分で自分のチケットを切るといいわ」

「それ、チケットを切るってやつ」ジェレミーはまだ厄介な表情のままだった。「ずっと考えてたんだ、やりたい仕事はそれかもって。チケットを切る仕事。母さんとかおばあちゃんみたいに、アトランタ市警に入りたいかも」

フェイスは笑い声をあげた。笑いに笑った。しまいには体をふたつに折ってしまった。その声はアザラシの咆哮《ほうこう》じみていた。やがてタコに喉を締めつけられたかのように息が詰まった。そしてまた笑った。フェイスは涙を拭いながらまた立ちあがった。「ねえお兄さん、おばあちゃんがヴェガスから帰ってきたら、そう言ってみなさいよ。おばあちゃんも

止めるよね、そして撃たれるかもわからない、刺されるかもわからないのに、近づいていって——」

「どんな仕事かわかってる」

「いいえわかってない。この仕事は——危険なの。危険すぎるの」

「母さんもおばあちゃんも、いつも大丈夫だと言ってたじゃないか」

「嘘をついたの！」フェイスは声を荒らげた。「あたしたちはずっと嘘をついてたの！」

「さすがだね、母さん。ありがとう」ジェレミーは立ち去りかけたが、くるりと振り返った。「ぼくはもう一人前の男だ。母親の許可は要らない」

「あんたは一人前なんかじゃない！」少しも納得がいかなかった。「警官がどんな仕事が、ほんとうに知りたい？　本気で知りたい？」

「事実を話すつもり？」

「ええ話してあげる。最悪の仕事よ」フェイスは言った。「つらくて、安月給で長時間働いて、人生最悪の日の人間を目の当たりにしなきゃならない。一足の靴下を争って撃ち合ったり、妻を殴り殺したり、子どもを絞め殺したり、そんなやつばかり相手にして、家に帰ってきたときには、銃を金庫にしまえと自分に言い聞かせてる、なぜならつい自分を撃ちたくなるからよ」

ジェレミーは愕然としていた。フェイスは息子の喉が動くのを見た。言いすぎた。ここまで言う必要はなかった。

またジェレミーの喉が動いた。「ほんとうは、そんなふうに思ってたの?」

いま引きさがることはできない。「ときどきはね」

ジェレミーはしばらくフェイスの目を見つめていたが、こらえきれないように視線を床に落とした。

「ベイビー、ごめんね、あたし――」

「母さんは人助けもしてる。おれは知ってるよ。そのことは話してくれたから」

「ひとりくらいは助けられるかもしれない、でも残りの全員にはめちゃくちゃ憎まれる」

フェイスが息子にここまで正直に話すのははじめてだった。「ただ仕事をするためだけに、さんざんいやな目に耐えなくちゃいけなかった。いったい何人のクソ野郎にお尻をつかまれたり、体をさらわれたり、唾を吐きかけられたか――それも顔にね――いやらしいことを言われたり、おとなしくしてなければレイプするぞと脅かされたり。しかもそれが仲間の警官だったりするんだよ、ジェレミー。ブラザーフッドにはシスターは入れてもらえないの」

ジェレミーは頑固にかぶりを振った。「おれはそんな警官にはならない」

フェイスはまた笑い飛ばしたくなった。この子はなんて世間知らずなんだろう。「だれだってそんな警官になろうとは思わないよ」

「ニュースを見てないの、母さん? 警官が憎まれるのは、もっともな理由があるだろ」

「あたしがニュースを見てないかって? もちろん見てる。あたしが話をする人はひとり残らずニュースを見てるよ。あたしが憎まれるのはどうしてかわかる？　信用してもらえないのはどうしてだと思う？　あたしは味方だとわかってと頼むのがいやになるのはどうしてだと思う？」

「だからおれは警官になりたいんだよ」ジェレミーはますます態度を硬化させた。「外からシステムは変えられない。おれは一日中、研究室に座ってるなんていやだ。意味のある仕事をしたいんだよ」

「それがあなたの望みなの――意味のある仕事をするのが？」フェイスはほんの少しほっとした。「よかった、お兄さん。一流企業に就職して、いい給料をもらって、社会の役に立つことにばんばん寄付して――」

「おれは自分がやるべき仕事を人に金を払ってやってもらいたくない」

「なに言ってるの。ちゃんと聞きなさい。あなたが仕事を変えるわけじゃない。仕事があなたを変えるんだよ」

「母さんになにがわかるんだよ」

「あたしは毎日そうやってるの！」フェイスは叫んだ。「あたしがなぜデスクワークに縛りつけられてるかわかる？　ウィルが出張してたからじゃないよ。あの男が――あの最低の人でなしが――女性の性器を切除してレイプして拷問したあの男が遺体になにをしたか、毎晩目をつぶるたびにどうしても思い出してしまうからよ。胸についた歯型。皮を剝がれて、体のなかにモノを突っこまれて。あの男は被害者を殺す思いやりすらなかった。放置して死なせたの。だれも彼女たちを救えなかった。あたしには救えなかった！」

フェイスの声は家じゅうに響き渡った。体の震えが止まらず、息子の前にふらつきながら立っていた。

ジェレミーはまたうつむいた。唇を噛んで震えを止めようとしていた。目が潤んでいる。またフェイスは言いすぎてしまったが、どうしても事実を伝えたかった。「あたしは限界だった。アマンダがあたしにデスクワークをさせてるのは、あたしがおかしくなりかけてたからよ、わかる？　ウィルがあたしはPTSDだと言って譲らないのは、明らかにPTSDだからよ。カリカリして、ちょっとしたことで爆発して。夜は眠れない。それでも、この最悪な事件の捜査だけはちゃんとやりたいのに、たぶんそのせいでクビになる。仕事が人を変えるってこういうことよ。この仕事はなにもかも奪う。奪われなかったのはあなただけ、ただけなんだよ、ベイビー。あたしはあなたまで奪われたくない。そんなの許さない。警官なんか絶対にだめ」

ジェレミーは床を見つめつづけた。

フェイスの大声がやんだとたん、家のなかは死んだように静まり返った。二階で乾燥機がまわり、バスルームのシンクに水滴がしたたり落ちる音がする。毎日、自分を憎んでいる人々を命懸けで助ける仕事をしていても、修理を頼む余裕すらない。

「母さん」ジェレミーの声は張りつめていた。「どうしていままで話してくれなかったの？」

「あなたを守るのがあたしの仕事だから」フェイスは胸から飛び出しそうな心臓の上に手を当てた。「お願いよ、ベイビー。お願いだから、あなたを守らせて」

ジェレミーはずっと黙っていた。いつまでもずっと。彼は、フェイスの息子は、わざと沈黙を長引かせている。思いやりがあり、人の話がわかり、科学的な考え方のできる息子が。彼はどの靴を買うか、どの映画を観るか、夕食になにを注文するかなど、どんなことでもなにかを決めるときにはきちんと考えて決める。気まぐれで行動することは絶対にない。〈3M〉の食事会をキャンセルしたのも気まぐれではない。警官になりたいという言葉も。母親と、祖母と、名付け親のおばさんが着た制服を着るのが夢だという発言も。

それでもフェイスはつかのま、息子がおもむろにかぶりを振るのを期待した。

ジェレミーはふたたびフェイスを見た。目をまっすぐに見た。「母さんはおれに生き方を指図できない」

涙がフェイスの頬を流れ落ちた。このままでは息子を失う。「いいえできる。あたしがあなたを産んだんだから」

「昔のことだよ。二十二年前だ」

フェイスは笑い飛ばしたかったが、怖くてたまらなかった。「ジェレミー、やめて」

ジェレミーはいつもの猫背ではなくなっていた。背すじをまっすぐにのばし、意を決したようにフェイスを見おろしている。とても背が高い。いつのまに、こんなに高くなっていたのだろう？

「どうして辞めないの?」彼は尋ねた。

答えのない質問だ。

「そんなに仕事が嫌いなら、辞めればいいだろ」

「ジェレミー」フェイスはもう一度彼の腕をつかんだ。説得する方法を切実に求めた。いまほど母親にそばにいてほしかったことはない。「これは大きな決断だから。おばあちゃんが帰ってきたら、一緒に話そう」

「おばあちゃんが帰ってくるのは日曜日だよ。ウィルに息子役が必要なのは明日の夜だ」

フェイスは両手を力なくおろした。ジェレミーは間違いなく警官らしい不遜さを持ち合わせている。「経験を積んだ警官でなければ覆面捜査なんてさせないのを知らないでしょ? 心理評価、実地経験、法律の講義、何年にもわたる激務の末に、ようやくやれるようになるの」

「おれはエディと同じ工科大生だ。ウィルのことは五年前から知ってる。トミーとチャックと同じくらいの年齢だ。〈アンダルシア〉に行ったことがある。バーで学生がどう振舞うかわかってる」

フェイスはかぶりを振るのが精一杯だった。「そんなに簡単だと思ってるの?」

「おれも音声を聞いたんだよ、母さん。ウィルは息子とうまくいってないんだろ。おれは隅っこでむっつりしてるのは得意だ。母さんもおれの得意技だと言ってたよね」ジェレミーは腕組みをした。「おれの間違ってるところがあるなら言ってよ」

「間違ってる、これは警察の仕事よ。なにひとつ思いどおりにはならない。相手は異常者よ。連中の行動原理は、あなたには理解できない」

「母さんはいつも、なにごとも実地で学べと言ってるじゃないか」

「それはあなたの洗濯物の話でしょうが、命を危険に晒せとは言ってない」

「わかった」ジェレミーは言った。「じゃあ、もしおれがいやになったら？」

フェイスははじめて答えを迷った。

「覆面捜査をやって、やっぱりいやな仕事だと思ったら、〈３Ｍ〉に連絡を取る。〈デュポン〉でも〈ダウ・ケミカル〉でもいい。よろこんで電話をかけてくるよ。なにしろおれは国内屈指の公立エリート校で化学工学の学位を取ったんだからね」

まったく、この小賢しさは本人のためにならない。

幸い小賢しさではこっちがうわてだと、フェイスは思った。「決めるのはあたしじゃないからね、お兄さん。アマンダ次第よ。自分で相談しなさい。一人前の男なんでしょ、マンディおばさんに許可をもらってらっしゃい」

ジェレミーは満面に笑みを浮かべた。フェイスはまんまと彼の罠にかかったのだ。「決まりだね」

16

ウィルはアマンダのオフィスの閉じたドアの外に立ち、フェイスが廊下の先へそわそわと歩いていくのを見ていた。彼女は突き当たりで踵を返してまっすぐ戻ってきた。ぶつぶつひとりごとを言っている。目は充血してまぶたが腫れ、服は皺くちゃだ。ウィルですら、彼女の髪形がいつもと違うとわかった。

ジェレミーのことで、フェイスは死ぬほど気を揉んでいた。息子を警官にしたくないが、引き止める力がない。ジェレミーの決意を支持することも、反対に一生彼に憎まれることも、どちらもフェイスにはできないのだ。どっちを選んでも、フェイスには耐えられそうになかった。彼女は昨夜、ラスヴェガスにいる母親に三時間もヒステリックに泣きつき、そのあとジェレミーの子ども時代のベッドで泣き寝入りしたそうだ。

ウィルとサラの夜はそれほどおおごとではなかったが、つらいものではあった。ウィルは約束どおり、リーアン・パークの事情聴取を録音した音声ファイルと、マックとチャズとリッチーのランチ会の未編集版音声ファイルをサラにメールで送った。サラはどちらも機上で聞き終えたが、帰宅後その話をしようとしなかった。やっとのことでシャワーを浴び、ベッドに倒れこんだ。飛行機で疲れ、スローンから聞いた話に打ちのめされ、リーアン・パークの聴取の内容に動揺し、昼間から飲みつづけたせいでひどく酔っていた。最後の件については、ウィルは見て見ぬふりをするつもりだった。とはいえ、うわべこそ平気な顔をしているが、気になってしかたがなかった。

　洒落にならない。

「くそ」フェイスがつぶやき、ウィルの前で立ち止まった。「いつまで待たなきゃいけないの？」

「サラが全部説明してくれてるよ」ウィルは腕時計を見た。サラがアマンダのオフィスに入ってから三十分近くたった。彼女の細かい部分まで注意する性格が災いすることもある。

「休憩室で待ってるか？」

「ううん、あなたが一ダースのスニッカーズを吸いこむのを見ながら、小袋から振り出した粉末のカモミールティーを飲んでるなんていやだ」フェイスは乱れた髪をかきあげた。

「あの子が下に来てるのよ、ウィル。ロビーで待ってる。スーツなんか着て」

　ジェレミーのことだ。ウィルは出勤してきたときに彼の姿を見ていた。きちんと髪を分けて梳かしつけていた。その様子は、学校のアルバムの撮影を並んで待っているかのようだった。

「あの子には無理だよね？　素質ないよね？」

　ウィルは肩をすくめた。素質があるかどうかなど、やってみなければわからない。「いきなりパトカーに乗せられるわけじゃない。訓練を修了しないと。落第するかもしれないだろ」

「あたしの息子はポリスアカデミーを落第したりしません。学位を持ってるのよ。イヴリン・ミッチェルの孫なのよ。上の連中は襟をつかんででも引きずりこもうとするでしょ」

ウィルもそれにはうなずかざるを得なかった。フェイスはウィルのにおいをぷんぷんさせているかもしれないが、彼女の母親はいまでも市警の王族とみなされている。

フェイスは言った。「やっぱり無理。あなたがしゃべってよ」

ウィルは普段、雑談をするほうではない。頭のなかで当たり障りのない話題を探した。

「今朝は寒かった。散歩に連れ出したとき、ベティは震えてた。サラのグレイハウンドにはセーターを着せたんだ。いま思えば……」

フェイスは、ばかじゃないのかと言わんばかりにウィルを見つめた。「そうじゃなくて。あそこで。アマンダに。あなたが話してって言ってるの。あたしは無理」

ウィルはベストの前をなでおろした。アマンダに質問攻めにされるのはいつもならフェイスの役割だが、それでも了承した。「いいよ」

ドアがあいた。サラは、校長室の前で待っている子どものようなふたりを見つけて驚いたようだった。「できるだけ説明しておいた。うまくいったのかどうか、自分でもわからない。アマンダはほとんど黙ってたから」

「くそ」フェイスは小声で悪態をついた。「息子はみずから死にに行こうとしてるし、娘は明後日帰ってくるし、うちのなかはめちゃくちゃだし。人生詰んだわ。あたし、シャベルでぶん殴られたみたいな顔してるでしょ。もうすぐクビになるし」

サラは言った。「明日、クレイジー・ウォールを片付けるのを手伝いに行くね」

「ありがと。このあと生きてるかどうかわかんないけど」フェイスは床からブリーフケースを取った。いったんウィルに絶望の目を向けてから、アマンダのオフィスに入った。

ウィルは残り、サラに尋ねた。「頭痛はどう?」

サラは答えなかった。ウィルの負傷した手をそっと取った。時間がなくて、縫合しなおしていなかった。「抗生剤は飲んでる?」

ウィルはうなずいた。

「休んでいたあいだにたまった仕事を片付けなくちゃ。今夜は遅くなるわ」サラはウィルの頬に手を当てた。「フェイスにチャットのスクリプトを見て、名前とハンドル名を一致させてみると約束したの。メイソン以外の」

ウィルは、顎に力が入るのを感じた。サラの口からメイソンの名前を聞くのがいやだった。「今夜、バーの会話も録音する。聞いてくれれば、記憶がよみがえるかもしれない」

「やめておく。ジェレミーがあなたをお父さんと呼ぶのは聞きたくない」

サラはもう一度ウィルの頬に触れてから立ち去った。あとには悲しい空気が残った。ウィルはあえてサラを追いかけなかった。どうにもできないことはある。

「ウィルバー」アマンダの大声がした。「あなたがいないとはじまらないわ」

ウィルはサラが廊下の角を曲がって消えるのを見送り、地獄に入っていく心の準備をした。

アマンダはデスクの前にハイエナよろしく座っていた。鉤爪《かぎづめ》は革のデスクマットの上にのっている。背すじはまっすぐだ。歩いてくるウィルを、血に飢えたような目でじっと見ていた。

フェイスはアマンダの向かいでブリーフケースを床に放り出し、ティーンエイジャーのようにうなだれていた。

ウィルは別の椅子に腰をおろした。うなだれはしなかった。

アマンダが尋ねた。「どうしてわたしは『マペットショー』でただひとりの人間みたいな気がするのかしら?」

アマンダが話にポップカルチャーを持ち出すたびに、ウィルは少し落ち着かない気分になる。「あの――」

「捜査官ではないドクター・リントンが、数日前からうちの管轄外であるはずの三件の未解決事件を捜査し、その進捗についてわたしに報告したのはどういうことかしら?」

ウィルは口をあけたが、アマンダは人差し指を立てて制した。

「うちの監察医はニューヨークへ行って、うちの捜査官のひとりはカントリークラブをうろついていて、もうひとりの捜査官は任務をサボり、そしていまわたしは大急ぎでアトランタ市警を巻きこんだ囮《おとり》捜査の用意をしろと言われ、しかもその捜査は正式にＧＢＩが担当すると決まってもいないのに、残り少ないうちの予算をつぎこめと言われたわけなんだけど?」

ウィルは言った。「ぼくのせいです」

アマンダは片眉をあげてウィルを見た。

「もとはサラに相談されたことですが、調べようと決めたのはぼくです。そしてフェイスを引っ張りこんだ。ぼくは詐欺捜査班の仕事を抜けて、フェイスにカバーを頼んだ。全部ぼくが悪いんです」

ウィルがオフィスに入ってきてから、アマンダはまばたきをしていない。「ドクター・リントンは、彼女にすべての責任があるように話していたわ」

「違います」

「そうなの? ディカーブ郡に手をまわして、ジャック・アレン・ライトがマットレスの下に隠し持っていた『巨乳娘大集合』を見つけさせたのはあなた?」

ウィルは口のなかが乾くのを感じた。サラはライトの件を知らない。ということは、アマンダ自身が調べたのだ。ということは、いつものように彼女はウィルたちの二歩先を行っている。

アマンダが知っているのはそれだけではなかった。「市警に渡りをつけて、四十八時間拉致されてレイプされた二十歳の女性の事情聴取をしたんでしょう?」

ウィルは言った。「ドネリーに未解決事件の可能性がある二件のできごとについて、捜査をしたほうがいいと言いました。そもそものはじまりはダニ・クーパーの民事訴訟だったんです。いくつかの類似点が——」

フェイスがうめいた。「もういいでしょう、アマンダ。あたしたちが首までどっぷり浸かってるのはわかってるはずです。あたしたちになにを言わせたいんですか？」

アマンダはレーザービームのような視線でフェイスを刺した。「あなたは薄氷を踏んでるのよ」

「いっそのこと割ってください。氷水のなかにあたしを突き落とせばいい。どうぞご自由に。でもやるならさっさとやってください」

アマンダはその要求どおりにしかねないように見えた。ウィルは仲裁しようと口をひらいたが、アマンダはいままでウィルの前ではほとんどしなかったことをした。

寛大に振る舞ったのだ。

「わかったわ」アマンダは椅子にもたれた。「現時点での見解は？　わかっていることは？　証拠は？」

ウィルは顎をこすった。フェイスを見やる。彼女も同じくらい面食らっていた。アマンダは事件について報告しろと言っている。ぐずぐずして彼女の気が変わってはまずい。ウィルは答えはじめた。

「現時点での見解ですが、マック・マカリスター、チャズ・ペンリー、リッチー・ドゥーガル、それからあと二、三名が十六年前から女性を狙ってレイプを繰り返しています。ひとりのメンバーが特定の標的に接近しすぎないように、彼らは役割分担している。ひとりが標的を監視する。ひとりが脅迫的なテキストメッセージを送信する。おそらく別のひとりが薬を盛る。さらに別のひとりが誘拐する。そして別のひとりが――たぶん〝マスター〟と呼ばれている人物が、レイプを実行する。役割を交代でまわし、だれかひとりが目立たないようにしている。目に見えない細かい破片のようなものです。それで彼らは長いあいだ捕まらずに活動していた。犯罪の全容を明らかにするには、その破片をまとめなければならない」

フェイスが引き継いだ。「わかっていること。メリット・バーロウ、ダニ・クーパー、リーアン・パークの三人とも、同じグループの手口で襲われている。十五年の間隔が空いていても、偶然とは考えにくいほど類似点が多い。三人とも脅迫的なテキストメッセージを受信している。三人とも薬を盛られて誘拐され、レイプされている。三人とも左の靴をなくしている。エアジョーダン、ステラ・マッカートニー、マーク・ジェイコブズ。ダニは〝それがぼくだ〟という文言の入ったメッセージを受信していて、リーアンは暴行のあと意識を取り戻すと、左の乳房に黒い油性マーカーで〝それがぼくだ〟と書かれていた」

ウィルが締めくくった。「証拠ですが、左の靴は戦利品として持ち去られたと考えられる。三人の女性を直接つなげるものはそれだけです。ほかにはなにも見つかっていません」

アマンダは両手の指を組んで考えていた。「ドクター・リントンの事件はどうかかわってるの？」

「かかわっていません」ウィルは言った。「ブリット・マカリスターは必死です。サラにマックたちのグループを止めてもらおうとしている。ブリットは夫たちがしていることを知っている。息子を彼らから引き離して守ろうとしているんです」

「ちょっと遅すぎたようね。ドクター・リントンに、メリット・バーロウの下着を鑑識に託すように言っておいたわ。ジョージア州ではレイプの時効は十五年だけど、DNAが検出されれば時効はリセットされる。ただし、DNAは性交の事実があったことを示すものでしかない。ほかに証言や証拠がなければ、同意があったことにするのは簡単よ。そこでメリットの死亡時に戻るけど、毒物検査の結果報告書があったとしても、彼女自身が薬を過剰摂取して死亡したのではないと証明する方法はない。結果的に、立件できない」

「リーアン・パークの事件も決定的な証拠があるわけじゃない」フェイスが言った。「彼女は暴行当時のことを覚えていません。服や靴からDNAが見つかるかもしれないけど、それでも性的暴行罪にとどまり、殺人罪での告発はできませんよね。リーアンは証人としては弱い。もちろん彼女のせいじゃありません。でも陪審は色眼鏡をかけた連中かもしれない。被害者が美人だったら、被害者のほうから誘ったと決めつける。美人でなければ、注目されたくて嘘をついていると決めつける。レイプ犯が魅力的なら、無理やり女性を犯すはずがないと決めつける。そしてレイプ犯は無罪になる。たとえ有罪になっても減軽されて、性犯罪者として登録されるだけで、普通に生活できる」

ウィルはそこから引き継いだ。「ダニ・クーパーに関しては、さらに証拠が少ないです。ほかにも被害者がいるはずですが、どこのだれかはわからない」

アマンダは尋ねた。「ほかの被害者とは何人くらい？　いつごろからはじまってるの？」

フェイスが答えた。「十六年前から、少なくとも年に三人」

「だったら、これは個人による犯罪ではないわね。共謀罪に当てはまる」

「ＲＩＣＯ法ですね？」ウィルは不本意ながら、だから最初からアマンダが必要だったのだと認めた。

アマンダが言わんとしているのは、ジョージア州版の威力脅迫《Ｒ》及び腐敗《Ｉ》組織《Ｃ》に関する《Ｏ》法律だ。もともとＲＩＣＯ法とは、マフィアなどの犯罪組織を取り締まるための連邦法である。ジョージア州版では対象範囲を広げており、画期的な点として、犯罪組織でなくてもこの法律が適用されることがあげられる。特定の違法行為が反復的におこなわれていると証明されることが唯一の条件だ。州は会計事務所から有名無名のラッパーまで、さまざまな集団をこの法律を根拠に処罰している。

アマンダは言った。「どんな法律かざっと説明してみて」

ウィルは答えた。「ＲＩＣＯ法の時効は五年ですが、犯罪行為が発覚した日もしくは最後の犯罪行為が終わった日から起算します。最低でも禁固五年。最高で二十年」

フェイスはつづけた。「対象となる違法行為は、殺人、拉致、監禁、脅迫暴行、贈収賄、司法妨害、危険薬物の売買」

「メリット・バーロウ、ダニ・クーパー、リーガン・パークにおこなわれたことが含まれてる」アマンダは言った。「つづけて」

「二〇一九年に州は売春の斡旋《あっせん》と強要も追加しました。チャットのトランスクリプトから、これらの行為があったことはわかってます。さらに、サイトの壊れた動画ファイルを復元できれば、猥褻《わいせつ》物の電子頒布にも引っかかる」

「わたしが動くなら法的な根拠が必要だけど、問題はなさそうね」アマンダはデスクマットの上でメモを取りはじめた。「被害者をどうやって選んでいるのか、あなたたちの考えは？」

昨夜から気になっている疑問だ。ウィルは答えた。「マック・マカリスターが選んでいると思います、でも直感です。根拠があってそう考えているわけじゃない。証拠がないので」

フェイスが言った。「どうやって選んでいるのかもわからない」

「SNSは？　あるいは息子を介してる？　息子の名前は？」

「トミーです」ウィルは言った。「ダニ・クーパーはトミーの幼馴染みなので選ばれたのかもしれません。チャズ・ペンリーにも、トミーと同じ年頃のチャックという息子がいます。そのどちらかが、バーやキャンパスの交流などでリーアンを見つけたのかもしれませんね」

「メリット・バーロウは？」

「わかりません」フェイスが答えた。「捜査がおこなわれなかったんです。ユージーン・エドガートンという刑事が――」

「汚職警官だったからね」アマンダは代わりに言った。「昨夜、お母さんにエドガートンのことは訊いてみた？」

フェイスがむっとした。「昨夜あたしが母に相談したのをどうして知ってるんですか？」

アマンダは寛大に振る舞うのをやめたようだ。「イヴリンは四十年間わたしの親友だもの。あなたと話したあとにだれに電話をかけたと思ってるの？　イヴリンに麻酔銃を持ったわたしを送りこまれなくてよかったわね」

フェイスは鼻の穴を広げたが、それでも黙っていた。

「イヴリンは当時のユージーンを知ってたわ。彼は早期退職したの。ラニアー湖畔に家を買ったのよ」

「あんなところに？」ウィルはその一帯を知っていた。いまラニアー湖畔の不動産価格は二百万ドルをくだらない。「やっぱり汚職していたんだ」

「もちろん」

「さっきの話ですけど」フェイスがアマンダに言った。「被害者の選定方法について訊いたのはなぜですか？」

「そこがつながりのなかで弱いところだから。彼女たちがどうして選ばれたのかわかれば、リーダー役の男がだれかはっきりする。リーダー役の男は、逮捕されればほかのメンバーを売るわ」アマンダは両腕を広げて肩をすくめた。「間違いない。わたしは長年、この手の権力者たちを相手にしてきたんだから。ああいう連中は絶対に自刃しない。自分以外の他人をなで斬りにするの。ほかにわたしがやることは？」

フェイスは言った。「キャム・カーマイケルのノートパソコンとメリット・バーロウのスマートフォンを手に入れました。サイバー班にパスワードで保護されたファイルを七つ、ひらいてもらいたいんです。それから、ウェブサイト上に壊れた動画ファイルがあります。復元できるとは思えないけど、あたしはコンピューターの専門家じゃないので」

アマンダは手をぐるぐるまわし、フェイスに先を促した。

フェイスは螺旋綴じのノートをデスクの上でひらいた。「必要な召喚状のリストです」

アマンダはページに指を走らせた。「ゴーダディにウェブサイトの管理人の情報を開示させるには、最低でも二週間かかる。グレイディ病院はせいぜい一週間。エドガートンの銀行口座は一カ月以上かかりそう。監察医についても同じ。古い記録だから破棄された可能性もある。キャム・カーマイケルはなぜここにないの？　彼の銀行口座の記録も必要ね。飲酒運転を揉み消してもらうくらいじゃ割に合わない。ニューヨークはなにかとお金がかかる街よ。彼は突然引っ越しを決めた。敷金、ライフラインの保証金、州をまたいだ引っ越し業者の手配、アトランタの家の賃貸契約の違約金。アルコール依存症のレイプ犯が万一に備えて貯金していたとは思えないわ」

フェイスは新しい項目をリストに追加した。

アマンダは尋ねた。「防犯カメラの映像というのはなに？」

「室内の映像です。マックは自宅の室内にカメラとオーディオ機器を仕掛けています。遠隔操作で妻を虐待しているんです」

ウィルは言った。「寝室、バスルーム、リビングルーム、キッチン」

「それもリストにのせておいて。でも、家宅捜索をするなら相応の理由がほしい。この州でマカリスター家の金に尻込みする組織は市警だけじゃないわ」アマンダはノートをフェイスのほうへ押し戻した。「被害者はどこに監禁されていたの？」

ウィルはフェイスを見た。

フェイスはウィルを見た。

これもアマンダを頼る理由だ。その疑問の答えはまったくわからないままだが、現に女性たちは誘拐された。どこかに監禁されていたはずだ。リーアンは四十八時間分の記憶がない。メリット・バーロウの足取りには少なくとも二時間の空白がある。ダニ・クーパーがグレイディ病院に現れる前にどこにいたのか、だれも知らない。トミーのメルセデスのGPSはオフラインになっていた。市内のあちこちにある防犯カメラは、アングルがおかしかったり故障中だったりした。

フェイスは言った。「ひとつわかったことがあって――リッチー・ドゥーガルの勤め先を調べたときのことなんですけど。〈CMM&A〉」

アマンダは尋ねた。「あなたが調べたの？」

「ええ、全部あたしが。その会社はビュフォード・ハイウェイのそばにあるトリプル・ニッケルという建物に事務所を置いています。現地まで行ってみました。デスクと電話、椅子が数脚、それから裏口がありました。隣のネイルサロンのスタッフは、だれかがいるのを見たことはない。でもリーアンは薬を盛られていました。悲鳴をあげたとは思えない。裏口から事務所に入れますし。だれにも見られずに出入りするのは簡単です」

「あなたが現地まで行ったの？」アマンダはその質問をしばらく宙に浮かせてから、話をつづけた。「それもとりあえずリストに入れておいて。でも監視はしない。お金も人も足りないし、現時点では法的な根拠もないからね」

フェイスはうなずいてリストにくわえた。

「あらためて、脅迫的なメッセージの件だけど」アマンダは言った。「送信者は彼女たちの電話番号をどうやって知ったのかしらね？」

ウィルはまたフェイスを見た。フェイスもウィルを見ていた。これもまた、ふたりが考えていなかったことだ。あの不気味なメッセージを送った者は、なんらかの方法で三人の電話番号を手に入れたわけだ。

アマンダは言った。「メリット・バーロウの話に戻すと、十五年前の一般的なスマートフォンの料金は一分いくらで設定されていた。iPhoneはまだめずらしくて、とても高価だった。わたしたちはまだブラックベリーを使っていたわ。電話番号を訊かれれば、固定電話の番号を教えていた」

　フェイスは尋ねた。「まだ小切手で支払いをしてましたよね？　買い物をして小切手で支払う場合は電話番号を告げる必要があった。後ろに並んでいたら、盗み聞きできますよね」

「引きつづき考えましょう。ドクター・リントンから、リーアン・パークはシープスキンのラグを覚えていたと聞いたわ」

　ウィルは言った。「ダニとメリットはそのようなラグについてなにも言ってませんが、ひとりはほとんど話もできずに亡くなり、もうひとりは事情聴取もされていない」

「リーアンが聞いた物音はなにかしら？　機械音というのは？」

　フェイスは言った。「実際に彼女の話を聞いてみてください。USBに音声ファイルを保存してあります――リーアンの事情聴取と、ウィルがカントリークラブで食事をしたときの会話の両方です。それから、検死報告書と供述調書、捜査メモも入ってます。なにもかも揃ってる。正式に事件番号が発行され次第、サーバーにアップロードします」

「発行できるように願ってて」アマンダは言った。「今夜の作戦を可能にするためには、市警にかなり無茶なお願いをしなくちゃならない。リーアン・パークの事件は注目されていて、メディアが騒いでる。慎重にことを進めないとね」

　ウィルはフェイスの手が拳に固まったことに気づいていた。彼女にしてみれば政治的な駆け引きなど知ったことではない。息子のことが心配なのだ。

アマンダも気づいていた。「ジェレミーのことはどうしたらいい？」

フェイスはペンを置いた。また椅子の上でうなだれた。みるみる目を潤ませた。

ウィルはそろそろ退出しようと考えた。

アマンダに引き止められた。「座りなさい」

ウィルはまた椅子に座った。フェイスは洟をすすり、手の甲で拭った。室内が急に狭苦しくなったようだった。

「イヴリンとわたしは、ときどきあなたを張り込みに連れていったのよ」アマンダはフェイスに言った。「ステーションワゴンに女ふたり、後部座席に赤ん坊。だれもわたしたちに一瞥もくれなかった。まるで透明人間よ」

ウィルはフェイスがまた洟をすする音を聞いた。いま透明人間になれたらいいのに。

「あるとき、質屋の前で張り込みをしてたの。犯人が盗品のロレックスの代金をこっそり払ってた。わたしたちは入っていき、犯人を逮捕した。手錠をかけた彼を外に引きずり出したとき、だれかがイヴのステーションワゴンの後部座席にいたの。売春婦が客をイヴの車に引っ張りこんでたのよ。車がゆさゆさ揺れてたわ。あなたはそのあいだずっと眠ってた」

「そのあいだずっと？」フェイスは言った。「男を捕まえなかったんですか？」

「すぐ終わったから。フェイス、あなたはそういう星の下に生まれたの。イヴとわたしがあなたの部屋の壁に写真や手がかりを貼ってたのを覚えてない？」

フェイスはウィルに鋭い視線を投げ、キッチンのクレイジー・ウォールの話はするなと言外に伝えてきた。

「イヴリンはいつもあなたを守ろうとしていたけど、あなたは好奇心いっぱいの子どもでね。あるとき、イヴリンは夜中にあなたがキッチンの床に事件資料と検死の写真を広げてるのを見つけたことがあるの」アマンダは言葉を切った。「ジェレミーを思い出さない？」

「あたしは写真は見てません」

「あなたは怖がりだものね。でも文字の資料は読んでた。首を突っこみたがってね。あなたが市警に入りたいと言いだしたとき、イヴリンはそりゃ動揺したわ」

「母はよろこんでました」

「心配でたまらなかったのよ。その週末はふたりでテキーラを三本近くあけたんだから」

フェイスは拳で涙を拭いた。ウィルは尻ポケットにハンカチが入っているのを思い出した。アマンダのデスクにティッシュの箱があった。その箱をフェイスに近くにずらしてやろうか。ハンカチを貸してやろうか。それともじっと動かず、椅子の合皮の張り地に溶けこもうか。

アマンダが言った。「あなたのお父さんは、市警に入るくらいなら五千ドル出すから大学を出とけと言ったわね。覚えてる？」

フェイスはウィルのほうへ手を振った。「彼はどうしてもここにいなくちゃいけませんか？」

　そんなことはない。ウィルはまた椅子から尻を浮かせたが、アマンダはお座りと椅子を指差した。

　アマンダはウィルに尋ねた。「ウィルバー、あなたがＧＢＩに入ったいきさつをフェイスに話したことはある？」

　ウィルは顎をこすった。どうしてアマンダが自分を残したか読めてきた。

「ウィルは陸軍に入りそこねたの。マクドナルドにも入りそこねた。そして万引きをやりそこねた。アトランタの刑務所へ入りそこねた」

　フェイスがまじまじとこちらを見ているのを感じる。彼女には関係がないから、話したことはなかった。

「わたしはできる限りのコネを使って、ウィルがＧＢＩに入るように仕向けたの。警官、判事、保護観察官――心当たりをことごとく当たって、きっちり圧力をかけてやった。ウィルに道を踏みはずさせるわけにはいかなかった。もちろん、わたしの目の届かないところで働かせるなんてとんでもない」

　ウィルは怪我をした手を見おろした。いつまで抗生剤を飲まなければならないのだろうか。

「訊いてもいいかしら。だれにならジェレミーをまかせられる？　レオ・ドネリー？　それともいまあなたの隣に座っている男？」

　フェイスが納得していないのはわかるが、アマンダは正しいと、ウィルは思った。フェイスがジェレミーの人生を決めることはできないが、よりよい方向へ導くことはできる。

「今夜、バーで」フェイスが言った。「あの子をどうするんですか？」

「ジェレミーは情報提供者の扱いにする。それでうちの賠償責任はカバーされる」

「素敵」

「書類上の処理よ、フェイス。大人なんだから、署名欄に署名するのはあの子よ」

「あの子はこの仕事をいやになったりしない」フェイスはまた目を拭った。「あの子はやってみたらいやになるかもしれないと言ったけど、そうはならない。わくわくするし、危険だし。あの子はまだ二十二歳だもの。十年後にどうなるかなんて考えてない」

「ジェレミーは下で待ってるわ」アマンダはスマートフォンを見て、デスクに伏せて置いた。「あなたの気持ちを聞かせて。あの子を群れの仲間にするのか、それとも追い出すのか？」

「あたしの気持ちは、自分のぐちゃぐちゃな気持ちに溺れ死にそうって感じ」フェイスは両手をあげた。「法的にはあの子は大人です。部屋に閉じこめておくことはできない。それに、これに関してはあたしの判断力なんかクソです、だってあの子はあたしの息子だし、あの子を失うかもと思ったら怖くてたまらない」

「リスは地面に埋めたどんぐりの七十五パーセントをどこに埋めたのか忘れるそうよ」

「こんなときにいかれたやつ《ナッツ》の比喩を使うって適切ですか？」

アマンダはため息をついた。「ノートパソコンとiPhoneをサイバー班に持っていきなさい。リズに至急取りかかるようにお願いして。あとでリズには事件番号を教えておくから。キャロラインにジェレミーを通してと伝えなさい」

フェイスは資料をすべてブリーフケースに放りこんだ。アマンダのデスクからティッシュの箱をつかんで脇に抱えて出ていった。

ウィルはフェイスについていこうとしたが、アマンダの顔を見てまた腰をおろした。どうやら自分はジェレミーのための歩く教訓にもされるらしい。椅子の肘掛けをつかむと、片手に鋭い痛みがびりびりと走った。

アマンダが言った。「サラから指の怪我の理由を聞いたわ」

ウィルは声をあげて笑った。まさかサラがすべて話すわけがない。

アマンダのため息は負けを認めるものだった。「エリザベスはどう?」

「死にかけてます」

「そろそろでしょうね」アマンダは言った。「今夜はどうなると思う？　マックとチャズとリッチーが来るのよね。ほかには？」

「メイソン・ジェイムズ」ウィルはサラの口からその名前が出てくるのを聞きたくなかったが、自分でも口にしたくなかった。「ロイス・エリソン、ビング・フォースター。ブライズ・クリーディも来るかもしれません。そのほかに〝取り巻き〟と呼ばれるグループがいます。全部で十人から十五人くらいでしょう。リッチーからはファーストネームしか聞いていません。みんなぼくを知っているふりをすると思います。ぼくをグループに入れると決めたのはマックなので」

「こっちは何人必要？」

「インターネットで店の見取り図を調べました。店はパーティ会場として貸し切ることができます。バーエリアは広くて、おそらく二〇〇平米くらい、テーブルが二十台ほど、ダイニングエリアとの仕切りになっている壁沿いに、ブース席が八つ。DNAを集めるウェイター役が少なくとも三名必要だと思います。正面入口のそばに二名、裏口に二名、入口の外に一名。グループがダイニングルームに移動するかもしれないので、そちらにも人がほしい。建物の裏手に喫煙スペースがあります。欲を言えばそこにもお願いしたい」

「十名ね。レストランのなかはわたしが入るわ。ちょうどまた透明人間になれる年頃ですからね。リーアン・パークの事件を担当しているアダム・ハンフリー刑事。彼にも入ってもらわないと。フェイスは店内に入れない。接近しすぎないほうがいい。司令センター車でチャーリー・リードとモニターを見ていてもらうわ。チャーリーがなだめてくれる。詐欺捜査班からも女性捜査官を借り出しましょう。ほかにだれかいる？」

「エイデン・ヴァン・ザントに貸しがあります。頼れる男なので、来てくれるとありがたいですね」フェイスのためだ。サラが何日か前の夜に彼がフェイスの家を出てくるのを見ていた。「店内に盗聴器を仕掛ける時間はありません。ボディカメラ、イヤフォン、マイクが必要でしょうか？」

「それ全部ね」アマンダはリストを作りはじめていた。「あなたが指揮役だから、市警に人材を借りるのはためらわれるわ。あなたが支援を要請しても、協力してくれそうにない。退職したわたしの仲間に声をかけようと思うの。かまわない？」

ウィルはうなずいた。アマンダの仲間は筋金入りだ。「ジェレミーはどうしますか？」

「とりあえずジョン・トレスウェイの息子として通る人間がいればいいのよ。あの子が緊張したり浮き足立ったり、黙りこんだりなにかばかなことをしたりすれば、あなたが合わせなさい。銃とナイフで交戦するわけじゃないから。二十二歳の若者が父親のそばでカリカリしていようが、むっつり座っていようが、だれも怪しみはしないわ。とにかく自分の名前はエディだということを忘れずにいてくれれば充分よ」

ウィルはそうだろうかと思った。「捜査官として考えれば、いい方法とは言えません。彼はフェイスの息子です。ぼくは情報を引き出すより彼を守るほうに気を取られてしまう。彼はこれが仕事だとわかってない。それどころか、ゲームのように考えてる」

「あの子の勘違いは、わたしが正すわ。でもね、ジェレミーは気まぐれでやりたがってるわけじゃないの。就職から逃げたいからでもないし、母親に対する反抗でもない。市警に入りたいことは、去年からイヴリンに相談してるの」

ウィルの見たところ、どうやらイヴリンはそのことをフェイスに話していない。「そして？」

「イヴリンは、ジェレミーに大学を卒業するまで待つと約束させた。それまでには気が変わるだろうと思ったの」

「フェイスは気が変わりませんでしたけどね」

「フェイスは十九歳のシングルマザーで、養わなければならない子どもがいて、とにかく実家を出たくてたまらなかった。動機がジェレミーとは違ったのよ」

「ジェレミーの動機は？」

「あなたと同じ。正しいことをしたい。人助けをしたい。一人前の人間として自分の能力を証明したい」

ウィルは顎をこすった。ウィルに読み取れるアマンダの表情は二種類だけだった。侮蔑と苛立ちだ。いま彼女がなにを考えているのかよくわからない。「ジェレミーをＧＢＩに入れようと本気で考えているんですか？」

「あなたを入れたでしょう？」アマンダは明らかに返事を求めていなかった。「サラにパールを見せるのを忘れていたわ。彼女は首が長いほうだから、プリンセススクープが間延びして見えないようになにかつけたほうがいい。でも、前にも言ったとおり、無理にという話じゃないのよ。お母さまが持っているもののほうが好みかもしれないし」

ウィルは時空のゆがみに囚われたような気がした。またアマンダが架空の国の言語をしゃべりだしてしまった。

「あなたは本務以外の活動で手一杯で、ダンスのレッスンを受けるひまもなかったんでしょう」

ウィルはユーチューブで結婚式のダンスを調べてはいた。父と娘、母と息子、花婿と姉妹、花嫁と兄弟、フラッシュモブ、ストリップ。なんでもありだった。「サラはお父さんとは踊らないそうです。スローなやつならただ揺れてりゃいいから、ぼくでもできると思います」

「そう」アマンダはデスクの上の想像上の染みをこすった。

ウィルは、白髪まじりの頭の頂点を見つめた。なにかを見落としていると体が告げている。襟がきつい。手のひらが汗ばみはじめた。

「どうも、マンディおばさん」ジェレミーが間抜けな笑顔でオフィスに入ってきたが、アマンダの厳しいまなざしに、その笑みはたちまち消えた。「じゃなくて――長官――じゃなくて、副長官――ええと――ミズ・ワグナー」

アマンダは返事をせず、ジェレミーをやきもきさせた。

ジェレミーは助けを求めてウィルを見たが、ウィルは彼を助けるためにいるのではない。フェイスのために、彼女の息子を死ぬほど怖がらせようと努めるのが自分の役目だと思っていた。

「あの」ジェレミーはアマンダに言った。「お時間をくださってありがとうございます。お願いに来ました――正式にお願いしたいんです――今夜〈アンダルシア〉でおこなわれる囮捜査にぼくを使ってください」

アマンダはあと少しだけ沈黙を長引かせた。「参加したい理由を言ってみなさい」

ジェレミーは椅子に座りかけて思いなおした。「ぼくはウィルの架空の息子の特徴に当てはまります。ちょうどいい年齢です。髪や肌の色が似ています。工科大の学生です。母と祖母を見て育ちました。警察が激務ということは知っています。例外の多い仕事だということも知っています。想定外のことが起きかねない。それを覚悟しなければならない。ぼくは覚悟しています」

アマンダは尋ねた。「トミー・マカリスターとチャック・ペンリーと雑談する覚悟はできてる?」

ジェレミーの自信は揺らいだようだが、そのことを精一杯隠そうとした。

「むこうはいろいろ話しかけてくるわ。その相手をすることが、あなたが現場へ行く唯一の理由よ。これは父と息子の集まりなの。息子はむっつり座ってちゃだめ」

ジェレミーがうなずいた勢いで髪が目にかかった。

「ロールプレイをやりましょう。ウィルはトミー・マカリスターよ。ジェレミー、エディ・トレスウェイになってみて」

ウィルはゆっくりと立ちあがった。ジェレミーより十五センチほど背が高く、二十キロ近く筋肉量が多い。刑務所でも潜入捜査をしたことがある。塀のなかでは暴力の技法を学ぶ。上達すれば拳を使う必要はない。ある決まった目つきで見つめるだけでいい。相手は怖じ気づいて服従する。身ごなしや強そうな見た目にくわえ、人に対する冷淡な無関心さが、ナイフで目玉を刺すのもためらわないやつだというメッセージを伝えるからだ。

ウィルを見あげたジェレミーの喉仏が釣り糸の浮きのように動いた。

「用意はいいか？」ウィルは尋ねた。

ジェレミーはうなずいた。

「よう」ウィルはジェレミーの肩を軽くパンチし、チャズの台詞をまねした。「あのウェイトレス、いいおっぱいしてるな」

ジェレミーはへらへらと笑ってしまった。

ウィルは、この子はフェイスの息子だと自分に言い聞かせなければならなかった。そうでなければ、彼の肩を今度はもっと強くパンチしていただろう。「なにかおかしいか？」

ジェレミーはちらりとアマンダを見た。

「彼女を見ない。ぼくを見ろ」ウィルはジェレミーを見おろした。「トミー・マカリスターは女性をレイプした。女性は亡くなった。おかしいか？　トミーを笑えるか？」

「おれは――」

「お母さんがテーブルに置いた資料を読んだんだろう？　きみは女性たちになにがあったか読んだよな？　録音された音声の一部も聞いてる。これはゲームじゃない。三人の女性が誘拐されてレイプされた。そのうちふたりは亡くなった。おかしいか？」

ジェレミーの顔は真っ青になった。「いいえ」

「きみが考えてることはわかる」ウィルは言った。「〝本番はうまくできる〟と自分に言い聞かせてるだろう。〝これは練習だ〟と。でも、そういうことじゃない。本番で考えなくても動けるように練習するんだ」

ジェレミーはもう一度うなずいた。

「トミー・マカリスターとチャック・ペンリーがエディ・トレスウェイと親しくなろうとするのは、友達がほしいからじゃない。きみに女性をレイプする素質があるかどうか、見極めたいからだ」

「はい。わかりました」ジェレミーは短く息を吸った。「どんなことを言うんだろう？」

「ふたりはきみを試し、煽り、きみの限界を確かめようとする。おっぱいなんか序の口だぞ」

ジェレミーは今度こそ笑わなかった。

「はじめは軽いジョークからだ、そのうちウェイトレスにいやがらせをはじめる。きみがうまくやれば、次はバーにいる女性を選ぶ。その女性をネタに笑う――最低の笑いだ。嘲笑、侮辱、中傷。きみがどんな反応をするか、ふたりはじっと聞いている。きみがどんな顔をするか見ている。きみは度胸のあるやつに見せかけることはできないだろう。だったら、怒りを使うんだ」

「ふたりに怒るの？」

「ぼくに怒るんだ」ウィルは言った。「きみの父親はクソ野郎だ。きみを尊重しない。きみを失敗作だと思っている。だからきみは父親を憎んでいるが、父親が間違っていることを証明したいとも思っている」

「あんたはテキサスで悪いことをした」ジェレミーは言った。「性的暴行で訴えられた。むこうの友達に全部バレた。みんなあんたが有罪だと思ってる。ガールフレンドの親は、おれたちを別れさせた。あんたはおれに相談もせずにアトランタへ引っ越すことを決めた。母さんはずっと泣いてる。母さんがあんたと別れないのはお金のためだ、おれはそんな母さんが嫌いだけど、おれも貧乏にはなりたくない。車もお小遣いもなくなる。大学も中退しなければならないかもしれない。人生終わりだ。それもこれも、あんたがイチモツをパンツにしまっておけなかったからだ」

ウィルは視線を落とした。ジェレミーはウィルの胸に人差し指を突きつけていた。賢明にも寸前で止めていたけれど。

ウィルは尋ねた。「昨夜、グーグルで〝オリジンストーリーの書き方〟でも読んだのか？」

ジェレミーは、都合の悪いことがバレたときのフェイスのように一瞬言葉に詰まった。それでも言い返した。「悪い？　トミーたちといろいろしゃべる必要はないだろ。興味はないっていう態度を取ろうと思うんだ」

アマンダが尋ねた。「どういうこと？」

「ふたりにあれこれ探られたら、うるせえって言っとけばすむ」ジェレミーは肩をすくめた。そのしぐさがフェイスそっくりだった。その論理も。「おれが行くのは、トミーとチャックの親友になるためじゃないよね。おれは警官でも捜査官でもない。事件を解決するような手がかりを見つけて連中をまとめて刑務所にぶちこむつもりはないよ。それはウィルの仕事だ。おれはただそこにいればいい。そうでしょ、父さん？」

最後の言葉はウィルに向けられたものだった。ウィルは落ち着かない気分になった。サラが気にする気持ちがいまさらながらわかった。

アマンダが言った。「ジェレミー、外に出てドアを閉めて」

ドアが閉まり、ウィルはまた椅子に座った。アマンダに、ジェレミーはうまくやったとは言わなかった。彼がうまくやったのは明らかだったからだ。「ジェレミーにやらせると、ぼくからフェイスに伝えましょうか？」

「イヴリンから伝えてもらうわ」アマンダはスマートフォンをひっくり返し、メッセージを打ちはじめた。「昨夜ヴェガスから深夜便でＬＡに飛んで、今朝アトランタへ戻ってきたの。空港からまっすぐここへ来たわ。まだここにいる」

「長い夜でしたね」

アマンダは画面から目をあげた。「母親ってそういうものよ」

17

ウィルは司令センター車の外に立ち、サラが折り返し電話をかけてくるのを待っていた。リッチー・ドゥーガルから、交歓会は午後七時にはじまると聞いている。ウィルは二十分後にジェレミーと店に入ることにしていた。一時間ほど前から、アマンダが招集した者たちが少しずつ店へ入っていった。そのうち何人かは、アマンダが呼び出した退職警官たちだ。詐欺捜査班のバーニスの部下もいる。そして、市警でリーアン・パークの事件を担当しているアダム・ハンフリー刑事。全員が店の見取り図を頭に叩きこみ、すべての出入口の場所と狭くなっている場所を覚え、最短の脱出ルートをあらかじめ確認している。それでも、ウィルはいやな予感を振り払えなかった。

だからこそジェレミーが足手まといなのだ。仕事に集中しなければならないのに、フェイスの息子を守ることばかり考えている。

ウィルは外からはバスにしか見えないセンター車に寄りかかった。発電機の低い回転音が、操業中の倉庫の荷物搬入口から聞こえてくる騒音にかき消された。センター車は、〈アンダルシア〉から通り二本離れた大規模小売店の駐車場にとまっていた。ここは人目につかないが、静かではない。トレイラーの荷室から続々と積荷がおろされる。倉庫の労働者のなかには、あからさまにウィルを凝視する者もいた。無理もない。なにも知らない人には、ウィルは配下の女の子をパーティへ送りこもうとしているポン引きのように見えるだろう。

司令センター車は、以前はまさにそのために使われていた。GBIがドラッグの売人から没収したパーティ用のバスにモニターやコンピューターを搭載し、なかなか快適な環境で犯罪者を監視できるようになっている。ウィルはまたポン引き服に身を包んでいた。手の傷口からしたたった血の染みが残るタイトなジーンズにディーゼルのブーツ、奇抜なペイズリー柄のシャツ。

そのシャツはまたショッピングモールで買ったのではなく、GBIの特別捜査課から提供されたものだった。ペイズリー柄に隠れて光ファイバーケーブルが仕込まれ、襟の内側のマイクと胸の中央のボタンに組みこまれた超小型カメラにつながっている。ケーブルは脚を伝い、足首の側面にストラップでとめた発信機までのびている。ジーンズは薄い黒い箱の部分が盛りあがっている。それはしかたないが、できればサラが誕生日に送ってくれたシグ・ザウエル・ニトロン・コンパクトを収めたホルスターを装着したかった。

スマートフォンが振動した。ウィルは足首の発信機に電源が入っていないのを確認し、電話に出た。バスのなかにいる者たちに、これから話すことはひとことも聞かれたくない。

サラに尋ねた。「大丈夫か？」

「いまのところは」サラは答えた。「イザベルがテッサのピアスの片方を生ゴミ処理機に落としちゃったの。六角レンチを探してきて、インペラープレートをはずさなくちゃいけなかった」

これぞ配管工の娘と暮らす最大の利点だとウィルは思った。サラがキッチンを動きまわっている音に耳を澄ます。犬たちの首輪についた鈴の音がするのは、彼らの夕食の時間だからだ。サラは舌を二度鳴らした。グレイハウンドたちはおとなしくなった。ベティの鈴だけが鳴っているのは、ウィルが甘いからだが、サラは介入しない。

サラは尋ねた。「フェイスはどう？」

「あんまり大丈夫じゃない」ウィルはちらりとバスを見やった。窓はスモークガラスだが、おそらくフェイスはまだ隅で突っ立ったまま、チャーリー・リードが息子に機器を取りつけるのを見守っているのだろう。幸い、ジェレミーは眼鏡をかけられるので、シャツにカメラを隠す必要はなかった。黒いプラスチックのフレームはいかにも学生らしい。ブリッジに仕込まれた高解像度のレンズはまったく目立たない。だが、ジェレミーがそわそわとフレームに触れるのは問題だ。チックと勘違いされて怪しまれないように祈るしかない。

ウィルはサラに尋ねた。「頭痛はどう？」

「やっと収まった。次回はゆっくり飲めって言ってね」

ウィルは次回がないことを願った。

サラはたちまちウィルの沈黙に気づいた。「言いたいことがあるんじゃない？」

ウィルはホイールローダーが積荷のパレットを運ぶのを眺めた。大学の学費の足しにするため、倉庫で働いたことがある。骨の折れる仕事だったが、おかげでバイクを買い、屋根のある場所に住み、ときには電子レンジから出てきたものではない食事に散財することができるようになった。その後、最初の妻になる女性が突然戻ってきて、ウィルの持ちものをなにもかも盗んで酒と薬に替えてしまったけれど。

「ジェレミーのことが心配なんだ。なにがあるかわからないのは不安だ」

「ジェレミーから目を離さずにいてくれる人が大勢いるでしょう」

「そうだね」ウィルですら、会話がぎくしゃくしているのを感じていた。ここははっきり言わなければ。「きみが昼間から酔っ払ったことはぜんぜん気にしてないよ」

「ほんとに？」サラは笑った。「そんなにしゃちこばってるのに？」

ウィルは顔がほころぶのを感じた。「ごめん。ぼくの問題だとわかってる」

「わたしたちふたりとも問題を抱えてるよね」

サラの声に一抹の悲しみが聞き取れた。彼女が十五年前に失ったものを思っているのが、ウィルにはわかった。なにを言っても慰めにならないのもわかっている。

「いまからチャットのスクリプトを読まなくちゃ。帰ってくるときに電話して」

「待って」ウィルは言った。「いつも言い忘れるんだけど、ほんとうに愛してる」

「すごい偶然。わたしもあなたをほんとうに愛してる」

ウィルはサラが電話を切るのを待った。スマートフォンを持ったままバスのドアをあけた。突然のまぶしい光にまばたきする。チャーリー・リードがコンソールの前に座り、ジェレミーの眼鏡が送ってくる映像をチェックしていた。案の定、フェイスは隅に突っ立ち、息子の一挙手一投足に注目している。ジェレミーだけが不安の理由ではない。エイデン・ヴァン・ザントがカウボーイハットに仕込んだカメラを調整していた。アマンダとイヴリンは、市警の仲間だったケイト・マーフィとしゃべっている。マーフィは現在、FBI情報部の部長を務めている。そして、エイデンの母親でもある。

ウィルが階段をのぼっていくと、フェイスは完全にパニックに陥った顔で振り向いた。

「ジェレミー」ウィルは彼が自分のほうを向くのを待った。「眼鏡をさわるのをやめるんだ。怪しまれるぞ」

「ごめん」ジェレミーは自制がきかなくなっていた。また眼鏡に触れた。「ごめん」

ウィルは彼の前に立った。「緊張してるか?」

ジェレミーはうなずいたが、訊き返した。「それって引っかけ問題みたいなやつ？　緊張してないと答えれば、緊張してないとおかしいって言われて、緊張してると言えば、おれには無理だって言われるのかな？」

ウィルはジェレミーの肩をつかんで励ました。「あれこれ考えるのはやめよう。役に戻るんだ。クソな父親に怒っている息子。ほかのクソ野郎とくだらないおしゃべりをするつもりはない。いいか？」

ジェレミーはゆっくりとうなずいた。「わかった」

ウィルはチャーリーがコンソールに置いたｉＰｈｏｎｅを取った。スクリーンはロックされていない。ＧＢＩのサイバー班がエディ・トレスウェイの電子的な情報をでっちあげるために作ったものだ。

ウィルはｉＰｈｏｎｅをジェレミーに渡した。「きみのｉＰｈｏｎｅと使い方は同じだ。連絡先はダミーで、どの番号にかけてもこのコンソールにつながる。選んだ連絡先によって、チャーリーかお母さんが応答する。メールもテキストメッセージもダミーだが、読まれても怪しまれないようになっている。何人かの女性の写真も入ってる。念のためにガールフレンド役を選んでおくといい」

ジェレミーがスクリーンをスワイプすると、汗の跡が残った。

ウィルは言った。「助けが必要なときは、サイドボタンを五回早押しするんだ」

「ぼくのｉＰｈｏｎｅも同じだ。ていうか、どのｉＰｈｏｎｅも。五回早押しすると警察につなげるか尋ねられる」

「これは尋ねない。すぐに電話が〝警察〟につながって、お母さんがショットガンを構えて駆けつける。いいね？」

「了解」

「ウィル？」チャーリーがピンセットでマイクロイヤホンをつまんでいた。超小型なので外耳道に収まり、外からは見えないが、鼓膜まですべりこむほど小さくはない。「いいかな？」

ウィルは身震いをこらえながらイヤホンを入れてもらった。プラスチックの機器はすぐ熱くなるが、音質はよかった。このイヤホンでジェレミーの会話をすべて聞き取れる。いまは彼の荒い息の音が聞こえるだけだ。ウィルはフェイスを見た。息子を落ち着かせてもらわなければならない。

「お兄さん」フェイスは言った。「ちょっと外で深呼吸しようか」

「チーム1が定位置についた」チャーリーがモニターの前へキャスターつきの椅子を転がした。「十分以内にチーム2を送りこむ。バーがそろそろ混みはじめる」

ウィルはチャーリーの肩越しにモニターを見た。十二個の画面に十二箇所のカメラの映像が映っている。囮チームの半分がすでに持ち場についていた。

三名のGBI捜査官がウェイターになりすまし、使用済みのグラスや紙ナプキンなど、クラブメンバーのDNAを分析するための材料を集める。

入口の外のベンチに座っているのはアダム・ハンフリーだ。ここはあまり活躍の機会がなさそうだが、刑事は呼ばれて満足している様子だった。

チーム1はバーの前のテーブルについている。ドナ・ロスとヴィカイ・ポーターはアマンダの昔馴染みだ。ドナがテーブルに置いたバッグに仕込まれたカメラのレンズは、長い木のカウンターをとらえている。

イヴリンとアマンダがチーム2だ。ふたりともバッグにカメラを隠してバーの奥に陣取り、トイレの入口と裏の喫煙エリアへ出るドアを監視する手はずになっている。

エイデンは、外に二台置いてあるピクニックテーブルの一台につく。カメラはカウボーイハットに仕込んであり、彼が向いた方向を撮影する。

ケイト・マーフィはレストランのブース席に座る。カメラはブレザーのブローチのなかに隠してあり、バーから出てくる人物をとらえる。

全員が自分のスマートフォンで音声を録音するが、マイクとカメラを身に着けているのはウィルとジェレミーだけだ。容疑者たち——マックとトミーのマカリスター親子、リッチー・ドゥーガル、チャズとチャックのペンリー親子、ロイス・エリソン、メイソン・ジェイムズと話すのはふたりだけだからだ。

「ベイビー」

フェイスはジェレミーとバスの外にいたが、彼女の声がウィルの耳のなかでささやき声のように聞こえた。ウィルはコントロールパネルを探し、音声を切ろうとした。三個のボリューム調整つまみに三種類のラベルが貼ってあったが、チャーリーの手書きの文字はウィルには読めなかった。

フェイスが言った。「深呼吸しなさい」

ジェレミーが競走馬のような息をするのが聞こえた。

フェイスが尋ねた。「あたしがバスじゃなくて車で待機してたほうが落ち着く？」

「バスにいるのが母さんの仕事だろ」ジェレミーが言った。「それに、どっちにしても母さんには全部聞こえてるし」

「ウィルはあなたの子守役じゃないからね。わかってる？」

「わかってるよ」

フェイスが洟をすすった。また泣いているのだ。

ウィルはやきもきしながらラベルを凝視した。「これは鶏《にわとり》の足跡か？」とチャーリーにぼやく。

「すまん」チャーリーが笑いながら指差した。「これがきみのだ。左がジェレミー。右がアマンダ」

ウィルは真ん中のつまみをまわした。フェイスの泣き声が聞こえなくなった。

「ウィル？」チャーリーはイヤホンを装着した。「きみの発信機は電源が入ってるか？」

ウィルは屈んで薄い箱のスイッチを入れた。「テスト。テスト」

チャーリーはいくつかダイヤルを調節した。「これでよし」

アマンダが両手を叩いて注意を求めた。「みんな聞いて。今夜は絶対に油断しないように」

イヴリンはわざと直立不動の姿勢を取ってみせた。ケイト・マーフィはおもしろそうな表情をしている。指示を受ける側になるのは二十年ぶりくらいだろう。

アマンダは言った。「ウィル、あなたの仕事はもっとグループに取り入ること。今夜中に決着がつくわけではないけれど、大きな進展があるはずよ。グループから情報を聞き出すことができればもちろんいい。でも、ＤＮＡサンプルを回収することに集中しましょう。

第一のターゲットはマック・マカリスター、次にリッチー・ドゥーガル、それからチャズ・ペンリー。万一に備えて、血縁者のDNAとしてトミー・マカリスターとチャック・ペンリーも。分析をして、メリット・バーロウの下着に残っていたDNAと比較する。一致すれば、それが出発点になる。わかった?」

ウィルはうなずいた。「了解」

「エイデン。あなたにもイヤホンをつけてほしいの。チャーリー、彼に話が聞こえるようにして。ジェレミーになにかあったら、すぐにバーへ行って。今夜のあなたの仕事はそれ。ジェレミーのカバー。いいわね?」

「了解」エイデンはチャーリーに片耳を差し出した。エイデンが渋い顔をしているのは、超小型イヤホンを装着した経験があるからだろうと、ウィルは思った。チャーリーがイヤホンを挿入し、新しいラベルを作った。ふたりは音量の調節をはじめた。

アマンダはケイトのほうを向いた。「銃は持ってる?」

ウィルは顎がこわばるのを感じた。銃とナイフは必要ないと言っていたのはなんなんだ。

ケイトはバッグをぽんと叩いた。「臨戦態勢よ」

イヴリンが言った。「わたしはリボルバー」

ケイトが尋ねた。「いまもクラウン・ローヤルの袋に入れてるの?」

内輪のジョークらしく、三人は笑い声をあげた。

最初に笑うのをやめたのはアマンダだった。腕時計を見る。「ケイト、レストランの持ち場について。エイデン、あなたも。ウィル、イヴリンは残って。チャーリー、バスを借りるわよ」

「ではお先に」エイデンはカウボーイハットを傾けて挨拶し、ドアへ向かった。

チャーリーはケイトをエスコートするように手を差しのべた。ケイトはすべるように階段をおりた。ウィルも彼女に備わっている独特な気品に気づいていた。アマンダと同じくらいの年齢のはずだが、別の時代から来たような雰囲気があった。

「フェイス?」アマンダは指をパチンと鳴らしてフェイスをバスのなかへ呼んだ。「急いで。そろそろはじめるわ」

フェイスは意気消沈した様子で階段をのぼってきた。すがりつくような表情を隠しもせずに娘に見つめられ、イヴリンはなにもかも投げ出したくなったかもしれない。

ウィルは並んだモニターがリアルタイムで映し出す映像を眺めた。入口の外側と内側。ウェイターに扮して飲みものや軽食を運んでいる捜査官たちの視点でとらえた三種類の映像。バーは半分ほどしか埋まっていなかった。仕事帰りの男女があちこちで立ち飲みし、ピーナツを口に放りこんでいる。ウィルは彼らの顔を確かめた。クラブのメンバーはまだ到着していないが、取り巻きの何人かはバーにいるはずだ。マックたちは七時までは現れないだろう。人気者はいつものんびり遅刻してくる。

フェイスはアマンダに言った。「ジェレミーはもう少し時間が必要です」

ウィルは音量のつまみをまわしてジェレミーのマイクが拾う音を聞いた。聞こえるのはジェレミーの荒い息の音だけだった。フェイスがなにを言ったのかわからないが、励ましのスピーチではなかったことはたしかだ。大きく息を吸う音につづき、嘔吐する音がした。頭のなかに吐物が散る音が響き、ウィルは音量をさげた。アマンダも隣へ来て自分の音量をさげた。

イヴリンは聞かずとも察し、フェイスに言った。「あなた、あの子を緊張させてるわ」

フェイスは鼻を拭いた。「母さんがあたしをレオ・ドネリーと組ませたの？」

「なんの話？」

「あたしは殺人課に配属されて、署でいちばんの怠け者と組まされた」

イヴリンはアマンダにウィンクし、フェイスにはこう言った。「それは運が悪かったわね」

「たまたまだったの？　それとも、決して真っ先に現場に突入したりしない人とパートナーを組ませたのは母さん？」

イヴリンはとぼけた。「どうしてわたしがそんなことをするの？」

「母さんが市警を退職したと同時にあたしがＧＢＩに入ることになったのはなぜ？」

アマンダが割りこんだ。「それは運がよかったわね」

「たまたまだったの？」フェイスは繰り返した。「それとも、ふたりであたしのキャリアをきっちり管理してたの？」

「わたしたちが？」イヴリンは訊き返したが、あえて答える者はいなかった。「マンディ、先に車に乗ってるわ」

フェイスは爆発をこらえるように唇を嚙んだ。ウィルの見たところ、フェイスはGPS発信機を息子の車に取りつけてノートパソコンで追跡していることは忘れているらしい。

「フェイス」アマンダが言った。「あの子を連れて帰ってもいいのよ。ウィルが適当に口実を作ってくれるわ」

「もう遅い」フェイスはかぶりを振りはじめた。「どうせジェレミーは市警に入るんです。あたしは守ってやれない。母さんの威光だってそのうち消える。知ってる人たちはみんな退職する。新人たちはウィルのせいであたしを嫌ってる」

「FBIは考えてないの？」アマンダは尋ねた。「エイデンが面倒を見てくれそうよ。なんだかあなたをよろこばせたくてたまらないみたいだし」

フェイスはぽかんと口をあけた。そして閉じた。またあけた。「あたしの人生ってすみずみまでほじくり返されてるんですか？」

「そんなことないわよ」

ウィルはジェレミーのマイクの音量をあげた。ありがたいことに、もう嘔吐は収まったようだ。いまは祖母に気合を入れられている。

「――しかも、わたしは去年からずっと黙ってあげてたんですからね」

「はい、おばあちゃん」

「よし、お説教はもう終わり。これはあなたにとってチャンスなのよ、ジェレミー。口先だけじゃないってところを見せてちょうだい」

「はい、おばあちゃん」

ジェレミーが洟をすすり、クンと鼻を鳴らすのが聞こえた。嘔吐したあとはそうなるものだ。ウィルははじめての潜入捜査を思い出した。ジェレミーより少しだけ年が上だった。アマンダは励ましてくれず、うじうじするのをやめてとっとと仕事をしてこいと容赦なく言った。

モニターのなかで動きがあった。ドナがバッグを動かし、バーに入ってくるリッチー・ドゥーガルをとらえていた。リッチーは不機嫌そうに店内を一瞥し、まっすぐ飲みものを取りに行った。

アマンダも気づいていた。「ウィル、先に行きなさい。イヴとわたしは五分後に行くから、それまでにジェレミーを落ち着かせて」

ウィルはスマートフォンを取り出し、チャーリーが差し出したものと交換した。それからフェイスに言った。「ジェレミーは大丈夫だから、いいね？　すべて計画どおりにうまくいく。きみの息子はぼくがちゃんと守る」

フェイスは必死にウィルを信じようとしていたが、はじめてなにも言わなかった。

ウィルはフェイスをアマンダにゆだねた。階段をおりようとしたとき、チャーリーがのぼってきて、フェイスはまかせろと言うようにきっぱりとうなずいた。いよいよ作戦開始だ。ウィルはバスの陰にいるジェレミーを見つけた。彼は頭から出ている糸をだれかに強く引っ張られ、全身の関節が固まってしまったかのように見えた。ウィルはハンカチを取り出してジェレミーに渡した。これ以上、彼を怖がらせる必要はない。いまからジェレミーにはしっかり仕事をしてもらわなければならない。

「大丈夫か?」

「うん、ぜんぜん問題ない。おれは大丈夫」

ウィルの耳のなかでジェレミーの声が二重に響いた。ありがたいことにチャーリーがイヤホンの音量をさげてくれた。

ウィルは尋ねた。「マニュアル車は運転できる?」

ジェレミーはうなずいた。

ウィルはジェレミーにポルシェのキーを投げた。キーはジェレミーの胸に当たった。ジェレミーはキーが地面に落ちる前にかろうじて受け止めた。ジェレミーは悔しそうな顔をした。ウィルは彼に恥をかかせるつもりはなかったのだが。とりあえず黙って車へ歩いていき、ジェレミーが乗りこむのを待った。それから、彼がまごつきながらようやく助手席のドアのロックを解除するのを待った。

ふたりともまず座席の位置を調節しなければならなかった。ジェレミーは座席を前にずらした。ウィルは座席を後ろにずらした。最後に助手席に乗ったのはフェイスで、彼女の脚の長さはスタンダードプードルと同じくらいなのだ。

ジェレミーは、どこに挿せばいいのかと尋ねるようにキーを掲げた。

ウィルは言った。「イグニッションは――」

「左だ」ジェレミーはキーを挿した。「わかってる」

ウィルはエンジンが息を吹き返す音に耳を澄ました。座席が振動し、排気管が吠えた。

「この前の夏にミニハイトルクスターターを取りつけたんだ。ホットスタートになりがちだったんだけど、ソレノイドを分離する方法は取りたくなかったから」

ジェレミーの表情は、フェイスに新しい部品の話をしたときの彼女とそっくり同じだった。「なにを言ってるかわからないよ」

「行こう」

ジェレミーは慎重に車を前進させた。たしかにマニュアル車の運転方法は知っているようだが、ボンネットの下の六気筒エンジンは百八十馬力で、ゆっくりした動きは好まない。車体はがくんと揺れ、建物の角をまわった。ジェレミーがあわててブレーキを踏み、またアクセルを踏んだせいで、ふたりの体は揃ってつんのめった。

ウィルは言った。「ぼくはきみのアマンダおばさんに車の運転を習った」

ジェレミーがウィルを見た。ウィルは、バスのなかでチャーリーと並んで座っているフェイスが同じようにあっけにとられているのを思い浮かべた。

「アマンダはアウディA８クアトロのロングホイールベースに乗ってた。まるで戦車みたいだった」

ジェレミーは赤信号で停車した。「その車、覚えてるよ。深緑だったよね」

「座席はタンレザー。座席をぎりぎりまで前に出していたから、ハンドルがほとんど体にくっついてた」

ジェレミーは笑った。「いまでもそうだよ」

「はじめて運転したとき、縁石に乗りあげてしまった。後ろのタイヤをパンクさせてしまった」ウィルはそのときのことを思い出し、冷や汗が出てくるのを感じた。「心臓発作を起こしそうな気分だった。アマンダに殺されると思って」

「殺された？」

「いや。タイヤの交換をさせられた、それから、弁償させられた。新しいタイヤ代を返すのに一年かかったよ」

青信号になり、ジェレミーは大通りへ車を入れた。「ＧＢＩが高給じゃないのは知ってるけど、母さんだって新しいタイヤは買えるよ」

「ぼくはまだ学生だった」ウィルは言った。「アマンダからＧＢＩに来いと言われていたんだけど、ぼくはバイクしか乗れなかった。車の運転免許を取らないと、アカデミーに入れないと言われてね」

ジェレミーはいまや熱心に耳を傾けていた。おそらくフェイスも聞いているだろう。

「アマンダは捜査官の勧誘はしないはずだよ。人事にいたことはないから」

そのとおりなので、ウィルは黙っていた。

ジェレミーは車を駐車場に入れた。ネオンサインが窓の上で輝いていた。ドアのまわりに、あざやかな群青色やターコイズブルーや緑色の羽が飾ってある。歩道沿いのヤブランの植えこみにはクジャクの像が並んでいる。ここが〈アンダルシア・バー&グリル〉だ。店のウェブサイトによれば、店名はイベリア半島の自治州ではなく、フラナリー・オコナーの農場の名前にちなんでつけられたそうだ。

ジェレミーが言った。「市警のほうがGBIより給料がいいらしいよ」

「金のために働くなら、〈3M〉にしておいたほうがいいぞ」

ジェレミーは頬の内側を噛み、駐車場のなかをゆっくりと流して空きスペースを探した。

「母さんに頼まれたの?」

ウィルは空いている場所を指差した。「あそこだ」

ジェレミーは車を止め、ウィルを見た。「おれは大丈夫だよ。子守をしてもらう必要はないから」

彼はフェイスの息子だ。子守が必要に決まっている。それでも、ウィルは彼に恥をかかせたくなかったのでうなずいた。「わかった」

ウィルは車を降りた。駐車場を見まわす。まるでカントリークラブだ。とまっているのは高級車ばかりで、ほとんどがSUVだった。ナンバープレートはフルトン郡かグウィネット郡。マセラティMC20クーペのロッソ・ヴィンチェンテは見当たらないが、メイソン・ジェイムズは仕事のあとで疲れているはずだ。痛む腰と膝で車体の低いスポーツカーを乗り降りするのはつらいだろう。

ウィルは尻ポケットからＧＢＩに支給されたスマートフォンを取り出した。ダミーのデータはジョン・トレスウェイに合わせて作られているが、サイドボタンは助けを呼ぶためのものではない。三度早押しすると、ジェレミーの眼鏡のカメラがとらえている景色がスクリーンに現れた。ジェレミーはうつむいてポルシェのドアをロックしていた。彼がウィルのほうへ歩いてくると、スクリーンにスマートフォンを見おろしているウィル自身が映った。

ジェレミーがそばに来たので、ウィルはスマートフォンのサイドボタンを一度押して映像を消し、ポケットにしまった。ふたりは店の入口へ向かった。

アダム・ハンフリーがベンチの背に腕をかけていた。彼はウィルをちらりと見て、道路へ目を向けた。彼の眼鏡に仕込まれたカメラがセンター車へ映像を送っているはずだ。ウィルはふたたびアダムが自分のほうを向いたとき、フェイスを安心させるために小さくうなずいて見せた。

ジェレミーにドアをあけさせた。ジョン・トレスウェイならそんなふうにマウンティングするだろう。いまは頭のなかにあるものすべてを忘れなければならない——フェイスのことも、彼女の息子のことも、アマンダのことも、サラのことも、ついでにエイデン・ヴァン・ザントのことも心配するのをやめなければならない。彼はいいやつだが、フェイスのボーイフレンド歴は残念な別れを示唆している——そして、レイプ疑惑のためにテキサスからこそこそ逃げてきた卑劣な整形外科医になりきることに集中しなければならない。

「リッチー！」ウィルはバーの奥に向かって大声をあげた。

リッチーは二度見した。ウィルの姿を認め、不自然に白い歯を見せて笑った。「まったく、まだだれも来てないんだ。取り巻きすら来ていない」

「かまうもんか」ウィルは言った。「息子のエディだ」

「よろしく、エディ」リッチーはジェレミーの全身に目を走らせた。「会えてうれしいよ」

「どうも」ジェレミーはスマートフォンを取り出した。そして、リッチーに頭頂部を向け、テキストメッセージを入力しはじめた。

ウィルはリッチーに向かってかぶりを振った。リッチーも振り返した。

「よーし」ウィルはジェレミーの肩をがっちりとつかんだ。「あっちへ行ってろ。大人同士の話がある」

ジェレミーは計画どおり、裏口から三番目のテーブルへ向かってのろのろと歩いていった。バーニスの部下ふたりがそこにいる。ふたりは別のテーブルに移動し、ジェレミーに席を譲った。

ウィルはリッチーの隣のスツールに腰掛けた。酒瓶が並んだ鏡張りの棚にジェレミーの姿が映っていた。もうひとりのバーニスの部下がウェイトレス役をしている。彼女はグラスを満載したトレイを持ち、ウィルの背後を通った。

ウィルはリッチーに話しかけた。「息子の無礼を許してくれ。母親に似たんだ」

「謝るなよ」リッチーは言った。「来てくれただけでもいいじゃないか。うちの娘なんか、おれのことをファシストでセクシストの豚だと思ってる。用がなければ電話もよこさない」

ウィルの耳のなかでイヤホンがパチパチと鳴った。チャーリーがジェレミーのマイクの音量をあげたのだ。ウィルはざっと店内を見まわした。バーにいるみじめな飲んだくれひとりのために、十人の捜査官がこの店に張り込んでいる。「ギャングのほかのメンバーは？　おれは遅刻したのか、それとも早すぎたか？」

「心配するな。あいつらが最低なんだ」リッチーはグラスを空け、二杯目の合図をした。「集まるのもだんだん難しくなってきた。伝統を大事にしないやつばかりだ」

「そんなことはないだろう？」

リッチーはかぶりを振ったが、ほかのメンバーたちがそのうち来ると思っているのかどうか、ウィルにはわからなかった。

「お待たせいたしました」

バーニスの部下のルイザ・ジェニングズだった。注意深くリッチーのグラスを取り、新しいものを置いた。少なくともひとり分のＤＮＡサンプルは収穫できたが、そのために費やした時間とリソースは膨大だ。

ウィルは飲みものを頼んだ。「オールド・パピーをストレートで」

ルイザはカウンターにグラスを置いた。カウンターの下のオールド・パピーはバーボンではなくスナップルのアイスティーにすり替えてあった。ルイザはアイスティーをたっぷりついだ。

　ウィルはリッチーに言った。「ブライズが来ると思ってたんだが」

「知ってのとおり、あの女は思わせぶりだからな。来ると言っておきながら来ない。ロイスが情緒不安定になるのも不思議じゃないな」

「メイソンが狙っていたらしかたがない」

「それだ」リッチーはどうでもよさそうに手を振った。「メイソンは女房全員とやってる。ブリットは例外だが。あの氷をかち割ることができるのはマックだけだ」

　ウィルはアイスティーのグラスを取り、ひと息に飲み干した。「だれがこの店を選んだんだ？　銀行員とブスなババアばかりだ」

「マックが気に入ってるんだよ。家に近いからな」リッチーは宙で指を曲げて三杯目の合図をしたが、ここへ来る前に何杯か飲んでいるのは明らかだった。「昨日のおれたちのプレゼンはどう思った？」

　ウィルは肩をすくめた。「興味深かったよ」

「でも？」

「スパイなんか気が進まんな。というか、マックに使われるのはな」

「さすがだな、おまえは賢い」リッチーはグラスにトリプルのスコッチがそそがれるのを見ていた。ウィルはスナップルのお代わりを頼んだ。「勘違いするなよ、おれは仕事があってありがたいと思ってるよ、でもメイソンと一緒に働くのはおもしろくない。それにブリットは——まあわかるだろ、彼女はときどきすごくいやな女になる」

「チャズは？」

「あいつは金さえもらえれば文句はないんだ」リッチーは少しペースを落とし、酒をちびりと舐めた。「でもこれだけは言える——おまえにもわかるかもしれんが——ああいう目にあうと、その後の人生は死ぬほど孤独だ。おまえはまだ家族がいて幸運だな」

ウィルは片方の眉をあげた。

「ＭｅＴｏｏ騒ぎだよ」リッチーのささやき声はしわがれていた。「女房と娘に会えなくなるとは思ってもいなかった。二十年間、必死に働いてあいつらにいい暮らしをさせてやったってのに、ちょっとやばいことが起きたとたんに、ふたりともおれを捨てやがった。誕生日のパーティも感謝祭もなしだ。ちくしょう、クリスマスのディナーは冷凍食品だったんだぞ。メガンは卒業式にも出席させてくれない。おれが来ると恥ずかしいんだとさ」

「おれだって別になんの苦労もないわけじゃないぞ」ウィルは言った。「女房にはいまだにタマを握られてるしな。おれはいつも言ってるんだ、〝別れないと決めたのはおまえなんだから、にこにこ機嫌よくしてられないのなら、だれかほかに金を持ってきてくれるやつを探せ〟ってね」

「そうしたらどうなった《ゴー・ダウン》？」

「兄弟。おれの家にはしゃぶって《ゴー・ダウン》くれる女がいなくなった」

リッチーはばか笑いした。「やれやれ、熱くて濡れた口の感触ほどいいものはないのにな」

ウィルはグラスを掲げた。もう一度ジェレミーの様子を見た。あいかわらずスマートフォンを見ている。それがキャラクター作りなのか、目立たないようにするためなのかわからないが、なんにせよジェレミーが隅でおとなしくしていてくれるのはありがたかった。

「なんの話をしてるんだ、諸君？」

メイソン・ジェイムズは一九三〇年代のギャング映画のようなしゃべり方をすると、ウィルは思った。彼はおもむろにバーのスツールに腰掛けた。ウィルと同じくジーンズとタイトなシャツという服装だが、なぜかウィルの服より何千ドルも高価に見えた。ブーツですらもっと尖っているように見える。

「トレスウェイ」メイソンが言った。「久しぶりだな」

ウィルは少し強めの力で握手をした。メイソンは気にしていないようだった。彼はウィルの肩を叩いた。彼はウィルと同じくらい背が高かったが、その身長の一部は前髪をアヒルのしっぽのようにスタイリングして稼いでいた。

「調子はどうだ、ジョニー・ボーイ？　テキサスでトラブルがあったそうだな？」

「知ってたのか」ウィルは言った。「おまえに知られないように大金を払ったのに」

「なるほど。たいしたことじゃないんだろう」メイソンはまた彼の肩を叩いた。「結局、何科にしたんだったたか？　整形外科？」

サラからメイソンを笑わせるための台詞をいくつか教わっていた。「小児腎臓整形外科」

メイソンは一瞬ぽかんとしたのち、のけぞって笑った。「キッド・ニーか。おもしろい」

ウィルも笑ったが、このろくでなしがサラのジョークで笑うのを見ていると腹が立った。しかも、自分は彼女に説明してもらわなければなにがおもしろいのかさっぱりわからなかったので、ますますいまいましかった。

「次の一杯はぼくの奢《おご》りだ」メイソンは分厚い革の財布からブラックカードを取り出した。「でもあまり高いやつはやめてくれよ。もうすぐ学費を払わなくちゃ」

「それくらい屁でもないだろうが、しみったれ」チャズ・ペンリーがグループにくわわった。彼はウィルに握手を求め、彼の腕をたたいた。「ジョン。よく来たな」

ウィルは、チャズの後ろにトラップ一家を売る前の若いロルフが所在なげに立っているのを見た。「チャックか？　チャズにそっくりだな」

「チャック、こちらはドクター・トレスウェイだ」チャズは息子をウィルのほうに押しやった。「おまえの息子はどこだ？」

「隅で携帯に顔を突っこんでる」ウィルはジェレミーを指差した。「話してこい、チャック」

チャックはどうやら見知らぬ他人に命令されるのが好きではないようだったが、父親の不愉快な友人たちと酔っ払うことにも興味がなさそうだった。

「取り巻きたちは？」チャズは尋ねた。「だれをネタにすればいいんだ？」

「リッチーじゃない」メイソンが言った。「その頭のバーコードをネタにするのは飽きたからな」

男たちのからかい合いがつづいたが、ウィルは適当に合わせて笑いながら鏡を見ていた。チャックはジェレミーの向かいの席に座っていた。ウィルの耳にはふたりの話し声が聞こえた。

「……なんであいつがおれをこんなくだらない場所に連れてきたがるのかわからないよ」チャックが言った。

「同じく」ジェレミーが言った。「あのクソ野郎のそばにいるのは耐えられない」

「トミーは来てるのか？」

「トミーってだれ？」

「ジョニー・ボーイ」メイソンの手がまたウィルの肩をつかんでいた。そのうちウィルはその手を折ってしまいそうだった。「奥方は元気か？」

「あいかわらず美人だ」ウィルはメイソンのがっかりした顔を見たくてそう答えた。

「ぼくのビジネスにとっては残念だけど、よかったな」メイソンはすぐに立ちなおった。

「実際のところ、最近はどうしてるんだ？」

「何件かオファーを受けているんだ」ウィルは、メイソンが肩を離すように体の向きを変えた。「アトランタに留まるかどうかはわからない。妻はこの街が気に入ってるが、エディはもうすぐ卒業する。おれは西海岸に行きたいね」

「あのへんの意識高い連中はむかつくぞ」リッチーは呂律がまわっていなかった。「おれなら近づかないね、ジョン。州全体がどんどんいやな場所になってる」

「経済力で世界第四位になったのが意外なくらいだよな」メイソンはウィルにウィンクした。「ぼくらみたいな仕事をしてると、チャンスの宝庫だ。保険なし、現金払い」おそらくベビーブーマー世代から大金が入ってくるという意味だろう。

「ジョン」リッチーがウィルの腕に手を置いた。「こいつの話は聞くな。しばらく頭をさげておとなしくしてたほうがいい。悪いことは言わん」

ウィルは彼をぎろりとにらんだ。「おれの頭をどうするかはおれが決める」

「だれの頭の話だ?」マックがついに登場した。彼はトミーを紹介しようともしなかった。マックの息子はすでに奥のテーブルに向かって歩いている。ウィルはトミーの写真を見ていたからすぐにわかったものの、サラの説明だけでもわかったに違いない。周囲を見くだすように顎をあげた顔は、メイソンより殴り甲斐がありそうだ。

「ジョン」マックがメイソンに代わり、ウィルの肩に手を置いた。「かわいい子を連れてきたな。まだママが髪を梳かしてやってるのか?」

ウィルは不快そうに鼻を鳴らしてみせた。「小便するときにイチモツを支えてやってる」

また騒々しい笑い声があがった。

ウィルは体の向きを変え、マックに手を離させた。ルイザに合図をする。鏡に目を向ける。トミーはチャックの隣に座っていた。詐欺捜査班のもうひとりのメンバー、スーザンが三人のテーブルから使用済みのグラスを片付けて、新しいグラスを置いた。チャック・ペンリーのDNAが手に入った。あとはマックとメイソンのサンプルが必要だ。

「悪いけど」ジェレミーの声がイヤホンから聞こえた。「おれは三十分したら帰るって親父に言っておいたんだ」

「ウーバーを捕まえるのか？」トミーが尋ねた。「ブルックヘイヴンでパーティをやるんだけど」

「興味ない」ジェレミーはスマートフォンをじっと見つめていた。

チャックとトミーは顔を見合わせた。断られるのに慣れていないのだ。

「お待たせいたしました」ルイザがカウンターを挟んでウィルの向かいに立った。

「こいつを片付けてくれ」ウィルは言った。「仲間にお代わりを。おれはパピー、それから――」

「ブルックラディをダブルで」チャズが口を挟んだ。「メイソンは？」

「悪いが、明日は早くから手術なんだ」

マックが言った。「同じく。おれも長居できない。とりあえずジョンと話したくて来たんだ」

ウィルはひそかにあせりはじめた。マックとメイソンのDNAをなんとしても手に入れなければならない。「おれは酒を飲まないやつを信用しないね」

マックはむっとしたようだが、ウィルの台詞は効いた。彼はルイザに言った。「スコッチ、頼むから薄めにしてくれ」

ルイザは注文されたものを用意しはじめた。ウィルは若い三人組をちらりと見やった。ジェレミーはまだスマートフォンを見ている。トミーとチャックは明らかに不満そうだ。ジェレミーはむっつりと黙っているほうが安全策だと思っているのだろうが、ウィルは無視された相手が癇癪を起こすのを何度も見ている。

チャックがジェレミーを会話に誘おうと話しかけた。「工科大なんだって」

「そうだけど」ジェレミーは答えた。

トミーが尋ねた。「ブラッドリー・ウォルフォードって知ってるか？」

「知らない」

「専攻は？」チャックがもう一度話しかけた。

ジェレミーはため息をついた。「複雑すぎて説明できないな」

「ジョン」いつのまにかマックがウィルのすぐそばにいた。彼はスコッチの水割りを取った。「昨日は強引だったかな。チャズは口が過ぎる傾向がある」

「たしかに」ウィルはグラスをマックのものに軽く合わせた。「旧友に」

「ああ――うん」マックはグラスを口につけず、カウンターに置いた。「ちょっと話してもいいか？」

ウィルは手の甲でグラスをマックのほうへ押した。「もちろん」

マックは眉をひそめた。普段は無理強いされる側ではないからだ。それでもスコッチを取り、ついてこいとウィルに合図した。

ウィルはジェレミーから目を離さず、部屋の奥へ歩いていった。トレスウェイなら息子を監視し、自分の雇い主になる男たちの息子と親しくなるように仕向けるだろう。

ジェレミーはスマートフォンからちらりと目をあげたが、すぐにその目をそらした。

ウィルの耳のなかで、チャックの声がした。「きみの親父さん、ちょっといやな感じだな」

「いやな感じじゃない」ジェレミーが言った。「あいつはほんとうにいやなやつだ」

「親父さんはなにをやらかしたんだ？」トミーが尋ねた。「リッチーにくらべればましだろうけど。あのおっさんは壁にドリルで穴をあけて、隣の部屋で着替えている患者を見ながらシコってたんだ。出た瞬間をナースに見られた」

チャックは笑い出した。「『ファミリー・ガイ』でピーターがドリルを買いに行ったよな」

ジェレミーは黙っていた。あいかわらずスマートフォンを見ている。

ウィルはアマンダとイヴリンとすれ違った。ふたりのバッグはトイレのドアと喫煙エリアに出るドアのほうを向いている。二人ともウィルには目もくれなかった。

「ジョン、単刀直入に言おう」マックはグラスを窓辺に置いた。「昨日のキャムの話だ。おまえがあいつを街から連れ出してくれたって話。おれたちの友達の面倒を見てくれたのに、ちゃんと礼を言ってなかったよな」

　ウィルは心臓の鼓動が早くなるのを感じた。キャムのことを持ち出す機会をうかがっていたのだ。だが、たいしたことじゃないと言わんばかりに肩をすくめた。「当然のことをしたまでだ」

「いやいや。おまえの手を煩《わずら》わせるんじゃなかった。そもそもおまえはおれたちの――」マックは言葉を探した。「活動にかかわってなかったんだからな」

「〝活動〟って言ってたのか？」ウィルは言った。「おれに味見させてくれなかったから、知らなかったなあ」

「キャムがおまえになにを言ったか知らんが、まあたわごとだ。ほぼすべてたわごとだ。あいつはたわごとを信じていて――」マックはまた口を閉じた。攻撃的なわりには口下手だ。「キャムがやっていたことはひどい。あいつが妄想を実行していたとは、おれたちは知らなかったんだ」

「妄想？」

「知ったときはほんとうに反吐《へど》が出そうだった」マックはグラスを取り、ついに口をつけた。「人間とはいろいろなことを考えるものだな。思いつきをだれかにしゃべるのはかまわない。でも実生活では、現実では、実行に移すもんじゃない」

「まわりくどいな」

　マックは自意識過剰気味に笑った。「こういう話をするのは、いつもはおれじゃないいんでね」

「へえ」ウィルは言った。「じゃあだれが？」

マックはスコッチを飲み干し、グラスを出窓のカウンターに置いた。「仕事のオファーだが――」

「興味はない」

「そうか、だったらいいんだ」マックは仲間のほうをちらりと見た。

ウィルは振り返ったが、マックがだれを見ているのかはわからなかった。

「いくらほしい？」マックは尋ねた。「結局はそういうことだろう。いくらほしいんだ？」

ウィルはマックがなにを言おうとしているのか少し考えた。キャム。妄想。仕事のオファー。彼らはジョン・トレスウェイを買収しようとしているのだ。だが、マックにははっきりとそう言わせなければならない。「なんの値段だ？」

「おまえの沈黙だよ、もちろん」

「なにを黙っててほしいんだ？」

マックはもぞもぞしはじめた。彼はまたバーをちらりと振り返った。おそらくいつもこの役目をしている男を呼びたいのだろう。ウィルもそちらへ目をやった。チャズか？　リッチーか？　メイソンか？

「なあ」マックは言った。「キャムはおまえになにを話したんだ？」

「例のウェブサイトのこととか？」ウィルはマックの顔から傲慢さが消えていくのを見て

いた。「それともおまえらが輪番制で女をやってたことか？」

マックは手で口を拭った。「なるほど、かなり話したんだな」

「じつに食欲をそそられた。賢いやり口だったな。仲間と共謀して楽しむとはね。おれもテキサスでそうすりゃよかったよ。いまからでも利用させてほしいね」

「いまもやってるとは言ってないが」

「トミーの裁判の記事を読んだぞ。息子を仲間にしたのか？　いいじゃないか。似た者親子だ」ウィルはジェレミーを見た。「うちのもそれくらいの度胸があればいいんだが」

「トミーはいつも自信たっぷりだ」

「自信がありすぎるんじゃないか。もう少しでパクられるところだったんだろ。暴走するたちなんじゃないのか？」

マックはまた口を拭った。「おれは金以外の話をしてはいけないことになってるんだ」

ウィルにはマックが限界に近づいているのがわかった。いま起こりうる最悪の事態は、マックより抜け目のない男が後釜に座ることだ。その後釜とはチャズ・ペンリー以外にいないような気がする。そう考えれば、さっきからチャズがたびたび険しい顔でこっちを見ているのも合点が行く。マックがめずらしくチャズの指示で汚れ仕事をしているのは明らかだ。ギャングの結束が弱まっているのかもしれない。メンバーたちはトミーの裁判で震えあがったはずだ。

ウィルは尋ねた。「おれの沈黙にいくらの価値があると思う？」

「どうだろう――六桁の真ん中くらいか？」

ウィルは口のなかが乾くのを感じた。マック・マカリスターは五十万ドル出すと言っているのだ。「そんな大金をどうしろって言うんだ？　銀行に預けるわけにもいくまい」

「暗号資産は？」

「話にならん」

マックは立ち去ろうとしたウィルを捕まえた。「会社から払おう」

ウィルは振り返った。「どうやって？」

「給料の形にする」マックは言った。「なにひとつ怪しまれるところはない。税金も社会保障もちゃんと天引きする」

マックは買い物リストよろしく連邦犯罪を列挙している。「おれの取り分が半分になるが？」

「いや、そんなことはしない」マックは言った。「七桁でどうだ？　一年以内に支払う。一部は現金で渡すから小遣いにでもしてくれ。ほとんどは給料だから、書類上はなんの問題もない。数字はいかようにも操作できるだろ。そういうことに関しては、会計士はクリエイティブだからな」

ウィルには十二カ月でどうやって百万ドルを用意するのか見当もつかなかった。もっとも、これは帳簿に隠せるようなたぐいの金ではない。

マックが言った。「この話はあらためてじっくりしようじゃないか、な？」

マックが撤収しようとしているのがウィルにはわかった。彼はグループに相談しなければならないのだ。「おれはいつも時給でもらってるんだ」

マックの頬がゆるみ、本心が覗いた。ウィルが罠にかかったと勘違いしている。「いくらだ？」

「手はじめに二万五千」マックを確実に重罪犯にしなければならない。

「現金で」

「なんとかしよう」

「書類は？」ウィルは尋ねた。「給料はどうやって受け取るんだ？」

「おまえの希望どおりに書類を作らせる。雇用契約とか、源泉徴収票とか、そのほか諸々。おまえはコンサルタントの扱いにする」

「リッチーみたいに？」

マックは片方の眉をあげたが、手の内をすべて明かすつもりはなさそうだった。「どうだ、ジョン？　おまえは飲んだくれて鬱になってくたばった友人の戯言《ざれごと》を忘れる、おれたちはおまえがいい具合に着地できるように、ささやかなクッションを用意する。悪い話じゃないだろう？」

ウィルは考えるふりをした。まず現金を要求したのは間違いではなかったが、会社を利用したマネーロンダリングなら背任罪で訴えることができる。マックは会社に対して信用義務を負っているからだ。ただ、このままでは冗談だったと言い逃れをされる余地を残してしまう。一部の隙もなく証拠を固めるには、ウィルに現金が渡り、ダミーの銀行口座に給料が振り込まれなければならない。

「明日、カントリークラブで会おう」ウィルは言った。「そのときに――」

「ふざけんな！」トミーの声がウィルの耳のなかで甲高く響いた。

ウィルは振り向いた。トミーの大声に、店内のだれもが彼を注目していた。彼は怒りで顔をゆがませ、ジェレミーにどなった。「てめえのクソな親父よりクソだな」

ジェレミーは肩をすくめたが、明らかに緊張していた。「なんとでも言えよ」

「生意気な口をきくな、クソが」

ウィルは彼らのそばへ行こうとしたが、マックに腕を押さえられた。「子ども同士で解決させよう」

「トミー」チャックが言った。「落ち着けよ。エディはただ――」

「邪魔すんな！」トミーはチャックをテーブルのほうへ突き飛ばした。椅子がひっくり返り、グラスが割れた。ジェレミーは飛び退《しさ》った拍子にスマートフォンを落としそうになった。彼はぽかんと口をあけていた。混乱し、なにが起きているのかわからず怯え、なによりもまずいことに――完全にひとりだ。

「ぶっ殺してやる！」トミーが拳を振りあげた。

彼が狙っているのはチャックではない。

ジェレミーが危ない。

ウィルはすばやく四歩で距離を詰めた。トミーは放置し、ジェレミーの襟首をつかんで裏口へ急き立てた。フェイスの息子がぶん殴られるのを許すわけにはいかない。夜気が煩を刺した。煙草と饐えたビールのにおいがした。エイデンが両手を拳に握って立ちあがった。ウィルは視線で制した。隣のピクニックテーブルにはカップルがいた。ウィルがジェレミーを手荒く、ただし転ばない程度に壁に押しつけたとたんに、カップルはそそくさと店内に入った。

「なんだよ！」ジェレミーはシャツをもとに戻した。「ウィル――」

ジェレミーは不意に口をつぐんだ。ウィルは振り返り、その理由を察した。

チャックがひらいたドアの前からこちらを見ていた。

「ほっといてくんないかな？」《ウィル・ユー・リーヴ・ミー・アローン》ジェレミーはまたシャツをなおした。傍目にもわかるほど動揺していた。同じくらい明らかに演技をつづけようとしている。「なんだよ、父さん。カリカリしすぎだろ」

「ばか野郎」ウィルはジェレミーの胸を突いた。「トミーはマックの息子だと言っただろうが。小遣いは要らないのか？　車は？　いい暮らしは？　おれの邪魔をしたら許さん」

チャックは例によってにやにや笑っていたが、ウィルが歩いてくると賢明にもドアの脇によけた。

ウィルはバーのなかを見まわした。アマンダとイヴリンはまだテーブル席に座っていた。ふたりともアマンダのスマートフォンを覗いている。ジェレミーの眼鏡のライブ映像を見ているのだろう。

マックはギャングのもとに戻っていた。彼らはまた笑い、冗談を言い合い、肩をたたき合った。マックはウィルを見て、どうしたと言わんばかりに肩をすくめた。チャズはにやにやしながらウィルを手招きした。

　ウィルは彼らのほうへは行かず、男性用トイレへ向かった。ドアを閉めてもたれかかる。スマートフォンを取り出し、ボタンを三度早押しした。ジェレミーが見ているものがスクリーンに映し出された。チャック・ペンリーが彼の前に立っていた。

「卒業まではうまくやらないとな」チャックが言った。

「親父はクソだ」ジェレミーはまだ動揺しているようだが、健闘していた。「おれはひとりで大丈夫なのに。母親じゃあるまいし、いちいちお節介なんだよ」

「わかる」チャックは言ったが、わかっているようには聞こえなかった。

　ジェレミーは無人のドア口を見た。「あいつはマックを怒らせたくないんだ。大事なのは金だけだからな」

「マックは怒らない。おれたちをたがいに怒らせておもしろがってる。あいつらみんなそうだ」チャックはジャケットのポケットから煙草を取り出した。「吸うか？」

　ジェレミーがかぶりを振ったので、映像が左右に揺れた。

　ウィルは物陰にエイデン・ヴァン・ザントを見つけた。彼はまだ緊張しており、いざとなればすぐにジェレミーのもとへ駆けつける体勢だった。チャックが彼に気づいているかどうかはわからなかった。確実にわかるのは、フェイスがバスのなかでモニターに向かって叫んでいるということだ。いまごろジェレミーに、よけいなことは言うな、逃げろ、ウィルの車のなかで撤収の時間まで待ってなさいと念を送っていることだろう。

ジェレミーは、逃げようとしなかった。

彼はチャックに尋ねた。「あいついったいなんなの?」

「トミーか?」チャックは口の端から煙を吐き出した。「あいつの裁判のことは聞いただろ」

「あの子をレイプしたんだよな」

「おいおい! その疑いがあったってだけだよ!」チャックは意地の悪い笑い声をあげた。「ダニはかわいかったよな。たしかにクソ生意気だったけど、かわいかった」

「死んだんだろ」

「トミーは関係ない」チャズはまた煙を吐き出した。「ダニはトミーの車を壊したんだ。それはダニが悪い」

ジェレミーは地面に目を落とした。彼のナイキの片方の紐がほどけているのが、ウィルに見えた。ジーンズの裾は破れていた。フェイスはいまごろ駐車場を走っているかもしれない。ジェレミーには怒らない。怒られるのはウィルだ。息子を守ると約束したのに、その息子を外へ引っ立て、人でなしの息子とふたりきりにしている。

ジェレミーが尋ねた。「あいつ、ほんとにやったの?」

「レイプか?」チャックはもう一本煙草に火をつけた。「レイプってわけじゃない。ダニはミドルスクールで男子の半分と寝てたんだ、アソコで店をひらいてたみたいなもんだよ。近所ではだれよりもたくさんの男とやってた」

「トミーとつきあってた？」

「まさか。ダニにとってトミーはただの友達だ。トミーは何年間もおあずけを食らってたんだよな。もっと早くやらなかったのが不思議なくらいだ」

「ふうん」ジェレミーはまた靴を見おろした。「その子、エロかった？」

「すげえエロかった」チャックは言った。「でも気取ってた。ブリットみたいな感じ。おれの親父は、ブリット・マカリスターに股をひらかせるには油圧式万力《ジョーズ・オブ・ライフ》が必要だって言ってる」

ジェレミーの笑い声は引きつっていたが、チャックは気づかなかったようだ。

彼はジェレミーに尋ねた。「いいもの見せてやろうか？」

ジェレミーが肩をすくめた拍子に眼鏡が動いた。「うん」

「だれにも言うなよ」チャックはじっとジェレミーを見つめた。「こいつは本物だ。めちゃくちゃやばい」

ジェレミーはまた肩をすくめた。「そうなんだ」

チャックは最後に煙草をもうひと吸いして、草むらに捨てた。スマートフォンを取り出す。スクリーンをスワイプし、ジェレミーのほうへ向けた。

一時停止の画像が映っていた。

ダニ・クーパーだ。

全裸で、目を閉じて。仰向けになり、のけぞっている。

彼女は白いシープスキンのラグの上に横たわっていた。

ジェレミーは尋ねた。「これ、だれ？」

「トミーが送ってくれたんだ」チャックはにやにやと笑っていた。「再生してみろよ」

ジェレミーの指がスクリーンをタップした。

ウィルはイヤホンを入れた耳を手でふさぎ、音声をよく聞き取ろうとしたが、トイレのなかは静まり返っていて、ジェレミーが聞いているものがそのまま聞こえた。肌と肌がこすれ合うくぐもった音。低いうめき声。リズミカルに肌がぶつかる音。冷ややかな笑い声。

ウィルは自分の血液が磨《す》りガラスに変わってしまったような気がした。天井を見あげる。もう間に合わない。フェイスの息子はダニ・クーパーのレイプ動画を見ていた。

18

フェイスは流砂に沈んでいくような気分でキッチンのなかをうろうろしていた。ブラインドを閉めて午前中の日差しをさえぎった。昨夜も眠れず、何度も寝返りを打ってはくよくよ考え、泣いて過ごした。こんなにひどい不眠は、最近では春休みにエマがRSウイルスに感染したときくらいだ。

足を止めて二階の静寂に耳をそばだてた。ジェレミーはまだ眠っているようだ。聞こえるのは、廊下のバスルームのシンクに水滴がしたたる音だけだった。息子が泊まってくれるのはいつだってうれしいが、今回は違った。息子がソファに横たわり、彼女の膝に頭を置いたのはいつ以来だろう。ジェレミーは厳密に言えば泣かなかったが、泣きたい気持ちでいるのがわかるだけで、フェイスは粉々に砕け散りそうな気がした。

あの動画。

チャックは明らかに三分以上ある動画を三分で止めた。フェイスは司令センター車のなかでそれを、息子が目にしているものを見ていた——

ダニ・クーパーはのけぞり、わずかに口をあけ、目を閉じていたが、恍惚《こうこつ》としていたのではなく、薬で気を失っていた。室内の色彩は、彼女の裸体の肌の色だけだった。壁は黒く塗られていた。コンクリートの床も黒かった。シープスキンのラグは純白だが、あちこちに染みがあった。羊の毛も、ところどころもつれて固まっていた。

若い女性のうめき声がまだ頭のなかに残っている。ダニは目が覚めている状態と昏睡状態のはざまに囚われていた。もし彼女が自分になにが起こっているのか気づいていたとしても、グレイディ病院にたどり着くまでに忘れてしまったのは、薬が彼女にほどこした唯一の優しさだった。

彼女を誘拐した男は動画に映っていなかったが、ぐったりした彼女の体を動かす両手は画面に入りこんでいた。指輪はしていない。腕時計もしていない。特徴的な傷などもないが、肌はなめらかで、指に黒っぽい毛が生えているので、若い男の手であることは間違いなく、フェイスはトミー・マカリスターの手だと確信していた。

動画の男は冷酷な笑い声をあげながら、カメラに向かってダニにポーズを取らせ、横向きにしたり仰向けにしたり腹這いにしたりし、ズームインやズームアウトを繰り返した。人形のように扱っているとは言えない。人形ですら、もっと優しい手つきで扱われる。男は乱暴にダニをひっくり返した。押したりつついたり、口や脚のあいだに指を突っこんだりした。カメラはダニの胸やプライベートゾーンに迫った。それから、男はカメラを小さな三脚に取りつけ、みずから彼女をレイプする様子を撮影していた。

フェイスはキッチンのテーブルの前に座った。目をこする。警官になってからというもの、非道な行為はさんざん見てきたが、あの動画はフェイスが目撃したもののなかでも屈指の恐ろしさだった。しかも、それを息子が見てしまった——その苦痛は言葉にあらわせなかった。

最悪なのは、なによりも受け入れがたいのは、それでもジェレミーが市警に入りたがっていることだ。

フェイスはテーブルにひたいを押し当てた。口をあけ、何度か息を吸った。叫びだしたいのを我慢できたのは、今日の夜までには、息子があの動画を見せられたことに対して、だれかが報いを受けるとわかっているからだ。

アマンダの計画では、二チームに分かれて二方向から攻めることになっている。彼女はドミノ作戦と名づけた。ひとつのピースが倒れて次のピースを倒し、うまくいけば残りも一網打尽にできるはずだからだ。

ひとつ目のチームを率いるのはウィルだ。今日の午後、カントリークラブでマック・マカリスターと昼食をとることになっている。マックは現金二万五千ドルと、さらに百万ドル分の雇用契約書を持ってくる。

GBIはすでに、マックがそれらの金でジョン・トレスウェイの沈黙を買うと認めた会話を録音している。現金が渡されるだけでも罪になるが、百万ドルが振り込まれれば、マック・マカリスターの棺桶《かんおけ》に最後の釘が打ちこまれる。ジョン・トレスウェイの銀行口座に入金された時点で、マックは電信詐欺、脱税、贈賄、マネーロンダリングの容疑で逮捕される。五年以上二十年以下の刑期が見込まれる。彼は執行猶予を求めて司法取引を持ちかけてくるだろう。

ここでふたつ目のチームが動く。

アマンダはチャック・ペンリーのｉＰｈｏｎｅの押収令状に署名する判事を簡単に見つけていた。ジェレミーが装着していたカメラが、ダニ・クーパーの動画を録画している。チャックがその動画をトミー・マカリスターからもらったと話している動画もある。この二種類の情報が、チャックのｉＰｈｏｎｅを捜索する法的な根拠になった。

令状が送付されれば、ジョン・トレスウェイの息子が警察に通報したことはだれにでもわかる。チャズ・ペンリーは、トレスウェイ親子の持っている情報が動画のほかにもあることにあわてるだろう。自分と息子だけは助かろうと躍起になるはずだ。

唯一の問題は、どちらの男が先に寝返るだろうかということだ。マックは減軽を求めてクラブを差し出すだろうか？　それとも、チャズがそうするだろうか？　あるいは、ふたりとも陪審が無罪評決をくだすのを期待して、大金をつぎこみ、みずからの評判を落として仕事も家族も失いながら、裁判に耐えるのだろうか？

いずれにせよ、クラブのメンバーはこの先彼らを襲う爆撃を生き延びることはできないだろう。アマンダがうまく立ちまわれば、ドミノ倒しは今週中にはじまる。

フェイスはどちらのチームからもはずれていたが、自分の役割は果たすつもりだった。体を起こす。プリンターからプリントアウトの束を取った。いまのところ、ＧＢＩのサイバー班はチャットのウェブサイトの壊れたファイルを復元できていない。だが幸いにも、キャム・カーマイケルのパスワードで保護されたファイルをひらくことには成功した。

それらのファイルはすべてPDFだった。キャムは、サラ・リントンがレイプされた翌日にクラブのウェブサイトから消去されたチャットのスクリーンショットを撮っていた。投稿はいわばメンバーたちのオリジンストーリーだ。最初の投稿は十六年前のものだ。のちには002、003、004、007だけが利用するようになったが、十六年前当時はグループ全員が活発に投稿していた。

002：おまえらばかかもっと気をつけろ。005：だれがおまえをリーダーにしたんだ？　001：よく言った。003：なぜおまえの言うことを聞かなければならないんだ？　002：危うく捕まりかけたくせに。004：悪いがぼくは関係ない。006：腰抜けが。002：おまえはどうなんだ？　007：どうしろと言うんだ？　003：お楽しみは大歓迎だがこんなことで刑務所に行きたくないよおれは。005：同じく。だからおまえらちゃんと考えろ。

フェイスは日付をメモした。アダム・ハンフリーに連絡を取り、市警のデータベースにアクセスしてもらわなければならない。これはメリット・バーロウがクラブの最初の犠牲者でない証拠だ。チャットの内容から察するに、この女性をレイプした男はもう少しで逮捕されるところだった。最初の被害者の女性は、おそらくグループのだれかと親しかったのだろう。ダニ・クーパーとリーアン・パークを襲ったあとに巧妙に痕跡を消していることとからも、犯行はつねに計画的だったと推測される。さらにスクリプトを読み進めると、彼らが解決策を考えた経緯がわかった。

006：作業を分担しよう。002：それがいい。001：説明してくれ。006：救急外来みたいにやるんだ。専門医を入れる。002：さすが外傷外科の大先生だ。われわれも懲りないな、ほんとに。007：ごちゃごちゃ言うな。006：せっかく解決策を考えてるのに。003：たしかにおまえのアイデアはいい線いってる。002：話を整理しろ。006：ぼくはさっきからそれを言ってるんだ。

フェイスは螺旋綴じのノートをひらいていた。チャットグループのメンバーをプロファイリングしたページを見つけた。006がキャム・カーマイケルで間違いないだろう。彼はクラブで唯一の外傷外科医だった。彼の名前にチェックを入れ、トランスクリプトのつづきを読んだ。

005：おれたちだって交替したいと思わなかったのか？　001：おまえのタマはマスターにふさわしいのか？　003：おれは遠慮する見てるほうがいい。005：みんな見てるのが好きだが、なかにはやりたいやつもいるだろ。006：救急外来の当直みたいに持ちまわりにするんだ。みんな交代でやる。002：救急外来じゃなくてもみんなメスの持ち方は知ってるし。００７：でもいい考えだ。００６：じゃあそういうことで。００２：だれが当番表を作るんだ？　００７：だれだと思う？　００２：たまにはだれかやってくれ。

フェイスはハンドル名と人名を指でなぞった。いままで００２はマック・マカリスターだと思っていたが、００２には昨夜のマックの声にはない、ある種の陰険さがある。クレイジー・ウォールを見あげる。有力な対抗馬はチャズ・ペンリーだ。意地が悪く陰険、かつ実務的。カントリークラブの昼食会では、チャズが数字担当で、ジョン・トレスウェイを仲間に引き入れる役目を引き受け、強引に誘っていた。

そうすると、００７はマックかもしれない。のちに彼はセックスの体験談を投稿するようになる。いまではそれがレイプの報告だとわかる。来月の給料を賭けてもいいが、壊れた動画ファイルは、トミーがダニ・クーパーを撮影したものと同種の映像だったに違いない。ブリットによれば、トミーは父親に似てきたそうだ。彼はマスターと呼ばれる男から手口を学んだのではないか？

フェイスはあの動画を努めて頭から追い出し、プロファイリングのページに目を戻した。消去法で考えれば、リッチー・ドゥーガルは００３だ。彼は見るのが好きだと言っている。昨夜、トミーはリッチーがセクハラで訴えられたのは、壁に穴をあけて患者の着替えを覗いたからだと話していた。

フェイスはリッチーの名前にチェックを入れた。ロイス・エリソンとビング・フォースターが001と005、あるいはその反対かもしれない、いや、完全に道を間違えている可能性もある。なぜなら、この人でなしたちは全員が中間管理職みたいな口をききはじめたからだ。

002：役割は？　005：マスター。奴隷商人。006：やめろよ差別主義者みたいだぞ。002：ストーキングに迷惑行為に拉致、薬を盛ってレイプするって話にポリコレは要らない。002：いまのが役割だな。002：ローテーションで、当番外も見ていい。005：おれはそれでいい。006：よし。001：同意。003：了解。007：次の四半期のターゲットについては詳しいことが決まり次第送る。

フェイスはしばらく動けなかった。こんなに単純だったのだ。ひとりはストーカー役。ひとりはいやがらせをする役。ひとりは誘拐する役。ひとりは薬を盛る役。ひとりはレイプの実行役。五人の男。クラブのメンバーは七人。メイソンは早々に抜け、キャムは自分の頭を撃った。ロイスとビングは昨夜の交歓会にはいなかったが、チャックとトミーはいた。ふたりはクラブに引き入れられようとしている。

四日前にブリットがサラに話したことが思い出される――

わたしにはあの人たちを止めることはできないけど、息子を救うことはできる。

フェイスには、そうは思えなかった。昨夜、トミーは二年前のフットボールの試合の反則行為についてジェレミーと意見が合わなかっただけで殴りかかろうとした。彼は気性が荒く短気で、簡単に手をあげる傾向がある。ダニ・クーパーをレイプする自分を撮影していた。ハイスクール時代には少女をレイプしたとして訴えられていた。小学生のころには近所の犬に危害を加えて警察に通報されたこともある。

これはトミーを救えるかどうかの問題ではない。彼の周囲の人々を救えるかどうかがかかっている。

フェイスは自分を奮い立たせ、残りのスクリーンショットに目を通した。００２が当番を投稿していた。メンバーそれぞれに仕事が割り当てられ、順番がまわってきた。当番を替わることは許されなかった。ターゲットを選ぶのは００７の役割のようだった。フェイスは００７の投稿をざっと読んでいった。

００７：ターゲットの写真を送った。００７：ターゲットの住所を送った。００７：ターゲットの電話番号はのちほど。

メンバー全員が同じレスを返している。

００１：確認済み。００２：確認済み。００３：確認済み。００５：確認済み。００

6：確認済み

メイソン・ジェイムズは投稿しなくなっていたが、チャットを読んではいたはずだ。八年前にキャムがみずからグループを永久退会したことがメンバーに知れ渡ったとき、００４はまだこのサイトを見ていた。

ドライブウェイに車が入ってくる音が聞こえた。サラが約束どおりクレイジー・ウォールを片付けに来てくれたのだ。これでハローキティのテープがなくなったことに気づいたエマに、キッチンの床をヒトデのようにくるくるまわりながら泣きわめかれずにすむ。

「フェイス？」廊下を歩いてくるサラの声は低かった。ジェレミーを起こさないように勝手に入ってくれとサラに頼んでおいたのだ。

「キッチンにいるよ」フェイスは七枚の紙を重ねた。彼女はそれを残りのスクリプトに重ねた。ファイルボックスがいくつか必要だ。願わくは、サイバー班がこの紙の山をなんとかしてくれればいいのだが。

「おはよう」サラはバッグをカウンターに置き、あらためてクレイジー・ウォールを見た。赤、紫、ピンク、黄色の画用紙は、まるで図工の失敗作のようだった。「来る途中でウィルと話したの。一時にカントリークラブでマックと会うそうよ」

フェイスはそれが終わるまで安心できそうになかった。「メリット・バーロウの下着からなにか出た？」

「二種類のDNAが見つかった。マーティン・バーロウのサンプルを女性のサンプルと比較して、血縁かどうか確かめる必要がある。もうひとつのDNAは男性のものとだけ確認された」サラは黄色のカードの列を見ていた。「昨夜から全員のDNAを分析してるけど、今週いっぱいかかりそう。でもメイソンのものがない。彼はグラスに触れなかったから」

「それってめずらしいの？」

「わからない。つきあってたのはずいぶん昔のことだから」

フェイスは、クレイジー・ウォールから目をそらしたサラの大儀そうな様子に気づいた。彼女もフェイスのように眠れぬ夜を過ごしたようだ。

サラは言った。「ウィルがジェレミーのことで落ちこんでる」

「ウィルはやるべきことをちゃんとやってくれたよ」フェイスはすでに今朝ウィルと二度も話していた。「あの子が殴られていたとしてもしかたないけど、眼鏡が壊れていたらやばかった。トミーとチャックにカメラの部品を見られてたかもしれない。あれだけ周到に用意したのが全部台無しになってたかもしれない」

「ジェレミーもそう思ってるの？」

「うん。残念ながらね」フェイスは唇を噛んだ。また泣くのはいやだ。「やっぱり市警に入りたい気持ちは変わらないって」

「わたしが話してみようか」サラは言った。「法執行機関の仕事はほかにもあるもの。わたしは去年の秋にクワンティコで科学捜査の講習を受けたの。素敵な道具が揃ってた。ジエレミーを受け入れてくれる知り合いがいるんじゃない？」

フェイスは笑いたくなった。クワンティコとはFBIのことだ。「みんなあたしがエイデンとつきあってるのを知ってるの？」

サラは、それには答えずにこう言った。「ケイト・マーフィはすごい人ね」

「なんか怖い人だよ」フェイスはエイデンの母親にどう接すればいいのかわからなかった。業績は立派すぎるし、美しすぎるし、フェイスはどう転んでもあんなふうにはなれない。

「話を変えよう。チャットのスクリプトを読んで、だれがだれかわかった？　あたしは、006はキャムで間違いないと思う。004はメイソン。007はたぶんマック」

「わたしもそう思った」サラはカウンターに寄りかかった。「002は特徴的よね。〝まだ懲りないのか？〟という言葉をよく使ってる」

フェイスは自分の捜査能力のお粗末さにあきれた。手早くページをめくる。いくつかの投稿が目にとまった――

007：お堅い女にはいいファックが必要だ。002：まだ懲りないのか？

007：あのきいきいうるさい女からなかなか離れられない。002：まだ懲りないのか？

ごちゃ言うな。

００２：さすが外傷外科の大先生だ。われわれも懲りないな、ほんとに。００７：ごちゃ

　フェイスはほかにも気づいたことがあった。「００２はしょっちゅう００７を挑発してる。マック・〝ファッキン〟・マカリスターを挑発する度胸のあるやつはだれ？」

「そんな人はいない。マックが００７じゃないのか、それとも――」サラは肩をすくめた。彼女もフェイスと同じく行き詰まりを感じているようだった。「メリット・バーロウに送られたメッセージを読んで気づいたんだけど。あれを送ったのはキャムのような気がする」

　フェイスはメリットのスマートフォンのスクリーンショットを手に取った。「きみの美しさを称えてきみの一日を明るくしてあげたいと思ってるやつは？　おこがましくもきみの夢ばかり見てるやつは？　みんなよりちょっとおかしなやつは？　きみにつきあってもらえるほどの価値がないやつは？　正体を知ったらきみががっかりしそうなやつは？」

「自虐的よね。ぼくはおかしい、きみにつきあってもらえるほどの価値はない、ぼくの正体を知ったらきみはがっかりする、なんて」

　フェイスはうなずきはじめた。もはやキャムとしか思えない。「たぶん美化してたんだよね、ラブレターを書いてるんだ、ストーカーをしてるわけじゃないと、自分に言い聞かせてたのよ。ところが、メリットがたまたまグレイディ病院に来たから、キャムは自分た

ちがどんなにひどいことをしているのか気づいてしまった」

「スローン・バウアーの話では、キャムにレイプされたと本人に言ってやったら、彼は心底おののいていた。それなのに、セックスとレイプの違いを学んでいなかったようね」サラは腕組みをした。「キャムはメリットの死亡証明書や検死報告書や下着を取っておいて、ギャングを止めようとした。けれど、エドガートンが彼に抜け道を与えた」

「抜け道を与えたのはグロックよ」フェイスは長々と息を吐いた。あの野獣たちを止める方法を見つけなければならない。「会社の名前――〈CMM&A〉。Aというイニシャルに心当たりはある？」

サラはかぶりを振った。「ぜんぜんうまくいかないね。いろいろなことがわかったのに、結局は最初の晩に戻ってしまった」

フェイスはサラの言いたいことがわかった。「証拠がないんだよね。クラブは十六年間も活動してるのに、レイプ容疑で起訴できるのはいまのところトミーだけ。しかも裁判で勝てるかどうかもわからない。動画には顔が映ってないんだもの」

「最初から考えなおしてみようよ」サラが言った。「ほかの疑問は？」

「リーアン・パークが言ってた〝ジーッ、ジーッ〟っていう音の正体がわからない。それから、被害者の電話番号を連中がどうやって入手しているのかわからない。そもそも被害者をどうやって選んでいるのかも。アマンダは、それがわかればリーダーがだれかわかると考えてる。マスターと被害者のつながりがわかれば、事件は解決する。それから靴ね」

フェイスはシンクの隣の戸棚に貼った写真を指差した。「メリットのエアジョーダン・フライト23。ダニのステラ・マッカートニーのプラットフォームサンダル。リーアンのマーク・ジェイコブズのベルベットのレースアップ。だれかがトロフィーとして保管してるはず。それが見つかれば、陪審は食いつく。靴があれば無罪にできない」

サラは写真を見つめた。「あのチャンキーヒール、素敵ね」

「そう？」エマに腰をトランポリンにされるようになってからというもの、フェイスはヒールを履かなくなった。「あとはシープスキンのラグね。リーアンが事情聴取で教えてくれた。ダニの動画にも出てくる。あのラグには大量のＤＮＡが付着しているように見えた。どう思う？」

サラは唇を引き結んだ。

「見てないの？　サーバーにあるよ」

サラは首を振った。「ウィルに思い出させたくなかったから。それに、わたしもいろんなことがありすぎて、眠れない日がつづいてるから」

「ほんとにね」フェイスは言った。「先週までは、ジェレミーから最悪のニュースを聞かされるとすれば、あたしは四十になる前におばあちゃんになるって言われることだと思ってた」

「同情するわ。昨夜はほんとうに怖かったでしょう」

「ウィルがいてくれてほんとうによかった」フェイスは目を拭った。エイデンがいてくれてよかったとは言わなかった。「母親業の九十九パーセントは、いまどうなってるのかさっぱりわからないままぼんやり歩きまわることだなんて、だれも教えてくれないんだもの」

サラは両手を見おろした。指輪をまわしはじめていた。フェイスはサラにどうしたのか尋ねなかった。ふたりともわかっているからだ。サラもできるならばぼんやり歩きまわりたいだろう。

フェイスは書類をまとめ、きちんと揃えた。二階の水滴の音が、ますます気まずい沈黙を強調した。

サラが言った。「蛇口の写真を送って。インターネットで注文してあげる」

「できるの？」

「わたしは配管工の娘よ」サラは顔に笑みを張りつかせていた。「テッサに修理させるわ。ついでにエマとイザベルを遊ばせたらいい」

これこそ、フェイスの目の前で起きた魔法だ。「エマがよろこぶよ。ぜひお願いします」

「じゃあ決まりね」

サラが無理をして明るく話していることに、フェイスは気づかないふりができなかった。

「他人の問題を解決してあげることにうんざりしないの？」

サラはかぶりを振ったが、それは否定のしぐさではなかった。その話はしたくないと言いたいのだ。サラは腕を振ってキッチン全体を指し示した。「どこから片付ける？」

フェイスは老婆のようにうめきながら立ちあがった。「クレイジー・ウォールから。遠慮しないで。テープをはがせば塗料がはがれるだろうけど、かまわないから」

サラのほうが背が高かった。彼女はキャビネットに取りかかり、テープ貼り職人が〝つながり〟の見出しのまわりにきっちりと貼りつけたテープをはがしはじめた。

あなたに起きたこと。ダニに起きたこと。全部つながってるのよ。

「トイレで薬をキメて黙ってられないような金持ちおばさんのために戸棚を犠牲にしたなんて信じられない」フェイスはブリットがトイレで話したことを記した赤いカードをマグネットの下から取り出した。「あたし、ブリットはほんとうにキマっていたのかずっと疑ってるんだよね。泣いてたのは知ってるけど、ほっとして泣いてたのかもしれない。最初からあなたを利用してたのかもしれないよ。あたしたち、ブリットの望みを叶えてあげることになるわけでしょ。トミーは守られる。マックが捕まれば、たぶんクラブはなくなる」

「どうかな。わたしの一部は、ブリットはうっかり本心を漏らしたんだと思ってる。でもほかの一部は、あの人がわたしの知ってる医師のなかでも指折りの熟練した技術の持ち主だったのを思い出すの。スパッとわたしを切ったのはたしかよ」サラは別のテープの角を丁寧にはがした。「ブリットは、同性より異性のほうがつきあいやすいと思いこんでるけど、じつはほかの女性たちには陰険だから嫌われていて、女を見くだしてるから男に好かれるというタイプなのよ」

フェイスも長年の警官生活でそのような女性を見てきた。「ウィルはブリットが被害者であると同時に加害者でもあると言ってた。経験からそう言ったんだろうね」

塗料が大きくはがれ、サラは顔をしかめた。彼女はウィルの個人的な事情について決して話さない。いまも話すつもりはないだろうと、フェイスにはわかっていた。「話は疑問のリストに戻るけど。リーアンが聞いた音ってなんだろう？」

フェイスはエマが描いたパンダかブラックビーンズの缶詰の絵をマグネットでとめた。

「ジーッっていう音で思い当たるのは誘蛾灯くらい」

サラはテープをはがす手を止め、フェイスを見た。「ジーッなのか、それとももっと機械的な音なのかな？」

「どういう意味？」

「小さいころ、父が〈ラジオシャック〉でＲＣＡビデオカメラを買ってくれたの。実家の地下室には、まだ何百本ものＶＨＳテープがある」

フェイスは思わずほほえんだ。「うちの父さんも持ってたよ」

「あのカメラがズームイン、ズームアウトするときの音、覚えてる？」

フェイスは思い出した。リーアンがまねをしてみせた音によく似ていた――機械的な〝ジーッ、ジーッ〟という音は、光学式手ぶれ補正がオートフォーカスと連動して働くときの音だ。

「解像度の高い動画だったから、ＶＨＳじゃないね」

「デジタルのほうがいい。メタデータで撮影した場所、日付、時間、おそらくカメラの所有者までわかる」

「もしもシープスキンのラグが見つかれば、その上にいた人物全員のDNAが見つかるはず」

「もしも」サラは繰り返した。この事件は〝もしも〟ばかりだ。「ダニの動画にはズームインやズームアウトの音が入ってたら？」

フェイスはかぶりを振った。覚えているのは、痛々しいうめき声だけだった。「あたしはおろおろするのに忙しくて、ちゃんと聞いてなかった」

「動画はサーバーにあるんでしょ？」サラはバッグに手を入れ、エアポッドを取り出した。

「あたしのヘッドフォンがリビングルームにある」フェイスはテーブルについた。ノートパソコンをひらき、サラのエアポッドとペアリングした。ＧＢＩのサーバーにログインするころには、サラはヘッドフォンを持って戻ってきていた。

サラは言った。「わたしひとりで見ようか。あなたがもう一度見る必要はないし」

フェイスはサラが座るのを待った。ファイルをクリックしてひらき、音量をあげた。ヘッドフォンを装着してから、サラがエアポッドをつけて再生ボタンを押すのを待った。

動画は二度目も同じように恐ろしかった。勝手に動かされる両腕と両脚。蹂躙《じゅうりん》される体。ダニは無表情だった。自分がどこにいるのか、なにが起きているのかわかっていない。

フェイスは目を閉じ、音に集中した。激しい呼吸。男の笑い声。動き。唇を鳴らす音。

ダニの浅い呼吸。

ジーッ、ジーッ。

フェイスは目をあけ、サラを見た。二人ともその音に気づいた。光学手ぶれ補正。オートフォーカス。

フェイスはヘッドフォンをはずした。これ以上聞く必要はない。スペースバーを押して動画を止めた。

「フェイス」サラは心臓に手を当てた。「ダニのヌード写真。ご両親が見せられた写真は。ブリットは、ダニの元彼が古いスマホから見つけたと言ってた。猥褻なものだったと。だから、クーパー夫妻は示談に応じたのよ」

「うん」

「スチームルームで」サラは言った。「ブリットからどんな写真だったのか聞いたの。ダニは目をつぶっていたけど、顔ははっきりとわかった。自分の胸をつかんでいるもの。下半身を広げているもの。ダニはそういうポーズを取らされたのよ。写真はハイスクール時代のボーイフレンドのものじゃなかった。この動画からの静止画像よ。見て」

フェイスはサラがさまざまな場面を早戻ししたり早送りしたりするのを見た。ダニは自力で動いていなかった。両手を置かれた場所から動かさない。胸の上。脚のあいだ。写真の編集について少しでも知識があれば、みずからポーズを取っているように見せるのは簡単だ。

フェイスは言った。「ブリットはこの動画のことを知っていると思う?」

「本人に訊かなくちゃ。マックは二時間後にウィルとクラブで会う。ブリットの家に行ってみるわ。彼女も話す準備ができているかもしれない」

「マックが防犯カメラであなたの姿を見るかも」

「彼がスマートフォンを見ないように、ウィルになんとかしてもらう」

フェイスもそれなら大丈夫だと思えたが、ひとつ問題があった。「アマンダに知らせないと。あたしもそろそろしっかりしなくちゃ」

「そうね。でも、これは新たなドミノになりかねない。ブリットは、贈賄容疑に関してはマックの味方をするだろうけど、トミーの命がかかっているとなったら夫を売るわ。マックを狼の群れに放りこむでしょうよ」

「それでいいの？　マックを刑務所行きにするために、トミーを自由にするの?」

「いいえ、トミーも服役しなくちゃ。それは譲れない」

フェイスには、そんなに単純な話とは思えなかった。「理想の司法の働きと、実際の司法の働きって違うよね」

「つまり、ブリットがまた勝つと?」

フェイスは答えられなかった。トミー・マカリスターは、だれかが彼を止める方法を見つけるまで女性を傷つけつづけるだろう。その方法が見つかるまでに、さらに大勢の女性が苦しむことになる。

サラも同じことを考えているようだ。椅子の背にもたれ、ゆっくりと息を吐いた。ノートパソコンのスクリーンで一時停止しているダニの画像を見つめていた。三年前にダニと交わした約束を思い出しているのだろう。

いや、そうではないのかもしれない。

サラは体を起こし、スクリーンの一点を指差した。「この部分を拡大してくれる？」

「ほくろのあたり？」

サラはうなずいた。

フェイスはスクリーンショットを撮り、無料写真編集アプリのピクシアでひらいた。フィルターを調整すると、ほくろが濃くなり、ダニの肌が明るくなった。サラはほくろを見たいのではないらしい。彼女が見たいのは、ほくろの二、三センチ下にある傷痕だった。皮膚はわずかにくぼんでいて、刺し傷のようだった。ダニの青い静脈は、岩の周りを流れる川の流れのように分かれていた。フェイスは、傷痕がピンク色になるまで色調を調整した。

そのとき、フェイスはクレイジー・ウォールを設置した最初の夜のことを思い出した。

「この傷痕は古くて、たぶん子ども時代のものだと言ってたよね？」

サラは答えなかった。かぶりを振っている。混乱しているようだった。「リーアンには、目に見える傷痕はあった？」

「ええと――」フェイスは書類の山を分け、三枚のリーガンの胸の写真を見つけた。クローズアップ、全体を撮ったもの、横から撮ったもの。

　サラは横からの写真を選んだ。フェイスが乳首のまわりに書かれた文字を撮影しやすいように、リーアンは腕を頭の上にあげていた。あのとき、フェイスはリーアンの左脇腹にある色褪せた傷痕にまったく注意を払わなかった。いまよく見ると、脇の下数センチの場所に、乳房を指す矢印のようなピンク色の細い線がある。

　それがぼくだ。

　サラは尋ねた。「メリットの検死報告書はある？」

　フェイスはファックスされたページをすぐさま見つけた。

　サラは人体図に書きこまれた三つのXを指差した。リーアン・パークの傷痕と同じ場所にある。「監察医はタトゥーだと書いてるけど、傷痕だったら？　エドガートンがタトゥーに変更させたとしたら？　監察医が詳しい描写をしていないことの説明がつくわ」

「なぜエドガートンは、傷痕をタトゥーに変えたがったんだろう？」

　サラは報告書をテーブルに戻した。

「わたしが思ってることが、現実にあるわけがない」

「どう思ってるの？」

　サラはフェイスを見た。「開胸術を受けたら胸骨正中切開の傷痕が残る、そうでしょう？外科医は胸骨を切開する。あとでもとに戻す。切開した部分を閉じるの。だから、胸の真ん中に大きな傷痕が残る。二十センチから三十センチくらいの長さの傷痕が」

だからなんなのか、フェイスにはわからなかった。「被害者のだれも胸の真ん中には傷痕がない」

「そうよ」サラはリーアンの胸の写真を掲げた。「この傷痕は左前外側小胸郭切開によるものよ。ASDやVSD――心房中隔欠損症や心室中隔欠損症で、心臓の上ふたつ、あるいは下ふたつの部屋のあいだにある穴を修復するために、このような切開をするの」

フェイスはメリット・バーロウの検死報告書を掲げるサラを見ていた。

サラは三つのXを指差した。「同じ場所に左前外側小開胸術の傷痕がある。おそらく同じ手順の手術よ」

サラはノートパソコンををフェイスのほうに向けた。

ダニ・クーパーのほくろの下の傷痕を指差す。「左心カテーテル治療のための経大腿《けいだいたい》アプローチ。心臓の穴が小さければ、カテーテルを通して特別なインプラントを送りこむことができる。心臓の内側の圧力で、組織が成長するまでインプラントを固定するの」

フェイスにはさっぱりわからなかった。「なんだかいろんな言葉が出てきたけど、全体の意味がつかめない」

「わたしがグレイディ病院にいたころ、ニガード先生は末梢カニュレーションによる小開胸術を用いた低侵襲心臓手術を臨床試験する国立衛生研究所のプロジェクトメンバーだった。患者は無作為に選ばれて、参加の意思を尋ねられた。女の子の親のほとんどは、イエスと答えたわ。理由は同じ。見た目よ。娘が胸の真ん中に二十センチの傷痕を残すよりも、胸の脇に最小限の傷痕を残して成長するほうを望むの」

フェイスにもようやく読めてきた。サラが先をつづけるのを待った。

「ニガード先生はわたしと同じ左利きだから、左側から手術した。外科のレジデントやフェローは、右からのほうが有利でない限り、みんな左からのアプローチで訓練を受けていた。手術以外でも、フェローはニガード先生の診療を手伝うの。手術後の患者を診察し、手術の候補者を評価するのを手伝い、不安がる両親の話を聞いて、手術の手順を説明した」

いまではフェイスも理解していた。「ニガード先生の外科のレジデントとフェロー全員がね」

「現住所と電話番号はいつもどこで訊かれる？」

「医師のオフィス」

「メリット、ダニ、リーアン。被害者はそうやって選ばれてるのよ。マック・マカリスターは彼女たちの心臓を治療したの」

19

サラはアマンダのレクサスの助手席にひとりで座っていた。エンジンをかけているので、ヒーターが効いていた。スピーカーからはフランク・シナトラが静かに流れていた。アマンダはレクサスの向かいにとめてあるサラのBMWに寄りかかっていた。彼女はうつむいて電話で話していた。

話は緊迫しているようだった。

アマンダはフルトン郡の上級地区検事補と州検事総長と電話会議をしていた。彼らはある種の囮捜査の調整をしていた。これからサラがブリット・マカリスターの家のドアをノックするのだ。今回はサラの記憶力も、インデックスカードに記憶を書き写す能力も頼りにできない。サラの着ている深緑のコーデュロイジャケットは、左の胸ポケットのボタンに小型カメラが内蔵され、右の襟の裏にマイクがついている。送信機はサイドポケットに隠してある。アマンダはいま検察と戦略を練っている。裁判で録画が証拠として認められるように、一部の隙もなく用意しておきたいのだ。

マックが邸内のカメラの映像を保存しているかどうかは定かではなかった。サーバーの場所もわからない。ダニ・クーパーが死んだ夜、家の外壁の防犯カメラの映像を消したように、マックが遠隔操作でドライブから消去できるのかどうかも、予想できなかった。

アマンダは車のあいだを行ったりきたりしはじめた。苛立っているときの癖で彼女は大きく手を振りまわしていたが、サラがこの副長官について知っていることがひとつあるとすれば、それは彼女がいつもなにかしら方法を見つけるということだった。

でも、どんな方法を？

サラの一部は、ブリットがいままでどこにもつながらない手がかりばかりだらだらとよこしてきたことを考えると、どうにも難しいのではないかと思わずにいられなかった。ブリットは〝あの人たち〟がしていることについて泣いたが、〝あの人たち〟の名前は言わなかった。キャムの話はしたが、彼は死んでいる。メリット・バーロウという被害者の名前を教えてくれたが、そこからはなにもわからなかった。サラとダニ・クーパーにはつながりがあると言ったが、はっきりと確認できるつながりは、ふたりともレイプの被害者であることだ。つまり、ふたりとも年に五十万人近いアメリカ人女性とつながっていくことになる。

ほんとうのつながりはマックだ。

そもそもブリットはサラの目をマックに向けさせるつもりはなかった。薬のせいとはいえ、裁判所のトイレで本心をぶちまけたのがブリットのミスだった。ミスを犯した彼女は後始末に追われた。カントリークラブのロッカールームでメリット・バーロウの名前を出した。怪しい人物としてキャムの名前をあげ、彼の名誉を毀損《きそん》した。なにもかも死んだ男のせいにするのは悪くない戦略だったが、ブリットはサラがダニの動画を見たことも、チャットのトランスクリプトや検視報告書、キャムの供述書を読んだこともまだ知らない。そしてなにより、サラが優秀な医師であることを忘れている。

研修医のカリキュラムは、複数の分野で総合的な教育を受けられるように設計されているという建前だが、実際的には、レジデントの精神を打ち砕くように設計されているとしか思えなかった。長時間労働。低賃金。敬意は払われない。報われない。最初の一年間は、だれかを殺さないようにするのが精一杯だ。二年目に進まなければ、レジデントの称号は得られない。カリキュラムによって異なるが、一般的にすべての研修医は、救急医療、内科、小児科、精神科、神経科、外科をローテーションし、臨床を経験する。各科の期間は四週間から九週間で、そのブロックに所属しているあいだは、書類記入から患者のスクリーニング、開心術の補助まで、あらゆる仕事をこなす。

サラは、ニガード医師のもとでの最初の研修で、小児心臓外科に惚れこんだ。マックもそうだったが、理由は違った。乳幼児の心臓手術はリスクが高い。威信もある。ふたりはニガードのチームにできるだけ頻繁に参加しようと競い合った。ふたりはフェローシップを争った。ふたりとも候補者になった。ふたりのうちひとりだけがオファーを受ける立場にあった。

マックは自分の異常な衝動に、その立場を利用した。

サラはスマートフォンに目を落とした。先ほどダニ・クーパーの両親と話をした。ダニは心房中隔欠損症で生まれた。医療チームは五ミリの穴が自然にふさがるのを待つという方法をとった。六歳の時、ダニが疲労と不整脈を訴えたので、大腿動脈にカテーテルを挿入して穴をふさいだ。

手術の担当医はニガード医師だった。

マック・マカリスターは彼女のフェローだった。

フェイスはリーガン・パークの母親に電話した。リーガンもまたグレイディ病院で手術を受けていた。彼女も生まれつきの心房中隔欠損症で、七歳のときに症状が出はじめて手術を受けた。

手術の担当医はニガード医師だった。

マック・マカリスターは彼女のフェローだった。

フェイスはマーティン・バーロウとも話した。彼は姉が亡くなった当時は十六歳だったので、家族に電話で確認した。メリットは僧帽弁の異常を持って生まれた。弁を補強するために人工のリングが埋め込まれていた。手術はグレイディ病院で受けた。家族のだれも担当医の名前を覚えていなかったが、リングが適切に機能していることを確認するために、メリットが毎年経過観察を受けなければならなかったことがわかった。

そのような定期的なフォローアップは、通常はレジデントが担当する。

マック・マカリスターはメリットが亡くなったころ、ニガード医師のもとでレジデントをしていた。

　マックはアマンダが探していた事件の鍵を握る人物だった。被害者を選んだのは彼だったのだ。彼はメリット・バーロウのレイプを計画し、実行した。リーアンが二十代になるまで待ち、彼女を襲うという長期戦に出た。ダニもおそらくマークされていたが、トミーが計画を台無しにした。マックの元患者が何人いるのかはわからない。マスターのマックがターゲットのリストを作った。この十六年間で、彼はおそらく何千人もの乳幼児や子どもたちのもっとも無力な瞬間を見てきた。そして、彼女たちが彼の異常なファンタジーを満たすのに充分な年齢になるまで見守り、待ちつづけた。

　検死官として、サラは残酷な犯罪を目の当たりにしてきたが、医師として、外科医として、かつて多くの子どもたちの心臓を修復する栄誉に浴した女性として、マック・マカリスターは地球上を歩いている人間のなかでも最低の人間のひとりだと思わずにはいられなかった。医師と患者という関係を蹂躙した罪はあまりにも重い。

　レクサスのドアがあいた。アマンダは電話を終え、車に乗りこんできた。彼女は黙ってサラの上着のポケットに手を入れ、裏地に蛇行するマイクとカメラのワイヤーに接続された黒く薄い箱を取り出した。送信機のランプは消えていたが、それでも彼女はリード線をはずした。

　アマンダは言った。「ブリットから聞き出したいことは次のとおりよ。ブリットはクラブについてどこまで知っているのか？　メンバーはだれか？　クラブはいつから活動しているのか？　トミーはどうやってクラブに引き入れられたのか？」

「ブリットはトミーを手放しませんよ」

「トミーはすでに現行犯で捕まっていると言ってやりなさい。ダニの動画もある。あの動画を見て無罪と考える陪審員はいないわ。ブリットがいまできることは、彼女が納得できる条件を交渉することよ。マックとクラブの情報を教えてくれれば、息子が刑務所で死なないようにはからうわ」

　サラは胃がよじれるのを感じた。サラに言わせれば、トミーは刑務所で死んで当然だ。

「ブリットは、わたしに法的拘束力のある取引をする権限がないことを知っています」

「あなたは取引しに行くわけじゃないのよ。友人として来たと思わせなさい。トミーのことを心配していると思わせなさい。あなたは彼女の味方になる。彼女の手を握り、優しくし、同情し、理解しているように見せて、あなたを信頼させて、心をひらかせるの」

　サラはそのレベルの二枚舌を使いこなす自信はなかった。「どこまで話していいんですか？」

「全部しゃべってもいいし、最小限にしてもいいし、とにかく彼女をしゃべらせて」アマンダは言った。「ほかのピースはすべて揃っている。ドミノは倒れるわ。あとは障害物を取り除くだけ」

「トミーが家にいたら？」

「いまカントリークラブで友人とゴルフをしてるわ。ウィルの作戦のために、司令センター車はすでに近くの道路にとまってる。トミーがわたしたちに知られずに敷地から出ることはありえない」

「ブリットの家にはお手伝いがいます。庭師も」

「今日は土曜日よ。今朝八時から見張りをつけてる。トミーは正午に家を出た。マックは五分前に車で出かけたわ」

「わかりました」サラは、ブリットの家には週に二回しか使用人が来ないことをウィルの録音で聞いていたことをつけくわえなかった。「家のなかのカメラは？　ブリットがカメラのある部屋に入ると、マックにアラートが届くんです」

「ウィルにはマックに携帯の電源を切らせるように指示してある。ふたりで犯罪の相談をするわけだから、難しいことではないわ」

まだ気になることがあった。「彼らはゴシップで生きている。チャック・ペンリーのスマートフォンが押収されたら、すぐにだれかがブリットに電話しますよ」

「そしてチャズ・ペンリーが最初に電話するのは彼の弁護士で、その弁護士は、口は堅く閉じておけと親子に指示するわ」アマンダはサラのほうを向いた。「アドバイスしてもいいかしら？」

　サラはうなずいた。

「ウィルバーが子どものころ、わたしは署で児童養護施設のためのシークレットサンタを企画したの。もちろん、ウィルの名前を引いた。あの子は絵が得意だったから、赤い枠に白いつまみのついたお絵かきのおもちゃを買ってあげたの。振ったら描いた絵が消えるのよ」

「〈エッチ・ア・スケッチ〉？」

「ええ、それ。わたしはウィルに、あなたを悩ませているすべてのことについて考えながら絵を描きなさいと言ったの。悪い里親、いじめっ子たち、卑劣なおばとおじ、自分を傷つけたすべての人、すべてのことを。そして絵を描き終えたら、振って消す。完全に消し去って、忘れなさいって」

サラは唇を噛んだ。この話はウィルについて多くのことを語っている。

「いまのあなたへのアドバイスも同じ」アマンダは言った。「これがあなた個人にとってどういう意味を持つのかは忘れなさい。心配するのはやめて。フェイスやジェレミーやウィルや、あなたが十五年前に経験したことについて、いまは忘れて。ブリットの心の狭さや悪意を遮断して。すべてを振り払い、ブリット・マカリスターを味方につけることに集中するの。彼女はクラブを止める最大のチャンスなの。彼女に真実を話してもらう必要がある。わかった？」

サラはうなずいた。「わかりました」

「グローブボックスをあけて」

サラは言われたとおりにした。なかに入っているものはたったひとつ、紫色のベルベットのクラウン・ロイヤルの袋だった。それを手に取った瞬間、自分が銃を持っているのがわかった。金色の房飾りのついた巾着をあけ、スナブノーズのリボルバーを取り出した。その銃は小さく、一ドル札より少し長いくらいで、手にぴったりと収まった。ウィルは銃の専門家だが、サラでさえそのリボルバーが古いものだとわかった。コロンボがレインコートのポケットに忍ばせていそうだ。

「それはわたしが最初に持った銃よ」アマンダは言った。「アンジー・ディキンソンが『ポリス・ウーマン』でペッパー・アンダーソンを演じたときに持っていたのと同じモデル」

サラは今日だけでアマンダについていろいろなことを知った。シリンダーをはずすと、銃弾が装塡してあった。安全装置はない。撃鉄を戻して引き金を引くだけだ。

「なぜクラウン・ロイヤルの袋に入っているんですか?」

「撃針に糸屑がつかないようにね。あのころは、女性がホルスターをつけるのははしたないと考えられていたの」とアマンダは言った。「使う気がなければ置いていって」

サラは銃の使い方は知っていたが、自分に使う気があるのかどうか決めかねた。それでもリボルバーを巾着袋に戻し、バッグにしまった。ダッシュボードの時計を見る。

十二時五十二分。

ウィルがマックに会うまであと八分。

サラは尋ねた。「マックが実刑になる可能性はどのくらいだと思いますか?」

「可能性は高いと思う。なんにしても、州や連邦政府と戦うのはとてもお金がかかる。マックは評判を失い、最終的には仕事を失うでしょう。家も。カントリークラブの会員権も。金持ちを苦しめる最善の方法は、貧乏にすることとよ」

サラはもっと悪いことがあるのを知っていた。「ホワイトカラーの犯罪ですもの。せいぜい刑務所《クラブ・フェッド》でバスケットを編むくらいですむんじゃないかしら」

アマンダは言った。「ドクター・リントン、やるなら全力でやらなくちゃ」

サラは自分の手に目を落とした。いつのまにか、また指輪をまわしていた。手のひらを上に向ける。ダニの心臓を手にしたときの感覚は決して忘れないだろう。枝分かれした動脈は地形図を思い出させた。右冠動脈。後下行動脈。右末梢動脈。左前下行動脈。回旋動脈。

リーアン・パーク。メリット・バーロウ。ダニ・クーパー。

マックはなんらかの形で三人の心臓の鼓動に責任を負っていたが、自分に彼女たちを癒す力があることに感謝するどころか、彼女たちを破壊の対象として選んでいた。

彼女はアマンダに言った。「全力でやります」

「いい子ね」アマンダはワイヤーをトランスミッターに戻しはじめた。「もうひとつ。このことはウィルには内緒よ。彼はあなたではなく、マック・マカリスターに集中する必要がある」

「わたしは――」

「これはわたしのサーカスよ。ウィルはわたしの猿。わかった？」

アマンダが言ったことそのものにむっとしたのか、それとも言い方に腹が立ったのか、サラは自分でもわからなかったが、なんとか「はい」と答えた。

アマンダは送信機のスイッチを入れた。緑のランプが点灯しているのを確認すると、それをサラの上着のポケットに押しこんだ。ひとりのために司令センター車は必要ない。受信機はカップホルダーに入っている。昔ながらのトランシーバーくらいの大きさだ。ケーブルがタブレット型コンピューターに接続されていた。アマンダはヘッドフォンを耳に当て、すべてが機能していることを確認した。サラはタブレットの画面を見た。上着のボタンカメラには、タブレットを持つアマンダの手が映っていた。解像度は高いが、ブリットの顔をとらえるには、少し距離を置かなければならない。

「マイクに気をつけて。とても感度がいいから。首を掻いたり、ジャケットを動かしすぎたり、さわったりすると、音声が拾えなくなるわ」

サラは襟に指を当てた。電線の先に小さなマイクロフォンがあるのがわかった。

「そう、それをやらないで」アマンダはヘッドフォンを置いた。「送信機の電波の届く範囲は六百メートルくらい。わたしは一本むこうの通りにいるわ。マカリスター家の向かいの公園は人通りが多い。不審車について市警やブリットに通報される危険は冒したくないからね。万が一あなたがトラブルに巻きこまれたときのために、セーフワードを決めましょう」

サラはマカリスター邸のストリートビューを調べていた。もしトラブルに巻きこまれたら、アマンダは大きな交差点を抜け、曲がりくねった道を走り、正門を突破し、フットボール場ほどの長さの私道を横断しなければならない。そして、おそらく九〇〇平米を超す敷地のなかでサラを見つけなければならない。

サラは提案した。「〝ラック・ビー・ア・レイディ〟？　〝ストレンジャーズ・イン・ナイト〟？　〝ニューヨーク・ニューヨーク〟？」

「結婚式の曲の候補なら〝フライ・ミー・トゥ・ザ・ムーン〟がいいんじゃない？」アマンダはフランク・シナトラの名曲だとすぐに気づいた。「セーフワードのポイントは、簡単に会話に取り入れられて、あなたに脅威を与えている相手にバレないこと」

「〝エッチ・ア・スケッチ〟はどうでしょうか」とサラが言った。

アマンダはうなずいた。「準備ができたら、行きなさい」

サラは車を降りた。冷たい空気が肌をヒリヒリさせた。アマンダがグローブボックスをあけるように言ったときから、冷や汗が出ていた。自分はほんとうに、弾の入った銃を持ってブリット・マカリスターの家に行くつもりなのだろうか？　自分は医師で、捜査官ではないのに。

そして、ブリットが話をするかもしれない唯一の人物でもある。

サラはＢＭＷに乗りこみ、エンジンをかけた。時計は十二時五十六分を指していた。ボタンカメラにスマートフォンが映らないように気をつけながら、ウィルに親指を立てた絵文字を送信した。来月には彼と結婚する。夫に嘘をつくような妻になりたくなかった。

ウィルはすぐに親指を立てた絵文字を返信してきた。つかのま小さな点が揺れ、ストップウォッチの絵文字が届いた。カウントダウンがはじまったのだ。マックにスマートフォンの電源を切らせることに成功したようだ。

サラはゆっくりと息を吐いてから、ギアをドライブに入れた。

アマンダのレクサスは、サラがバックヘッドの奥深くまで車を走らせるあいだ、少し離れてついてきた。サラがはじめてアトランタへやってきたとき、商業地区にはポルノ映画館があったが、いまは高級店やハンバーガーが二十ドルもするレストランが立ち並んでいる。脇道に入ると、コンクリートの建物はなくなり、緑豊かな公園や老木、広大な敷地が見えるようになった。アンドリューズ・ドライブ。ハバーシャム。アーゴン。このあたりの邸宅の多くは第一次世界大戦のころに建てられた。大恐慌の最中も、豪邸の建築は止まらなかった。この地域は何年もかけて広がり、アメリカの都市の例に漏れず、黒人や貧困層は裕福な白人エリートたちによって追い出された。

マック・マカリスターとブリット・マカリスター夫妻もたしかに裕福で白人でエリートだ。彼らのジョージアン・リバイバル様式の煉瓦造りの屋敷は、美しく手入れされた広くなだらかな斜面に建っていた。衛星写真を見たサラは、プール、プールハウス、テニスコート、サッカー場、ゲストハウス、二十台ほど車が入る駐車場、少なくとも五台分の車庫があるのを確認していた。

サラはまたバックミラーに目をやった。アマンダはレクサスを道路脇に寄せていた。サラは運転をつづけた。左折してマカリスター家のある通りに入る。ほかに車は走っていなかった。女性と男性がベビーカーを押している。別のカップルが子どもを連れて公園に向かって歩いている。サラはニューヨークでのスローン・バウアーとの会話を思い出していた。レイプは人格形成のための訓練だと言われるという冗談を。スローンは、レイプされなければ夫と出会うことはなかっただろうと言った。サラはレイプされなかったとしても、バックヘッドの豪邸に住むことはなかっただろう。

スマートフォンにメッセージが届いた。

アマンダ：テストは？

マイクが音声を送信していることを確認したいのだ。サラは言った。「舟状骨、月状骨、三角骨、梨状骨、僧帽骨――」

スクリーンに別の文字が現れた。

アマンダ：問題なし。

手根骨のつづきは聞きたくないのだろう。サラも逃げるのはやめて、覚悟を決めなければならない。

時計を見ないようにして通りを進んだが、頭の中でカウントが進むのを止めることはできなかった。アマンダが助けに来るまで、数秒どころか数分はかかるだろう。とても長い時間だ。それから、錬鉄製の門がある。それから、門を突破すれば、レクサスのエアバッグが作動する。

それから……それから……それから……。

サラは私道の口に車を入れ、インターホンの横に止まった。堂々とした門の両側には、筆記体のMの文字があった。アマンダのレクサスにはこの門との戦いに勝ってほしいが、そもそもその戦いが起こらないことを願いたい。窓をあける。インターホンのボタンを押す。インターホンの上にあるカメラを直視した。屋敷のなかにいるブリットが画面に映るサラの顔を見つめて、出るかどうか迷っているのがサラには想像できた。

ブリットはついに決断した。インターホンから静電気のような雑音と、ブリットの声がした。「なんの用?」

「話があるの」

「帰れ」

雑音は消えた。ブリットはインターホンを切った。

サラはもう一度ボタンを押した。返事はない。三度目はボタンを押しっぱなしにした。

また雑音が聞こえた。「なんなのよ?」

「トミーを刑務所行きから救いたくないの?」

ブリットは沈黙した。彼女の背後からダンスミュージックが聞こえてきた。

数秒が過ぎた。さらに数秒。ブリットはふたたびインターホンを切った。

サラはハンドルを握った。ゲートを見た。あきらめるつもりはない。門をよじのぼってでもなかに入らなければならない。

幸い、その必要はなかった。門がひらきはじめた。蛇行したドライブウェイをゆっくりと走る。サラはもう一回深呼吸をしてから車を進めた。しばらくしてようやく屋敷が見えてきた。池があった。橋が急流の小川にかかっていた。壮麗なポルティコには大理石のイオニア式円柱が立ち、二階の豪華な三連窓を支えているように見えた。豪華なモディリオンも同じバター色の大理石に彫られていた。ドライブウェイは丘の頂上で円を描いた。円の中央には壺から水が湧き出る噴水がある。ツゲの生け垣が砕石のドライブウェイを縁取っていた。遠くから、アトランタの鳥の声とも言えるリーフブロワーの音が聞こえた。

車から降りると、開け放たれた玄関の前に立っているブリットが見えた。ライラック色のジョガーパンツにおそろいのタンクトップ、太いゴールドのネックレス、テニスブレスレット、婚約指輪。彼女は腕組みをしていた。日焼けした肌には汗がにじんでいる。ダンスミュージックがかかっていた理由がわかった。ジムも完備されているはずだ。ブリットは、医学に専念していたときと同じ意欲で、自分の肉体に集中していたようだ。上腕二頭筋がよく発達している。肩に沿った筋肉はテニスコートで何時間も鍛えたものだ。

「トミーが刑務所に入るってどういうこと?」ブリットは言った。「悪趣味な冗談?」

サラは思いきって単刀直入に言った。「ダニ・クーパーの両親に見せた写真が、トミーが撮った動画からのものだとわたしが気づかないとでも思ったの?」

ブリットは腰に手を当てた。「なにを言っているのかわからないわ」

サラは階段をのぼりはじめた。

「なにしてるの？」

「ポーチでこんな話はしたくない」

「これがポーチに見えるの？」ブリットは柱を指し示した。「フィリップ・トラメル・シャッツェがイタリアの採石場で厳選した大理石よ」

「まあすごい」サラはブリットを見あげて待った。

ブリットはくるりと向きを変え、屋敷のなかへ戻っていった。

サラは大理石の柱のひとつをなで、屋敷のなかに入った。玄関ホールは外観から想像するほど豪華ではなかった。二本の廊下が左右の翼へとつづいている。控えめな階段が弧を描いて二階へとのぼっていた。シャンデリアはモダンなもので、この空間には小さすぎる。絨毯は白。壁も白。硬材の床も白く塗られている。壁には、真っ白な紙に木炭で描かれた女性の体のスケッチが飾ってあった。まるで一九二〇年代のサナトリウムに閉じめられたようだ。

サラは尋ねた。「インテリアはあなたが決めたの？」

「遊びに来たわけじゃないでしょ」ブリットが言った。「動画ってなに？」

「トミーがダニ・クーパーをレイプしているところを撮影した動画よ」

ブリットの表情からはなにも読み取れなかった。「トミーの顔は映ってるの？　あの子だとわかるようなものが映ってるの？」

サラは正直に答えた。ブリットもビデオの一部は見ているのだから。「メタデータを見れば、どこで撮影されたのか、だれが撮影したのか、何月何日の何時何分に撮影されたのか……すべてがわかる」

ブリットは肩をすくめた。「メタデータは偽造できる。コンピューターの専門家ならだれでもそう言うわ」

彼女はさほど不安がっていない。大金持ちが本気で怯えることはめったにない。

サラは尋ねた。「なぜこんなことをはじめたの？　裁判所のトイレで。どうして？」

「なにもはじめてないわ」ブリットは声を落とした。「なにがしたいの、サラ？　自分の子どもを産めないから、わたしの息子を奪おうとしているの？」

その言葉には最初のときほど傷つかなかった。サラは、ブリットが同じ台詞を使いつづけていることに気づいていた。彼女の辛辣さも鈍ったのかもしれない。十五年前は、彼女はいくらでも侮辱の言葉を思いついていたのに。

「なんなの？」ブリットは言った。

サラは肩をすくめた。「そうよね。わたしは子どもを産めない。でも、あなたからトミーを奪おうとしているのはわたしじゃない。マックがあなたの目の前でやってることよ」

「嘘よ。あなたはいつもマックに嫉妬していたわね。彼が自分の力で成功したことに耐えられないんでしょう」

「自分の力で成功したと思っている人の陰で、必ずだれかがつらい思いをしているのよ」

ブリットはふっと笑った。「聖女サラの田舎娘らしい格言ね」

「GBIの格言を教えてあげる」サラは彼女に言った。「われわれはどう考えているか？　なにを知っているか？　なにを証明できるか？」

「それで？」

サラは教えてやった。「GBIは、マックが女性をレイプしている男たちのグループのメンバーであることを知っている。グループが仕事を分担している——全員がそれぞれに役割を担っているのを知っている。被害者がストーキングされていたのを知っている。脅迫的なメールも送られていたのを知っている。盗撮されていたのを。自宅に侵入されていたのを。そしてチャンスが来たら薬を飲まされていたことも。誘拐されて。レイプされたことを知っている」

ブリットの顔は青ざめたが、以前は産科医だったのだ。プレッシャーのなかでも冷静だ。

「その仮説はなにに当てはまる？　考えていること？　知っていること？　証明できること？」

「GBIが知っていることよ。証明するために助けが必要なの。そしてあなたは、トミーを刑務所から救い出すためにわたしたちを助けなければならない」

「ダニの動画に映ってたのはあの子じゃないわ」

「あなたはどこまで見たの？」

ブリットは目をそらした。「トミーは無実よ。なんの証拠もない」

「わたしが刑事裁判の陪審について学んだのは、彼らは証拠を重視しないということよ。科学も専門家も関係ない。陪審は直感を重視する。そして、動画を見てむかつく」

「判事は動画を証拠と認めないわ」

「いいえ、認められる。あの動画が事件のすべてだから」サラはブリットに立ちなおる時間を与えなかった。「そもそもGBIが動画のことをどうやって知ったと思う?」

ブリットの驚いた表情は、いままでその疑問を考えもしなかったことを物語っていた。

「トミーがだれかに動画を送った。そのだれかがトミーを裏切った。あの動画を所持しているだけでも犯罪よ」サラはいまが嘘をつくチャンスだと思った。「GBIはそのだれかにトミーに不利な証言をするよう取引を持ちかけた。今朝、書類に署名したわ。トミーは今日中に勾留される」

ブリットは首に手をやった。肌が紅潮していた。「だれが?」

「起訴状が公開されればわかるわ」

ブリットは首筋をなでた。あらゆる角度から考えようとしている。いつもマックが問題を片付けていたから、彼女は困っている。

それでもブリットはサラに言った。「こっちに来て」

サラは彼女の後について、家の右側につづく長い廊下を進んだ。クローゼット、パウダールーム、白い革張りの椅子とリクライニングチェアのある広々とした書斎。家族の人となりを示すものはなにもない。家族の写真も小物もない。卒業証書や賞状もない。整理整頓が極端に行き届いていることに、サラは落ち着かない気持ちになった。小さな汚れや埃すら見当たらないのだ。

ブリットは巨大なテレビとソファと椅子が置かれたリビングルームを抜けた。キッチンには白いキャビネットとカラカッタゴールドの大理石のカウンターがあった。蛇口は金色だった。戸棚の金具も金色。奥まった小部屋に白い革張りの長椅子がある。裏手の廊下は、主寝室とおぼしき部屋のある翼につづいていた。ベッドと、その足側に白いベンチが見えた。リネンは白。壁も白かった。カーペットも白だった。

それどころか、図書室の本や、キッチンのアイランドカウンターに置かれたフルーツのボウル、その横に置かれた緑色のティッシュの箱を除いて、彼女が見たこの家のものはすべて白か金色だった。裏庭に面した大きな窓から見えるプールのデッキも白だ。太陽の光が差しこみ、すべてが消毒したかのようにように清潔に見えた。これだけ明るければ、広いリビングルームを撮影する隠しカメラの映像は鮮明だろう。

サラは、ウィルからマックのスマートフォンで見た部屋の様子を聞いていた。広々としたキッチン。モノトーンのリビングルーム。四柱式ベッドのある主寝室。二箇所のトイレと、巨大なウォークインシャワーのあるバスルーム。

サラの知る限り、玄関にカメラはないはずだ。ホールからつづく長い廊下にもカメラはなかった。ブリットは、マックが監視できる四つの部屋のうちふたつにサラを通した。

ブリットはマックに見てもらおうとしたのか？　助けを求めたのか？　マックのスマー

トフォンのアラートが鳴れば、彼が急いで助けに来てくれるとでも思ったのだろうか？

「ここに座りましょう」ブリットは、中央の大きなアイランドカウンターを囲んだ八脚の椅子のひとつから、革のテニスバッグをどけ、ぞんざいに床に置いた。ラケットが船の舵のように突き出ていた。「汗をかいていて、ソファーに座りたくないの」

サラは・カウンターの反対側の端の椅子に座った。ボタンカメラがブリットの顔をとらえているはずだ。バッグをカウンターに置くと、重い音がして、アマンダのリボルバー入っていることを思い出した。裏の廊下の先の寝室にちらりと目をやる。クローゼットの明かりがついていて、廊下の端に三角形の白い光を投げかけている。サラはにわかに強い不安を覚えた。アマンダの言うとおり、この家にはブリットしかいないのだ。

ブリットが尋ねた。「どうすればトミーを助けられるの？　なにをすればいい？」

サラは、ブリットの味方であるように見せろというアマンダの言葉を思い出した。容疑者に弁護士を呼ばせない最善の方法は、弁護士に電話するように言うことだ。

「まず、弁護士に相談して。自分のお金はある？　自分の当座預金は？」

「どうして？」

「あなたのための弁護士が必要だからよ。マックのためじゃなく」

「わかった」ブリットはうなずいた。「それから？」

「弁護士はＧＢＩと交渉する。あなたはトミーの人生とマックの人生を引き換えにするの」サラはつけくわえた。「でも、嘘はだめ。そして、マックを刑務所に送るような情報を渡す必要がある」

「マックが関係なかったら？」

こんな状況でなければ、サラは笑い飛ばしていただろう。この期に及んでブリットはまだ彼を守ろうとしている。「GBIはマックが関与していることを知ってるのよ」

「どうしてわかるの？」

もはや隠すものはなにもない。「レイプされた女性はみんなマックの患者だった」

「ばかばかしい。彼の患者はみんな子どもよ」

「これから話すことは、GBIが証明できることに該当するから聞いて。被害者全員がマックの患者だったのが確認された。マックは彼女たちを治療した。命を救ったの。そして彼女たちが成長するのを待ってレイプしたのよ」

ブリットは目をそらした。ついに、なにかが彼女の硬い殻を打ち破ったようだ。唾を呑みこもうとした喉から音がした。目から涙がこぼれた。ブリットは箱からティッシュを取り出した。頭が震えていた。信じたくないのだ。

サラはたたみかけた。「マックはフェローシップで、リーアン・パークとダニ・クーパーの手術を手伝っていたの。GBIは、彼が診たすべての患者の名前を調べ、報告された暴行事件と照合する。リストの名前はどんどん増えるでしょうね」

ブリットは箱からもう一枚ティッシュを取り出した。「マックが証言に応じたら？」

「それは無理。ほかのメンバーと引き換えにマックを救う取引はできない。マックを差し出してほかのメンバーを救う取引はできる。彼は首謀者なんだから」

「あなたは間違ってる。マックが首謀者じゃない。メイソンよ。メイソンが仕切ってる」

サラは驚きのあまり返事もできなかった。チャットのトランスクリプトがなければ、ブリットを信じていたかもしれない。「どうしてメイソンだとわかるの?」

「数年前、メイソンと寝たの。彼は自慢話が好きでね。全部話してくれたわ。どうやってはじまったか。なにをしてるのか。わたしは彼に不利な証言ができる。日付、名前、詳細を話すわ」

不倫はたしかにあったのかもしれないが、グループの首謀者は口が堅く、狡猾でなければならない。メイソンはそのどちらでもない。そしてサラは、いまどこに座っているのか忘れてはいなかった。ブリットがサラをキッチンに連れてきたのは、マックにいまの話を聞かせたいからだ。そうすることで、口裏を合わせることができる。

サラは調子を合わせて尋ねた。「いつはじまったの?」

ブリットは答えなかった。彼女はフルーツボウルに手を入れ、アルブテロール吸入器を取り出した。マックは研修医時代に成人喘息を発症した。サラは彼が吸入器を吸うのを数えきれないほど見てきた。いま、サラの目の前で、ブリットはカウンターの上でそれをまわしていた。サラがウィルとのつながりを感じたいときに、指輪をひねるのと同じように。

ブリットはマックに苦しめられていた。彼に服従していた。彼が自分の息子にじわじわと毒を与えるのを見ていた。それなのに、信じられないことに、彼女はまだ彼を守る方法を探している。

サラはもうしばらく時間をおいてから、こう繰り返した。「いつはじまったの？」

「メリット・バーロウがはじめてだった」ブリットは洟をすすった。彼女の涙は消えていた。「だからスチームルームで彼女の名前を教えたの。あなたが彼女の事件を調べるだろうと思って。メイソンにつながると思って」

メリット・バーロウは最初の被害者ではない。チャットのトランスクリプトから、それ以前に少なくとも一度、暴行していたことがわかっている。もう少しで捕まるところだったので、みんなパニックになっていた。

「わかった」サラは言った。「はじまったきっかけは？」

ブリットは吸入器をまわすのをやめた。「最初はみんなゲームだと思ってた。女の子をつけまわして怖がらせていた。そのうち、メイソンが次の段階に進もうとしたの。彼はターゲットのひとりをレイプした。ほかの連中はそれに気づいたけど、何もしなかった。むしろ、レイプを見せてもらえなかったことに腹を立てていた」

サラは、ブリットが〝ターゲット〟という言葉を使ったことに気づいた。００７がチャットグループ内で被害者をそう呼んでいた。「それから？」

「メイソンはリスクを共有する必要があると考えたの」ブリットは吸入器を強く握りしめた。「そして、救急外来のようにローテーションを組もうと言いだした。それぞれのメンバーが役割を担う。そうすれば、いざというときに否認できる。あるメンバーが女性にメッセージを送信しているのが見つかっても、彼女をつけまわしていたメンバーとはつながらない。そういうこと」

　サラは唇を噛んだ。ブリットはまた大きな嘘をついた。チャットで救急外来のようにローテーションを組むべきだと提案したのは006だ。002は彼をからかった——外傷外科の大先生、と。グループの外傷外科医はキャム・カーマイケルだけだ。

「キャムはなにをしていたの？」

「あの人は哀れだった。飲んだくれだし、おしゃべりだし」ブリットはまた吸入器をまわしはじめた。中のボールベアリングが金属をこすった。「キャムは女性にメッセージを送るのが好きだった。ラブレターを書いているつもりだったのよ。自分をロマンチックだと言っていた。ばかよね、いつかスローン・バウアーと結婚すると本気で信じていた」

　その部分は真実のように聞こえた。「それからキャムはグレイディでメリットを診て、自分たちのしていることが間違っていると気づいたのね？」

「彼の話を信じるなら」とブリットは言った。「メイソンはキャムにお金を払って、街を去らせた。取り巻きのひとりに仲介してもらったの。ジョン・トレスウェイという男よ」

　これも明らかな嘘だ。思っていた以上にブリットが多くのことを知っている証拠でもある。「整形外科医のジョン？」

「キャムはジョンに自分たちがなにをしたかバラしたの。あの人の口を封じることができたのはグロックだけだった」

「キャムはそれだけじゃ——お金だけじゃ追い払えなかったの?」

「彼は飲酒運転で逮捕されていたの。メイソンが救急外来で知り合った刑事が、その手の事件を担当していた。みんな彼を利用していた。マック以外はね。彼は警察とは無縁だった」

サラは彼女を真実のほうへ向かわせようとした。「レイプ役はメイソンで、チャズ、リッチー、ロイス、ビング、キャム、マックが全部下準備をしたの? 彼女たちを尾行したり、メールを送ったり、家に侵入したり、ストーキングしたり、盗撮したり」

「最初は全員が交代でそれぞれの仕事をこなしていたけど、そのうち自分に合った役割だけをやるようになったの。結局、メイソンが中心になってやってた。マックは交代要員に入ってなかった。家に押し入ったり、盗撮したりはしなかった。尾行することはあった。冗談でね。彼は楽しんでいた。彼にとってはそれだけのこと、ちょっとしたお遊びよ」

ストーキングされた女性たちにとって、それがお遊びですむわけがない。「それで?」

「リッチーは彼女たちを盗撮するのが好きだった。窓越しとか、車のなかとか、カフェとかね」ブリットは、自分がビデオの内容をしゃべっていることに気づいていないようだった。「リッチーが病院をクビになった理由は知っているでしょう。彼は最低の変態だから」

全員が最低だ。「ビングとロイスは?」

「ビングは関係ない。ロイスは早々に抜けた。メイソンがブライズと寝てたことを許せなくて、ギャングから抜けたの」ブリットは肩をすくめた。まるでテニスチームからだれかがいなくなったことを話しているようだった。「でもチャズは楽しんでた。彼はいつもマ―メイソンを煽ってた。メイソンは注目されるのが大好きでしょう。いつも自慢してた。聞いていて気分が悪かったわ」

サラはその言葉を無視した。ブリットはメイソンではなくマックと言いかけた。彼女の夫がマスターだった。ターゲットを選んだのは彼だった。彼は何十人もの女性をレイプした。

「だれがトミーを引き入れようとしたの？」

ブリットは吸入器をカウンターに建て、サラを見た。「メイソンよ」

「チャックは？」

「ペンリー？」ブリットは不意をつかれたようだった。彼女の目が探るようにサラの顔を見た。会話を振り返りながら、その質問がどこから来たのかを探ろうとしている。

サラは言った。「ＧＢＩが知っていることはたくさんあるのよ、ブリット。そうやってあなたを引っかけるのよ。彼らはすでに答えを知っている質問をするの」

「あなたも？」

「わたしはあなたを助けようとしているのよ」

ブリットは短く刺々しい笑い声をあげた。また吸入器を手に取る。

「ほかになにを知りたいの？　いいえ、なにを確認したいの？」

「ダニになにがあったの？」

ブリットは天井を見あげた。深く息を吸い、ゆっくりと息を吐き出す。そしてそれを繰り返した。

サラはその対処法を知っている。ダニのことを話すことは、トミーを巻きこむことになりかねない。ブリットはより慎重を期すべく、準備をしている。

「薬物の使い方は複雑で――」ブリットはいったん口をつぐんだ。「適切なタイミングで投与しなければならない」

サラは、ブリットの思わせぶりなやり口のリストを作ったほうがいいような気がしてきた。「ロヒプノールとケタミン?」

ブリットは驚き、感心したようにサラを見た。「メイソンはそれを解決するために呼ばれたの」

サラはだれが呼んだのか言わなかったことに気づいた。「なにを解決したの?」

「中和に失敗したの。懸念されたことは呼吸機能の低下。ダニは目を覚ました。そして、揉み合いになった。彼らはダニを取り押さええようとした。ダニはなんとか逃げ出して、車に乗りこんだ」

「トミーの車に」

ブリット返事をしなかった。「ダニは病院に向かった。救急車にぶつかった。そして、聖女サラが救助に向かった」

サラはその言葉を無視し、ブリットの慎重な言葉遣いに注目した――中﹅和﹅に﹅失﹅敗﹅、懸﹅念﹅

されたこと、取り押さえようとした。もっとはっきり言えばいいのに。「つまり、ダニの呼吸が浅くなったので、トミーは心配になった。薬のカクテルを飲むのをやめさせた。ダニは目を覚ました。トミーは助けを呼んだ。ダニは抵抗した。だれかが鈍器で彼女を殴った。それでもダニはなんとか逃げきった」

ブリットは唇をすぼめた。「詳しいことは知らない。あとで聞いただけよ」

「ダニはどこに監禁されていたの？」

ブリットはかぶりを振った。「わからない」

サラは、トミーがダニをどこに連れていったのか知っている。白い壁と白い家具。白い壁に白い家具。この屋敷のどこかにシープスキンのラグがあるはずだ。デジタルカメラ。三脚。プロ仕様の照明も。マックが犠牲者を連れてきた場所はここだった。トミーはここで、いまの彼になった。

そしてブリットは、犯罪が起きているこの場所でずっと暮らしていた。

「ＧＢＩと取引をするのにこれで充分？」ブリットは尋ねた。「メイソンについて知っていることはすべて話した。トミーとマックはせいぜい周辺にいただけ。メイソンがリーダーだった。刑務所に行くべきは彼よ」

サラは最初から、ブリット・マカリスターから真実を聞き出そうとしても時間の無駄ではないかと予測していた。ブリットはこの異常な状況から逃れる機会を何度も与えられてきた。そのたびに、彼女は毒にまみれた安全な生活に引きこもった。彼女は青い小さな錠剤だけではなく、マックの加虐性に依存しているのだ。

サラは言った。「あなたは優秀な医師だった」

ブリットはその褒め言葉に驚いたようだった。

「わたしたちはたしかに親しくなれなかったけど、わたしはあなたが患者を大切に思っているのを知っていた。あなたは患者にとても親切だった。だから、わたしはあなたを嫌いにならずにすんだのよ」

ブリットはふっと笑った。「それはどうも」

「今からでも遅くないわ。大変だろうけど、医学の道に戻ることもできる。ボランティアでもいいし、旅行でもいいし、子どもたちのために働くとか、博士号を取るとか、ほかの女性を助けるとか。トミーに、母親は尊敬に値する人だということを教えてあげられる」

ブリットは眉をひそめた。「いったいなにを言ってるの？」

「どうしていつもトミーをかばうの？　マックが下っ端のインターンだったときでさえ、あなたは彼を神のように扱った。マックのエゴはそんなに脆いの？　もし自分の間違いを認めなければならなくなったら、イチモツが取れちゃうわけ？」

ブリットは言った。「あなたの人生なんてわたしにくらべたらとてもちっぽけなものよ」

サラは、ブリットが次になにを言いだすのかわかっていた。「わたしは母親じゃないから？」

「そうよ」ブリットの答えはそれだけだった。「母親にしかわからないわ」

「試してみて」

「わたしは子どもを見捨てられない。マックはすでにトミーの人生に影響力を持ちすぎている。トミーはマックを崇拝しているのよ」彼女の声はますます硬くなっていた。「マックと別れたら、トミーが奪われてしまう。そしてマックは、わたしの代わりにもっと若いモデルでも見つけるでしょう。友達はみんな、マックと彼のゲームを選ぶわ。わたしは干からびた年増になり、ひとりで生きていくことになる」

「それは愛じゃない。マックに勝たせたくないみたいな感じに聞こえる」

「もう二十二年も一緒にいるのよ。わたしたちに残されたのは小競り合いだけ。どうしたら彼を傷つけられるか？　どうしたらわたしを傷つけられるか？」

サラはマックがブリットを傷つける方法を知っていた。「彼はあなたを虐待してるんでしょう」

ブリットは愕然とした。彼女はだれにも知られていないと思っていたのだ。

「グレイディ病院時代も、みんな痣に気づいてた」サラは言った。「あなたの鍵や車にはGPSがついている。マックはあなたの一挙手一投足を見張っている。彼に知られずに息をすることすらできない」

「彼はすべてを知っているわけではないわ」ブリットは眉をあげた。ここ数日サラに話していたことを繰り返しているが、やはりマックが怖くて、カメラの前では思うようにしゃべることができないのだ。「マックの仕事がいかにデリケートなものか、あなたなら理解できるはずよ。子どもたちやその親は彼を頼りにしている。マックがやっているようなことはほかのだれにもできない。そのストレスは耐え難いものよ。もし彼がちょっとしたお遊びで気を紛らわせたとしても、それは彼が世界に与えるものにくらべればなんでもない。わたしはよろこんで彼のために自分を犠牲にするわ」

「マックと同じことができる人はいくらでもいる。いないとしても、彼にあなたを虐待する権利があるわけじゃない」

「虐待じゃない。しかたないのよ。マックに傷つけられるたびに、彼が本当に言いたいのは、まだわたしを見ているということだとわかる。夫のことをそう言える四十七歳の女がどれだけいると思う？　マックはいつもわたしを見てくれている。彼はわたしを愛しているの」

サラはかぶりを振った。そんなふうに考える人間を説得できる言葉はない。

「ほら」ブリットは革のテニスバッグを示した。「これは一万ドルもしたのよ」

サラは彼女がラケットを取り出し、無造作にカウンターに放り投げるのを見た。グリップにはシャネルのロゴが目立つ。

「六千ドルよ、ウォームアップに使うの」ブリットはアクセサリーを指差した。「このネックレスは一万八千ドル。ブレスレットは二万。新しい結婚指輪も買ったわ。四カラット。九万ドルよ。バンドだけで三万」

「マックはあなたを苦しめるけど、だれも見ちゃいない高価なものを買えるから許せるってわけ？」

「みんな見るわ、サラ。みんな見るのよ、サラ。安物の指輪を指にはめて、それで自分が特別だと思ってるんでしょ。あなたはもう若くない。引き締まったアソコとツンと上を向いたおっぱいで男をたぐり寄せることはできない」ブリットはカウンターの上に身を乗り出した。「いかに相手の気を引くか、いかに気を引くか、それが勝負よ。結婚は血のスポーツなの。そうでないと主張する人は嘘つきね」

サラはブリットが間違っていることを知っていた。サラの最初の結婚はそうではなかった。ウィルとの関係もそうではない。「あなたがみずからそれを血のスポーツにすることを選んだのよ」

「わたしの後釜を狙ってる二十歳の尻軽女がどれだけいると思う？　そいつらがまつげをパチパチするだけで、わたしは吹き飛ばされる。どれだけ食事を抜こうが、どれだけ体を鍛えようが、どれだけ顔に針を刺されようが、若さには勝てない。同じフィールドには立てない」

「それなら競争しなきゃいい」

ブリットの笑いは彼女の顔と同じくらい張りつめていた。「なんてばかなの。そんなに簡単だと思ってるの？　男はやりたい放題よ。女をタンポンのように扱う。わたしたちは男たちの怒りや虐待の的にされ、あいつらの排泄《はいせつ》物で汚くなったら、新しいタンポンに交換されるのよ」

「あなたが話しているのは特定のタイプの男でしょう」

「みんなそうよ。奪って奪って奪うだけで、なにも与えてくれない」ブリットは吸入器を掲げた。「マックに何度、アルブテロールを置きっぱなしにするなと言ったと思う？　わたしがお願いしたのはそれだけよ――たったひとつだけ――それなのに、それすら聞いてくれない」

サラはブリットが抽斗をあけるのを見た。彼女は吸入器をがらくたのなかに放りこんだ。ペン、小銭、チューインガム、飴《あめ》。

ブリットは言った。「もし神様なんてものがいるなら、車のなかで喘息の発作を起こしてバスに突っこむんでしょうね」

サラは閉まった抽斗を見た。パズルのピースがまたひとつはまった。小児科医として、彼女はアルブテロールの処方箋を書いたことがあった。その薬は口の乾燥を引き起こし、カルキのような後味を残す。彼女はいつも患者にシュガーレスガムを嚙むか、飴を舐めるように言っていた。そのため、彼らの口臭はいやに甘ったるくなりがちだった。

メリット・バーロウはキャムに、自分をレイプした男の息は咳止め薬のような甘い香りがすると話した。

リーアン・パークはフェイスに、レイプした男の息はチェリー味のマウンテンデューのような甘ったるい香りがしたと言っていた。

しかし、ブリットが話したほかのことと同じように、それだけでは証拠にならない。考えることと知ることは、証明することとはまったく違う。

「この話は時間の無駄だったわね」ブリットは言った。「トミーはあの動画とは無関係よ。明らかにディープフェイクでしょ。だれかがあの子をはめようとしている。わたしに言わせれば、あなたかもしれない。あなたがいつもマックを恨んでいることを供述してくれたらうれしいんだけど……」

サラは驚きの笑い声をあげた。「あなたはこの二十分間、あらゆる犯罪行為に関与していることをしゃべっていたのよ。あなたはギャングがいつ活動をはじめたか知っていた。薬物が使われたことも、盗撮した動画の内容も知っていた。彼らのやり口も知っていた。ダニのことも知っていた。彼女が薬漬けにされ、殴られたことも。あなたは――」

「証言台でがんばって。次は弁護士も手加減しないから」ブリットは床からテニスバッグを取った。「あなたは嫉妬深い、子どもも産めないただの穴よ」

突然、サラは涙が出そうになったのを感じた。ブリットにまだ傷つけられるのが悔しかった。

「もう帰って」ブリットはバッグのポケットのファスナーをあけた。テニスのスケジュール帳を取り出す。「来月の選手名簿を作らなくちゃ。だれかスケジュール作りをしてくればいいのに」

サラはうなじの毛が逆立つのを感じた。その言葉は見たことがある。

ブリットはサラの変化に気づいた。「なに?」

サラは言葉を失った。なにかがおかしい。体が震え、吐き気がしてきた。

「いいかげんにしてよ」ブリットはスケジュール帳をカウンターに叩きつけた。「まだ懲りないの?」

サラは息を呑んだ。息を吐くのを我慢した。チャットのスクリプトには同じフレーズが何度も出てきた。007が悪口や性差別的な発言をして、002がそれに答えるときに——まだ懲りないのか?

サラはふたたび息を押し出した。「ビングはグループに参加していないと言ったよね?」

ブリットはスケジュール表から顔を上げた。「それがなに?」

グループのメンバーは七人。チャットのトランスクリプトには七つの番号があった。フェイスは以前、こう質問した。マック・マカリスターの悪口を言う度胸があるのはだれ?

彼の妻だ。

「あなただったのね」サラは言った。「あなたはチャットグループの002だった」

ブリットの鼻孔が広がった。彼女はカウンターの上のスケジュール帳をいじった。「意味がわからない」

「わたしたちはチャットのウェブサイトを知ってるのよ。あなたはみんなを守るためのルール作りを手伝った。そうやってマックの気を引いてきたのね。あなたはこの十六年間、彼がほかの女性をレイプするのを手伝ってきたのよ」

ブリットの喉はこわばっていた。「ウェブサイトなんて知らない」

「いいえ、知ってるはずよ。あなたは002として投稿していた。キャムは006として投稿した。メイソンは004。彼はなにが起きているか知っていたけど、かかわらないようにしていた。マックは007よね。マスター。ターゲットを選ぶ。あなたはローテーションを決める。任務を与え、ルールを作るのもあなた。そしてこの家、この異常な家は、マックが元患者をレイプする様子を撮影する場所なのね」

ブリットは完全に静止した。赤く染まった胸元だけが、真実を語っていた。「出ていけと言ったでしょう」

「出ていかなければどうするの？　警察を呼ぶ？」

ブリットはカウンターに手を置いた。「あなたはわかってない」

「母親じゃないから？」サラは訊いた。「あなたはずっとその言葉を繰り返してるけど、わたしはあなたがどんな人間か知ってる。この家に住んでる残酷な人間はマックだけじゃない。あなたは被害者たちをレイプしたも同然よ。あなたがこんな母親じゃなかったら、トミーはあんなふうにはなってない」

ブリットの氷のような表情にひびが入りはじめた。目に涙があふれ、唇は震えている。

不意に、ブリットはテニスラケットをつかんで振り回した。

「やめて！」サラは両手をあげて防御した。ラケットのエッジが彼女の左手首に食いこんだ。骨にひびが入る音がしたが、ショックで痛みは感じなかった。

ブリットはラケットをバックハンドで振りはじめた。

サラは右手でバッグを必死に探した。紫色のベルベットの袋を取り出す余裕はない。バッグを盾にする。ラケットが底をかすめた。頭が後ろに吹っ飛びそうになった。鼻が折れた。バッグのストラップが手からもぎ取られた。中身が外に投げ出された。銃が巾着袋からすべり出て、硬材の床に叩きつけられた。

世界が止まった。

ふたりとも動かなかった。

ブリットはリボルバーを見ていなかった。彼女の視線はサラの上着のポケットから落ちた黒く薄い箱に注がれていた。細いケーブルはジャックにつながったままだ。緑のランプが点灯している。

「それ——」ブリットは声を出すのもやっとだった。「それはなに?」

サラも息を切らしていた。手首はずきずきと痛んだ。指が動かない。銃までたどり着くことは不可能だ。遠くでサイレンの音が聞こえた。アマンダがいたのは通りを一本越えたところ。交差点。もう一本の通り。それから門。それからドライブウェイ。それからやっとこの屋敷。

サラは言った。「発信機よ。警察はずっとあなたを監視していた。ケーブルはこのボタンの中のカメラにつながってるの」

ブリットの目はサラの指を追った。

「サイレンが聞こえる？」サラの折れた鼻から空気が漏れた。骨折した手首を抱えた。橈骨遠位端骨折。最初の衝撃は消え、耐えがたい痛みを感じた。「もうすぐ来るわ」

ブリットはゆっくりとテニスラケットをおろした。その目はサラを見ていなかった。ボタンカメラを直視していた。「わたしよ。ダニを殴ったのはわたしよ。あの子は逃げようとしていた。ガレージまで追いかけていって、殴ったの。死んだと思った。そして、そこに置き去りにしたの」

サラの心臓はその告白に震えた。

「テニスラケットがまだガレージにある。バボラのピュア・エアロ・プラスのライムグリーン。きれいにしようとしたけど、あの子の血が溝にこびりついてた。グリップにわたしのDNAが付着している。わたしよ」

サラはブリットがまだ持っているテニスラケットにしか関心がなかった。彼女はなにをするかわからないうえに、追いつめられている。アマンダの車のサイレンは遠すぎる。床に落ちている銃も。

「マックはだれも傷つけていない」ブリットはカメラに向かって言った。「彼女たちはなにが起こっているのかさえ知らなかった。ほとんどの子は文句を言わなかったし、文句を言ってもお金を受け取った。大金よ。警察にも行かなかった。しばらくして、みんな元気になった。みんな大丈夫だった」

サラは舌を嚙んだ。大丈夫なわけがない。

「わたしはルールを決めただけじゃない。ウェブサイトを立ちあげたのもわたし。わたしが仕事を割り当てた。あの人たちの好みや適性を知っていたから。わたしの指示で、彼女たちはここへ連れてこられた。わたしが彼女たちを撮影した。動画は全部わたしが作った。地下のサーバーに保存してある。すべてわたしが仕組んだことよ。わたしの責任。全責任を認めます」

サイレンが近づいてきた。

ブリットにも聞こえたようだ。彼女はテニスラケットに目を落とした。彼女はもうラケットを振らなかった。カウンターの上に置いた。

そして身を乗り出し、銃を手に取った。

「ブリット！」サラはなんとか椅子から立ちあがった。

その努力は無駄だった。ブリットは銃口をサラではなく、自分のこめかみに押し当てた。

「この告白は最期の言葉です。真実だと誓います」ブリットはまだカメラに向かって話していた。「トミー、マック、愛してる」

「銃を置いて」サラは言った。「お願い」

「うちの男子たちに見せたくないの」ブリットは一歩さがった。そしてもう一歩。彼女は寝室の廊下に出ようとした。サラのカメラから離れて。マックのカメラからも。「行かせて、サラ。行かせて」

サラは彼女を行かせるつもりはなかった。ブリットは自分の犯した罪の責任を問われなければならない。サラはダニと約束した。ダニの心臓に誓ったのだ。クーパー夫妻のために罪は裁かれなければならない。リーアン・パーク、メリット・バーロウの家族。彼女たちのために、罪は裁かれるべきだ。サラはよろめきながら廊下に出た。痛みで吐き気がした。鼻が脈打っている。左手は完全に痺《しび》れていた。手首を体に密着させた。

ブリットがクローゼットに消えた。

サラはあとを追った。ブリットはクローゼットの中央に立っていた。銃は彼女のこめかみに突きつけられたままだった。クローゼットはティーンエイジャーの女の子の部屋のように明るいピンク色に塗られていた。天井からはクリスタルのシャンデリアがさがっている。棚は特注品。何十万ドルもする靴や服が隅から隅までびっしりと並べられていた。

ある場所を除いては。

クローゼットの奥に小部屋があった。引き戸があいていた。黒い壁。黒い床。不潔なシープスキンのラグ。デジタルカメラ。三脚。プロ仕様の照明。

「ここがその場所よ」ブリットは三面鏡の前に立った。彼女の手が震えはじめた。銃口が彼女のこめかみを小刻みにたたく。「マックはわたしに見られてるのが好きなの。一緒にやってる気分にさせたがるの」

大きな音が空気を揺らした。アマンダが正門を突破したのだ。サイレンを鳴らし、アマンダがドライブウェイを突っ走ってくる。

「わたしたちは――」ブリットはあえいだ。「わたしたちは分かち合ってるの。彼がわたしとしかしないことなの」

サラはブリットにも、黒い部屋にも、汚れたラグにも目を向けなかった。並んだ靴を見ていた。ルブタンやジミー・チューではない。スニーカー、ローファー、ビーチサンダル。ペアはなく、左の靴だけ。天井の照明が店のディスプレイのように照らしている。全部で五十近くある。サラはフェイスのクレイジー・ウォールに飾られた写真の三つを見つけた。

エアジョーダン・フライト23。

ステラ・マッカートニーのプラットフォームサンダル。

マーク・ジェイコブズのベルベットのレースアップ。

「わたしのトロフィーよ」ブリットは誇らしげで、やっとすべてをおおやけにできてうれしそうだった。「わたしが奪ったの。全部わたしが。ほかの女とやっていようが、マックが女たちをここに連れて帰るのはわたしのためなのよ。わたしがマックを守ることを知ってるから。わたしはいつもマックを守ってきた」

サラは自分がなにを聞いているのか理解できなかった。とにかくブリットに引き金を引かせないようにしなければ。「ブリット、銃をおろして。トミーにはまだあなたが必要なの」

「聖女サラ、わたしを救おうとしないで。あなたにあんなにひどいことをしたのに」

「いいの。これから考えましょう」

「あなた、まだわかってないのね？」

「わかってない」サラはからかうような口調を無視した。「まだわからない。わたしがなにをわかってないのか教えてくれない？」

「ジャック・アレン・ライトにあなたをレイプさせたのはわたしよ」

サイレンが聞こえなくなった。

視界が狭まった。

全身が麻痺したような気がした。感覚が鈍りはじめた。聞こえるのはブリットの優しい声だけだった。

「わたしはあなたがフェローシップを取ることを知ってたの。マックから奪うなんて許せなかった」

サラは喉の奥へ血が流れ落ちるのを感じた。

「ジャックはあなたに夢中だった。写真を撮ったり、あなたのあとをつけまわしたり、バッグからものを盗んだり、髪の毛を集めたりしているのを見たわ。やりたいようにやれと男をけしかけるのはとても簡単なことよ」

サラは血を呑みこんだ。

「わたしはジャックに言ったの、サラはあなたより自分が上だと思ってるって。あなた以外の病院中の男と寝てるってね。あの夜、ジャックを動かすのに苦労はしなかった。彼のロッカーに手錠を置いた。イペカックをあなたのコーラに入れて、吐き気を催させた。それから、職員用トイレを閉鎖した。ほかの個室もテープでふさいだ。ジャックにはあなたがどこにいるか、時間まで正確に伝えておいた。おもちゃのねじを巻いて、正しい方向に押すようなものよ。あとは彼がやってくれた」

サラはまばたきした。あのトイレに引き戻されていた。手首は手すりに手錠でつながれている。口にはテープ。鼻を刺す洗剤のにおい。自分の尿のにおい。脇腹からしたたり落ちる血。体から抜け出ていきそうな命。けれど、なによりもいやなものは、口を無理やりひらかされてキスをされたあとに不潔な口が残した味だ。

「最高だった」ブリットの笑顔は崩れなかった。「想像以上だった。だってあいつはあなたを刺した。ほんとうに刺したんだから」

涙でサラの視界がぼやけた。

「わたしを哀れな主婦だと思ってるの？」ブリットは銃を肩に置いた。「わたしはジャックにあなたをレイプさせた。エドガートンにバーロウ事件を揉み消させた。監察医に報告書を改竄させた。マックを楽しませた。彼を守った。彼にフェローシップを取らせた。この人生を――素敵な人生を築きあげたのはわたしよ。美しい息子を育てた。すごいでしょう」

サラは膝が折れそうになった。あまりの重さに耐えられなかった。

「あのあとも、あなたはアトランタに残ろうとしたわね」ブリットは言った。「でも、子宮外妊娠を起こした。わたしは思ったわ、すばらしいって。すばらしい贈りもの。これであなたは戻ってこない。絶対に。そしてわたしは正しかった」

　サラの歯はカチカチと音をたてはじめた。痛みに押しつぶされそうだった。すべてを失った痛みに。仲間。入念に計画した未来。安心。完全に信頼し、惜しみなく愛する能力。子どもたち――ふたりの女の子。テッサには三人の子ども。一緒に子どもを育て、近くに住むはずだった。でも、すべて奪われた。ブリット・マカリスターのせいで。

「どうして――」喉が詰まりかけた。「どうしてそんなに残酷になれるの？」

　ブリットは肩をすくめた。「それがわたし」

　彼女はリボルバーをこめかみに押し当てた。指が引き金を引いた。

　なにも起こらなかった。

　カチッという音さえしなかった。

「サラ！」アマンダが屋敷のなかにいる。廊下を走ってくる。足音がまるでドラムのビートだ。そっちじゃない。「サラ！」

　ブリットはリボルバーに目を落とし、なぜ弾が発射されなかったのか考えていた。

　サラは襟のマイクに手をのばした。ケーブルをつまんでミュートする。「親指で撃鉄を引くの」

　ブリットは撃鉄を引き戻した。

　銃をこめかみに当てる。

　今度はうまくいった。

一週間後

ウィルは台所のシンクの前に立ち、フェイスが洗った皿を拭いていた。天気は暖かくなっていた。バーベキューグリルはメスキートの最後のかけらを燻《いぶ》していた。彼は窓からサラとその妹を見つめた。ふたりは屋外のテーブルに座り、それぞれ子どもを膝に乗せていた。テッサはイザベルを、サラはエマを抱いていた。サラの鼻は折れ、腕はギプスで固定されていたが、どうにかシャボン玉を吹いていた。女の子たちは小さな手をのばしてシャボン玉を割っていた。割れずに残ったシャボン玉にベティが嚙みついた。サラのグレイハウンドは芝生にのんびりと寝そべり、見ているだけで満足そうだった。

ウィルは自宅でパーティをしたのははじめてだった。これほどの人数を招いたこともなかった。ジェレミー、エイデン、サラの両親、非常に風変わりなおばが来て、帰っていった。フェイスとテッサと、ふたりの子どもたちだけが残っていた。子どもたちがいるのはうれしいことだったが、これほど多くの人を招いたことがなかった理由も思い出した。医師に内向的だといわれるまでもない。医師は嬉々としてそれを指摘しつづけるけれど。

「ねえ」フェイスが言った。「ちゃんと拭いて。もう置き場がないよ」

ウィルはフォークを取り、ペーパータオルの上に置いた。サラと暮らすようになるまでは、ボウル二個、皿二枚、フォーク二本、ナイフ二本、スプーン二本しか持っていなかった。サラはこの一年で、こっそり食器の数を増やした。リントン一家はそれぞれ正しい食事のしかたにこだわる。父親は毎食フォークを二、三本使う。サラの妹はペーパータオルを惜しみなく使う。母親は使い捨てのカトラリーや皿を使うのは道徳的に問題があると考えている。

ウィルとしては、不満はない。彼らはサラが回復するまで入れ替わり立ち替わり様子を見に来るはずだ。最初の二、三日は、だれも彼女のそばを離れようとしなかった。サラの強さが家族に由来するものだとウィルが気づいたのは、これがはじめてではない。

フェイスがウィルの肩に肩をぶつけた。「サラはどうしてる？」

ウィルは肩をぶつけかえした。「本人に訊いてくれ」

「もう訊いた」フェイスはまた彼に肩をぶつけた。「折り合いをつけようとしているって言ってた。どうやるのか想像もつかない。ブリットの動画は最悪だったね。ジャック・アレン・ライトの話――あたしだったら立ちなおれそうにない」

ウィルは次の皿を拭きはじめた。

「最後、音が途切れたのが変だよね」

ウィルは皿を返した。「まだ汚れてる」

フェイスは親指の爪でケチャップの跡をこすった。

「そもそもサラをブリットの家に行かせたアマンダに怒ってる？」

「サラが決めたことだ」ウィルは言った。「終わったあとに文句を言ってもしかたがない。アマンダは、ブリットがなにをしでかすか知っていたらサラを行かせなかっただろう。結局これでよかったと思う」

「今日はやけにものわかりがいいね」フェイスは次の皿に取りかかった。「あたしはあんなことになってよかったとは思わない。ブリットのボトックス顔の写真をあちこちで見るのもうんざり。死んだセレブじゃあるまいし」

ウィルも同感だった。大人になってはじめて、朝起きてテレビをつけるのをやめた。どうしても必要なとき以外は、ネットも見ないようにしていた。

「だれもがブリット・ザ・クレイジー・ビッチのことばかり話してる」フェイスは言った。

「十六年間で五十人近くの女性がレイプされたことなんて忘れてる」

「リストはどうなった？」ウィルは尋ねた。市警はブリットのノートパソコンから、ターゲット全員をリストアップしたスプレッドシートを発見したが、イニシャルしか使われていなかった。「被害者は特定できたのか？」

「患者のプライバシー保護義務があるから難しいね。病院は召喚状に抵抗している。自分から名乗り出た女性もいるけど、記録に残るのはいやがってる。自分の名前が漏れること、殺害予告を受けたり、記者に追い回されたりするのを恐れてるの。その一方で、メディアはダニ・クーパーの両親やリーアン・パークには無関心だね。マーティン・バーロウに至っては存在しないも同然って感じ。いつもブリットばかり。悪い女ほどもてはやされる」

ウィルもそのことは知っていた。ブリット・マカリスターはあらゆるウェブサイトや新聞の一面を飾っていた。いくつかのミームにもなり、そのほとんどはテニスラケットが使われていた。カントリークラブの元友人たちは独占インタビューに応じていた。『デイトライン』と『48アワーズ』は特番を組んだ。Ｈｕｌｕはドキュメンタリーを撮影している。伝記を製作しているストリーミング会社もある。ＨＢＯもそうだ。

ブリットはついに、彼女の周囲の男たちより注目される方法を見つけたのだ。

幸いなことに、司法制度はクリックベイトや再生回数で動いているわけではなかった。サラが録画した動画は事件の背景を明らかにしたが、決着をつけたのは科学だった。

シープスキンのラグからは、ダニとリーアン、マックとトミー・マカリスターのＤＮＡが検出された。チャズ・ペンリーのＤＮＡは黒い部屋の壁に、リッチー・ドゥーガルのＤＮＡはクローゼットの床にあった。それだけでは足りないかのように、地下室には三十本以上の動画が入っているサーバーがあり、ホームシアターシステムに接続されていた。クラブは女性を恐怖に陥れるだけでは満足しなかった。彼らは犯行後に反省会をひらいていた。サラはそれを研修医時代に受けた死亡症例検討会と比較していた。

「あたしがなにに腹を立てているかわかる？」フェイスはすべての皿を洗い終え、アイスクリームのボウルに取りかかった。「市警が事件解決の手柄を独り占めしていることよ。署長はロックスターみたいに表彰台にあがった。レオ・ドネリーは記者会見のたびに署長の後ろに立ってる。必死に働いたのはあたしたちでしょ。仕事も失いかねなかったのに。うちの戸棚の塗料は半分はがれたし。ジェレミーはバーで危ない目にあった。サラはおかしな女に襲われた。ＧＢＩこそ勝利の美酒に酔うべきでしょ」

ウィルもアマンダが州検事総長とフルトン郡検事と交わした契約に腹を立てていた。

「少なくともサラの名前は伏せられてるよ」

「あたしたち全員の名前が伏せられてるでしょ」

ウィルはちらりとフェイスを見おろした。「なにかわかったのか？」

「市警があたしに教えてくれると思う？」フェイスもそこまで嘘がうまくない。まだ情報源を持っているはずだ。「ロイス・エリソンは無関係だった。手を引いたのは賢明だったね。チャック・ペンリーは、執行猶予の見返りにしゃべった。自分はダニの件には無関係だと主張してる。あとで知ったとか、動画は本物だと思わなかったとか、自分にはどうしようもなかったとか、たわごとの連発」

「チャックはダニの件についてなんて話したんだ？」

「トミーが酔っ払ってダニと口論になって、ターゲットにすることにした。その夜、マックとブリットは出かけてた。トミーは薬の使い方を失敗して、あわてて電話で助けを読んだ。マックたちが帰ってきて、問題を解決してくれた。解決ねえ」フェイスは肩をすくめた。「テニスラケットのＤＮＡについては、ブリットはほんとうのことを言ってた。ダニを殴ったのはブリットよ。でも重罪謀殺だから、全員に責任がある。マックとトミーは死刑を避けるために取引をしようとしている。どうせ、ふたりとも刑務所で死ぬだろうけど」

ウィルはボウルを並べはじめた。サラは正しかった。もっとカウンターのスペースが必要だ。「トミーをクラブに勧誘したのはマック？」

「チャックは詳しくは知らないみたい。トミーがレイプ動画を見つけたのは、彼が中学生のとき、偶然だったそうよ」フェイスはまた肩をすくめた。「その後どうなったかは知らないけど、トミーは見たものを気に入ったようね。たぶんチャックも。賭けてもいい、あのばかたれが警察と話をするのはこれが最後じゃないね」

ウィルはその賭けに乗るつもりはなかった。「リッチー・ドゥーガルは？」

「あのドクター覗き見が口から下痢しても驚かないね。あいつは十年で出所できるように、リーアンの事件の情報を提供した。リッチーがリーアンを撮影したの。ブリットがメッセージ係で、トミーが〈ダウンロウ〉で誘拐した。マックがレイプの実行役。チャズはリーアンをアパートの外に捨てた」フェイスはボウルをすすいだ。「それがリッチーの切り札だった。彼はチャズを売ったの。チャズは二十年」

チャズ・ペンリーのような男にとって、二十年の実刑は永遠にも等しいだろう。「トミーの裁判中なのに、リーガンを狙うとは大胆だな」

「ああ、大金持ちで大成功した男って、莫大なリスクを冒して他人に加害することに興奮するんじゃない？」

フェイスが皮肉な口調になるのも無理はない。ウィルは尋ねた。「だれがリーガンの膝の裏に円を描いたんだろう？」

「彼女の胸に〝それがぼくだ〟と書いたのと同じやつ」フェイスはシンクから水を抜いた。「ブリットはリーアンの生活を詳しく調べるために尾行していた。リーアンはあるパーティで酔っ払って。プールサイドの寝椅子で眠りこんだの。ブリットはそこをホワイト・ウォーカーよろしく襲ったってわけ」

「それを言うなら夜の王だろ。夜の王は――」

「とにかく」フェイスはさえぎった。「彼らはみんな取引をする、つまり公判がない、つまりサラは動画について証言する必要がない。いいことだよね？」

ウィルはボウルを重ねた。小指はサラのアパートメントの壁との戦いに敗れたせいで、まだ痛んでいた。「メイソンは？」

「DNAなし。証拠もない。容疑なし」フェイスは腰に手をやった。「メイソンの名前はチャットサイトの管理人として登録されていたけど、事務的なミスだと言ってる。ほかにも自動更新のサービスに何十件も登録してるの。市警は彼を放置している。言わせてもらえば、ふわふわした雲の上のような人生を送りたければ、白いイチモツを持つのが得策だよ」

ウィルの白いイチモツはサラがいることで満足していた。「メイソンがマックとチャズと経営している会社は調べられた？」

「完全に合法だった。トリプル・ニッケルの奥のオフィスは医療記録の保管に使われていた。だから警備が厳重だったの。彼らは荒稼ぎしてた。それから、例の〝A〟——あれはブリットだった。旧姓がアンスリンガーなの」フェイスはウィルにボウルを手渡した。「ビジネスは彼女のアイデアだった。病院や投資家に売るためのクリニックに、勧誘の手紙を書いてた。経理もブリットの担当。どのクリニックにアプローチするか選択するのもね。そして、男たちに仕事を割り振った。ブリットもその頭脳を悪のためではなく、善のために使っていたらよかったのに」

ブリットの名前はメイソンに代わり、ウィルにとって二度と聞きたくない人名の殿堂入りした。「市警はダニ・クーパーの捜査でマカリスターの家を捜索してるのに、なぜ地下のサーバーを見つけなかったのかな？」

「令状で、防犯カメラのハードディスクしか捜索してはいけないと指定されていて、それはガレージの外の部屋にあったの。マカリスター夫妻の弁護士は、市警があちこちつつきまわらないように手を打ったのね。警察はブリットの〝レイプ・クローゼット〟に近づくことを許されなかった」フェイスはペーパータオルでカウンターを拭いた。「十ドル分の大麻入りの袋を捜索するために、トレーラーハウスが分解されるのを見たことがある。余裕があれば、憲法はすばらしいよ」

ウィルはカトラリーの抽斗をあけた。「残りはやるよ」

「フォークはすぐ片付ける」フェイスは数本のフォークを仕切りのなかに入れ、ちらりとウィルを見あげた。「ほんとうにサラは大丈夫なの？」

ウィルはフォークの向きを揃えた。「きみは？　きみは大丈夫なのか？」

フェイスはいつもなら質問を投げ返してくるところだが、カウンターにもたれかかった。「薬を飲まされてレイプされて、たとえ胎盤早期剝離で死にかけても、被害者が責められたり放っておかれたりするような世界で娘を育てているんだよね。そして息子は、将来の同僚候補たちがＤＶで訴えられてるのにクビにならない業界に入っていこうとしてる。だから、うん。あたしはすごいよ」

「ジェレミーは来週、クワンティコを見学に行くんだろう？」

フェイスは目を天に向けた。「彼は先週、〈３Ｍ〉と食事に行くと言ってたのに」

ウィルはスプーンを並べた。アマンダのオフィスで、ジェレミーは事件を解決して全員を刑務所行きにするための手がかりを見つけるつもりはないと言いきった。ウィルはよくやったと思っていたが、それをフェイスに話すつもりはなかった。

その代わりに言った。「エマは家に帰ってきてうれしそうだね」

フェイスは鼻を鳴らした。「昨日のエマを見せてあげたかった。サンドイッチのチーズがお皿に触れたのが地獄の入口をあけたみたい」

「この事件がまだきみを苦しめてるのはわかってる」

フェイスは持っていたペーパータオルを丸めた。

「振り払ってしまえよ」ウィルは言った。「エッチ・ア・スケッチだと思うんだ。頭のなかから消してしまえばいい」

「その賢明なアドバイスはどこで仕入れたの？」

彼はつい最近、あの玩具がアマンダから贈られたものだと知った。「ぼくはただ、手放したほうがいいこともあるって言いたいんだ」

「具体的には？」

「ぼくたちはあのクラブをつぶした。マーティン・バーロウと、ダニの両親は、一応の区切りをつけられた。リーアンは自分に加害した男たちが刑務所行きになるのを見届ける。ブリットはみずからゲーム盤から退場した」ウィルはもっと個人的な話をした。「負けを数えるなら、勝ちの数も数えなくちゃ。ジェレミーはいい子だ。エマは賢くて面白い。エイデンはしっかりしてる。サラは元気になる。アマンダはぼくらを現場に戻してくれる。いいことずくめだ」

「待って」彼女は両手をあげた。「このべたべたしたセラピー感はなに？　これから悪い男に傷つけられたところを人形で見せてくれるの？」

「きみはいつもぼくにもっと気持ちを話せと言うじゃないか」

「オプラ・ウィンフリーみたいにとは言ってない」フェイスはペーパータオルをカウンターに投げた。「うう。母乳が出てきそう」

　裏口のドアが開き、母乳の話から救われた。エマとイザベルが部屋に飛びこんできた。叫び声がなかったのはありがたいことだった。犬たちは長い一日のあとで明らかに疲れていた。つづいてテッサとサラが入ってきた。サラはスニーカーを脱ぎながらウィルを探した。目の下の痣は緑色になりはじめていた。腕の青いグラスファイバーのギプスは最短でもあと六週間ははずれない。指はまだ腫れていた。医師は彼女の婚約指輪を切断せざるを得なかった。

「さあ、おちびちゃん、お散歩の時間よ」フェイスはエマを腰の上に抱きあげた。愚痴はこぼすが、フェイスは子どもたちに愛情をそそいでいた。「ウィルおじさんにキスして」

　ウィルは頬を差し出し、濡れたキスを受けた。イザベルにも同じようにした。ウィルは別れの挨拶を聞き流しながら、サラの様子を見ていた。彼女はずいぶん動けるようになっていた。痛みもようやくやわらぎ、病院で処方されたオピオイドを断ちはじめていた。依存と闘っていない者には、それができる。

　サラはウィルの肩に手を置いた。「テスとイザベルは子猫を飼うつもりよ」

　テッサがつけたした。「ママとパパがアパートメントを買うのを援助してくれるの。家族を増やそうと思って」

　フェイスが言った。「自宅所有者《homeowner》って単語はミャオウ《meow》が入ってるもんね」

　なぜかみんな笑いだした。

　サラはウィルにほほえんだ。

ウィルもサラにほほえんだ。

「じゃあ行こうか」フェイスはエマに言った。「ごちそうさま。じゃあね」

さらにハグやさよならの挨拶がつづいた。どうやら近頃はだれも固い握手を尊重しなくったらしい。サラは別れを惜しみながら、全員をドアまで送った。ウィルはキッチンに残った。彼は濡れたペーパータオルを広げ、乾かすために蛇口にかけた。

「ありがとう」サラがキッチンの入口に立っていた。「すばらしい一日をありがとう。父のくだらないジョークに笑ってくれてありがとう。きれいに片付けてくれてありがとう」

「ギプスが残念だ。きみが皿洗いを好きなのは知ってるよ」

サラは笑みを隠しきれなかった。「わたしはあなたがあなたに話しかけられるのを待ってる人々に囲まれるのが好きなのを知ってる」

ウィルもにやりと笑った。「フェイスのキッチンの戸棚を塗ってやらなくちゃ」

「そうね」彼女はリビングルームのほうへ顎をしゃくった。「ソファに座りましょう。キッチンでおしゃべりするのは飽きちゃった」

ウィルはジーンズで手を拭いた。サラはほんとうに他愛もないことをしゃべりたい様子だった。ウィルはリビングルームに入った。サラはすでにソファに座っていた。グレイハウンドは自分たちのベッドで寝そべっている。ベティはまだキッチンで水を飲んでいた。彼女の首輪が金属製のボウルにカチャカチャと当たる音が聞こえた。結婚式のあと、この家を増築することになっている。でもいまは、ちょうどいい大きさだと感じた。

ウィルはサラに尋ねた。「猫を飼いたい？」

「何匹か飼いたいけど、グレイハウンドはふわふわした動物を追いかけるように訓練されているからね」サラはクッションにもたれ、腕をあずけた。「フェイスはまだブリットのクローゼットでほんとうにあったことを知りたがってる？」

「音が勝手に切れたのではないことは気づいてると思う」ウィルは座りながらサラの足を膝にのせた。「フェイスは詮索好きだからね。知ってどうこうしたいわけじゃないよ。動画の流れに怪しいところはない。ブリットは銃が使えなかった。銃を見て、自力で使い方を知った。そして、自分の頭を撃った。マイクがミュートされたことはだれも気にしていない。どうせおもてには出ない。みんな司法取引をしている。きみの話は語られない」

サラはうなずいたが、安心してはいないようだった。「ジョージア州では、自殺幇助《ほうじょ》は違法よね」

「きみはブリットにリボルバーの仕組みを教えただけだ。彼女は自殺する必要はなかった。同じくらい簡単にきみに銃を向けることができたんだよ」ウィルはサラを見た。彼女の顔に安堵の色はない。これは雑談でもない。この一週間、ふたりはずっとその話をしていた。

「ほかに気になってることがあるんだろう？」

「ブリットに言われたことのおかげで気が楽になったのがいやなの」サラは天井を見あげた。胸が上下するほど深く呼吸をした。「レイプされたあと、自分がなにか悪いことをしたんじゃないかと気に病んだ。うっかりあの男を誘ってしまったんだろうか？　それともにこにこしたのが悪かった？　間違ったメッセージを送ってしまったのではないか？　そうじゃないのはわかっている。レイプはセックスではない。親密な関係でもない。でも、ブリットが清掃員をたきつけてわたしを襲わせたのがわかって、罪悪感が少しやわらいだ」

ウィルは、ブリットがサラのこの言葉を聞けばほんとうに悔しがるだろうと思い、気が楽になった。

サラは足でウィルを突いた。「わたしがあなたの子どもを産めないことが気になる？」「ならないよ」ウィルはエマとイザベルが好きだが、ふたりが帰っていくとほっとするのもたしかだ。「ぼくの脳が駄洒落を理解するように配線されていないことは気になる？」「わたしは、あなたの脳の配線は素敵だと思ってる」サラは怪我をしていないほうの手をのばした。ウィルはその手を取り、サラが体を起こすのを手伝った。「ブリット・マカリスターが証明したことは、母親になったからといって、よりよい人間になれるわけではないということよ」

ウィルは捨てられた子どもたちとともに育った。貧困のせいで多くの子どもたちが国の保護下に置かれている。ただ、ブリットほどひどい母親はめずらしい。「テッサにクローゼットでなにがあったか話すつもり？」

「ほかのことを説明するのも大変だったもの。わたしのために家族が病院に駆けつけるなんて、二度とごめんよ。父さんも母さんも二度と家に帰らなくなる」サラの目に涙があふれた。彼女は家族を動揺させるのをいやがる。「テスにほんとうのことは言えない。あの子にこんな秘密を背負わせるのはフェアじゃない。あなたにとってもフェアじゃないよね」

「ぼくたちはなんでも正直に話すと約束しただろ」

「エリザベスの信託の書類は読んだ？」

ウィルはこれが〝おしゃべり〟だとわかっていたが、この話をする準備ができているとは思っていなかった。「スピーチアプリでスキャンした。サラ・トレントの名前を聞くのは変な感じだったよ」

「あなたの姓を名乗ってほしい？」

ウィルは首を振った。自分の姓などどうでもよかったからだ。「きみも書類を読んだだろ。どう思った？」

「孤児を助けるなら、どうしてもっと早く助けないのよ、と思った」

ウィルは彼女の声に怒りを感じた。「でも？」

「ああいうお金でできることはたくさんある」

「たとえば？」

「最初に言っておくけど、あなたが決断する必要はないのよ」サラはウィルの指と指を絡めた。ふたりのあいだには怪我をしていない手が一組ある。「理事会を監督する人を任命することもできる。福祉から追い出される子どもたちをどのように支援するか、理事が決めてもいいの。家賃補助、大学や専門学校の授業料、医療費、職業訓練、金銭管理の指導。あのお金はその子たちの人生を変えるかもしれない。貧困の連鎖を断ち切って、刑務所に入らずにすむかもしれない。子どもたちが生きていくのを助けになるよ」

ウィルは、サラが金の使い方を理解するように育てられたことを知っている。彼女の妹が三十万ドルのマンションを買いながらも、助産婦養成のボランティアをしているのは理由があるのだ。「だれを任命すればいいんだろう?」

サラは肩をすくめたが、明らかに名前を思い浮かべているようだった。「アマンダは福祉の保護下で生きているあなたを助けてた。あなたは気づいてなかっただろうけど、アマンダは最初からそばにいたのよ。もし独身女性の養子縁組が認められていたら、アマンダはあなたを家に連れて帰ったはず」

ベティが爪で床をカチカチと鳴らしながら、サテンのクッションへ歩いていった。ウィルは彼女がいつものように落ち着くまで数回体勢を変え、前肢に鼻先を乗せるのを見守った。

「子どもたちが来る前に、銃を金庫にしまいに行ったとき、アマンダの真珠を見た」

「きれいでしょう?」サラの声には敬意がこもっていた。「本物の真珠を手にしたのははじめてよ。すばらしいよね」

ウィルは真珠が完全な真円でないことに気づいていた。「偽の真珠とどう違うの?」

「よくぞ訊いてくださいました。というのも、調べてみたの」彼女はまたほほえんだ。

「本物のほうが重い。有機物だから、最初は冷たく感じるけど、肌につけると温かくなる。表面がでこぼこしてる。天然の真珠は、貝が小さな同心円状に分泌するもので真珠層ができるの。不完全な部分がある。同じものが絶対にない」

ウィルはサラの好奇心旺盛なところが好きだった。「結婚式で着けるのか?」

「そうしたい。わたしのドレスによく似合うもの。それに、アマンダはあなたにとって大切な人だから、わたしにとっても大切な人なの」サラはウィルの手を握った。「アマンダはわたしがわざと音を消したことを知っていると思う。アマンダの車のなかであらかじめテストしたから」

「アマンダとその話はした?」

「いいえ、でもセーフワードを言わなかったって叱られた。テニスラケットでぶん殴られるだけじゃトラブルの兆候だとは言えないのかしら。それから例の顔、わたしを殺したいのか励ましたいのかわからないような顔をした」

ウィルもその表情をよく知っていた。「結婚式のことが気になってね。きみがいろいろ計画しているのは知っているけど、ぼくもなにかしたかったんだ」

「わたしたちの結婚式だもの。好きなことをすればいい」

ウィルはそんなふうに思ってもいなかった。よくある折りたたみ椅子の二倍の値段のキアヴァリの椅子を使いたいとは思わなかった。「きみはファーストダンスをお父さんと踊りたくないって言ってたけど、テッサと踊ってもいいし、アマンダに踊ってもらうのもいいかもね」

　サラはウィルの予想とは違い、少しも驚かなかった。むしろ、ようやくなにかが腑に落ちたようだった。「アマンダが結婚式のことをしきりに訊くのは、結婚式に参加したいからなのね」

「招待してもいいと思う」

「そのとおりだと思う」サラの笑顔が戻った。「シナトラをかけましょう。『フライ・ミー・トゥ・ザ・ムーン』がいい」

「スプリングスティーンがカバーをやってて――」

「だめ」これは決定事項のようだった。「もうひとつ言っておきたいことがあるの」

　ウィルはそれが結婚式のことでないことを願った。

「先週、あなたはエリザベスに、自分には家族がいないと言った。でもアマンダはずっとあなたの家族だった。テッサも、イザベルも、わたしの両親も、そしてだれよりわたしも――みんなあなたの家族よ」

　ウィルはどう反応すればいいのかわからなかった。もう一度ベティを見た。彼女は耳を掻いていた。金属製のタグがベルの舌のように鳴った。

「婚約指輪を宝石店に持っていったよ。一週間くらいかかるそうだ」

　サラは腫れた手をあげた。「結婚指輪がはまるかどうかのほうが心配。式ではドーナツで代用しないとだめかも」

「ガラスについた傷のことを訊いてきた」ウィルはベティのほうに視線を戻したが、サラの視線を感じた。「エリザベスが嘘つきだというのは知ってるけど、母がガラスを修繕したがってたというのはほんとうだったと思う。母は十代だった。あの年頃は完璧を求めるよね」

「宝石店からなんて言われたの？」

「自分で直せるかもしれないって。重曹と水でペーストを作る。それからマイクロファイバーの布を用意して、傷が消えるまでしっかりと円を描くようにこするんだ」

「あなたは指でしっかり円を描くのが上手だものね」

ウィルは、ふざけるには緊張しすぎていることに気づいた。自分も他愛もない話がしたかったのかもしれない。「結婚したら婚約指輪をはめない女性もいるそうだ。結婚指輪だけをつけるんだ。特に手仕事が多い人はね」

サラは手をのばし、彼の顔を振り向かせた。「なにが言いたいの？」

ウィルは自分がなにを言おうとしているのかわからなかった。「きみの靴はほんとうに高価だよね。いいものを履いている。それはいいことだ。きみはよく働いている。好きなようにお金を使う権利がある。でも、だれかにきみの婚約指輪を見られて、どうしてきみが身に着けることを誇りに思えるようなものを買ってあげなかったんだろうと思われたくないんだ」

「あなたがお母さんの指輪をわたしの指にはめたときほど、誇りに思ったことはないわ。

あのガラスにはあなたの心が宿っている。あなたの歴史が。それがなくなるとつらい」サラの声は真剣そのものだった。「ウィル、わたしは他人のために指輪をはめたくない。あなたのために指輪をはめたいの」

ウィルはサラの目を見つめた。涙がどんどんあふれている。

「十五年前、母がわたしに言ったことがあるの。交歓会の日に。わたしはフェローシップを取れたという連絡を受けたばかりだった。すべてがうまくいっていた。将来のこともきっちり計画してた。でも母は、すべてを計画することは無理だと言ったの。いいことか悪いことかわからないけれど、変化が起きる、と」

ウィルはサラの手を強く握りしめた。

「それは大事な機会だ、変化はほんとうの自分を教えてくれるから。母はそう言ったの。そしてそれは正しかった。あの夜の境にわたしの人生は変わった。わたしがなるはずだった人間はいなくなった。わたしにはふたつの選択肢があった。それまでの自分と一緒に消えてしまうか、それとも彼女の大切な部分を取り戻すために戦うか。あの事件に感謝しているとは言わない。絶対に言わない。でも、あれがきっかけであなたを愛する方法を知っている女になれたことには感謝してる」

ウィルは喉に塊がこみあげるのを感じた。ベティがクッションに腰をおろすのを見つめた。目が潤んできた。「ぼくたちはいつまでも変わらないと思う？」

「ええ、思う」

謝　辞

まずはいつものように、ケイト・エルトンとヴィクトリア・サンダーズに感謝を捧げます。エミリー・クランプからは、子どもと蒸留酒について（ほかの話題の合間に）役に立つことを教えていただきました。ダイアン・ディケンシャイドとわたしの同志であるバーナデット・ベイカー－ボーマンをはじめとしたVSAのみなさんにも感謝を。WMEのヒラリー・ザイツ・マイケルのすばらしい仕事には、つねに感謝しています。ハイディ・リッチャー－ジンジャーとリズ・ドーソンはあいかわらず有能な猫飼いです。それから、いつもわたしの面倒を見てくれる世界中のGPPのみんなに感謝するのを忘れるわけにはいきません。アムステルダムでいきなりバイクに乗りたいと言いだすなんて、わたしはなにを考えてたんでしょうね、ミランダ？

シェイン・マクロバーツはライターズ・ポリス・アカデミーに多大な貢献をしてくださったので、本書の登場人物にお連れ合いのシャンダ・ロンドンのお名前を借りました。リサーチ・フォー・ライターズのダニエル・ステラーは〝傷が癒えていないうちは語らなくていい。語るなら、痕になってから。〟がもともとだれの言葉だったのか調べてくれました。グレッグ・ガスリーとパトリシア・フリードマンは、法律に関する疑問に答えてくれました。ドナ・ロバートソンをはじめ、GBIの現役捜査官や元捜査官のみなさんは、いつもわたしの長ったらしい質問に丁寧に答えてくれます。

ドクター・デイヴィッド・ハーパーは二十年にわたり、サラ・リントンが医師らしく見えるように辛抱強くわたしを助けてくれています。心臓の手術の描写について、わたしがかなり省略しているので、おそらく心臓外科医のみなさんは違和感を抱くでしょうが、デイヴィッドのせいではないと申し上げておかなければなりません――フィクションの書き手であり、この物語を書いているわたしの責任です。また、ここ数年間、大変なご苦労をなさっている医療従事者のみなさんに大声で感謝を申し上げたいと思います。みなさんの存在は大切です。ありがとうございます。みなさんはすばらしい。ああ、言うまでもないことですが、みなさんはグーグルとはくらべものになりません。

　本書で言及したレイプと暴行事件に関する統計の出典は、『アーカイヴズ・オブ・セクシャル・ビヘイヴィア』誌、RAINN、アメリカ疾病予防管理センターの「親しいパートナー間における性的暴力に関する全国調査」、アメリカ合衆国司法省の資料などです。わたしは最大値と最小値の中間の数字を提示しました。アメリカの女性の四十パーセント以上と男性の二十パーセント以上が、一生のうちになんらかの性的暴行を受けています。このうち警察に被害届が出されたものは二十パーセント未満で、起訴に至ったものはさらに少なくなります。RAINNのウェブサイトは、支援を求める被害者とサバイバーに情報を提供しています。自宅からアクセスすることに不安がある場合、お近くの図書館で個人を特定されずにウェブサイトを閲覧することができます。どんな判断をしても、あなたには味方がいます。

　最後に、わたしの知る限りだれよりも頑固な人である父と、うちの家族で二番目に頑固なやつにつきあってくれるD・Aに感謝します。いつだってあなたはわたしの大事《マイ・ハート》な人だよ。

訳者あとがき

ウィル・トレントとサラ・リントンが帰ってきた！

本書『暗闇のサラ』（原題：*After That Night*）は、カリン・スローターによるジョージア州捜査局《ＧＢＩ》特別捜査官〈ウィル・トレント〉シリーズの最新作にして第十一作である。前作『スクリーム』（拙訳／ハーパーＢＯＯＫＳ）でシリーズに一区切りがついてから二年、スローターの一ファンとしても再始動を待ちこがれていた訳者は、同様に待っていてくださった方々についに本書をお届けできてうれしく思うとともに、いままで本シリーズが気になりつつも躊躇していた方々にも、最初の一冊としておすすめしたい。

ネットフリックスのドラマ『彼女のかけら』や、ディズニープラスで配信中のドラマ『ＧＢＩ特別捜査官　ウィル・トレント』でスローターの名前を知った方もいらっしゃるだろうから、まずは彼女と本シリーズについて紹介する。

カリン・スローターは、書評家の霜月蒼氏が『十四人の識者が選ぶ　本当に面白いミステリ・ガイド』（Ｐヴァイン）で評したように、近年隆盛著しく〝海外ミステリにおける最重要のサブジャンル〟となった女性スリラーの〝先駆者〟である。作品の特徴は、読み手を怒涛のように呑みこんでさらうドライブ感とドラマ性だ。さらに彼女は、つねに〝女性に対する暴力をありのままに〟書き、〝暴力とはどういうものか容赦なく〟描く（『スクリーム』著者あとがきより）。たしかに生々しい暴力描写と濃厚な心理描写からは被害者の体験する苦痛や怒りがダイレクトに伝わってきて、訳していて涙がこぼれてしまうこともある。けれど、スローターの作品の本質は、被害者のその後の姿にある。暴力を生き延びた女性がどうやってトラウマから回復し、尊厳をみずからの手に取り戻していくのか。スローターがデビュー以来書こうとしているのはそれだ。本シリーズの主人公のひとり、サラ・リントンも性暴力のサバイバーである。

検死官サラ・リントンは、もともとスローターのデビュー作『開かれた瞳孔』（北野寿美枝訳／以下すべてハーパーBOOKS）からはじまる〈グラント郡〉シリーズの主人公だったが、本シリーズの第三作『ハンティング』（拙訳）に登場し、GBI捜査官ウィル・トレントと出会う。以降、ウィルがサラとともに事件を追うスリラーという形を取りながら、彼の周囲の女性たちの人生が濃密に語られてきた。書評家の北上次郎氏の言を借りれば、ウィルは〝狂言まわし〟で、本シリーズは女性たちの物語なのだ。

本書では、満を持してサラの人生にあらためて焦点が当てられる。サラが十五年前にレイプの被害にあって心身に重い傷を負い、多くのものを奪われたものの、ウィルという男性を愛せるまでに回復する道のりをたどってきたことは、シリーズを通して書かれている。ところがいま、〝あの夜〟から長い年月をかけてようやくかさぶたになった傷がひらかれ、サラは努めて忘れようとしてきた過去と対峙せざるを得なくなった。というのも、サラの先輩医師だったブリット・マカリスターが、十五年前のサラの事件は現在起きている若い女性を狙ったレイプ事件とつながっていると口走ったからだ。ブリットは自分の息子が事件に関与しているのを知っているため、息子をかばって口を閉ざしてしまう。なにがどうつながっているのか？　ウィルは同僚フェイスとともにそのつながりについて調べはじめる。やがて、十五年前にほんとうはなにが起きていたのか、少しずつ見えてくる。最後に到達する真相は、シリーズ史上、一、二を争う苦々しさだ。

と、あいかわらずストーリーだけでもぐいぐい読ませるのだが、スローターらしい皮肉のきいたジャブも健在だ。被害を受けた女性ならほかの被害者女性のために口をひらいてくれるのではないかと問うウィルに、サラが「シスターフッドってそういうものでもないのよね」と返したり、〝男は娘が生まれたとたんにレイプや性的暴行や性的いやがらせが犯罪だったと気づく〟とあきれたりする場面に、読者の方々もわが意を得たりと膝を叩くのではないだろうか（それとも、たじろがれるだろうか？）

シスターフッドといえば、本書ではウィルの仕事上のパートナーであるフェイス・ミッチェルが久しぶりに活躍している。持ち前の根性とがさつさで日常を蹴散らしながらシングルマザーとしてふたりの子どもを育てているフェイスは、読者としてのわたしがだれよりも共感するキャラクターだ。彼女はウィルを通じてサラと親しい友人になっている。フェイスがサラと友達同士らしいやり取りをするのを読んでみたいとつねづね思っていたのだが、なんと本書ではふたりが声を荒らげて口論する。いつも冷静なサラと短気なフェイスは正反対に見えるが、たがいを大切に思っているからこそ本気で喧嘩ができるのだろう。

また、フェイスとウィルが、ほんとうにいいバディなのだ。先ほど、ウィルは狂言まわしという北上氏の言葉を引いたが、本書の彼はサラとフェイスの両方をケアしつつ、ケアされつつ、第九作『破滅のループ』（拙訳）以来の有能な覆面捜査官ぶりを見せてくれる。

わたしは以前からスローターが男性のウィルをシリーズの主人公にしたのは意味があると考えていたが、本書を訳し終え、やはりウィルがいなければはじまらないとあらためて確信した。子どものころに虐待を受け、ディスレクシアの特性のある彼もまた、傷つけられてきた。彼が負わされてきた痛みや悲しみ、怒りや劣等感は、どうかすれば彼をマチスモに駆り立て、女性に加害する立場にしていたかもしれないのに、そうはならなかった。スローターは、人はどんな人間になるかみずから選択できるというメッセージ、いや、願いを、ウィルというキャラクターに託しているのではないだろうか。

ウィルにサラ、フェイスという主要キャラクターについて一気に理解できるのも、本書がシリーズ最初の一冊としておすすめできる所以である。上々の再スタートを切った本シリーズ、続編が楽しみだ。

二〇二三年十一月

鈴木美朋

訳者紹介　鈴木美朋

大分県出身。早稲田大学第一文学部卒業。英米文学翻訳家。主な訳書にスローター『血のペナルティ』『彼女のかけら』『ブラック&ホワイト』『破滅のループ』『スクリーム』『偽りの眼』(以上ハーパー BOOKS)、リン『ミン・スーが犯した幾千もの罪』(集英社)がある。

ハーパーBOOKS

暗闇《くらやみ》のサラ

2023年12月20日発行　第1刷

著　者　カリン・スローター

訳　者　鈴木美朋《すずきみほう》

発行人　鈴木幸辰

発行所　株式会社ハーパーコリンズ・ジャパン
東京都千代田区大手町1-5-1
03-6269-2883 (営業)
0570-008091 (読者サービス係)

印刷・製本　中央精版印刷株式会社

ISBN978-4-596-53199-5